恋歌

文学里的哈尔滨

哈尔滨市文学艺术界联合会
哈尔滨文学创作院
主编

作家出版社

图书在版编目（CIP）数据

恋歌：文学里的哈尔滨 / 哈尔滨市文学艺术界联合会，哈尔滨文学创作院主编 . -- 北京：作家出版社，2024. 12.
-- ISBN 978-7-5212-3237-0

Ⅰ. I217.1

中国国家版本馆 CIP 数据核字第 2024F61A23 号

恋歌——文学里的哈尔滨

主　　编：哈尔滨市文学艺术界联合会
哈尔滨文学创作院
责任编辑：单文怡　刘潇潇
装帧设计：意匠文化 · 丁奔亮
出版发行：作家出版社有限公司
社　　址：北京农展馆南里10号　　**邮　　编：**100125
电话传真：86-10-65067186（发行中心）
86-10-65004079（总编室）
E-mail:zuojia@zuojia.net.cn
http://www.zuojiachubanshe.com
印　　刷：北京盛通印刷股份有限公司
成品尺寸：152 × 230
字　　数：406千
印　　张：30.25
版　　次：2024年12月第1版
印　　次：2024年12月第1次印刷
ISBN 978-7-5212-3237-0
定　　价：79.00元

目录

岁月典藏

冰雪诗章

行吟松江

走笔河山

岁月典藏

西行通讯——哈尔滨印象

朱自清

圣陶兄：

我等八月二十二日由北平动身，二十四日到哈尔滨。这至少是个有趣的地方，请听我说哈尔滨的印象。

这里分道里，道外，南岗，马家沟四部分。马家沟是新辟的市区，姑不论。南岗是住宅区，据说建筑别有风味；可惜我们去时，在没月亮的晚上。道外是中国式的市街，我们只走过十分钟。我所知的哈尔滨，是哈尔滨的道里，我们住的地方。

道里纯粹不是中国味儿。街上满眼是俄国人，走着的，坐着的；女人比那儿似乎都要多些。据说道里俄国人也只十几万；中国人有三十几万，但俄国人大约喜欢出街，所以便觉满街都是了。你黄昏后在中国大街上走（或在南岗秋林洋行前面走），瞧那拥拥挤挤的热闹劲儿。上海大马路等处人夜也闹嚷嚷的，但乱七八糟地各有目的，这儿却几乎满是逛街的。

这种忙里闲的光景，别处是没有的。

这里的外国人不像上海的英美人在中国人之上，可是也并不如有些人所想，在中国人之下。中国人算是不让他们欺负了，他们又怎会让中国人欺负呢？中国人不特别尊重他们，却是真的。他们的流品很杂，开大洋行小买卖的固然多，驾着汽车沿街兜揽乘客的也不少，赤着脚爱淘气的顽童随处可见。这样倒能和中国人混在一起，没有什么隔阂了。也许因白俄们穷无所归，才得如此；但这现象比上海沈阳等中外杂居的地方使人舒服多了。在上海沈阳冷眼看着，是常要生气、常要担心的。

这里人大都会说俄国话，即使是卖扫帚的。他们又大都有些外国规矩，如应诺时的“哼哼”，及保持市街清洁之类。但他们并不矜持他们的俄国话和外国规矩，也没有卖弄的意思，只看作稀松平常，与别处的“二毛子”大不一样。他们的外国化是生活自然的趋势，而不是奢侈的装饰，是“全民”的，不是少数“高等华人”的。一个生客到此，能领受着多少异域的风味而不感着窒息似的；与洋大人治下的上海，新贵族消夏地的青岛，北戴河，宛然是两个世界。

但这里虽有很高的文明，却没有文化可言。待一两个礼拜，甚至一个月，大致不会教你腻味，再多可就要看什么人了。这里没有一间像样的书店，中国书外国书都很稀罕；有些大洋行的窗户里虽放着几本俄文书，想来也只是给商人们消闲的小说吧。最离奇的是这里市招上的中文，如“你吉达”“民娘九尔”“阿立古闹如次”等译音，不知出于何人之手。也难怪，中等教育，还在幼稚时期的，已是这里的最高教育了！这样算不算梁漱溟先生所说的整个欧化呢？我想是不能算的。哈尔滨和哈尔滨的白俄一样，这样下去，终于是非驴非马的畸形而已。虽在感着多少新鲜的意味的旅客的我，到底不能不作如此想。

这里虽是欧化的都会，但闲的处所竟有甚于北平的。大商店上午九点开到十二点，一点到三点休息；三点再开，五点便上门了。晚上呢，自然照例开电灯，让炫眼的窗饰点缀坦荡荡的街市。穿梭般的男女比白天多得多。俄国人，至少在哈尔滨的，像是与街有不解缘。在巴黎伦敦最热闹的路上，晚上逛街的似乎也只如此罢了。街两旁很多休息的长椅，并没有树荫遮着；许多俄国人就这么四无依傍地坐在那儿，有些竟是为了消遣来的。闲一些的街中间还有小花园，围以短短的栅栏，里面来回散步的不少。——你从此定可以想到，一个广大的公园，在哈尔滨是决少不了的。

这个现在叫作“特市公园”。大小仿佛北平的中山公园，但布置自然两样。里面有许多花坛，用各色的花拼成种种对称的图案；最有意思的是一处入口的两个草狮子。是蹲伏着的，满身碧油油的嫩草，比常见的狮子大些，神气自然极了。园内有小山，有曲水，有亭有桥；桥是外国式，以玲珑胜。水中可以划船，也还有些弯可转。这样便耐人寻味。又有茶座，电影场，电气马（上海大世界等处有）等。这里电影不分场，从某时至某时老是演着；当时颇以为奇，后来才知是外国办法。我们去的那天，正演《西游记》；不知别处会演些好片子否。这公园里也是晚上人多；据说俄国女人常爱成排地在园中走，排的长约等于路的阔，同时总有好两排走着，想来倒也很好看。特市公园外，警察告诉我们还有些小园子，不知性质如何。

这里的路都用石块筑成。有人说石头路尘土少些；至于不用柏油，也许因为冬天太冷，柏油不经冻之故。总之，尘土少是真的，从北平到这儿，想着尘土要多些，哪知适得其反；在这儿街上走，从好些方面看，确是比北平舒服多了。因为路好，汽车也好。不止坐着平稳而已，又多！又贱！又快！满街是的，一扬手就来，和北平洋车一样。这儿洋车少而贵；几毛钱便可坐汽车，人多些便和洋车价相等。开车的俄国人居多，开得“棒”极了；拐弯，倒车，简直行所无事，还让你一点不担心。巴黎伦敦自然有高妙的车手，但车马填咽，显不出本领；街上的 taxi 有时几乎像驴子似的。在这一点上，哈尔滨要强些。胡适之先生提倡“汽车文明”，这里我是第一次接触汽车文明了。上海汽车也许比这儿多，但太贵族了，没有多少意思。此地的马车也不少，也贱，和五年前南京的马车差不多，或者还要贱些。

这里还有一样便宜的东西，便是俄国菜。我们第一天在一天津馆吃面，以为便宜些；哪知第二天吃俄国午餐，竟比天津馆好而便宜得多。去年暑假在上海，有人请吃“俄国大菜”，似乎那时很流行，大约也因为价廉物美吧。俄国菜分量多，便于点菜分食；比吃别国菜自由些；且油重，合于我们的口味。我们在街上见俄国女人的胫痴肥的多，后来在西伯利亚各站所见也如此；我们常说，这怕是菜里的油太重了吧。

最后我要说松花江，道里道外都在江南，那边叫江北。江中有一太阳岛，夏天人很多，往往有带了一家人去整日在上面的。岛上最好的玩意儿自然是游泳，其次许就算划船。我不大喜欢这地方，因为毫不整洁，走着不舒服。我们去得已不是时候，想下水洗浴，因未带衣服而罢。岛上有一个临时照相人。我和一位徐君同去，我们坐在小船上让他照一个相。岸边穿着游泳衣的俄国妇人孩子共四五人，跳跳跑跑地硬挤到我们船边，有的浸在水里，有的爬在船上，一同照在那张相里。这种天真烂漫，倒也有些教人感着温暖的。走方照相人，哈尔滨甚多，中国别的大都市里，似未见过；也是外国玩意儿。照得不会好，当时可取，足为纪念而已。从太阳岛划了小船上道外去。我是刚起手划船，在北平三海来过几回；最痛快是这回了。船夫管着方向，他的两桨老是伺候着我的。桨是洋式，长而匀称，支在小铁叉上，又稳，又灵活；桨片是薄薄的，弯弯的。江上又没有什么萍藻，显得宽畅之至。这样不吃力而得讨好，我们过了一个愉快的下午。第二天我们一伙儿便离开哈尔滨了。

此信八月三十一在西伯利亚车中动手写，直耽搁到今日才写毕。在时间上，不在篇幅上，要算得是一通太长的信了，一切请原谅吧！

（弟自清，1931 年 10 月 8 日，伦敦。）

作者简介

朱自清（1898—1948），浙江绍兴人。1931 年 8 月途经哈尔滨去苏联。著有纪实作品《西行通讯》等。

饿乡纪程（节选）

瞿秋白

七

初到哈尔滨的时候，还只听见一种谣言，说谢美诺夫横梗在满洲里赤塔之间，火车不通，只有专车能经过。我连日买俄文报看，起先消息还不清楚，后来过了不多几日，谢军和赤塔民军剧烈冲突的消息盛传，赤塔满洲里的中间桥梁也已经毁坏了。天天去看陈总领事，他也迟迟无行意。于是才知道没有快走的希望。目的地还没达到，中途又生阻梗，实在很烦闷。三人之中不时发生退回北京的提议。哈尔滨生活程度异常之高，一间房二块钱一天，一顿饭——很坏很坏的——一元几角钱，我们三人一天至少五六元花费。看看天气又冷，天天坐在层冰严结的水晶宫里窗子上的冰，一天一天厚起来，难得一天天气好，化得开的——也是无聊得很。然而我们抱着坚决的意志，本当百折不回，商量又商量，决计静候时局，再定行止。

幸而不久就得到赤军占领赤塔的消息，听说远东共和国临时政府已经成立，满洲里方面战事虽还正在胜负未分之际，于我们却已有一些希望。因此大家也渐渐定心了。可是天天打听消息，延宕又延宕，一瞬已是十一月中旬。我们在哈尔滨居然住了许多时——一直到再动身北进足有五十多天——也正出始料之外。然而哈尔滨一游，恰可当“游俄”的绪言，我且略记当时的感想。

哈尔滨久已是俄国人的商埠，中国和俄国的商业显然分出两个区域。道里道外市面大不相同。道外是中国人的，道里是俄国人的。我们到哈尔滨时，俄商埠已经归中国官厅管理。道里也已设中国警察局。其余一切市政，俄国援向例组织市政会参与行政的。欧战后俄国商业一天凋零一天，市面差不多移到道外去了。日本人乘此机会努力经营，道里的市面几乎被他占了一半。俄国市面，从革命后新旧党争，常常纷扰，俄卢布纸币（帝国时代的）跌落得不成样子，日本金票骤起夺他的市面。以前哈尔滨商场向以俄卢布为单位，现在卢布跌落，日本金票几有取而代之之势，幸而中国银行（哈尔滨）钞票有信用，居然变成中国银元的单位，哈尔滨中交银行且发辅币票，新铜元，概为十进制度，很整齐不紊乱。所以当时中国人的经济势力还算站得住。然而其时中东铁路正在所谓国际管理与移归中国争论不决的时候，中东铁路关系哈尔滨甚大——劳农及远东两政府屡次声明要归还中国，事实上俄国人在哈的经济权已经早就打破了一大半，中东路权的转移就足以证明——可是日本人却趁此机会想取得中东路，日本人若得中东，哈尔滨就快变为日本的殖民地了。

我们从奉天到哈尔滨沿路触目惊心，都是日本人侵略政策的痕迹。日本连年经略西伯利亚，干涉俄国内政，扰乱珲春治安，其志不小，竭力想吞并满蒙西伯利亚，这一问题还不知道什么时候才解决呵。我们常和哈尔滨人谈起，凡当地红胡子出没的所在，差不多总有日本人的踪迹。

哈尔滨市面上居然也有日本警察。俄国势力倒了——旧俄帝国已死——日本却又来了。我们有时街上闲走，常常听说中国人欺侮俄国落伍兵士警察，日本警察就来干涉。哈尔滨有日本商品陈列所，日本报馆、杂志，对于哈尔滨市政，调查得比中国人俄国人都清楚。我们还到过一日本客栈，颂华和那客栈主人谈话，我在旁看着：那客栈主人一老妇的脸上，一丝一丝皱纹里却寻不出什么帝国主义的光线出来。妓馆饭馆，日本人开的也尽有，日人的经商确是精明，而且待顾客很和气，只有颂华有一次去看一日本新闻记者，和他谈起中东铁路问题，他却大显其狡猾的形容语气——俄国人说：这些都是世界资产阶级的仆御，诚然不错。我们每天在小馆子吃饭，饭馆主人和我们也熟了，我因问他："为什么哈尔滨饭食这样贵？"他说："呵！不用说。哈尔滨什么都贵。日本货便宜些。我们吃的米都是东京米。呵！贵得很！怎么比得我们山东。更不必说你们南边了。……"原来南满横梗在中间，中国货物经过该路，花的运费非常之大，所以竞争不过日货。于是日货就充满哈尔滨了。中国人所得苟延残喘的一点经济势力未必见得保得住呵！况且中国人的商业全靠几家火磨（面粉厂），当地的出产如豆、麦、油等，自从俄国断了通商关系之后，销路日隘，往南运去又非得经日本的南满铁路不可。如若中国不赶紧和远东恢复通商，结一经济同盟，其势决敌不过日本帝国主义的。

中属人在哈尔滨经商的大半是奉天人、山东人，多数是小商人。湖北人、宁波人也有，湖北人剃头的居多，宁波人是做西装裁缝或皮鞋的小手工艺。那地的中国人生活，上等人是半俄国化的——很有些俄国洋行的西崽出身立致巨富的，现在还住着几层高的洋房，娶的俄国媳妇，其余就是北京去的官僚，奉天黑龙江去的武夫。下等人大半是纯粹北方式的生活。中国苦力大半是铁路工人，也有些组织，住的地方叫三十六棚。其余工人，佣工者大概生活还不十分艰难。其地工价非常之高——一半是俄国工会的功劳。我曾到邮政局去调查，据说每月中国山东直隶等省小工寄回去的钱，总数总在一万元以上——也足见那工人生活勤俭能储蓄了。那地方南边人非常之少。那天我们同到一小饭馆吃饭，忽然听着苏州话，问起来，才知道只有这一家。

灰色的中国人生活到哈尔滨更变成黑色的了。哈尔滨生活尤其有沉默静止的特征。全哈中国学校不过三四处，报馆更其大笑话。其中只有《国际协报》好些，我曾见他的主笔张复生，谈起哈尔滨的文化来，据他说，哈尔滨总共识字的人就不多；当真，全哈书铺，买不出一本整本的《庄子》，新书新杂志是少到极点了。上等人中只有市侩官僚，俄国化的商铺伙计。上上下下都能读几句“洋泾浜”的俄国话——哈尔滨人叫作毛子话。然而他们下等社会静止的生活却依旧漠然不动，即使稍受同化，却又是俄国式乡下人的污糟生活。这种地方住着未免烦闷呵。

俄国人在哈尔滨的经营历年也不少。到现在道里及秦家岗一带差不多都是俄国人的生活。商铺也还有不少。俄革命后亡命者的白党，资本家将军都聚集在此地。成天在街上只看见俄国人，那些亡命的资产阶级却还是高楼大厦的住着，肚皮吃得饱饱的，和日本人鬼鬼祟祟串些新鲜把戏。各派俄国社会党在哈尔滨联络一中东路工党联合会；多数党少数党社会革命党都在一起，两以中东路工人联合会及哈尔滨城市工人联合会为实力上的后盾。哈尔滨的劳动运动，以这一联合会为中心点。它为俄国工人、青年，以及中国工人举办好些事业——教育卫生等。中俄两国民族的接近，确比日本人及其他欧洲人鞭辟入里得多。中国苦力心目中的俄国人决不是上海黄包车夫心目中的“洋鬼子”。下级人民互相间的融洽比高谈华法、华美文化协会的有意思。他们大家本不懂得“文化”这样抽象的名词，然而却有中俄文化融会的实效。

哈尔滨道里的俄国化生活使人想到上海天津等欧化景象，彼此截然不同。俄国的资产阶级，在哈尔滨盘踞着中东路的要津，已经根深蒂固，如今一旦动摇，他们就起恐慌，阴谋诡计百出。革命后各处的俄国亡命客又都聚集在哈尔滨。于是哈尔滨就变成俄国新旧党的纠葛地。新党自有组织，努力于工人运动，和中国劳工结合。旧党分子也非常复杂，旧党机关报如《俄声》（*Russky Golos*）及谢美诺夫派报馆《光明》（*Syiet*）专和新党机关报《前进》（*Vperiod*）反对，差不多天天打笔墨官司。《前进报》总经理国尔察郭夫斯基（Gorthakovsky），我们见过好几次，谈及中东路问题及工人运动，他常发很恳挚的言论——已见那年《晨报》通信，现在时过境迁也不再及——他为人非常蔼然可亲。常常发一种疑问：“俄国劳动人民对于中国国民未尝有丝毫的恶意；白党在哈尔滨勾结日本人暗杀新党首领——国氏本是中东路工党联合会的会长，也曾遇过两次险——不但扰乱治安，而且他们一旦得势，全满洲都成日本的殖民地，我们同是东方被压迫的民族，何以中国政府不知道果断实行而还是这样优容旧党，养痈遗患呢？”我们自己也不懂得，始终不能答复他。却有一次，我为好奇心所激发，以新闻记者名义去访《光明报》主笔。《光明报》是谢美诺夫的机关报；其时我听见谢美诺夫和赤塔军队打仗已连败数次，退到离满洲里不远的地方，而同时又有日本驻哈总司令赴满洲里的消息，我要知道谢军的实力究竟如何，日本的接济能否维持他。所以去见《光明报》主笔探探他的口气——或者间接能知道我们的行期：假使谢军确实预备退出满洲里，我们就可以动身了。他听我问到“谢将军”，他说：“呀，谢将军是真正的俄国民主主义者，可恨社会党、过激党胡闹。现在日谢同盟仍旧很牢固，不过满洲里形势异常……他们已另定有计划，换一方面或竟换一地点进行。可是‘谢美诺夫民主国’，如其成立之后，希望中国了解远东问题的重要，能和‘新俄’及日本结三国同盟，抵御美国的侵略……中东路，只有‘俄国’日本中国有过问之权，岂容欧美人插嘴……”我当时就知道他所说另一地点，或者是符拉迪沃斯托克，也就不以为意。他说到“三国同盟”的时候，笑嘻嘻脸，放出油光闪闪的狸猫眼睛，不断地看着我……谈话非常之客气，真正资产阶级的招牌挂得起呵！现在谢军差不多一败涂地，也不过一场春梦罢了。

哈尔滨的大概情形，我在哈时所做的几封《晨报》通信也曾略略叙及。这是要专门调查研究的。我此地不过随便写几句感想，零乱无序，也无从整理了。

在哈等待出行的时期，非常烦闷心焦。每日出去访俄国朋友，调查调查俄国的工人组织，并且搜集些俄文书报，以为研究劳农政治的材料。寓所里龌龊污秽得很，坐不住，也常常出去散步——似乎生活很不适意。然而眼前横着一种希望，也便耐心等候。初次和俄国党人接触，得着的教训，也就不少呵。

八

哈尔滨这个地方，中国本部人初料的时候，总不免有种种奇异的感想。俄国旧日经营西伯利亚一直到北满一带，生生开辟出来的荒地，历年以来，虽渐渐地一方面资本主义化；一方面孕育劳动运动，始终经济生活还是保存落后民族的特性。如此“非现代的”经济生活里，如西伯利亚，怎样实现科学社会主义的理想社会——这是一个问题。再则，我就经济现象想来，最容易显现出生产关系的，除非是“交易单位”(各地的货币制度交易汇兑方法)。而现代资本主义帝国主义的殖民政策，往往使殖民地的经济生活，另成一种特异性。经济生活的研究，我们就最粗浅的现象观察，观察当地的“财政资本”流通的状态（即银行经济在市面上的影响)，在日常生活中就可以感受资本主义的痛楚——何况在殖民地的特异经济中呢，自然尤其显得出帝国主义的功能。我就旅哈身受的经验想起：从天津到奉天，北京天津的中交票不能用了，要换日本朝鲜银行钞票，从长春到哈尔滨，中东路未收归中国管理之前，还不得不换俄国卢布买车票，现在虽可用中国银元，然而天津钞票已不大行，非得哈尔滨钞票或日本钞票不可。同样差不多在一范围内的经济生活，何以必须经三重“国家”的麻烦呢？人类经济生活，生产消费各得其当，便完了；像这样“殖民地的”剥削政策下之经济，依社会主义的原则，应当怎么样整顿呢——这是第二个问题。这两个问题，虽然不是我现在所能解决，然而却引起我心灵中的变化：我预想社会改造既在俄国实现，事实上他们——俄共产党，必定有确切实际生活的方法——抽象的“真”“美”“善”的社会理想，决不能像飞将军似的从天而降——因此我个人的哲学概念，推广这种实例；由主观立论，一切真理——从物质的经济生活到心灵的精神生活都密切依傍于“实际”，由客观立论，更确定我的“世间的唯物主义”。劳工神圣，理想的天国，不在于知识阶级的笔下，而在于劳工阶级实际生活上的精进。心灵的安慰，物质与精神的调和——宇宙动率的相映相激——全赖于人类的“实际内力”。“实际内力”能应付经济生活的“要求”及“必需”，方真是个人，民族，人类进化的动机。

我“回响”实际生活。我且就在哈尔滨的感想，所处的环境随笔记一记。那经济学问题、哲学问题，暂且搁下，留在此做我心理变迁史中的一鳞一爪的痕迹。

黯黯的天色，满地积雪，映着黄昏时候的淡云，一层一层春蚕剥茧似的退去，慢慢透出明亮严肃的寒光来；喊喊喳喳私语的短树，林里穿过尖利残酷的寒风；一片空旷的冬原，衰草都掩没在白雪里，处处偶然露出些头角，随着风摇动，刷着雪丝作响；上下相照，淡云和积雪，像是密密诉说衷肠，怨叹生活的枯寂，哈尔滨秦家岗南头，俄国人住家多数在那里，热闹的市面已经过去了。我走去看一俄国朋友并访他的妹子马路西霞（Raigorodsky Marucya），才走到这段地面。向来厌恶哈尔滨小城市生活的繁猥，到此也稍有安慰了。“呀！你们来了。”他们赶紧招呼预备茶点，大家坐下，就谈起来。他们知道我要到俄国去，随便替我说些俄国文化上的趣事，怎样不和西欧相同，怎样宗教的势力很大等等——马路西霞是一托尔斯泰派——谈到苏维埃政府，他们也不知道详细情形，莫斯科生活如何，他们也很想去看一看，可是苏维埃俄国穷困不堪，大家是知道的，所以要回籍须得政府的许可，因此他们却不比外国人，能容易入境。我因他谈及俄国文化，就随便问问他，住在中国许多年，对于中国文化有怎样的感想。他们都说："我们没到过中国。你们以为哈尔滨是中国吗？俄国侨民的生活却完全是俄国式的——和中国文化接触的机会很少。就是在俄国商务中学念过点中国史。东方古国的文化非常之有趣。也很想到北京上海等处去走一走。……"我和俄国人的交际虽因俄语程度太坏，不十分广，却也认识十几个人——有是党人，有非党人的。我们请他们吃过一次中国饭，他们羡慕得不得了——原来住在中国地方，一直没真确知道中国生活、中国文化。他们心目中的中国人只有一般苦力、小商人呵。当天晚上七八点钟回寓，走出他们家门，街上已经很冷落。天气很冷，走了好一段路，才看见一辆马车。我叫了他一声，只听得回答道："Kudai？"我才知道是一个俄国车夫，随即和他说了地方，坐上车去，相离不到一里半地，却要五角大洋，读者如其是中国人，不要以为是上海汉口的马车，这是破旧不堪的俄国式马车，却要得如此之贵——中国车夫要得便宜些。我因随口问问这一车夫家计怎样，据他说哈尔滨样样东西都贵，所以车费不得不昂，一天却也可以赚得五六元钱——俄国车夫大半只知道要日本金票，不要中国洋钱，我这里是和他折算的。他也没甚工夫去到俄国工会所设的俱乐部、音乐会。一路谈着，忘其所以，抬头一看，却走到秦家岗南头去了——和我们的寓所背道而驰。其时云影翻开，露出冷冰冰亮晶晶的一轮明月，四周还拥着寒雾，好像美人出浴披着轻纱软帔似的；马路旁寒林矗立，一排一排的武装着银铠银甲，万树枝头都放出寒浸浸的珠光剑气——贪看着寒月雪影，竟忘告诉车夫，走错了路。愈走愈远——错误偶然与人以奇遇：领略一回天然的美，可是寒意浸浸，鼻息都将冻绝，虽则沉寂的寒夜，静悄悄已没一点半点风意，宇宙的静美包含在此"琉璃天盒"里，满满地盛住没起丝毫震荡，然而大气快成冰水，"干冷"的况味，也不容易受。我才唤醒车夫，叫他拨转马车，赶回寓所。他却还咕噜着说："……中国人……中国人今天怎么忽然不知道哈尔滨街道的俄国名字？……叫我跑这许多冤枉路。"我心上想，你在中国地面赶马车，却不知道中国街道的中国名字，等到到了福顺栈，才说："唔，原来是这个地方，为何不早说清楚！"那又怎么说呢？

哈尔滨道里及秦家岗两部分，完全是俄国化的，街道都有俄国名字，中国人只叫第几道街、第几道街而已。俄国人住在这里像自己家里一样。可惜年来俄国商务，道里市面，不大繁盛了。却是，俄国资产阶级一方面和日本人勾结，日本人商界实业界努力博取哈尔滨的经济势力；劳动阶级一方面，组织运动却有一步一步兴旺起来的趋势，和赤塔新党暗中互通消息。那一天我从前进报馆出来到七道街江苏小饭馆吃了饭，沿着俄国人所谓中国大街（Kitaiskaya ulitsa）回家，已是傍晚时分。走过一家俄国报馆，看见许多中国卖报的，领着报，争先恐后地跑到中国大街去抢生意做——抢着跑着，口里乱喘，脚上跌滑，也顾不得，逢着路人，喘吁吁叫着："买 *Novoctijizni* 呵！买 *Vperiod* 呵！买 *Zarya*、*Russky Golos* 呵！"——为的是生活竞争。沿大街两旁，俄国人，有相偎相倚坐在路旁椅子上的；有手挽手一面低低私语指手画脚，一面走着的；有在铺子里买着东西，携着一大包裹出来的；雪亮的街灯，电灯光底下，男男女女一对一对穿花蛱蝶似的来来往往，衣香鬓影，紫狐披肩，蓝绸领结，映着大商铺窗帘里放出的电光，还想努力显一显西欧化的"俄国资产阶级"文明。还有一阵一阵俄国青年学生和女郎散步的踪迹；我走着，看见大街对面，乱乱落落俄国人影的背后，雪亮的电光，从窗子里映出来，照着很清楚两个金字在玻璃上："朝日"，却是俄文，细看窗子里面，有日本女郎的影子，窗口露着一段一段的日本绸布呢。中国大街尽头，一转弯就是一日本的哈尔滨日本商品陈列所，我们走过时却不见门口有电灯，已经关门了，然而我记得陈列所里商品很丰富，除农业品平常不足论外，工业品却应有尽有，形式上看来和"西洋"货无毫厘差别。过了这陈列所，离我们寓所不远，却走过我们天天吃饭的小饭馆，饭馆主人是山东人，看见我们就问："为什么今天不进去坐坐呢？"我们和他说已经吃过了。正谈着的时候，忽然听着背后有人哼着："Milocti……Milocti。"（请赏……）回头一看，却是一俄国乞丐。饭馆主人给他两个冷馒头，我也给他一角钱钞票（在哈尔滨难得用着铜元，身上竟不大找得着）。他画着十字尽说："谢谢，谢谢，上帝佑你……上帝呵！中国人比俄国人还好多着呢……"咕噜着去了。饭馆主人说道："给不得他们，天天来歪缠，昨天还有两个毛子，不知什么地方偷来一丈多黑绸，要卖给我们；少他的呢！……毛子真不好打发。先生们，呵，知道不知道，在这儿俄罗斯毛子穷人多得很。先生们想，要是俄国穷党（北方人俗称"布尔塞维克"的名字）一来，这般人都得抖起来罢？……"我笑一笑，也没回答他，就顺路走回寓所了。

萧蓝的天色，白云和堆锦一般拥着，冷悄悄江风，映着清澄的寒浪。松花江畔的景色，着实叫人留恋。那天我同着俄文专修馆的同学特地去游一游。趁着小船从道里到道外。在江中远看着中东铁路的铁桥，后面还崇起几处四五层洋房，远远亲着疏林枯树带些积雪，映着晴日，亮晶晶光灿烂露出些"满洲"的珠光剑气。在船上谈起俄文馆同学，原来在哈尔滨我们同学很多，审判厅，俄白党报馆，中东铁路，戊通公司在在都有。不但哈尔滨，从奉天至满洲里以及中东路小站都有我们同学。他们的教育程度是"如此"，他们的生活也比上海洋行买办式的英文学生甚至于北京天津研究英法文的"大学生"寒俭得多。然而大家是知道的，满洲三省文化程度几等于零，他们还要算此地的明星呢。我这次到松花江畔，本是顺便找我的俄文馆同学——一个船长，可惜他没有在那里。所以趁此乘小船逛一逛，到道外上岸沿着中国地界的茅屋土舍间污秽不洁的小路转回寓所。俄国的哈尔滨，俄国的殖民地——可怜得很——已经不大如天津上海，马路上到处堆着尿粪——在中国人眼光里还只见它辉煌壮丽的大商铺。再一到中国"北方"人生活里，更加污糟不堪。道外这种远僻街巷，沿松花江边，几间土屋，围着洋铁皮木板乱七八糟钉成的短墙，养着几双泥猪；这就是中国人的写生。文化不是天赋的，中国民族应当如何努力；并欧洲人所笑的野蛮的俄罗斯人都不如。经济生活，生产方法不变，一方面既不能有文化的要求，以进于概括而论的文明；别一方面更不能有阶级的觉悟，担负再造文物的重责。东方古文化国的文化何时才能重兴？所谓“改造”，根本的意义，通筹统计原在于“为全人类文化而奋斗”。如此黑暗的民族，不是须经更深切的资本主义化，就得行“新式的”无产阶级化。在满洲三省尤其重要。且不读郑总解决的大问题，就是目下急切的零星解决，满洲的文化运动，也就紧急必需“往民间去”的先锋队。可惜在此地的知识阶级只有一般中了“北方式”官僚教育毒的俄文馆派。只好任那松花江里帝国主义的血浪，殖民政策的汗波，激扬震荡，挟着红胡子似的腥秽的风暴，丘八爷似的严酷的冰雪，飞吼怒号罢了。

哈尔滨旅馆生活一瞬已有一月多了，天气一天一天冷起来，街上的积雪，树梢的寒意，和着冷酷陈死的中国社会空气，令人烦闷。北地平寒，渐渐地显它的威武。可是我心苗里却含着蓬蓬勃勃的春意，冒险好奇的旅行允许我满足不可遏抑的知识态，可爱的将来暗示我无穷的希望。宇宙的意志永久引导人突进，动的世界无时不赖这一点“求安”的生机。你如其以“不得知而不安”就自然倾向于“知”。天气的温度低降，他的密度失了均势，以压力不平而不安，汽质就逢然倾向于凝结。社会组织失了根据地，自然就动摇，借着怪物的“社会声浪”，鸣他心意的不平。自“不知”动而至“知”。自汽动而至冰。自资本主义、帝国主义动而至社会主义，至“新式的”现代的无产阶级化。全宇宙不过只这一“求安而动”的过程。

凄凄的寒月；冷冷的寒风，映着晶晶的寒雪，澈影我的心神——照见我就是“斯笃矣”主义也只是求精神生活安宁，甚至于还是求物质生活的安宁的倾向而已。我自念我的内力，实际所有的才能，在当时实无一利于社会，同时于我个人的生活意趣，有极不安宁的状态。所以因求安宁而愿蹈危险。“至于冒险而去，成败究竟如何？”并不是不应当问，而是不必问，或简直是不问。生活不安的程度愈高，反应冲动的力量亦愈大。既无益于抽象的中国社会文化，又无味于具体的枯燥生活。当然，除出那一部分薄弱的意识作用：有无利益于社会，而心理上突然呈一种猛进的状态。“宁死亦当一行。”——如其还有“社会”“文化”观念，求为人而劳动，那只是第七识的我执所驱策。每天工作完，同着颂华散步，荒地上凄凄的月色，雪影稀微放它“自然”的动机，往往就谈及这些兴味浓郁的问题。哈尔滨寓所狭隘不堪，我却常常说到莫斯科，有这样一间屋，三个人住住也就可以了。那时听说莫斯科食粮缺乏，燃料不足，又常常说笑话：“颂华，我们去了，不但冻饿，还有别种危险，兴兴然而去看‘新奇’，也许不幸奄然而就死。”

颂华道：“你为什么说这种不释的话，扫兴得很！”

九

十二月初得到确实消息，谢美诺夫的兵已败退，日本人出来调和，护送谢氏到沿海滨省，满洲里方面总算肃清了。我们行期，好容易有一点希望。一鼓作气从北京到哈尔滨；忽然中途停顿了这五十多天，锐气恐怕有所消磨。得着这种消息；勃勃的生气又振作起来。去看了这陈广平，知道他的专车已经办妥，行期也定在十二月七日离哈尔滨。

启程了，启程了！向着红光里去！苏维埃俄国，是二十世纪世界第一个社会主义共和国，究竟如何情形，虽有许多传说、许多宣传，又听见他们国内经四年欧战三年内乱，总不知详细；只是向着自由门去，不免起种种想象。此去且要先经新造的民主主义的远东共和国——为苏维埃俄国之缓冲地，行民主主义制度而执政党是共产党——布尔塞维克；亦是研究的兴趣盎然。快走了！快走了！快到目的地了！苏维埃制度——无产阶级独裁机关——共产主义——马克思经济学的社会主义，可以有研究的机会了！而还没有研究。请先得共产党一点空气（atmosphere），回转去说一说哈尔滨工党联合会庆祝十月革命纪念的盛况。

十一月七日是彼得城发生世界上第一次无产阶级革命的日子（俄国向用希腊历，比西历迟十三天，十一月七日乃俄历十月二十五日，所以谓之“十月革命”）。我当时还在行止未定，得一俄国友人的介绍去参观他们的庆祝会。会场是哈尔滨工党联合会预备开劳工大学的新房子，那天居然得中国警察厅的许可，召集大会。会场里人拥挤得不得了，走不进去。我们就同会长商量，到演说坛上坐下替薄不的人；宣布开会时大家都高呼“万岁”；哄然起立唱《国际歌》（*International*），声调雄壮得很——这是我第一次听见《国际歌》，到俄国之后差不多随处随时听见，苏维埃俄国就以这歌为国歌。演说的庆贺苏维埃政府，俄罗斯共产党，第三国际（III International），世界革命。末后又得赤塔远东新政府亦在这一日宣告正式成立的消息，还有从莫斯科刚到的一个共产党报告，大家更激昂慷慨，欢呼万岁。大会完之后我们就到俄国友，多数党——家里去晚宴。屋子里放着盛宴，电灯上包着红绸，满屋都是红光，红光里是马克思、列宁的肖像。吃饭的时候，大家痛饮欢呼。席中有许多俄国女郎，靠我坐的身上香气浓郁，都凑近来问中国、北京、上海的风俗人情，絮絮不已。忽然席间来了一位刚从莫斯科到此的共产党，又站着演说：“我们在此地固然还有今夕一乐，莫斯科人民都吃黑面包，还不够呢。……共产党担负国家的重任，竭力设法……大家须想一想俄国的劳动人民呵。……”我因问和我谈话的女郎是不是共产党，他回说不是，然而是对于共产党表同情的。他却问：“你是共产党不是？中国政党有多少，有像我们共产党这样大的没有？”我说中国政党的情形，又说：“中国社会党还没有正式成立的，只有像你们十九世纪四十年代时的许多研究社会主义马克思主义会。”他道：“中国政党原来这样，难道只有张作霖一个人管政事吗？……”

酒阑兴尽，站起身要回寓，颂华却因不懂俄国话，和一个刚来的人谈英文，那人听说罗素已到北京，想赶去听讲，却很倾向于基尔德社会主义呢。我叫着颂华回去。十月革命的庆贺算完，要待到莫斯科过第二次十月革命纪念了。

启程的日期已到，陈广平却又迟延。他说从哈尔滨到莫斯科虽是专车，恐怕劳农政府要车费，一个人约莫要三四百块钱，我们没法，三人共给他一千元，又因莫斯科食粮缺乏，托他买了一百元面——那一千块钱，后来到了莫斯科四五个月之后，陈广平说："哈满运面费二百二十六元，我虽没付出，外交部一定要在公费内扣算的，还有'什么要多少钱，什么要多少钱'，我算来该还你们四百五十几元。……颂华已经拿去五十五元。这里有苏维埃钱四百零七万卢布(其时一万七八千苏维埃钱才能兑一块中国钱)，请你们收了，写张收条吧。……"这一千元的公案是这样完结的。我们赴俄，知道那时俄国禁止商业，沿站什么也没有卖的，自己备了火酒炉，陈广平又答应我们共同吃饭，后来算账，他却要了我们买的面十铺德（中国秤合有三百斤面)，算三个人在车上一个半月的伙食。带的面居然大有用处。我们后来在莫斯科的食用消费都靠它。这都是后话。

十二月八日才搬到专车上住下。又等两天方才动身。那几天料理一切，交旅费，买食粮，委琐不堪的事情使人烦恼。这才尝着现实社会生活的滋味。所以说：世故，人情，经验。原来是不懂得世故人情，没有经验，就该受骗。懂世故人情，有经验的人都受过"骗的教育"。我却后悔不曾多受几年东方古文化国的社会教育，再到"泰西"去。

十二月十日开车，又离哈尔滨往北去了。

……

作者简介

瞿秋白（1899—1935），江苏常州人。1920年，赴俄前在哈尔滨月余，为《晨报》撰写《哈尔滨之劳工大学》，著有《饿乡纪程》等。

欧罗巴旅馆

萧　红

楼梯是那样长，好像让我顺着一条小道爬上天顶。其实只是三层楼，也实在无力了，手扶着楼栏，努力拔着两条颤颤的，不属于我似的腿，升上几步，手也开始和腿一般颤。

等我走进那个房间的时候，和受辱的孩子似的偎上床去，用袖口慢慢擦着脸。

他——郎华，我的情人，那时候他还是我的情人，他问我了：

“你哭了吗？”

“为什么哭呢？我擦的是汗呀，不是眼泪呀！”

不知是几分钟过后，我才发现这个房间是如此地白，棚顶是斜坡的棚顶，除了一张床，地下有一张桌子，一围藤椅。离开床沿用不到两步可以摸到桌子和椅子。开门时，那更方便，一张门扇躺在床上可以打开。住在这白色的小室，好像把我住在幔帐中一般。我口渴，我说：

“我应该喝一点水吧！”

他要为我倒水时，他非常着慌，两条眉毛好像要连接起来，在鼻子的上端扭动了好几下：

“怎样喝呢？用什么喝？”

桌子上除了一块洁白的桌布，干净得连灰尘都不存在。

我有点昏迷，躺在床上听他和茶房在过道说了些时，又听到门响，他来到床边，我想他一定举着杯子在床边，却不，他的手两面却分张着：

“用什么喝？可以吧？用脸盆来喝吧！”

他去拿藤椅上放着才带来的脸盆时，毛巾下面刷牙缸被他发现，于是拿着刷牙缸走去。

旅馆的过道是那样寂静，我听他踏着地板来了。

正在喝着水，一只手指抵在白床单上，我用发颤的手指抚来抚去。他说：

“你躺下吧！太累了。”

我躺下也是用手指抚来抚去，床单有突起的花纹，并且白得有些闪我的眼睛，心想：不错的，自己正是没有床单。我心想的话他却说出了！

“我想我们是要睡空床板的，现在连枕头都有。”

说着，他拍打我枕在头下的枕头。

“咯咯——”有人打门，进来一个高大的俄国女茶房，身后又进来一个中国茶房：

“也租铺盖吗？”

“租的。”

“五角钱一天。”

“不租。”“不租。”我也说不租，郎华也说不租。

那女人动手去收拾：软枕，床单，就连桌布她也从桌子扯下去。床单夹在她的腋下。一切都夹在她的腋下。一秒钟，这洁白的小室跟随她花色的包头巾一同消失去。

我虽然是腿颤，虽然肚子饿得那样空，我也要站起来，打开柳条箱去拿自己的被子。

小室被劫了一样，床上一张肿胀的草褥赤现在那里，破木桌一些黑点和白圈显露出来，大藤椅也好像跟着变了颜色。

晚饭以前，我们就在草褥上吻着抱着过的。

晚饭就在桌子上摆着，黑列巴和白盐。

晚饭以后，事件就开始了：

开门进来三四个人，黑衣裳，挂着枪，挂着刀。进来先拿住郎华的两臂，他正赤着胸膛在洗脸，两手还是湿着。他们那些人，把箱子弄开，翻扬了一阵：

“旅馆报告你带枪，没带吗？”那个挂刀的人问。随后那人在床下扒得了一个长纸卷，里面卷的是一支剑。他打开，抖着剑柄的红穗头：

“你哪里来的这个？”

停在门口那个去报告的俄国管事，挥着手，急得涨红了脸。

警察要带郎华到局子里去。他也预备跟他们去，嘴里不住说：“为什么单独用这种方式检查我？妨害我？”

最后警察温和下来，他的两臂被放开，可是他忘记了穿衣裳，他湿水的手也干了。

原因日间那白俄来取房钱，一日两元，一月六十元。我们只有五元钱。马车钱来时去掉五角。那白俄说：

“你的房钱，给！”他好像知道我们没有钱似的，他好像是很着忙，怕是我们跑走一样。他拿到手中两元票子又说：“六十元一月，明天给！”原来包租一月三十元，为了松花江涨水才有这样的房价。如此，他摇手瞪眼地说：“你得明天搬走，你得明天走！”

郎华说：“不走，不走……”

“不走不行，我是经理。”

郎华从床下取出剑来，指着白俄：

“你快给我走开，不然，我宰了你。”

他慌张着跑出去了，去报告警察，说我们带着凶器，其实剑裹在纸里，那人以为是大枪，而不知是一支剑。

结果警察带剑走了，他说：“日本宪兵若是发现你有剑，那你非吃亏不可，了不得的，说你是大刀会。我替你寄存一夜，明天你来取。”

警察走了以后，闭了灯，锁上门，街灯的光亮从小窗口跑下来，凄凄淡的，我们睡了。在睡中不住想：警察是中国人，倒比日本宪兵强得多啊！

天明了，是第二天，从朋友处被逐出来是第二天了。

（此篇首刊于1936年7月1日上海《文季》月刊第一卷第二期，署名悄吟。）

作者简介

萧红（1911—1942），原名张迺莹，出生于黑龙江省呼兰。1933年发表第一篇小说《弃儿》。1935年发表《生死场》，1940年去香港，发表中篇小说《马伯乐》、长篇小说《呼兰河传》等。

冰雪诗章

对哈尔滨的注解

马文秀

巴洛克风格的老建筑
留下时间的划痕

雪花相互靠近
穿过中央大街的喧嚷和笑声

对哈尔滨的注解，无需复杂
人们早已在经纬之间进行诠释

每一处角落，以自己的言说方式
表达出独属冬季的火热

在天地的际遇中
打碎行程，做个纯粹的行走者

甚至让脚印抵达祖国的边陲
积雪遍地，穿过松花江

用镜头记录凿取冰块的工人们
冰雕师们将生活的哲学

藏进冰雪雕塑艺术语言中
打造近千处冰雪景观

漫步在冰雕艺术间
视线之外的白，无法掩盖诗意
如一团火焰，让人有重塑自我的冲动

作者简介

马文秀，诗人，回族。中国作协会员，中国诗歌学会品牌战略部执行主任。作品见诸《人民文学》《诗刊》《中国作家》《上海文学》等。出版诗集《雪域回声》《老街口》《照进彼此》等。部分作品被翻译成英、法、俄、日、韩、阿拉伯等多国文字。曾参加《诗刊》社第 39 届青春诗会。

中央大街的夏日午后（组诗）

马永波

中央大街的糖槭树

你认出了我，你装作不认识我
从我的青年时代，你就停止了生长
为了等我。你兀自生长
无论冬夏，发出新叶
还是一片光秃，你都只遵循
自己的心意，你几乎遗忘了我们
遗忘了我们共同虚度的岁月
你向晴空，向黑暗
展开自我，如此信任
我们不能理解的力量
我们靠着你，扶着你
依然无法与你同在一个时空
在你的荫蔽下，我们成长
成为面带笑容的战士
作为北方的树，作为父兄
你的刀，你的飒飒风声

都催促一个闪亮的秋天
因为秋天，不只要收获
还要复仇，向虚无，向生命
如今，我倚靠在你粗糙的身上
你，就是我疲惫坚忍的战友
你的汁液流在我身上，而我
有你的挺拔，你的傲慢
和你的不屈

巴洛克的黄昏

古典的均衡，哥特的虔诚
都无法抵挡，不规则的激情
随屋顶烟囱里长出的柳树一同招摇
那些奇形怪状的珍珠
成了松花江边晒网场的网结
挂在商业浮肿的粗脖根上
任灰尘累积出金黄的色泽
那些习惯背着手的生意人
冷眼瞄着中央大街
巴洛克的富丽繁杂
折中主义无立场的包容
或是新艺术运动浪漫起伏的立面
用灰泥涂抹着些许自尊和些许炫耀
于是，爱奥尼亚的双倚柱
从鼓座式柱础上昂昂然升起
披挂着中国结，与拱券的幽暗交合
壁柱则如谦逊的女史侧身隐退

菊花浮雕围住黑底金字的牌匾
蝙蝠，石榴，金蟾，牡丹，甚至金钱
堆砌出错杂的光影，让眉头锁得更深
让眼睑的阴影遮住心里的微澜
这些立柱、尖塔、穹顶
大法官假头套一般的涡卷
围住背后四合院的寂静
像传教士脸上来不及抹去的泡沫
那些天井、户外楼梯、闭合的回廊
云破月来花弄影的女儿墙
斗拱，台阶，红油漆开裂的栏杆
还在庆幸有些事物并不需要理解
它们完全配得上如许的不幸
鬼影森森，如咒语定住的怪物
这些百年建筑吐出灰色的哈欠
国际青旅寂寞的小狗
听见动静，赶紧跑出来察看
即将打烊的老店里，灯焰在低语
疲惫的服务员漫不经心
厨师或老板坐在门口
把手安静地藏在大褂的衣褶里
这是他们灵魂显现的时辰
这也是灵魂转身入夜的时辰

有轨电车的回忆

那是八十年代的典型街景
陡峭的街道从绿色的秋林公司

向东经过有小火车的儿童公园
红色的教堂，驶向拜占庭式的图书馆
那条下坡的路叫作奋斗路
典型有时代色彩的名字
我刚刚工作不久，靠着烟囱写诗
那时的大冬天，我会骑着自行车
从单位所在的松花江边的九站
一直经过霁虹桥，古色古香的三中
一路上坡，然后在溜滑的路面上
顺奋斗路而下，石头的街道
是冻硬的灰面包，每块都方方正正
雪总是清不干净，也许是故意的
每棵树下都围着一堆保暖的雪
我的第二个对象就在奋斗路
地势最低的一个小街道上
我们在她的单身宿舍打扑克
玩钓鱼，谁赢了谁就主动吻对方
二十二岁，更多的时候
我会乘末班车回自己的单身宿舍
在灯光暗淡的小店半醉之后
有轨电车的黄色木头车厢里
乘客稀疏，车咣当咣当一路响
车顶的大辫子噼啪直冒火星子
有时脱落了，电车猛地停住
中间两节车厢的接合部
就像手风琴一样堆出褶皱
空气像冰凉的伏特加带着绿意
那时这条街还不叫果戈里大街

那时我满城还没有几个认识的
既没有朋友，也没有
和朋友增长的速度匹配的敌人
那时的嘴唇还是软的，有点凉
而生活，仿佛才刚刚开始

作者简介

马永波，1964 年出生于黑龙江伊春。当代诗人，翻译家，学者。英美后现代诗歌的主要译介者。1986 年起发表作品，作品有《炼金术士》《存在的深度》《树篱上的雪》，译著有《美国诗选》《艾米·洛厄尔诗选》《史蒂文斯诗学文集》《1940 年后的美国诗歌》，学术专著有《文学的生态转向》《美国后现代诗学》《英国当代诗歌研究》等。

一颗牙落在了黑土地上（外一首）

王　山

哈尔滨中央大街夏日傍晚
手风琴声飘荡穿行
二毛子米沙的朋友们
会心地挤挤眼
露西亚酒馆
去过的人都知道

松花江的流水怡人
而冬季
却怎么也不肯通融
严酷凝结坚硬如铁
一座用火车拉来的城市
梦里依稀听到自信的汽笛声
随着寒潮
人们从四面八方拥来
与其说是体验哈尔滨的冷
不如说是感受一种别样的热

哈尔滨
一首曲子
弹奏出意想不到的变奏
寒冷即炽热
春夏秋
挤靠在马迭尔宾馆阳台的角落
也难免心生妒忌
何时变成了
御寒即娱乐

不经意间
我的一颗牙落在了黑土地上
会长出什么呢
最好安静地耐心等待

天下的人与尔滨称兄道弟
终究挥一挥手
各奔东西
哈尔滨
不化的积雪
依然还在
河水流走了
石头还在

煤泥味威士忌

威士忌喝出煤泥味
因为压抑得太久太久

黑暗中的恐惧沮丧
无尽的伤悲
一指
又一指
化为冲天烈焰
一定要纯粹
单一麦芽
不加冰
什么都无需添加
不需要语言的表白

初心晶莹剔透
橡木桶沉寂中
封闭住往昔的
压力和热力的作用
煎熬
终于呈现琥珀般的
金黄透明
喝威士忌是在点燃自己
不顾一切地燃烧
是给自己的心一个难得的假期
是沉静与冲动的双重抚慰
威士忌是灵魂的火焰
要狂欢　要本性　要自由
在无限的跳跃
膨胀中
失去

威士忌从来没有泡沫
从威士忌品出的
不仅仅是酒精
还有岁月与自然
风雨的交替
威士忌没有保质期
随时都可以喝
威士忌与时间等长
安静的存在
就在那里
神圣的背阴处
埋葬着无数匿名的牺牲

作者简介

王山，作家、诗人、编辑家，正高二级。享受国务院特殊津贴。中国诗歌学会常务副会长兼秘书长，历任《民族文学》编辑、《文艺报》副总编辑、《中国作家》主编等。著有《历史和心灵深处的弦外之音》等。

童　年

木　汀

哈尔滨
是童年的名字
刻在了岁月长长的蜡纸上

哈尔滨
是让灯火打着灯笼找寻
啼笑的摇篮
童年长长的签名
是葫芦娃和神笔马良
是舒克和贝塔……
在夜深人静时缓缓地舒展
就变成了星星和星光，就点亮了
这儿的万里夜空
哈尔滨的夜空呀
能精确地测出无边白昼的边际
使所有的颜色
还原了底色，露出了隐形的水滴

雪以及冰雕
原来真的是哈尔滨童年的模样
每一个神态和每一个动作
凹凸在地平线上
就成为一座城一个国家的画像

哈尔滨，只要冬天来临
童年的笑靥就卸掉了这里所有的外套
而童话
便接踵在这里赶集
啊，童话的主人公
——那些大大小小的新老朋友
在透明中舞蹈
在舞蹈中透明
此情此景此刻
满城是喜悦满街的欢熒
源自漫天的悄悄话
此刻此景此情
童年藏在雪花里
抬头时就纷纷扬扬落下
童话的种子埋在童年里
长大一寸
快乐就高出我们一尺

作者简介

木汀，随笔作家、诗人。中国作协会员、中国电影文学学会会员，中国诗歌学会驻会副秘书长。作品见诸《人民日报》《光明日报》《诗刊》《星星诗刊》《诗歌月刊》《诗选刊》等，出版有《七月》《七月——第三季》《春》等诗集、诗画集。首届东亚诗人大会（中、日、韩）中国诗人代表团副团长、第三届中美诗学对话中国诗人五人代表团成员，先后访问美国、意大利、西班牙、日本、韩国等国。

带状公园漫步（我的歌之二）

巴彦布

一

目光解冻，流泻……
脚下生花，流连……
信步这五十四华里带状公园，
身与心　便滑入五色乐曲之波——升降沉浮
让我来经历一场　沧桑……
向我注目，向我走近的是你们吗——
这雄性昂挺的岸……这柔姿多梦的树
这一方方水泥板块的路及其白亮拉远的坦荡
那如唇如火的花……那美人发髻的坛
那叶片窃语的林子及其雕塑
呈现的高耸神驰
不，身旁水流溅溅……江鸥点点……
向我次第展开的是　当年——
十岁娃娃而今是半百老人
记忆之鼓，徐徐传来曳光溅火的震颤！

四十年前！幼马的蹄声向草原道别
河面转移。在这里——
我的童声之翅追逐清波的马群，
心儿一次次敞给水花翻卷的江天……
在当初教堂与神庙傲视下的空间，
我见朝阳下贫困与野蛮留下的道道爪痕，
它们一次次挠伤过我那清澈润泽的
最初一瞥——
这放大了的古渔村　这愈合艰难的瘢痕与伤口啊！
……种植富裕的水草——给她，
……放养憧憬的锦鳞——给她！
我这牵动肝肠的第二故乡啊，
我这松花江边北方的名城啊……

二

我深深的痛苦与甜蜜滚过心之鼓面，
是江风下，繁花密叶的云霓迷蒙了我的双眼……
四十年如烟！我和这座城皮肉共生，骨血难分，
我的脚步和沉思同这堤这路一道拓展……
肩上的白雪与紫丁香花瓣交替滑落，
我知道，出走八方的我何以常常失眠？
仰望天宇之中的“哈尔滨星”啊，
是桂冠也是情人，
愈是馨香缠绕愈是叮咛我的“拖欠”！
我生命的节奏空食了这么多江水绿荫
我的文字我的歌啊，为什么不——
以汗以血植入这随江如带的公园？

作者简介

巴彦布，蒙古族，中国作家协会会员，一级作家。著有儿童诗集《鲜奶与花朵》，抒情诗集《爱的倾吐》《飞驰的色块》《巴彦布诗文集（上、下）》，叙事长诗《哈尔滨之恋》。作品被收入《中国新文艺大系》《历代蒙古族文学作品选》《诗选 1949—1979》等 40 余部选集。20 世纪 80 年代，参与创办《诗林》杂志并任主编。2017 年，先后荣获“中国新诗百年最具创作实力诗人奖”和“华语红色诗歌终身成就奖”等。

我的家乡我的城

艾明波

我该怎样地书写你——我的家乡我的城，是写一江春风，还是写四季美景。

我该怎样地书写你——我的家乡我的城，是写风雨沧桑，还是写大潮浪涌。

我该怎样地书写你——我的家乡我的城，是写古朴典雅，还是写风情万种。

我该怎样地书写你——我的家乡我的城，是写热血情怀，还是写奉献与光荣。

所有这一切，都值得我热情地赞美——所有这一切，都值得我热烈地歌颂！

从一个小小的渔村，到今天的复苏兴盛。

从一条封冻的大江，到今天的水碧山青。

从破土开疆到大厦高耸，从万木凋敝到柳绿花红。

从瓦解寒冰到开拓进取，从力争上游到全面振兴。

你的每一次发展，都是一次英勇的冲锋，你的每一次进发，都是一次壮丽的征程。

岁月，一定是有记忆的，它把这座城市历经的风霜都刻在身体的年轮里。

时光，一定是有生命的，它把这座城市洒下的汗水都装在不蒙灰尘的心中。

“共和国的长子”，这句话，我当初还并不完全理解它的内容，可后来我知道，这是一种褒奖之光，这是一种嘱托之重。

正因如此，我才懂得了一代一代哈尔滨人，为什么那样地奋不顾身，那样地执着前行，哪怕肩上有一座山，也咬着牙、挺起腰、站得稳、扛得动！

因为，哈尔滨儿女，不仅是忠心耿耿，还有冲天的豪情！

不仅是忠心耿耿，还有冲天的豪情！

而今，我们要做的事，那就是赓续传承，大树高千尺，根在泥土中，不忘初心，方得始终。

为了让这座城市更加幸福美好，许许多多的人都在默默奉献、急急行走、风雨兼程。

于是，我看到了——看到了我们每一次醒来，都有放弃睡眠的清洁工在迎接着黎明。

我看到了——看到了工地上，建筑工把所有的辛劳都嵌进了高高的楼层。

我看到了——看到了大片大片的稻田里，我的农民兄弟挥汗如雨地捧起一年的收成。

我看到了——看到了在一次次危急关头，人民子弟兵用生命捍卫生命！

我的这些姐妹弟兄啊，我是多么地爱你们，你们是这座城市普通而伟大的英雄！

还有啊，还有许许多多各条战线的人们，都在自己的工作岗位，献出自己的青春和力量、燃烧自己的生命和热情。

那么，请允许我们在这里，向所有哈尔滨的贡献者致敬！

向平凡英雄致敬！如果说奉献是哈尔滨的名片，那么奋斗就是哈尔滨的名称。

新时代、新使命、新征程，潮涌东方千帆竞，万木高歌唱大风。

这座英雄之城、奋斗之城、美丽之城，必将在全面振兴、全方位振兴这浩荡的进军中，再铸辉煌、大写光荣。

再铸辉煌、大写光荣。

作者简介

艾明波，笔名艾子。中国作家协会会员，全国公安文联文学创作委员会理事，教育部所聘“十一五”重点课题组作家专家。著有散文集《感悟人生》《生命的景象》《你是我窗外的春天》等。

初夏记事（组诗）

左远红

伏尔加庄园

梨花落了
杏花落了
伏尔加庄园
只有远远近近的绿树
巴甫洛夫城堡
奥尔洛夫马房
圣彼得堡渔村
教堂、餐厅、俱乐部
这些俄式建筑
好像从油画中走下来

我的二哥总是
和我拉开一段距离
他一会儿拐进小教堂
一会儿拐进酒庄
一会儿跨过干涸的水沟

踩着沙子到另一边去
他朝北走，向着有金色大厅的
艺术馆走。发现没有路了
再跨过干涸的水沟
转回到原来的路上

风，吹着他的白发和衣衫
他倾斜着，在巨大的缓坡上
下滑，仿佛没有重量
仿佛后面压根没有
紧紧跟随着的妹妹
他一个人沿着旋转楼梯
去三十米高的瞭望塔
我在下面听见咚咚的脚步声
越来越远，隔一会儿
再越来越近，直到看到他
平安地走下铁质楼梯

一直到下午，一直到
班车赶来的时候
我们离开庄园
我们从成高子转车回市里
我们去喜家德吃饺子
我的二哥，他总会喝点酒
他说，庄园要是有一个侧门
通往公路就好了，那样
沿着阿什河，他就可以
搭乘 602 直接回阿城。哈哈

我的二哥，我们刚刚离开
水连水、桥连桥的伏尔加庄园
他难道不知道我们也是
一奶同胞，我们也是心连心
惦念连着惦念吗

在那个充满异域风情的庄园
我们兄妹是过客，是我们
自己的光影。我们也是金色的
犹如那永远的家园
也是金色的

道外巴洛克老街

那天，哈尔滨沙尘天气
我们的衣服和背包上落满泥点
二哥晕车，一直打不起精神
我们走过古街手工皮具馆，老街泥匠铺
走过写着原始部落的服装出租店
走过有红红绿绿廊柱与阶梯的院子
推开紧闭的黑色门扇，走过画廊，大舞台
剧社，咖啡厅，茶舍。走过老柳树
以及灰墙陋瓦，残破的门窗
走过手摇拨浪鼓逗弄小孩儿的雕像
二哥终于面露温情，被我抓拍下来
我们穿过旧物市场，穿过景阳街
原路返回。二哥去他女儿那里吃广东餐
我急着要去照顾另一位老人

天色昏黄，城市像一张古旧的相片
风声似乎更大，吹着我慢下来的脚步
我其实很想在某个巷口多站一会儿
多望一会儿他的背影，想想下次
我们要去龙塔、植物园、博物馆
再给他买一顶帽子。因为看地方戏时
愤然退场，他把帽子遗落在了座位

太阳岛

三年前，二哥就说
等季节好了，我去哈尔滨坐地铁
二嫂临终前还说，等我好了
跟你二哥去哈尔滨坐地铁。如今
我们终于坐上地铁，乘坐三号线
在珠江路倒二号线，直抵太阳岛
展览馆，美术馆，风情小镇
这些想看的都没有去。我们只到了
水阁云天，二哥就倔强地往回走
我跟在他后面，沿着天鹅湖，转过小桥
走在阳光跳荡的林荫路上
我忧郁的二哥，被思念占满的二哥
他越来越沉闷，越来越茫然
世界太大了，像一只鸟面对天空
他不相信另一只鸟消逝的影子
他不想停下来，他得继续走
直到告诉自己，他找到了答案

地方戏剧场

在香坊居然有一家地方戏剧场
为我们订票的孩子说，你们去吧
我不喜欢那地方。其实，我也不喜欢
但二哥喜欢，他一直想听二人转
那个阳光特别好的下午，我们在
尚志公园转了又转，但二哥的愿望
没有得到满足，一拨一拨的大秧歌
喧闹而聒噪。他们像公园肚皮上的
奇怪花纹，鼓点越响，花纹被撑得越大
或者阳光的镜子太亮，他们被照射得
变了形。于是，在细雨中，我和二哥
走进地方戏剧场，走进了黑夜肚皮上的
另一幅奇怪花纹。二哥失望了，他一边退场
一边恼怒着大声说：这是什么啊！
匆忙中，遗落了二嫂给他买的帽子
我顿觉怅然若失，是啊，这是什么啊？
居然有那么多年轻人笑啊笑，一直笑
我和二哥步行回家。雨后空气清新
我们从香坊大街拐入油坊街，穿过
教堂广场。
我们都情不自禁地长出一口气

作者简介

左远红，女，1964 年 5 月出生。黑龙江省作协会员，中国散文诗学会会员，中国散文学会会员。出版有诗集《听水声远去》《离爱还有多远》，散文集《时光叠痕》。曾在《诗林》《人民文学》《北方文学》《鸭绿江增刊》《诗潮》《黄河文学》《浙江诗人》等杂志发表诗歌作品。诗歌曾入选《2020 中国年度诗歌》《2019 中国诗歌年选》《2017 中国年度好诗三百首》《2021 中国诗歌年选》等。

大雪（组诗）

包临轩

大　雪

除了松针，叶子们纷纷退出了冬天
我还在犹豫，大雪就从身后赶了上来

白茫茫世界，反而让我定下了心神
我的院落，依旧红砖碧瓦
那些跑光了叶子的树木，已然裸体
但没有退却，成为严冬封面少有的装饰

如同我的书籍及其作者们，比肩而立
每一排书，都储藏着
用不完的弹药，我如数家珍

这是比钢筋水泥坚固一万倍的壁垒
和阵地。我不必腰佩短剑
却以将军自许

那就让严寒开炮吧，白色的炮火铺天盖地
最终，将成为粉末徐徐抖落
这，就是冬雪如柳絮飘飞的景象

有什么可担心的呢？春天注定会带着一脉清流
为自己冲开一条愈来愈开阔的河床
叶子们，也将哗啦啦地回到枝条，给树木加冕

那时，我将从书房推门而出
简直一尘不染，和春天热烈握手
只是我一头松针般峭立的头发，披满了大雪

2019 年 12 月 7 日

早班车上

冬天的日出，被季节推得低而遥远
边缘模模糊糊，暗夜的包围圈尚未撤离
灰色天空中，那金黄色的浑圆
挣扎着向上
如同早餐煮沸的蛋黄，以光晕的方式扩散
而非光线那样笔直

街边榆树，还是那么几株
佝偻着腰身
叶子离开后，枝条稀疏
反衬着屋顶上残存的雪花
她们的洁白，因散落而格外耀眼

楼群，阻挡着视觉的奔涌
逆光中黑压压一片，成为夜的固体形状

双排路灯由白转黄，
因一夜疲惫，亮度减弱下来

早班车，无法打开密闭的车窗
外面的空气，是否如蹦跳的喜鹊一般干净

微信群陆续醒来，提示音不断响起
我保持短暂的镇静
在椰林和海滩度假的遥遥的旧友，比晨曦更远

身边的冻土、石头与清晨的日光对垒
寒风一直在身边伴奏，但终究不知
它站在哪一方

我的手指，在手机屏和车窗玻璃之间频繁往返
反复擦拭着冬日，和冬日里晦暗的心

2019 年 1 月 2 日哈尔滨

冬 至

瞳仁，还那样鲜亮
剩下的，是灰白头发、皱纹和下垂的嘴角
坐姿，还那样挺拔

但托举者，是一把轮椅

露台与花篱，隐入大雪之中
笑容烂漫，童年呼之欲出
眼眶里，噙住老泪
与悲戚无关

只是想
坠入冬至深处，这一颗羁旅的心
为何，还跳荡着春色

握手言和

黄昏近了，让我们握手言和
不只是相逢不易，不只是大雪之后的庭院
落下了喜鹊

是晚钟的似有若无，直至归于沉寂
令我惊觉
必须尽快握住对方，茶香里
伸过来纤纤素手

夕照，涂抹着火车站立面
这巨幅表情，趋于黯淡
微笑，艰难地浮现
于残红与碎金的波光粼粼中

雪杖靠在座椅后面

相向而立，仿佛走散了许久
又踏雪归来

星光，从眼眸的深井里
率先升起，冉冉
移向错落铺展的银色屋顶

2020年3月1日再改

湘江公园

全世界一整夜的雪，都下在了这里
松树、水杉、青杨和垂柳
披霜挂雪，愣在那儿
说不出话来

他一个人，走进这凛冽的空旷
摘下右耳细细的吊绳
口罩斜斜垂下，吸一口无边的清晨
重新遮住脸
露出警醒的眼睛，却一无所见

公园四周，楼房林立
这些放大的鸽子笼，被大雪推远
灰鸽子，和人影
是缩在一扇扇微型窗后面么
沉寂的丰碑，就这样层叠着落成

不必揣测，他们上网、刷屏和争吵
这一切，被压缩在封闭的水泥盒子里
喧哗，终于落潮
远处医院里渗出的抽泣，也已抹去

公园的大雪，这盛大无比的莲花
独自开放
现在，它全心全意围住一个兜圈子的人
一个走走停停的人
看他的遐思，如何飘散在风的呼啸里
不见一丝痕迹

2020 年 2 月 25 日哈尔滨

雪

终于不再被清扫，人影和车辙已经撤离
雪欢欣地，自由自在地铺满大地
房顶和山岗，挺拔的白头翁们
拄着树的拐杖，捻着枝条那纷乱的银色胡须
苍茫雪雾，覆盖了繁花的喧闹

那一张张被遮挡的模糊面孔，需要凛冽的荡涤
需要泪水的甘泉，一遍遍涌出
直到所有的眼睛，都在淘洗中慢慢清澈
直到天使翔集的羽翅，开遍他们无垠的视野

2020 年 2 月 10 日哈尔滨

露西亚

轻声谈话，像一场密约
低檐，这一顶压低到眉间的礼帽

令桌面的细纹，承接起交谈者
目光交会的温暖，甚至
偶尔的热切

苦咖啡，渗透在雨滴飘落的间隙里
窗外的面包石街道，此时
正一格一格地清凉

这是午后时光。中年男女的神情
闪烁着回忆和怀想的光芒，遮掩不住
欲罢不能的沉浸。而
断续的话语，如网眼打捞起旧事的细碎
又偏偏漏掉了，一条条细小的鱼儿

交谈，似乎只是暗示，欲言又止
窗台的一丛玫瑰花瓣，墙壁上
老照片高挂，模糊的微笑
仿佛就要说出，昔日的邂逅

似乎，等不到咖啡壶煮沸的时刻
往事的线索，飘浮于露西亚的氤氲里

是否，藏在木制靠椅内部
和套娃隐隐的暗香之中
如何寻觅。只剩下
寻觅的眼神，和微微耸起的肩头

指尖，在咖啡杯沿游走
甚至不敢轻轻敲击。这不易察觉的细节
被渐渐大起来的雨声
分散了注意力，在推门出出入入的几个瞬间

2019 年 6 月 28 日哈尔滨，露西亚

作者简介

包临轩，诗人，媒体人，毕业于吉林大学哲学系，中国作家协会会员。发表大量诗歌、随笔和评论等，出版诗集《高纬度的雪》《蓝钟花》《雪与铁》《雪地钢琴》《包临轩诗选》等，与人出版合集多部。2012 年荣膺《诗探索》中国年度诗人奖，中国新闻最高奖韬奋奖得主。

关于哈尔滨（组诗）

冯　晏

波特曼西餐厅

流光转身，遇见这个空气被一只猫碰碎了的晚上，
我们虚谈，一场落雪在窗外告诉石头。
身体里还居住着狄兰·托马斯笔端的“良夜”，
语言爆破像一场仪式。
未来在不远处遭遇一座被切割的铁桥，
残垣断壁继续坍塌、脱垂，
粉末涌向梯子。
这个夜晚，自我，在眼睛里缓慢游泳，
一条逻辑受阻的鱼，
躲进由《尼采的锤子》通往的大脑，
啤酒和刀叉之间有冷光。
餐桌旁，有人喜欢筷子，
东方情怀是集中营里僵直的排骨。
啤酒里有友情，有被缝合后又重新开启的唇齿
沉默之谜，从喉结平原慢慢突起，
质疑从身体灯塔发出必要的柔和之光。

餐桌前，冬末和初春迎面而坐。
语言躲进的电线斜挂在轩窗上方。
餐桌上有烛光，
取暖者从未停止往童话里面挤，
直至挤破。
此刻，我们背靠着印有列宁和叶卡捷琳娜头像的俄罗斯椅子，
整个晚上，在音乐里低飞。

雪花飘了一夜

白色让冬季从右侧脸颊的冰凉开始苏醒，
一条缝合裂痕的拉链
——足迹迎向光，
我舔过冰雪中的玻璃、护栏和铁板，
白霜撕裂过舌尖。
一刹那，折断。
岩壁和枯枝被埋进低垂的水的固态。
总是有击退静谧的上万种守候，
被指尖弹起。
逃出冥想无人区，镜中有新月落下。
我的缺席总是让冬季更接近于自我，
并发现爱着。
失眠，存在感所针对的消融，从未停止，
雪花飘了一夜。
老科恩幽深而苍凉的《蓝雨衣》飘了一夜。

窗　口

这个窗口适合在黄昏看落日。
落日正从花旗饭店高楼的右肩向下滑行。
我借此想象斜塔、热带雨林中的望天树，
或者登过的山顶、斜坡，
以及占据另一个人内心的那一瞬。
是的，一瞬而已，如生命本身。

不远处，楼宇是灰色的，
与联排商铺毗邻，空寂并没有减轻。
静谧也是，躲在体内始终是偏执的，
像安眠药不断分解出的气泡。

今冬的第一场雪正在窗外飘着，
都市如一只船，沉向时间之外。
道路在雪中返回远古的一片荒野，
一块碎瓷片呼唤所有光线，
一棵老树是旷野的耳朵。

此刻，我所在的角落是世界背面，
不放过星月经过窗前的每一瞬。
紧张、失眠。不被漏掉是存在的魔咒，
类似于声音处于低频，
是死亡之谷垂钓生机的倒挂锁链。

此刻，对面的体育馆是安静的，

张信哲、王菲都引爆过飞碟形圆顶，
类似鲨鱼嘴里牙齿的座椅，
黄色的，绿色的，望远镜里清晰可见，
以及红色的逃生箭头所指向的门，
犹如令人反感的暗示。

足球赛尖叫声遗下残留物，
音乐会激情失控是世界的。
冷风在路上对准骨头时吹着口哨。
幽灵缩回双手，像潜能，来去匆匆。
在北方，冬季的窗口内生长着春笋，
张望、低吟。爱，悬挂式的。

作者简介

冯晏，当代诗人、作家。20世纪80年代开始诗歌写作并在国内外发表作品。出版有诗集《冯晏抒情诗选》《原野的秘密》《看不见的真》《冯晏诗歌》等以及诗丛诗集《吉米教育史》《与从前有关》《边界线》《小月亮》等。诗歌作品被翻译为英、日、俄、瑞典等多种文字。

冰雪燃情

伟　钟

生命之水带着希望远航
在北风中如繁星闪烁着银光
凝结成水晶和白玉回到家乡
回到广阔的平原和千里松江
这个冰与火点燃的梦想之邦

高山之巅顺着月光流淌
白色的火焰，渺茫的歌唱
翩翩舞动的天鹅翅膀
大地伸出柔软的手掌
承托潺潺如水的千羽霓裳

湿润的火苗骤然点亮
在苍天与大地之间飘扬
身体的舞蹈和灵魂的吟唱
无须选择风向
只求把火焰无限拉长

流星不会徒然怅惘
繁星不会久久彷徨
月亮更不会满怀忧伤
因为有火焰如太阳般滚烫
有呐喊如铜钟一样洪亮

火焰照彻温暖胸膛
脚下的北风滚滚流向远方
没有什么能遮挡期盼的目光
没有什么能阻碍高举的臂膀
没有什么能堵塞跳动的心房

根须伸向大地越来越长
干茎举起手臂拥抱太阳
叶子呼出热气乒乒乓乓
花朵在心中慢慢绽放
果子要在冰雪中蘸着火焰品尝

还有一粒种子成熟得满身馨香
在胸膛里跳跃激荡
它要飞出满腹柔肠
见证十个融冰化雪的太阳
和十个魂绕梦牵的月亮

开满鲜花的雪从天而降
汇成最大的一朵同时开放
万匹白马奔驰在蜿蜒的大道上
是飘向遥远的天堂

还是要回到近在咫尺的家乡

灵魂的舞蹈一生只有一场
请一饮而尽冰雪酿就的玉液琼浆
请成功与失败共同举觞
请信心与力量共同举觞
请过去与未来共同举觞

为了冰雪在身边继续流淌闪光
为了火焰更加温暖明亮
为了心与心搭起一座桥梁
为了大地上再一次燃起熊熊火光
为了再一次互握温暖的手掌

作者简介

伟钟，本名陈伟忠，黑龙江人，满族，教师，黑龙江省作协会员，鲁迅文学院学员。作品散见于《诗林》《天津文学》《北方文学》《星星诗刊》《诗选刊》《散文诗》等刊及各种选本。著有诗集《60首诗》《日子的偏见》，散文诗集《回答》，长篇小说《如果我一去不回》。

未说出的部分

刘笑伟

我说出连绵的夏日
说出细腻的汗珠
说出像鼓点一样的心跳
血液深处，谁在燃烧
期待一片轻盈的雪花
在手掌上，慢慢飘落

我说出灯
炽热的晶体，一如我热切的眼神
说出光芒四射的玻璃
切割城市的晚霞
说出那轮渐渐消失的落日
期待一盏美丽的冰灯
在肩头融化

我说出别离
说出抵达，说出对你的渴望与思念
说出语言中的丝

说出流水的轮廓
说出出发的渴望，一路前行
只为了看一片冰雪的世界
用晶莹的笔，复写出年少时的我

我未说出的那部分啊
亚布力滑雪场，冻红的鼻尖
还有那个亲切的三个字的地名
人们常常隐去一字
我不用说出来
被声音隐去的部分
才会在心中轰然作响
正如雪白隐去了色彩缤纷
窗花隐去了屋外的寒冷
梦隐去了你的暖暖的呼吸

作者简介

刘笑伟，毕业于南京政治学院，曾作为第一批进驻香港的中国人民解放军驻港部队一员。出版有《世纪重任》《又见紫荆花儿开》等12部著作，第八届鲁迅文学奖获得者。第十四届全国政协委员，中国作协第九、第十届全委会委员，中国作协军事文学委员会副主任。

红色的记忆永不凋零

——与赵一曼女士的超时空对话

安海茵

第一篇章

A

最初的告别，是在 1936 年
就在 8 月暑热的天
风雷呜咽
你告别了北中国的青纱帐

掀开记忆的深井
历史的足音痛彻心扉
赵一曼女士，这个芳菲的名字
成为英烈史册上永远的殇

B

这将是我最后的告别
大平原炽热的季节
谷物渐垂下持重的腰身

松花江水
平缓而决绝地流淌

绿野一望无际
为老人与孩童提供坚实的庇护
我本是川人
却注定埋首于这片黑土的大豆高粱

A

我看见山花有泪，噙满了硝烟
年轻的花楸树深深垂下了头去
哦不，赵一曼女士
请不要就这样告别
我还不懂得信仰的奥义
我不懂你为何将星星之火执拗地高举
更疑惑于这火焰为何高过天际

B

孩子，你不要哭泣
这就是我的选择
为了取义　我情愿舍生
我心心念念的镰刀与锤头的图腾
必加持于你的脊梁
更多人将和你一道，炼就傲骨铮铮

因为这信仰的坚贞
我不曾辜负过他人
即便是枪声撕裂了哈尔滨的宁静

我仍企望异族践踏过的山峦
能被这狰狞的子弹唤醒

A
就这样和你告别了吗
赵一曼女士?
你的热血就这样浇灌出烂漫的映山红

B
如果可能，我想和你在月光拂过的山冈
讲述我是如何从平凡的母亲
成为一个信仰者

A
如果可能，请你慢慢告诉我
你不单单是一位母亲
更是那个用生命缔造新世界的人

B
如果可能，当红星照耀全中国
你再来看我
来重访张广才岭八百亩的
歌哭与辽阔

第二篇章

A
我来看你了，赵一曼女士

在 1949 年的冬天
新中国的旗帜托举起东方既白
我将兴安山麓的鹅毛大雪
锻造成对你的白银般的眷恋

B

真好，这白银般的眷恋
真好啊，这盛世终如你我所愿
这里的乡亲曾揣着啼血的苦和黑色的记忆
五颗星星以特有的光芒
将红旗的赤诚锤打和淬炼

A

究竟是哪一双眼睛
目睹了当年那场摧人心肠的铭记?
又是怎样的胸襟
共鸣着共产党人的大爱和深情?
哦不，一曼女士
请将你鬓间的碎发细细抿好
我想用雪的碎屑
洗净你脸上的血污
我想用我的伤痛代替你的
我想将白山黑水间的赤子一一认领

B

孩子，我早没有了长夜辗转的疼
那已结痂的伤口　我把它看作是
一代人殉难的勋章

你可以记得我，也可以遗忘
但要牢记和平年代的旗帜和使命

我能给予这片热土的
唯有一腔碧血
请你们赓续这信仰
新中国建设的蓝图
将在你们的春天里完成

A
一曼女士
我想在你面前狠狠地哭上一场——
是不是你下决心奔赴的那一刻
就已经奉上了短促而饱满的一生
我们心尖上的亲人啊
你沉静的眸子
时至今日，还噙满雪霁天晴

B
孩子，你看
这一望无际的北大荒沃野
翻新一年又一年西伯利亚的长风
这高纬度的原始森林
活跃着更多柔弱而英姿的身影
不必流泪，我不遗憾
这片土地上的每个人都是我
每一个人我都深深爱着

A

我还想和你有这样的对话
一曼女士
我想将纪念碑上的名字
慎重地擦拭
把你的事迹讲给这座城市里童真的眼睛

我想用眼中的盐粒哺育
有棱角有尊严的山川儿女
白山黑水，草木葱茏
每一次晴朗都庄严而蓬勃

B

孩子，你记着
这片土地失去了我
还会拥有更多
北疆的火烧云是我
硬朗的白桦林是我

盛大的时光必将奔赴下一个路标
你和我还会有对话
既然杜鹃花与真理一起落地生根
既然红船与星辰
将春日的献词一再抛光、打磨

第三篇章

A

2023 年的清明，大地飞歌
春风有力，将顿挫的春水悄然抚平
一曼女士，我选择了做驻村干部
来到了尚志市的一曼村
我想像您那样捍卫这座城市里
每一个公民祥和的梦境

我想在每一声鸟语呢喃中读你
在每一村的落日炊烟里读你
我想做你的姐妹、战友
把我的故乡我的城
这 87 年来的春华秋实都讲给你听

B

我也看到了你，孩子
这些年来
我总是关注这片热土上的劲草疾风
既然选择了为光明而燃烧
我就企望这光明能驱散更多的暗影
我爱这惠风和畅　蝶舞轻盈
我爱这骏马飞驰　天空如镜

A

这些年，我遍访了你的足迹

试图厘清你信念的密码
我想知道你是否有过那么一丝悔意
当你等不及你的宁儿长大

B

宁儿，母亲对于你没有尽到教育的责任
实在是遗憾的事情
母亲不用千言万语来教育你
就用实行来教育你

在我的生命即将结束时
我对我宁儿的叮嘱
即是对千万万如你这般的孩子的叮咛

A

我懂得的，一曼女士
你给宁儿写下的珍珠般的词句
就是你烈火中的煅烧
所成全的我沐光中的前行

当鸽子的羽翼划过东北烈士馆的屋顶
当一代代小儿女长成锦绣芳华
你搏击风浪的手臂有闪电的属性
映亮了天若有情　江山如画

B

这些年，总有人来寻访册页发黄的故事
总有人将我们匍匐的奉献写成诗篇

A

总有人，擎举火把照亮黏稠的黑夜

总有人的隐忍和牺牲是为着后来人的甜

B

大鹏正举九万里

我最大的愿望就是

所有人对寻常炊烟的歆享

孩子啊，谢谢你的铭记与寻访

A

不不，一曼女士

谢谢你的牺牲与守护

我最高的追寻就是

以你的不朽　激发我的信仰

B

我看到我的身后

有无数清澈的爱　只为中国

A

我看到你的身后

熹微之光映亮每一座山川巍峨

B

它们是我吗，孩子？

在这个最美的国度

多希望每一次日出是我
每一次虹霓是我

A
它们全都是你啊，一曼女士
在这个最美的国度
所有正直忠诚的卫士

B
所有正直忠诚的卫士

A
洗礼我　沸腾我

B
珍视我　怀念我

（合）
在最美的国度里
全都替你（我）好好活着

作者简介

安海茵，女，现居哈尔滨。中国作家协会会员，哈尔滨市作家协会副主席。有文学作品发表并收入各年度选本。现供职于某编辑部。

故乡的雪

苏历铭

很久没有听见
踩在积雪上发出的声音
那声脆响，仅用嘎吱一声
无法完整描述出
短促又悠长的感觉

小时候的冬天
我期待漫天大雪的景象
喜欢迷失在浑然一体的天地间
每次外出，必须凭借夏天的记忆
试探着迈出每一步
有时故意不小心，扑倒在
厚厚的积雪里

我并不害怕
亲人们都在自己的身边
即便积雪湮没头顶
长辈们迅速拎起我

帮我拍打身上的雪片
而现在，长辈们均已作古
亲人们离开故土
故乡只在梦中

对我而言
除了黑龙江
所有的居住地不过是寄居的场所
没有谁能改变我的乡音
惟有故乡，魂牵梦绕
心里总是回荡踏雪的声音

老话说，叶落归根
其实归根何须叶落
至今清晰记得自家的门牌号码
深藏着一把旧钥匙
我在等一念而起，不再做异乡人
让自己重新置身于
白雪皑皑的世界里

作者简介

苏历铭，出生于黑龙江省佳木斯市。毕业于吉林大学，留学于日本筑波大学、富山大学，主修国民经济管理和宏观经济分析。著有《田野之死》《有鸟飞过》《悲悯》《开阔地》《苏历铭诗选》《地平线》等诗集，《细节与碎片》等随笔集。

哈尔滨往事（组诗）

李　琦

赵一曼

七岁时，烈士馆初见她的照片
容貌端正，肃穆，有超凡之气
一种隔世之美，好像生来
就和庄严的事情相关

她的传说，已近于神话
“密林女王”红枪白马
当年的报纸，称其为“女匪首”
清秀，文静，气度凛然
有那种人在马上、月在中天的震慑之威

没有自由，她自己就是自由
遍体鳞伤，气息奄奄的赵一曼
散发着奇异的气场
她能让那些对她用尽酷刑的人
面对她，也尊称：女士

如此出色的人，命运
给她的时间却太少。命悬一线
她依然有一种光芒，让人相信
这乱世之上，确有携带翅膀之人
她以魅力，唤起崇高感
让身边的看守、护士，豁出性命
与她同上逃跑的马车
绝路之上，那辆飞奔的马车
变成悬念。风声紧，草木屏息
马蹄如笔墨，携带云烟，在大地上书写

生当作人杰。活着时
她坚贞，贵重，确立了一种尺度
关于自由、操守、大义和尊严
死亦为鬼雄。押赴刑场的车上
从容留下绝笔，穿越岁月的字迹
让后世的目睹者，为之动容

我是从女孩长成女人之后
才更为深知，那遗书里的隐痛
笔画之间，掩映多少惊心动魄
一位母亲，她的抉择
来自最辽阔的信念
而肝肠寸断、咬碎牙齿咽下的
则是最深的不舍

这个来自四川宜宾

本和我一个姓氏的南方女子
从悄悄离家出走那天
就远远走在了那个时代的前面
总是会有这样的人
面目宁静，却在人群之中
一声不响，把自己变成远方

哈尔滨人念念不忘
以她名字命名的
街道、公园、学校
三十一岁的年轻女人
从尘世抽身，变成青铜，进入永恒

哈尔滨的冬天，年年大雪飘落
那些雪花，知道时间和历史
诸多隐秘的事物，也知道
小广场上，有一个终年远眺
再不能回家的女人

雪花簇拥着她，格外温柔
一片寂静之中，赵一曼身披四季
这位女士，永不过时
她望着又一轮风雪弥漫的人间
视线里不断加入一代代人的目光
悲怆之外，已是超拔和飘逸

张 权

第一次看她演出
我还是小学生
母亲说，她是最好的女高音
从她那里，我知道了茶花女的故事
她在舞台上那种耀眼之美
让人心神恍惚

那时的哈尔滨，市民还很文雅
很多人喜欢歌剧、话剧
每次去看演出，都有种仪式感
人们要穿上自己最好的衣服

张权，留美归来，被称为东方的夜莺
她与指挥家丈夫，如一对单纯的白鹭
飞向春光，视野里一片烂漫

世事难料，各种措手不及
瞬间就可能发生
关山阻隔、痛失伴侣
命运与歌剧，奇异又粗粝的链接
女高音在现实和剧情中出入往返

音乐在此时，呈现了神意
那些歌剧，早已蕴含了人世的欢愉和伤痕
人之为人，沉重苦涩，依然有云天和星光

恒久巨大之爱，微妙、深邃而辉煌
崩溃再重建，死去而活来
悲伤和力量，有时就藏在一句歌词的深处

命运里失散，歌声中找回
歌唱，变成一种绝地自救
活下去，孩子不能再失去母亲
她是夜莺，必要时
也能长出老虎的斑纹

某次，当她在后台
接受一个友人的献花和问候
你还好么，友人一字一顿
千言万语，却必须克制
泪水一下子涌上她的眼眶
这世上，暖意和牵挂，是最好的针线
缝补着生命里被撕裂的部分
歌唱家，你还好么
关切变成了循环的和声
一波一波，以不可言传的汹涌
抚慰孤独之心

1979 年，哈尔滨之夏
难忘的母女独唱音乐会
一个城市迸发了积攒已久的激情
她刚在舞台站定，就掌声雷动
继而，如某种默契，全场鸦雀无声
她和女儿轮番登台

她的歌声一起，就变成了火柴
倏然划亮了一座城市的记忆

这珍贵的演出，相当于告别
人与歌声，都臻于至纯
她就一个人，站在那里
舞台上呈现的却是
天地寂静，人间纵深
时光，往事，悲欢，爱情
绸缎一样，江水一样，大雪一样
台上台下，泪花闪烁
优雅的花腔女高音
已经从夜莺变成了凤凰
正在她苦难的命运里涅槃

那天的观众，也如离地三尺
沉迷地，跟着她的咏叹调滑翔
整个剧场，圣洁，深情
一片光芒

云燕铭

一代名角，我同学的母亲
哈尔滨人家喻户晓
我几位长辈
都是她忠实的观众

八岁登台，大师指点

唱腔甜润婉转，扮相俊美
声誉鹊起时，她还那么年轻
她的婚礼，名流云集
有齐白石的赠画
也有共和国总理的贺礼

“支援边疆”了，单纯的人
只会理解字面的意义
告别京城，带着一双小儿女
从此，成为边疆名伶
可以回转时，却再也舍不得离开

她一生都爱哈尔滨的大雪
“哈尔滨多好啊
哈尔滨的观众多好啊”
苦寒之地，却生长丰盈的热情
掌声、鲜花、敬慕、欢呼
她永远是谢幕最多的那个人

命运沉浮，变故和罹难
凤冠霞帔，披枷戴锁
她演过太多的女主角
剧情和角色，与她的经历
虚实变幻，跌宕起伏
从舞台到红尘

梨园长大，她笃信人生如戏
大幕落下时，善必胜恶

经历过高光，也经得起宿命
她是最美的旦角，是大青衣
最难熬的岁月，也必须
端庄文雅，仪表整洁

我最后一次见她，是个初秋
知道我是她儿子的朋友
她笑了，那是一个母亲的笑容
那一年，她八十岁，依旧面容皎洁
穿一件墨绿色的衣服，别有风致
她京腔京韵，眼神清亮
举手投足，还是那么好看

他们的名字

如果散步，一些街道或建筑的命名
完全可以让你惊心动魄
一曼街、靖宇街、兆麟公园、尚志大街
他们是这个城市最悲壮的记忆
“你可以打败他的肉体
但征服不了他的灵魂。”
海明威的话，就像是在描写他们

真正的人杰，凛然而高贵
连他们的对手，最终都心生敬意
容貌端庄，一种圣徒气质
他们是这个城市曾经的历史
是风骨和光辉，是无形的纪念碑

一个有过英雄的城市，应该
器宇不凡，养育气概和操守
即便我们确实过着琐屑平凡的生活
一地鸡毛，满怀烦恼
也不该忘记，那些变成了铜像
变成了公园或者街道名字的人

让我们记住他们
记住，他们和我们一样
热爱过这座城市，他们来过
他们是正人君子，曾经视死如归
而这一切，是因为他们相信
一座城市，应该拥有安宁和美好
活下去的同胞
真能过上人的日子
舒展、自由，并且尊贵

和两位诗人参观犹太会馆

这一天，宁静的会馆
只有我们三个参观者，安静地
参观，凝望，在他人命运的痕迹前
脚步轻缓，心思郑重

什么能有岁月这么富有力量
一些重大的事件，最终
不过变成一条简介或注释

曾经的不可一世，包括
被定义的正确甚至伟大
烟消云散，而绵延流传的
永远是文明、尊严、辽阔而柔软的爱
还有，看上去纤弱单薄的那种美

比如，呈现这一切的——
那堵召唤一个民族面壁祈祷的哭墙
那些穿越岁月的眼神，以及
几句话，一本书，一阵歌声
或者，刚读了几行
就让人内心汹涌的诗句

这其实是一个伤心之地

这其实是一个伤心之地
作为旅居犹太人的会堂
那些背井离乡的人，在此祷告、集会
满腹的心酸和悲伤，说给上帝
说给同病相怜的亲朋

门窗、墙面、带浮雕的柱子
一切依旧。一百年的风雨
也没有让这间老房子丢失风韵
彩色的玻璃迷离斑驳，奇幻之美
对当年那些流落于此的异乡人
一定，具有抚慰和照耀的作用

存留了太多故事的地方，让人怀想
至今，仍有犹太人，从世界
各个角落来此，他们激动地
找寻当年自己或者父辈留下的痕迹
有人含着泪水，用生硬的汉语
对店主说：我是哈尔滨人

在这样的老房子里独坐
亚麻桌布上，一杯红茶
清香袅袅。看着墙上的老照片
那个拉手风琴的少年，多么英俊
他在照片上，比本人留在世上更长久
青春，琴声，连同这空蒙的此刻
一切都像这北国黄昏的暮色
正在慢慢地，归于沉寂

路过少年宫

少年宫，三个字已经足够
让我驻足。三个琴键，按响了往事
时间倒转，昨日重来

我们十二个女孩子
正随着钢琴起舞，有人错了
又有人错了，无数遍练习
仅仅是一个出场，老师目光凛然
谁也不许错！你们就是一个人！

十二只小天鹅
十二枚树叶
十二朵雪花
十二棵小白桦

如今，十二个人里
有祖母、外婆
有伤痕累累、不肯再回忆往事的人
有早已改变国籍的故人
有连站立都成为奢望的患者
还有人，已经变成了墓碑上的姓名

我们曾是一个人，“红领巾舞蹈队”
最终，以不止十二种方式
各自飘零，经历不同的战栗
承担属于自己的命运

而那“少年宫”三个字，依旧冷静
甚至神秘，苍茫世事中，成为旁观者
此刻，它又看着我重新变成当年那个孩子
单薄而天真，正望着老师
她优美而严厉，来！孩子们
你们想象远方，抬头，再抬，往远处看——

丁 香

五月，哈尔滨丁香满城开放
浓郁的芳香，可以称之为奢侈

整座城市，呈现一种晕眩的状态
好像迷人的事情就要发生

北国之春，来之不易
漫长的冬日，集聚了三个省的寒冷
雪压枝头，树木掉尽了叶子
它们紧缩身体，咬牙切齿等待着春光

良辰美景，丁香开始不管不顾
要千金散尽，要今朝有酒今朝醉
淡紫色的花瓣，是最小的酒杯
它要自斟自饮，它要痛快淋漓
天空，大地，奔腾不息的江水
来，看我的，看丁香的手笔！

花香里包裹一层淡淡的苦
像药材的味道，像雪花的凉
有阅历的人，会有一种心领神会
那是寒冷与伤痛蓄积之后的释放
看上去是热烈，是缤纷和喜悦
其实是大难过后，最隆重的致谢
是再生，是宣告，是脱胎换骨

我必须留下回忆

我必须靠回忆
留住这些地方
我读书的学校，朴素的图书馆

少年时，放风筝的广场
青春时代，和伙伴们游泳的江湾
老字号冷饮店里，厚实的白瓷碗
上面敷着一层砂糖的酸奶
青年宫、少年宫、老会堂
还有，尚志大街上，那间绿色木屋
哪怕只买一支铅笔
也会有人对你微笑的老文具店

我要努力
用回忆把这些地方
一一恢复
当它们在我的城市
相继消逝，或者“重建”之后
这个被叫作故乡的地方
面目模糊，形迹可疑

我不是一个守旧的人
时代当然该有进化和提升
可那些变化，那么让人失望
几乎共有一个特征
生硬、缺少美感，甚至粗鲁
有些建筑，刚刚竣工，就显得筋疲力尽
几乎一致地，被市民们诟病
人们深爱着这座城市
眼见它面目全非，越发心凉
作为草民，只配难过和叹息

如今我只能用记忆，用笔
尽量留住那些被抹平的事物
不仅为自己，也为后人
我要尽力描述这座城市
让它们至少在我的诗行里
恢复样貌，弥漫气息，重现动人的风韵

我想起，从前的松花江边
雨过天晴时，常有蜻蜓成群盘旋
紫蜻蜓绿蜻蜓蓝蜻蜓
我和我的小伙伴们
满头汗水地追逐着，头颅高扬
渴望与蜻蜓沟通
我们高喊着当年的童谣
一遍一遍，不厌其烦——
蜻蜓、蜻蜓你落下
我给你板凳你坐下

有时蓦然发现
我们竟喊出了彩虹

如今，孩子们很少仰望天空了
也看不到那么多飞舞的蜻蜓了

作者简介

李琦，哈尔滨人，毕业于哈尔滨师范大学中文系，做过大学教师、文学编辑、文学院院长。写作数十年，出版诗集、散文集多部，曾获鲁迅文学奖等文学奖项。

冰雪大世界

杨　克

在冰的森林中，树木是透明的
它们的枝丫挂满了灯的冰晶
月光穿透喧闹的焰火，落在雪的绒面上
星辰在水底闪烁，与上方的夜空遥相呼应

冰编织的城墙，闪耀着北极光的幻彩
城堡的门扉是时空的裂缝
一推开便是万千世界
每一座雪雕的楼阁，都藏着一个宇宙

雪在烧，不会冻僵的灯光缓缓流淌
空气带着冰花和啤酒的香味
在冰面上跳动，渴望一次释放
小土豆，小砂糖橘，在寒冷中倍感温暖
南方人的浅色羽绒服，掀动热气腾腾的波澜

在寻找出口的过程中
每一次呼吸的白气，都是对冬的致敬

仿佛从小套娃走进大套娃
哈尔滨整座城池缓缓展开
就像是童话世界里的一束光
温暖而明亮
我指尖触及的不再是冰冷
还有那跃动于人间的万家灯火

作者简介

杨克，中国诗歌学会会长、中国作协主席团委员。编审，一级作家。出版《杨克的诗》等18种著作，出版翻译诗集8种，被译为17种语言。诗作《我在一颗石榴里看见了我的祖国》在网上广泛传播，《在东莞遇见一小块稻田》《人民》《夏时制》等也深受读者喜欢。获英国剑桥徐志摩银柳叶诗歌奖等中外10余种文学奖。

冰封的玫瑰（组诗）

杨河山

冰封的玫瑰

哈尔滨火焰。鲜红的城市之心。
冰中怒放，北纬四十五度
之花，极度浪漫主义的诗句，哦冰封的玫瑰。

更加鲜红，冰块晶莹璀璨，
微微泛蓝的钻石，
这一朵朵玫瑰就在这钻石的水晶宫中长眠？

真想采集一束，送给你。

哦冰封的玫瑰，其实仅仅只是一个
缩影。零下三十度，
哈尔滨号称冰城，这里所有女孩的脸都是红的。

哈尔滨钻石海

这钻石海啊。
从未见过，从未想过，这么多巨大的钻石，
到处都是，到处都是。
晶莹剔透的蓝——湖蓝，浅蓝，梦幻的
深蓝，以及红色，金色，粉色，
说不清什么颜色的颜色，
闪耀着哈尔滨冬季如陆军士兵钢盔
那种青灰色的天光。
这大颗大颗的钻石啊，
尚未雕凿，随意摆放，世界最大的钻石出产地，
我看见女孩们欢呼雀跃，
这些钻石都是她们的，
所有的钻石，从未见过也从未想过，
这么多钻石都是她们的。
钻石海，太美了，难怪她们欢呼雀跃。将永远在一起。

中央大街

烈日下，中央大街的每一块石头都热得烫手。
又在雨水中冷却，到了冬天，
在积雪中掩埋，冻得像铁。
那么一百年来这条大街上所有的行人，
烈日下，每一个人都热得烫手，
在雨水中冷却，到了冬天掩埋积雪中，冻得像铁。

哈尔滨

我至今已生活了三十六年的城市
每天都在老去。许多东西已消失，
包括摩电车、大教堂和白杨树。
只有雪保留下来，年复一年，积满了街道。
像记忆，像书信，或者像岁月的灰烬。

太阳岛

太阳落在太阳岛上。我在小岛蓝色长椅上
睡觉，太阳就在不远处，
眼前一片红。我是一堆篝火，血液被点燃，
但黑夜即将到来。我们每个人
在天地之间流浪，既不属于这里也不属于那里。
抬起头望着天空，一群大鸟
向西北方振翅疾飞，它们一定在追逐着什么。

红霞街

红色名称的街，
它街道两侧所有的粉红色店铺呈现着这个城市
逝去的光荣，激情时刻，
殖民的屈辱以及时间之谜，
有什么东西灼灼燃烧。
人们行走于过去某个时刻，
眼睛里燃烧火光，但不知他们是否仍然活着

或早已死去。这红色名称的街，
某种隐喻与象征，仍会让人感到迷惑，
几乎所有人都相信，
这里一定有过惊艳的时刻。

月牙街

一弯月亮明媚的边缘，
盈亏的分界线，
一道斜坡，木栅左边是哈尔滨火车站，
右边生长着丁香树丛，
前方不远处，就是 1926 年那座精美的铁桥。
绿皮火车从月牙街附近
经过，突然的白色蒸汽，将整条街弥漫。
如今月牙街已消失，
丁香树丛没了，变成了宽阔的广场，
那座铁桥还在但经过修建，
不知道是不是原先的同一个。
每次经过这里，耳边传来火车悠远的汽笛声，
好像它在呼唤，
好像我仍然走在感觉的边缘，
想起瘦瘦的那弯细月，
仍然明媚，但不知道能不能把我照亮。

中央大街

我们在石头上书写我们。

我们的脚印：那是我们的花纹，

我们的绘画与文字，

我们的光阴岁月，生命的痛苦欢乐与悲伤。

走在百年石头大街上，

一件件青铜器排列，漆黑而坚硬，

行人如潮水冲刷，一次次，

来了又去去了又来。

时间的磨砺，我们走在石头上，

我们磨砺石头，其实我们始终磨砺着我们自己。

哈尔滨

离开其实很容易，但离开之后，

是不是经常想起它，

开始怀念它，种种的好，以及诸多的不好。

是否想起它的某条街道，

某个建筑，某扇玻璃窗，想起快乐

与不快乐的生活，怀念某种熟悉的味道，

某次聚会，某个痛苦又心酸

的经历，与某个人在一起的日子。

爱上一个城市，那种想离开又离不开

的感觉。想走得远远的，

但当你真的离开，却又每一天都想回来看看。

恨它又爱它，讨厌它又眷恋它，

有点嫌弃它，却又忘不了它，

当你在外面扎下了根，却又好像根本没有根，你开始又一次想起它。
就像你从未真正了解这个城市，
直到有一天发现，你们之间存在着根本无法割舍的渊源。

作者简介

杨河山，当代诗人，2010年开始写诗，在《诗林》《诗刊》《星星诗刊》《诗潮》《诗建设》《扬子江诗刊》以及美国《新大陆》《新世纪诗选》等国内外多家诗刊发表诗作，作品曾入选国内多家重要诗歌年度选本，著有诗集《残雪如白雏菊》《凌晨两点》《有人演奏》《我只能是我》《一切都不是真的》等。

松花江上下的圆舞曲（二首）

肖　凌

松花江上下的圆舞曲

就这几天，我渐渐听出来
竟然有两支圆舞曲
在冰封三尺的松花江上下
同时奏响
今年哈尔滨的寒冷很特别
今年的寒冷变成异常火热的爆发
我听见施特劳斯的
《春之声》，在彩冰艳雪里格外嘹亮
同时我还听到
在松花江冰面以下
在氧气稀缺、食物短少
暗无天日的冷水里
一条鱼，降低了新陈代谢
成为缓慢游动、暗自抗衡的精神
这是肖斯塔科维奇
在创作着他的第二圆舞曲

我怎么会听到这些
这是哈尔滨这座音乐之城的耳朵

每一层雪的内容

每一层雪，都是我们
与大地共同的积累
像翻过的每一页
包含着自有的时代图像
形成一本巨大书籍
当大雪纷飞时
我会驻足倾听雪的内容
还有往日故事
我想到，这一页完成了
又将被轻轻翻过

作者简介

肖凌，自中学时代开始写作并在《人民文学》《诗刊》《人民日报》《诗选刊》《诗林》《青春》《文汇月刊》《北方文学》等报刊发表几百篇作品。出版过《沿着梦想行走》《灵魂力量》《蔚蓝之我》《就是这样·路标还是新的》《里面的风景》《肖凌写真》等作品集。中国作家协会会员，中央国家机关书法家协会会员。

北纬 45 度的哈尔滨（组诗）

张静波

太阳岛，我追逐流逝的黄金时代

太阳岛。一张北方城市的风景明信片
与一首八十年代流行歌曲有关
一家冰城报纸的文学副刊
哈尔滨人心中的“同一首歌”

昨天，太阳岛是一座真实的北方渔村
一座天鹅卵状的岛屿
渔夫们在岛上修补着旧船
晒渔网上闪烁着星星的鳞片
白金的月光镀在静谧的甲板上
渔火和篝火是美丽的乡愁

太阳岛。梦幻般的釉彩
任一江春水调色出两岸碧绿而凝重的色调
太阳岛。一座上个世纪著名的花园
紫丁香散放出淡淡的氤氲

铁黑色的灌木丛里藏匿着甜蜜和谎言
女孩翩跹成蝴蝶和花朵
月亮悄悄地爬上寂寞的红顶屋
流星雨划过一片青春的白桦林
太阳岛。让我追逐火焰，追逐沙滩和爱情
追逐一个流逝的黄金时代

太阳岛。我曾生活在这座城市水中迤逦的倒影
一座漫天雪花飘舞成无数只千纸鹤的雪城
而在寒冷的冬季
太阳岛上的雪雕收藏起雪花的舞姿和泪水
雕塑出北方冬天的奇伟和荣耀
让那些热爱冰雪的人们赞美雪国

太阳岛。我灵魂漂泊的家园
让我一生追寻诗歌和太阳不朽的光芒
太阳岛。一块巨大而美丽的石头
在缥缈的晨雾中傲然屹立

哈尔滨之夜

踩着月光铺就的石头老街
我努力地分辨着欧化的建筑
究竟哪些是欧洲文艺复兴时期的影子
哪些是古希腊雕塑和爱琴海文明
夜晚的中央大街上弥漫着瓦格纳的音乐意境
孟莎式建筑的教育书店装饰一新
不再是昔日的松浦洋行

哈尔滨是白俄贵族流亡的天堂
一些犹太人的第二故乡
殖民统治的创伤和一个民族的愤懑
在书店里得到有力的论证
欧罗巴旅馆，萧红一样优美的散文
沿着太阳岛
寻找日瓦戈医生和拉娜相爱的小木屋
夜幕下的哈尔滨像一杯格瓦斯酒
而欧式路灯像一首爱情诗
马迭尔冷餐厅和雪花啤酒排档
带来一阵北极的清爽
德彪西的《月光曲》弹拨着江面上的星光
今夜无眠。蛾虫在路灯旁飞舞
午夜的脚步迟迟不肯离去

俄罗斯风情小镇

袖珍的神祇的家园，充满屠格涅夫和普希金的乡愁
瓦莉娅，远离祖国的日子，紫丁香的城市
为你种植异乡的花园，让我的诗歌在秋日里寂寞地旅行
俄式的木屋，栅栏和树篱，灵魂漂泊的流放地
一个民族的烟火，超越着土地和天空
像鸽子，飞行总能快乐地扇动翅膀下小小的阴影
俄语的列巴、喂得罗、布拉吉和格瓦斯
俄罗斯民歌忧郁而苍凉，古老的时光
被风的指尖无情地划伤，向日葵的叶子日渐枯萎
今夜，我路过布拉吉酒吧，想起那些闪闪发光的神灯
静谧的灯光，斑驳的树影，九月的叶子在风中毁灭

哦，瓦莉娅，秋天已经降临，风依旧吹动
你额前一缕金色的头发

冰　雕

江水，死亡了千万次，被雕琢了千万次
因为寒冷，水坚韧而透明
水，从肉体到肉体，轻轻一划
犹如抵达另一种柔软的肌肤
寒冷的冬天，大师们挥动着冰铲
金属的锋芒切开冰的骨头，声音清脆
哦，死亡之水如此凌厉，又棱角分明
一月的水，不再是水，水已脱胎换骨
一腔汹涌，与雪花一同走向冬天的悲壮
当夕阳托起教堂沉重的剪影
巨大的冰块，被民工们搬运到冰雪的祭坛
每当我看到那些美丽的冰雕
水的灵魂与冰的品质熠熠生辉

雪　城

我没去过北海道，也就无法领略
川端康成的《雪国》
还有岛村和叶子的爱情故事
这里有透明的冰雕和冻僵的街道
敦厚的大教堂，耐寒的丁香树
雪像流萤一样漫天飞舞
那些麻雀躲在哪里

雪催促着，我在往事的巷子里行走
我屏住呼吸，享受雪带来的宁馨
一场大雪足以让生命怒放或战栗
当雪止住呼吸，世界寂静而空旷
我居住的城市乌鸦渐渐地稀少
我居住的城市拥有明亮的地铁
这个城市不是萨拉热窝
这个城市被誉为冰城，或雪城

作者简介

张静波，黑龙江省作家协会会员。诗歌见于《诗刊》《星星》《诗林》《诗歌月刊》《中国诗歌》《人民文学》《北方文学》《山东文学》《岁月》《北极光》等报刊。诗歌选入《禁果：诗歌报首届爱情诗大奖赛获奖作品集》《龙江当代文学大系·诗歌卷》。

哈尔滨志（选三）

张曙光

通达街 31 号

我的一间斗室，但真正属于自己
或我的三口之家。十二个平方
已足够让我满意。我在床边摆放书架
纸箱上放着木板，在上面写诗
或练习书法。真的很好了，我是说
在经历了一段居无定所的生活之后。
屋子里有一盆兰草，现在仍然伴随我们
从阳台上望去，一排低矮的平房衬出远处的楼影
做饭时会有缕缕炊烟升起。女儿在这里
学会了走路。我们常常带她
在傍晚的街道上散步，沐浴着
初夏的微风。或到附近的三孔桥上
看过往的火车，但并不向往远方。那时
我走得最远的是双城，岳父家。
附近有家影院，教师进修学校的
俱乐部，在那里我们看过很多场电影，

现在记得的只有《第一滴血》
和《弗兰西斯卡》。两位叛逆的主角
男人浴血奋战，女人却被用手术刀
修理了大脑。
朋友们开始出现
谈论着诗歌和绘画，有时是哲学
一位搞画的朋友爱吃我的熘肉段——
王广义，他和舒群成为这里的常客
还有孟凡果，那时还在齐齐哈尔
认识朱永良稍晚些，因为一套诺贝尔奖的诗集。
乾义来过一次，带着他年幼的儿子。
开愚来的时候，正好女儿过四岁的生日。
现在记忆模糊了，但当时的照片仍然清晰。
雪飞出国前过来看我，陪他同去黑大
他念着罗特克的诗句：要是回来，
我将变成一头狮子。他仍住在国外
二十三年不曾回来过一次。开愚写过一首诗
《通达街 31 号》，里面提到我穿着一件
好看的毛衣，这是妹妹的同事织的。
通达街 31 号。这不是我的房子，确切说
是我住的那幢楼。邻居们有时会为一些小事争吵
譬如，一楼的住户关了全楼的水闸，
或楼下的老太太抱怨走路的声音太大。
有的朋友疏远了，我不知道是我背叛了他们
还是他们背叛了自己。但生活仍在继续——
每天骑自行车上下班，编着无意义的稿件
读武侠小说，试着写卡夫卡式的故事——
然后冬天降临，我的阳台上落满了雪。雪下在

整个城市，也下在我的诗里——
也许至今仍在下着，只是我已不再提起。

中央大街

有段时间，每天我都从
中央大街走过。上班，
去书店，或只是例行散步。
石头砌成的街道，光滑
而坚硬，被岁月和无数的
脚步擦亮。两旁的槭树
在四月会吐出淡绿的叶子
十月里变得枯黄，在冷雨中
飘落。实际上，它们常常
被我忽略，只是偶尔
看上一眼，当被淡淡的余晖
映衬，或绿色的影子
在橱窗上流淌。但它们注视过我吗？
我不过是众多行人中的一个，
同样被其他人忽略。哦，
静默的冥想者，岁月的变迁
在体内的年轮中沉积。
但有谁会倾听内心的声音，
当时间的脚步匆匆？它们确实
变得沉寂，我是说那些树，
没有鸟儿在枝叶间
为它们歌唱，也没有画家
为它们写生，他们只是画

那些建筑，和付钱的人们。
但我知道——直到最近——它们
同样具有情感，情感和声音，
它们和我们一样，体验
并表达着时间的悲哀和欢乐——
这些树，还有那些石头。

南岗体育场

在我的记忆中，那些跳伞塔
似乎并不很高。它们在傍晚投下
浓重的影子，很难想象有足够的时间
能让跳伞者张开他们的伞。
我常常穿过那里，去于嘉英家，
诗人，黑黑的，说起话来嗓门很大，却有着
看上去像女人的名字。
他用带杏仁味的樱桃酒招待我们——
体育场的另一侧，是烈士陵园
我们在夜里会翻过高高的围墙
享受着里面的寂静。在青草
和松树间，是白色的墓碑。
那些初夏的黄昏，像诗句一样美丽
确切说像歌词，“柠檬般的月亮”
来自邓丽君或什么人的一首歌
哦，还有什么，能够抚慰我们
焦躁而不安的青春？
三十年过去了，它们还在吗？
那些跳伞塔，那座陵园？也许

它们已和我们的青春一样沉寂
几个月前，我遇到了于嘉英
他已经提前退休，我们记下了
对方的电话——明知道不会去打——
然后匆匆分手。

作者简介

张曙光，1956年生。20世纪70年代后期开始写诗。著有诗集《小丑的花格外衣》《午后的降雪》《闹鬼的房子》《看电影及其他》《电影与世纪风景》，译诗集《切·米沃什诗选》《神曲》，以及评论随笔集《堂吉诃德的幽灵》《从艾略特开始》等。

天边停着彤云的马车（组诗）

赵子桐

苇塘沟纪事

在高岗上能够看到那片起伏的屋顶
浮云　在暮色中隐去
我知道烟霭深处的人家
柴堆上的小雨
春天的水桶里盛满马铃薯的根块

苇塘里的雾气还没有散尽
滚上墙垛的太阳
响着鸡鸣
翻开土层我们搜寻着虫卵
露水打湿了背上的草篮

迟缓的牛车时常从记忆中碾过
田野无边
我们是一群疯飞的麻雀
吃掉穿在草茎上烧黑的蚂蚱

偶尔也被稻束下的群鼠追得四散奔逃

夜晚的大星一定是生灵的屋子
站在船骨上
渔火　在远处颤动
也就是从那一刻起
梦境里便一直有个天涯

老旧的涛声渐行渐远
我少年时代爱恋的少女
如今已秋天般清爽　澄明
沉寂中我听到晚风吹过空阔的田畴
那依然响着虫鸣的是我十二岁的衣裳

运粮河畔

柴堆风剥雨蚀
烧锅酒香飘溢
犬吠虫吟
河畔疏朗的村落
聚居着我家亲眷

头上是鸟的穹庐
浅丘清风徐缓
我肩背喂奶山羊的青草
妹妹的篮子里
装满鲜嫩的小叶芹

波光颤动像缕缕金丝
赤日炎炎
游禽隐没苇丛
我们鸭子般撅起屁股潜水
顶开水花手里捧着河蚌

菖蒲举起褐色鼓槌
荻穗犹似盔缨
飞絮的硝烟流霞的烽火
天际缥缈的云影
可是金兀朮的粮船

弦月弯弯钩挂在檐角
旷野无垠
细水静默蜿蜒
一个乡村少年的梦呓
忽闪成稻草人肩头的星芒

天边停着彤云的马车

潮湿的粪堆像剪了毛的绵羊
泥土里草根悸动
我刚把雪水引进田里
阳光就焙干了最后一抹春寒

跟三哥清理院子里的菜窖
那些土豆
生满胡须一样的长芽

邻家二叔抱出封存多年的那坛老酒
不经意间　他的闺女
已长成一株春天里的果树

石缝里青苔让我知晓过往的雨水
一堆孩子翻找断砖下的蜈蚣
父亲倒完囤里的陈粮
又去翻晒圈棚上的豆秸
白着一圈汗渍的草帽落满灰尘

瓢虫背着七星
大野空旷　寂静
也许我真的只是一只
玉米地里的灰鼠
惊扰于鸟影
和叶隙间闪动的风

秋天在鱼背上变深了
暮色荫过墙外的砖垛
我们用隔年的稻草苫房
天边停着彤云的马车

帽儿山

转过砾石滩
山巅霞霭弥漫
满目葱翠洗去一路风尘
阿什河的湿气

濡湿了我的毛边草帽

在山腰听水
水是梦里的回声
我想我的家
原本是那座飘蓬似的草寮
如同小雨的家是一朵云彩

树枝撩动清风
路旁遗落青涩的野果
叶影纷乱草色飘摇
流光飞舞中谁又能分辨
哪一片是落叶哪一只是蝴蝶

蚂蚁擎着碎叶的伞
鸟儿啾鸣
林深处藏匿着榛蘑和草菇
我们在树与树之间逡巡
像寻找蜂巢的蜜獾

夜宿山林
夜晚俨然偌大的房间
坐在突兀的岩石上
流星　那穿绿衣服的邮差
正匆匆赶往邻近的村落

作者简介

赵子桐，1965年10月出生。诗歌见于《人民文学》《北京文学》《诗林》《草原》《北方文学》《北大荒文学》《诗歌报月刊》《诗选刊》《岁月》《秋水》《北极光》《青年文摘》等刊。诗歌收入《龙江当代文学大系·诗歌卷》《黑龙江新诗选》《哈尔滨文学历史回顾典藏金刊》等合集。现居哈尔滨。

虎啸（选章）

赵亚东

001

东北虎，被遗落在群山中的神。虎啸苍生。狂啸，就是一首绝世的诗篇。

在天、地、人之间拱起他们的脊背，托起有情众生与无情风雨。朗朗乾坤中的集大成者。

那份坦然，不怒自威，来自一个强者，藐视一切苟且和猥琐。他那抖动的胡须，他那眼眸深处的锐利，将穿透旷古的石头，与时间的呼啸。

无需多言，面对那些弯曲的时光，和时光深处那些弯曲的生命，他的直接、他的坦荡终将被那些低矮的山与崇高的峰所膜拜——不是因为强大，而是因为正直。

002

高贵始终无需证明。正直不需要表演。威风凛凛，内心的城池固若金汤。大宇宙之无穷，小宇宙之浩瀚。一只东北虎，穿梭在两个宇宙之间。

他会听见什么？当我们用铁甲一样的车辆包裹自己，去接近他的高洁。我们龟缩着前行，而他正俯冲而下，双眼中射出风暴和利剑。我们在为什么而胆怯？成为虎口之食，也许还不配。

双目如炬，如电，如长剑无形，如大音无声。击中山中之树，和我们虚弱的骨血。他上天入地，水中遨游，穿行于我们的体魄之间。这些东北虎，他在暗示什么？正义，豪迈，那份面对人间无常与万世轮回的无畏。

他还是在召唤，在涤荡我们，在洗清我们。这恨铁不成钢的山中大王，此刻寂然无声。

003

穿江，渡河，翻山，越岭。有时也在悬崖之上读天地万物，读心中的圣贤之书。在他们心中也有群山苍茫，也有大水泱泱，也有苍生的背影，也有读不尽的苍凉。

在暴雨中仰天长啸，在暴雪中狂舞长歌。在立锥之地开疆拓土，在无穷天地固守真理。在一滴水中，养育日月；在一粒种子里，种下人间万世。他们仰头面对苍穹，向天神报告人间事，笑而不语。他们低头面对大地，向地神报告日月盈亏，金声阵阵。

004

江山澎湃，大雪茫茫。山河寂静，大雨滔滔。东北虎，在江山与山河之间，独自面对大雨与大雪。洪流滚滚，东北虎在浊浪之间，独自痛饮。从不因繁华而让心灵纷乱，从不因利益而让灵魂迷途。

005

东北虎，曾游荡于整个亚洲。啸傲星月轮转之间，腾跃于江河汇聚之时刻。从盛大到衰落，皆因人类的子弹，射向神的肩膀。

明月升起，星斗黯然。在林梢上起舞的东北虎，突然凝神远方，发出渴望的、忧郁的长鸣。神灵不能暗示给我们的，一只东北虎发出浩渺的灵音；神灵不能抒写的，东北虎正在长空挥舞无形的大笔，镌刻永恒的铭文。

006

从不因孤独而无所适从，从不因形单影只而失魂落魄。一身坚硬的骨头，一袭精神的甲胄。存在无需证明，更不需要谁来读懂他们留在峭壁上的齿痕。那远古的印记，横亘万年的长矛，在山中岁月闪烁着凛冽的光。

东北虎，从未老去，在时间之外，俯视轮回路上的背影和背影上长满的青苔。

只有你，能让我们把头抬起。但是你也孤独、忧伤，有时候像一个孩子，有时候像一阵风。

007

用金黄的披风照亮昏暗的夜晚，用坚硬的骨骼为我们支撑塌陷的山峦。用你的毛发磨砺成利剑，劈向僵死的纪年，用纯粹的呼吸点燃人类的灰烬。在下山的路上，用你一个俯冲，把枯萎的江流激活。用你的一声咳嗽，把我们掀翻。

008

在茫茫林海中穿行，比在人海中行走更轻松，更无拘无束。战胜一座山，战胜走兽，比战胜狡猾的人类更容易。在连绵的长白山，在混交林和阔叶林中的山崖间，在山坡石砬子里，我把人的名字刻在石头上，当你经过时，用你的目光为我们加持。

在人世行走多年，我已经残破不堪，急需得到神的开示。我在你的蹄窝里修行，把自己反复地拆解，让每一块骨头都被你的气息重新冶炼。

035

在风雪中凝望永恒；在山林中守望故土。故土正被吞没。面对渐去渐远的家园，面对越来越疼的树，王者也曾伤怀，不因自身的强大而藐视燃烧的雪。踏遍青山，东北虎不会变老，而我们还没走完四季，就凋萎了。

风声起时，他的神勇悲壮，永不会暗淡。真正的强者，灵魂是不灭的。背负苍天，但从不卑躬屈膝。厚厚的雪野，是梦的故乡。你可曾听见，可曾看见，可曾梦见——东北虎，也曾在梦中向人类讲述永恒的历史。

在这严冬中，为我们炼制春天的影子，用它永不熄灭的精神之火。

036

一张纸有多重？问问你面前的青山就知道了。

一滴水有多重？问问你面前的湖泊就知道了。

一个人有多轻？问问你行走的风声就知道了。

那额头的“王”字，是更大的神所铸就。王者之风，王者之道。那高扬的臂弯，那锐利的眼神直逼苍穹；那不屈的斗志，那傲骨，来自心灵大道，来自造物的神奇。凌空飞翔，随意的舒展和卷曲，随意的一次俯冲，都是整个大地在起伏。

虎虎生威，虎在吞下猎物的那一刻，也吞下了山河——这渺小的一切。

039

你的孩子，你的山峰，它们在一起成长。你的梦想，你的青春，它们在一起燃烧。从没有干涸，你的心浸润天下苍生；从不会凋败，你的心温暖山川河流。腾跃，用利爪抓捕野猪、马鹿、狍、麝，有时也抓住呼啸而过的风和群山的灵魂。

叼着山峦，奔跑在乌云之间。

040

从春天到夏天，从酷暑到严寒，我和东北虎从没有分离过。他们仰望苍穹时，我将双手种进土里，他们俯瞰大地时，我将眼眸投向天空。

将要到来的，早已经被东北虎所预料。在无数次的撕咬中，竭尽全力；在无数次咆哮中，镌刻诗歌。

我们孱弱无力，只能在一小块土地上种下你骨头里的精髓，然后我们相互对视，泪流满面。

作者简介

赵亚东，中国作协会员。曾入选《诗刊》社第三十一届青春诗会。作品见于《人民文学》《诗刊》《十月》《文艺报》等。出版《稻米与星辰》《土豆灯》《石头醒来》等多部诗文集；获《诗探索》第九届中国红高粱诗歌奖、黑龙江省政府文艺奖优秀青年作品奖等奖项。

松花江札记（组诗）

姜　超

今夜又到松花江

八月旺水
淹没常来熟坐的台阶

火车呼啸跑过百年老铁桥
丢弃大江肥胖的腰身

空中索道上缆车相互致意
隔案灯火更明亮些

一条北方大江天天都在这里
有时，我来看看它

松花江初春札记

吃尽小兴安岭的雪
沿途各河流日贡渐瘦

采冰人安然回乡
渡船响起汽笛
江面上鸥鸟盘旋
一遍遍要把影子洗净
两岸合成一盏供灯
流水锻打的一顷白银
与天上的星星同辉
慈悲在地
轻柔送来气息

步行穿越松花江

雪不断落进松花江
惊涛照旧流动
吞噬所有

雪继续降落，数次增兵
旷日持久
波浪与雪坐在一个谈判桌
一起滚动向前

全是雪的加强意志
覆盖流水三米深
当你步行穿越松花江
脚踏坚硬与柔软
那咯吱咯吱的声音
无比清脆
与想象中的完全一样

十二月的松花江

大自然造了一座水晶宫
固态的美学奇迹绵延百里
经过的人呵气成霜
跳起来拍照
双脚领略的寒冷意志在加强
而风中有人裸身奔跑
某个冰面上的破绽
热烈又亲切

松花江畔的冰灯

这世界的风毫无顾忌
裹挟杂乱的脏
四处冲撞
而眼前这些冰灯
依然
如斯洁净

太阳岛逢冰凌花

直到天色微暗
寒鸦飞尽
一丛冰凌花招手
终于等来了
步履紊乱的一个人

浅黄色的小小忧伤
分身雪色、星光
跟随晚风
缝合了一切
然后，我转身
走进苍茫
和俗世

作者简介

姜超，中国作协会员，黑龙江省作协创研室主任，在《诗刊》《当代文坛》《文艺报》《作家》《电影评介》《名作欣赏》《星星》等报刊发表诗作、学术论文400余篇，著有文艺理论集《用一根针挖一口井》《诗心雕龙》，诗集《借来的星光》《时光书》，曾获黑龙江省政府文艺奖（文艺评论）。

幸 福

娜 夜

大雪落着　土地幸福
相爱的人走着
道路幸福

一个老人　用谷粒和网
得到了一只鸟
小鸟也幸福

光秃秃的树　光秃秃的
树叶飞成了蝴蝶
花朵变成了果实
光秃秃的
幸福

一个孩子　我看不见他
还在母亲的身体里
母亲的笑
多幸福

——吹过雪花的风啊
你要把天下的孩子都吹得漂亮些

作者简介

娜夜，满族，现居成都。诗人，一级作家。中国诗歌学会副会长、中国作协诗歌委员会委员、甘肃省文联副主席、甘肃省作协副主席、中国少数民族作协常务理事。出版诗集《起风了》《个人简历》《火焰与皱纹》《我选择的词语》等。

白日之门（二首）

袁永苹

我从前从未像此刻一样

我从前从未像此刻一样，
渴望哈尔滨的树木和街道，
渴望回到它们中间去，
就像回归一种早已属于我的秩序。
两年来，它们横亘在我头脑里，
在闭上眼睛睡觉时，
突然——
林立在那里。
在那里，无数次在步履匆匆时，
我忽然抓住一个句子。
我丝毫不在乎，
我的物质人在哪里，
当我的精神悦动的时候，
我才抓住我。
我在这个城市不会爱，
在那个城市也不会，

我在这个城市哭，
在那个城市也哭。
城市只不过是我的行李，
我因此对离开毫无感觉。
如果我能有耐心将这首诗，
写得再长一点，
我可以让自己感觉更好，
或者更糟？
但可惜我就要就此停笔，
因为我无心把它们写好。
就像我无心生活在
任何一个城市。

白日之门

她们跋涉在雪粉中，被寒冷召唤。
她们踏在厚雪上，但是这雪已经失去了它的硬度，
它的肮脏也是不够的……它不能封锁村落，
也无法堵住院门。她父亲没有起早去铲雪，
她们没有清理雪道，她们的脚跟没有冻住……
她想重回睡梦，或者说她有一个重回睡梦的企图……
“一个温暖的巢穴”，成片的肉身放映着往昔的电影。
她们必须单薄，如翼绫，她必须沉默如羔羊，
以盛满水的钵盘之心来叫醒一切。
她必须抓住并翻找那根丢失的线头，
她们是在哪里失去了一个时间和它的全部家当？
她在她的肉身中打开播放器，唯在梦里。
她还日日走入这扇白日之门，她还在继续啄饮

这时间故事的浓汤，她们不停穿梭于一个房间，
她们爱的人也是，连同别的陌生人，
进进出出。她没有力气拔掉那扇门……
她们日日坐于万雪的窗旁，攀上
林中奔驰的列车，挂住自己，蜿蜒于雪岭
冰凌，寒冰化为她们命运的耳饰，
她们佩戴生之项链，从此刻到永恒。

作者简介

袁永苹，诗人，著有《私人生活》《心灵之火的日常》《人鱼表演》《小哀歌》等。2009 年获复旦大学“在南方”诗歌提名奖；2011 年获北大未名诗歌奖，翻译有斯蒂芬妮·伯特诗论集《别去读诗》，中短篇小说及书评发表于《青春》《北方文学》《凤凰周刊》《三峡》等杂志，作品被翻译成英文等，发表于美国、加拿大、印度的诗歌杂志和文学网站。现居哈尔滨。

地段街（四首）

桑　克

地段街

如果地段街是平的，我可能就会
讨厌它。感谢上天，它是一个奇妙的
斜坡。一个有点儿陡的斜坡，直到
美术馆那里才变得平坦一些。
如果把它改成雪道如何？我会从上面
滑下来。自从我喜欢上滑雪，
看见斜坡，我就想给它铺上厚雪。
硬雪或者冰雪掺和都行。滑下来。
哦，别忘了拆掉减速带，撵走两侧的
小汽车。留着那些槭树，或者再种
一些槭树。如果成为一片树林，
我就会更加高兴。我坐在办公桌前，
看着这个斜坡。今早，它在一场雪中
变得美了一点儿，如同我的工作。
我已经不再赋予它启蒙的幻觉，只把
它当作一个可以取得一点儿微弱的

乐趣的演出。一个斜坡，使这座城市
变得如同梦境那样可爱。
雪是脏的，人是灰的，骑着自行车，
在风中慢腾腾地乐颠颠地晃过。

2009 年 3 月 8 日

谈谈东北的雪

下雪是经常的，
在东北的冬天，谁还会为下雪
而吃惊呢？欣喜与烦恼
交错着执行
重复的命令。

讨论或谈论
也仅限于刚刚开始下雪的几天，
或者某种看起来古怪的雪，
干燥得仿佛针头一样竖立起来的
晶体雪。

躲在生着暖气的房子里，
甚至都懒得站在窗口向空中的雪瞟上一眼。
雪声混杂着车声，结果还是
车声赢得更多的注意力，其他事物
全都等而下之。

冻硬的豆腐并不感激

雪的厚意
那冷甚至比感情还抽象，
还能改变什么呢？改变雪的硬度
又能怎么样呢？

2019 年 1 月 16 日

中央大街的积雪

积雪停在面包石上，
突起部分被鞋子们取走，
而缝隙像博物馆
保存着珍贵的白色记忆。

风像铁铲，
妄想挖走一部分，
但是冰的薄砖
及时砌住了缺口。

更深的冻土，
能够记住我们已经遗忘的东西。
飘过拥挤人群的影子，
不知年代不知多少层。

荣耀过的，
屈辱过的，
肩并肩从面包和面包石上掠过，
掠过雕花小窗。

谁指望你们和解，
谁指望冬天暖和，
唱着歌儿，热咖啡和毛瑟枪
紧紧拥抱。

一厢情愿的不仅是街垒，
还有奶牛的心。
求知欲旺盛的男孩子们
正在向你提问。

2013 年 1 月 19 日

铲雪声

听见窗外的铲雪声，是一把锹，
只有一把，声音是单调的，如果是几把，
声音应该复沓一些。而且是一把木锹，
声音是钝的，如果是铁锹，声音会
尖锐一些。韩愈说，物不平则鸣。
碰到什么，声音也会发生改变。
碰到痛苦，声音就会阻滞，哽咽，
犹如钝钝的铲雪声，而且雪的大部分
是松软的，能够听见木锹
刮擦地皮的声音，如果下面有些
踩实的硬雪，声音就会轻一些，或者
接近无声。痛到深处，人就
没有声音了，沉默。木锹也是

如此。或者硬雪只有极少数，或者
根本没有。但是这很难让人相信：
没有一点儿残留的硬雪。我知道
连我自己也说服不了，何况我是
闭着眼睛，听见窗外的铲雪声。至少
证明外面没有什么杂音。市声
也被隔绝在远处了。仿佛小时候，
父亲，或者我自己，在窗外铲雪。
木锨是用来翻晒粮食的，现在
铲雪更合适，又轻，又得力。
附近是荒芜的菜园，烟梗萧索地
站在雪中。远处是更荒芜的旷野，
看不到头的雪起起伏伏，以阴影与土块为界……
现在应该是早晨，或者上午，铲雪的声音
竟然那么突出，偶尔碰到土包，
就会延迟一下它的吼声，说明
它离我很近，就在窗外，就在
记忆的边缘，伸手就能摸到。

作者简介

桑克，1967年出生于黑龙江省8511农场，1989年毕业于北京师范大学中文系，著有诗集《桑克诗选》《桑克诗歌》《转台游戏》《冬天的早班飞机》《拉砂路》《拖拉机帝国》等；译诗集《菲利普·拉金诗选》《学术涂鸦》《第一册沃罗涅什笔记》《谢谢你，雾》等。曾获刘丽安诗歌奖、天问诗歌奖、《草原》文学奖、《人民文学》诗歌奖、《中国诗人》奖、东荡子诗歌奖等奖项。

冬夜里的松花江铁桥（四首）

阎 逸

冬夜里的松花江铁桥

灯光有种虚无的冷
幽暗，但很实际。
我看见风把白雪吹散了，
吹入一个背影。

遁形不是消失，
而是某种隐匿和变形，
就像我踩着的玻璃，是石头的变形。

就像冰是水的变形
水是云的变形
云是蒸汽的变形。
而蒸汽，多么类似吭哧吭哧的火车头
从桥上驶过后留下的一声声呜咽。

想起多年前的某个冬夜

曾走过这里，脚下的木头
还是那么易朽。
写在桥栏杆上的字句
铁一样冷，
即使到了春天也不会柔软下来。

桥身震颤。
月光下的火车轰然远去！
从旁边的另一座桥，
沿着它曾经的记忆。

此刻我站在桥上。
但请允许我就像站在岸上，
用竖琴的形状弹拨几下
如何虚无，如何实际：
现实该如何
虚无而且实际？

整个夜晚宛如勃拉姆斯的大脑。
音乐，作为抽象的技艺
有一种连续的存在。
仿佛这么多年，我第一次
听见黑暗最宁静的情感
最狂暴的韵律。

这江水，面色严峻；
这桥，早已不是桥本身。

时间是一所黄房子

带注释的黄房子是冷静的旁观者。
目睹过你的盛放和凋零。

目睹过年轻人变老。
带注释的黄房子是冷静的旁观者。

沿着松花江南岸向东行走。
几只鸽子低低飞过。

真是太低了，鸽子简直认为
你俯身于大地是在抛撒种子。

一代又一代人须发皆白。
你也白，那种白就像带注释的黄房子

用墙壁给某人的肖像留白，
突然感到手上有一种淡雅的思想。

而冷静的旁观者坐在那儿一动不动
不知道你也在看它，不知道

江水向岸边挤去，没别的意义，
只为了每一生都流过自己。

紫丁香或一百万个形象（1号）

在经历了那样多
那样漫长的时光里，所有的生长
都是紫色的（你选择深还是浅？）
各种命运波浪般涌来，
被阐明，被接纳，被流逝。
怒放只是一瞬，
根须聚拢如大地凝眸。
仿佛宁静，仿佛仅仅只需要
一次黎明时的日出，
黄昏时的雨落。一座城市，
一百万个旅人。一百万张脸孔
携带着一百万个回忆。
一百万种想象探头探脑
偷窥着生活的旋涡：你的，我的。
而一百万颗灵魂在火焰中现身
它们交换位置，像交换世界。

紫丁香或一百万个形象（2号）

不是拉赫玛尼诺夫的音乐
自钢琴师手中绽放。
不，不是。不是量身定制的幻想
清洗着月光，不是月光下的
火车站，不是镜中的闪电，
不是雷声滚滚，不是风

悄悄捎过来的口信。
不，不是。不是时间额头闪现的
虚空和香艳之美。不是慢眼睛
快递过来的夏日草图，不是
耳中的火炬，甚至也不是
我们听不见的寂静嗓音
构成的更大的寂静。
这些，都不是吗？
是，又不是。
“是”永远都在“不”里打听着
词语深处的景色，
那里，游荡着无尽的影子——
是旧梦是新生是过去是未来
在某处，也在这里。
双重的存在，双重的喜悦。

作者简介

阎逸，诗人，乐评人，随笔作家。中国作协会员，黑龙江省作家协会签约作家。著有诗集、随笔集多部，现居哈尔滨。

哈尔滨三帖

梁　平

雪在烧

雪在烧。哈尔滨的近邻与远亲，
中央大街的接头暗号，一碰一团火苗，
土豆烤熟了。

马迭尔宾馆的楼道空空荡荡，
没有发现可疑的人，我的灯芯绒单裤，
封存了零下二十度的密件。

阳台上望远镜派不上用场，燃烧的雪，
已经甄别了身份，融化的南腔北调，
比同志更可靠。

尔滨不再打哈哈，铁锅炖大鹅，
坑烤的烈酒，雾化了窗外的鹅毛大雪，
前胸与后背季节含混。

夜幕下的哈尔滨，雪糕、冰激凌，
与鲜红的冰糖葫芦滴落言情，
大花棉袄擦肩而过，撩起的风滚烫。

冰雪拿捏的花花世界，美丽不冻人，
太多过期的赞美词起死回生，
久违了。

哈尔滨火了。城市编制的新密码，
在太阳岛雪博会入口处，直走向右，
八百米最不起眼的雪雕下。

有一首诗以摩斯节奏抵达，
密钥截句在最后一行，有人高声朗诵，
我的家在松花江上。

大雪天谒萧红故居

新鲜的雪埋伏旧年的足迹，
呼兰河流水的传记，三百处哽咽，
在大泥坑划分段落与章节，
院子和院子外面很冷。

没有树叶的枝丫站不住雪，
堆积地上，掩盖了王大姑娘清冷的夜，
和小团圆媳妇大黑辫，另一个女人，
为她们流泪。

最后一滴泪，
终止在生命的三十一个年头。
东北、西南、上海、香港的夏春秋，
都在院子里，被冬天冷冻。

这个季节鄙视花花草草，
只有让灵魂出窍的文字才能匹配。
大雪里冷酷和温暖泾渭分明，
趴在门楣的那只猫，应该也有笔名。

天空整片的蓝，蓝得没有瑕疵，
其实有一点瑕疵更生动，也更真实。
我在院子前后左右走了一遭，
落脚很轻，害怕雪地里叫一声疼。

露西亚

米沙胡的混血，习惯了伏特加和哈啤，
俄式红肠就一碟腌黄瓜。

露西亚是不是他的曾祖奶奶，
不方便打听。西餐厅大墙上的油画，
那个典雅的俄罗斯美女，一直在读的书，
确定与中国有关。

老板米沙还是不善言谈，
写小说的米沙，玩摩托的米沙，
店门口摆放《草堂》诗刊，夜深人静，

与诗歌说话。

哈尔滨闹市里的露西亚，
手风琴演奏的风雪，从西伯利亚
呼啸而至，在圣·索菲亚教堂的尖顶上，
滑落，满大街霓虹斑斓了。

烈酒度数有点高，瘦长的玻璃酒瓶，
开始摇晃，米沙继续拍打黑白键，
脸上灰颜色的胡楂更加凌乱，
偶尔一笑，眼睛就没了。

西头道街露西亚打烊的时候，
一定是留置了不该走漏的风声。

作者简介

梁平，诗人，作家，编辑。中国诗歌学会副会长、中国作协诗歌委员会副主任、成都市文联名誉主席。主编过《红岩》《星星》，在编《青年作家》《草堂》。20世纪80年代开始写诗，著有诗集《巴与蜀：两个二重奏》《三十年河东》《家谱》《嘴唇开花》《琥珀色的波兰》《长翅膀的耳朵》《时间笔记》《忽冷忽热》等14部，散文随笔《子在川上曰》、诗歌批评札记《阅读的姿势》和长篇小说《朝天门》。

麻雀英雄（组诗）

梁甜甜

麻雀英雄

树影将城市折叠
一面是寂静的河床
碎银般的雪片，悄然绵延
一面是雀泛的冬日
黄小米，光耀于皑皑白雪

兆麟街上，丁香树下的麻雀
以为努力觅食，就能挽救
一个光秃的世界
重重车辙，模糊在路面
留了条条叽叽喳喳的曲线

我猜想
是严寒将麻雀送进了排风口
它们是不是以为
这样，就能留住整个冬天

光荣的生命，纵使干枯了
也蕴藏着，飞翔的甘甜

冰雪博物馆

在这里，寒冷蜷缩成一面墙
墙面上，是冰与雪的画像
是冬季或妩媚，或俊俏的模样

循着小径一直走
便嵌入了冰雕的纹理
一个甲子的记忆，很透明
若非饱蘸着浮翠流丹的光
我从未见过，如此辉煌的沉静

秩序被时空放大
寒冷，舒展成每一片雪花
像是记忆，努力朝明天奔跑

光影闪烁的陈列，传递哈尔滨
坚毅、乐观以及柔软的腊月
与博物馆分别时，就像
一滴江水，载着一座城市荣光
脱离冰封的母体
续写梦想，生生不息

露西亚之夜

诗集，玩偶，鲜花
烛台，座钟，老相机
密集的信息，透过窗
在路灯的影子里
私语

是古老，欧式风情
是摩登，旖旎风光
一株娇艳玫瑰与绿色窗棂
在零下二十度的问候中
并蒂

米沙的曾祖母正在油画中看书
目光聚焦于指尖的游移
所有殷切，恰如未能袒露的
痴心。关于这位优雅女子
颜料，也娴静

褐色胡须拉动风琴
醇厚的红茶，被柠檬叫醒
圆桌，斟满了酒精
雪花清脆，飘过耳畔
影像，霓虹在壁挂电视机里

纪录片储存着某个夏天
建筑师正处理木雕的曲线

往昔等待修缮
某一帧，穹顶雀跃
还有油画中的 1906 年
闪烁，在这夜晚

郊祭坛

北风啃噬着岁月的波纹
在稻田的私语中
金色的麦浪哼着金源的歌
遥远的王朝被重新拾起

收割皇城内外的丰硕
广袤无垠的远方
包蕴着跨越千年的黑土
以及人民亘古的苦乐

没有人能准确地绘出
一千年前的轮廓
攀缘于手脚并用的浅坡
鼎沸的脚印，踏着
郊祭坛的静默

荒草哽咽在湛蓝的碧波
几株形销骨立的树
守望着平静流淌的阿什河
瘦削的枝杈攥紧晚霞
于是，历史的天空中

多了一种回答

会宁府

被玄武托起的故都
浸透了的秋风与暮色
金色的土丘上人影绰绰
模糊的鼓楼，遥望着
落日，与钟楼的轮廓

龙纹瓦当的面目很清晰，还有
一对曾经伫立于房脊的龙首
以吞吐日月之态
龇出獠牙，张开大口
它们曾效忠的王侯，早已朽没成灰

兽面、鹰嘴、猪鼻
眉眼狭长的铜坐龙睥睨着
历史的每一条沟壑
瓮城的功绩，角楼的瞭望
云纹卷舒之间，古老的记忆
在每个静谧的夜晚，耳语大地

作者简介

梁甜甜，黑龙江哈尔滨人，中国作家协会会员，黑龙江省作家协会全委会委员。北京师范大学鲁迅文学院联办当代文学创作方向研究生、文学硕士。作品见于《诗刊》《诗林》《星星》等刊物，已出版诗集《花信芳菲》等。

行吟松江

冰城亦暖

王国平

哈尔滨人称呼“哈尔滨”是“hǎ 市”，普通话四声里阴平的“hā”，就这么堂而皇之变成了上声“hǎ”，中间没有过渡，也不需要解释。

十几年前我到哈尔滨就发现这里的人敢拿“主意”。后来还听说一个更有意思的事。哈理工的学生，自称是“hā 理工”的，提到哈工大，则称之为“hǎ 工大”。哈工大的学生呢，自称“hā 工大”，对哈理工的称呼则是“hǎ 理工”。这么多年，每次到哈尔滨，或者在外地遇见哈尔滨人，闲聊时忍不住问问这是什么原因。不少哈尔滨人感觉有点莫名其妙，老多年了，就这么顺口说了下来，难道不对吗？

当然是对的。每座城市都有自己的性格和章法。说“hā”说“hǎ”，都是自然而然的表达，畅通无碍。州官可以“放火”，百姓也可以“点灯”，相安无事，和谐共生。于是，走在哈尔滨的大街上，可能会听到这样的对话：“你是 hǎ 工大的？”“对呀，我是 hā 工大的。”毫无违和感。

东北有道菜，叫“乱炖”，地道美味。其实，“乱炖”不乱，食材的搭配还是很有讲究的，每一道食材在风味上都不冲，没有属于刺头的类型，都能开放怀抱互相接纳。至于色彩，整体偏向沉稳甚至有点闷的时候，玉米的黄和胡萝卜的红，顿时把氛围给点亮了。“乱炖”是家常菜，本来居家过日子就离不开“乱炖”，事实上也是逃不脱的。

哈尔滨人干脆就把这种融合、贯通的功夫视为城市的性格来经营了。

大话不必讲，细处见真章。中央大街中间地带有个房子，门口的招牌是“一楼酒吧，二楼烧烤，客官里边请”。要说“酒吧”是西洋流行文化的标配，“烧烤”是现今华夏大地上的一个热门，“客官”是旧时店家对宾客的敬称。好几个层次，都被一个招徕生意的广告牌“一锅端”，一并收纳，顺顺当当，感觉没有什么不妥。

距离中央大街不远处的索菲亚教堂，是哈尔滨的一处城市地标。这个典型的拜占庭式建筑，是远东地区最大的东正教堂。哈尔滨是“音乐之都”，索菲亚教堂这么富有特色和风情，建筑本身就是一首交响乐，还是外地游客来哈尔滨的绝对打卡地，二者是不是有必要关联起来？观念是个好东西，行动更是个好东西。原来的建筑艺术馆，就改为了索菲亚音乐厅。现在，索菲亚教堂就是索菲亚音乐厅，可以说是“一个地方，两块牌子”。都说“建筑是凝固的音乐，音乐是流动的建筑”，建筑和音乐在哈尔滨就这么无缝连接、深情相拥了。

索菲亚音乐厅的宣传小册子上说：“在游览参观的同时，增加音乐演出内容，此举是为了更好地体现索菲亚教堂独特的建筑艺术性及声场效果，增加参观体验互动性。”建筑存储音乐，也以自己的禀赋善待音乐。音乐丰满建筑，也以自己的风情升华建筑。建筑美和音乐美，在这里合二为一。

这个音乐厅的营业时间一般是上午的八点半到晚上十点，冬季是下午五点结束，属于“超长待机”。早上八点半就能欣赏到现场正式的音乐演出，不知道还有哪个地方有这个雅兴。我们是下午来到音乐厅，节目是钢琴独奏。一个年轻姑娘，一袭黑色连衣裙，长发披肩，正在钢琴前用心弹奏，向人间播撒美妙的音符。坐在椅子上，乐曲在耳边漫步，举头望，穹顶在高处，有旷远、空灵之感。墙壁上眼见有剥落，墙面脱皮了，但不见补丁，保持原态，就像是一枚枚历经岁月长途跋涉而赢下的勋章。人来人往，步履声声，自然还少不了人声，尽管大家普遍压着嗓子轻声说。几乎人手一部智能手机的时代，也少不了人们随手记录的冲动。于是，好多个手机都冲着正在演奏的年轻姑娘拍摄，有的人坐着拍，有的人站着拍，有的人还是视频录制。也有人对“随手记录美好生活”这事没有多少兴致，已经在琴声陪伴下进入梦乡，同时也给这个场子奉献了轻微的鼾声。对于此中喧嚣，姑娘大多时刻是置若罔闻的，“欲将心事付瑶琴”，但是偶尔也扭头张望一下，可能是出于好奇，也可能是对曲目烂熟于心，走走神，没问题，权当“课间休息”。这一瞥，有几分可爱，也是烟火生活的一张切片。剧场里的音乐演出，音乐家几乎跟听众没有多少语言和眼神交流的，完全沉浸在音乐的世界里，通过音符的传递进行心灵的“对话”。另外，剧场的音乐演出，都有一套规范的“温馨提示”或者说是“观演须知”，比如不能随意走动，保持安静，避免不必要的交谈与噪音，禁止使用手机和其他录音设备等。一旦听众有拍照、录影的举动，工作人员就在远处拿起激光笔，进行干扰、提醒。如果听众还是不听劝，他们还要蹑手蹑脚移到跟前严肃告知。这是为了维护良好的观演环境，以避免干扰台上的演出节奏和其他观众的观赏体验，也是为了保护演出作品的版权。这当然太有必要了，属于基本的文明礼仪。索菲亚音乐厅好像暂时搁置了这些“规矩”，营造出一个开放的空间，大家大体上可以随意。这里是哈尔滨的城市“公共客厅”，是一个庄重的地方，也是一个家常的地方。来者可庄重，亦可家常。

家常往往指向普遍性。哈尔滨普遍给人的印象是寒冷，所谓“冰城”。第一次到哈尔滨是在隆冬时节，冰天雪地，又是夜晚，看不真切。入住宾馆，当地朋友说宾馆就在松花江的边上。早晨起床，拉开窗帘，眼见有吉普车在缓缓往前走。车行路上，没有什么新奇的。定睛一看，问题来了：这不是马路啊！汽车是在江上行！气温是有多低，冰层是有多厚。这个世界也太有味道了。老家在鄱阳湖边上，哪里见过冰上跑车的情景。记得当年在赣北读小学时，遇到大雪纷飞的天气，虽然没有明令，基本上可以自作主张，居家躲在被窝里，权当放假了。有时也往学校跑，跟同学一起胡闹，老师偶尔来教室一趟，敲打敲打，强调一下纪律，就回了。班中无老师，娃儿们唱大戏。就差点儿把屋顶掀了。教室里没有暖气，窗户也不严实，学生也是七零八落，这个课是没法上了。所以说，有些“规则”是要充分考虑地域性和适配性的。用一把尺子机械地丈量世间万物，世间万物要抓狂，尺子也是要崩溃的。

曾经有一首流行歌叫《冬季到台北来看雨》，我觉得应该有另一首歌，就叫《冬季到哈市来看雪》，“冬季到哈市来看雪，雪在漫天狂喜……”至于是唱“hā 市”还是“hǎ 市”，或者说在“hā”与“hǎ”之间随机切换，坐下来好商量。

冰与雪是哈尔滨的特产。十五年前，我到哈尔滨采访过冰雪文化研究者王景富，写过一篇人物报道，名字是《王景富：四季梦醉冰与雪》。老先生当时年届七旬，对冰雪用情很深，用力尤勤。在老伴儿的眼里，老头子这辈子是娶了冰雪了，“这个人平时啥话也没的说，蔫的，但一说到冰呀雪呀，眼睛都放光。家里来了客，客人觉得这老头子怎么不大热情。我就告诉他们，你们和他唠冰雪的事，肯定准！”他自己也一五一十“招供”了：“我春为冰雪忙，夏为冰雪忙，秋为冰雪忙，冬天更为冰雪忙——收集冰雪素材不遗余力，整理冰雪资料废寝忘食，研究冰雪问题走火入魔，撰写冰雪文章通宵达旦。”他的本职工作是《哈尔滨日报》记者，抱着一团火的激情和炽热，投身冰雪文化的研究与阐释，成为冰雪的“账房先生”。这次到哈尔滨，听说老先生已经故去了，他的那份热心的劲头依然让我一暖。

哈尔滨的天，大多时候是冷的；哈尔滨人，一直是暖的。寒气激我怀，热忱盈身心。冰城亦暖，脑海里已经储存了好多个镜头——

呼兰是萧红的故乡，这里就说自个儿是“萧乡”，还编发文学内刊《萧乡诗词》。对历史人物的敬重献上了一片真心。

哈尔滨大剧院前厅，正在展出哈尔滨学院提供的一组“风雪老道外”图片，拍摄的场景有门洞内的大杂院、破旧的木制外楼梯、低矮的煤棚、公用的自来水龙头……过往岁月的质感，都在黑白影调里得以阐发。色彩斑斓年代的黑白，是因为有浓郁的乡愁如热血奔流。

参观哈尔滨早期音乐与世界文化名人手迹展，发现展板上对哈尔滨早期音乐的介绍是这么写的：“哈尔滨的第一家乐器店开业时间是1900年，比第一家面包店还早了两年。这说明什么？音乐比吃还重要。有人说，百年前的哈尔滨出门就是剧场，拐弯儿就有乐团。他们说得对。不过，落了一句，初夏的丁香花，风过时碎枝缠抱，说不准节拍，听得出动律。”这当是诗人所为，把展览上惯常的刻板语言舍弃了，以个性化的表达，问候深爱着的这座城市。

在深圳（哈尔滨）产业园区，得知这里要“带土移植”深圳的先进理念和经验。这个提法让人感动，哈尔滨人太想跑得快一点儿，跑得好一点儿。爱这座城，打心眼儿希望这座城好。

在太阳岛上，我不小心崴脚了，伤势还有点儿严重，自然让哈尔滨的朋友一通忙乎。陌生人也在用心。那天下午，正在宾馆房间里休养。前台来电话，说大堂门口的灯箱急着要维修，工人从我住的这个房间窗户跳到外边作业最合适，问是否方便。当然可以。一位大叔进门了，脸黑，背着一个工具包，高个子，大手，大脚，迈大步子。太喜人了！他看见我右脚戴着护具，枕头垫得老高，一个人在床上躺着，就关心起来，问这是咋的啦，是不是到医院拍片子了，医生是怎么说的。然后就是一通安慰：在外地遇到这事，糟心。不过呢也不是啥大事，东北老是大雪，崴脚、摔伤，是经常的事，哪个人不在硬冰上摔个几跤？东北人屁股大，都是冰上摔的。医院看这个病也拿手，整个几天就好了，放宽心。热情和幽默，是骨子里的。他爬出窗户外修理灯箱了。以前总是感觉装修的声音沉闷、烦躁，这次倒是听出了节奏感。过了一阵，修好了，又从窗户爬了回来。他问是不是要买点儿什么，吃的，用的，他可以跑一趟，反正活儿完事了。我们都不知道对方叫什么名字，他却慷慨地馈赠自己的热心。

第二天，伤情不减，只能坐着轮椅前往机场返京。那时哈尔滨正在迎向冰冷的怀抱，老人们像候鸟一样往三亚飞。这趟航班，就有不少行动不便的老人，坐轮椅先飞到北京，再转机前往三亚。轮椅送机的服务人员有限，她们忙得团团转，送了这个航班，下个航班就接上了，没有喘口气的时间。很惭愧，我竟然跑到这里来“抢夺”资源。轮到我要登机了，一位工作人员刚刚完成送机任务，匆匆赶来，仔细核对航班信息和个人信息，以及随身携带的物品，得知都是妥的，就推着轮椅往前赶，路上还与同伴沟通航班动态和行进路线。我看了下时间，感觉尚早，跟她说可以慢些，不用这么着急。她说不行的，您优先登机更方便一点儿，要是晚了跟其他旅客一起，就有点儿乱了。她一路小跑，步子密而实，尽管戴着口罩，我还是感觉到了她急促的呼吸正奔向粗重的临界点。如她所愿，踩着时间点我们赶到了登机口。我连声道谢，她应了一声就匆匆转身而去，想必有新的任务已经下达了。有那么一个瞬间，偶然看见了她卡牌上的名字——许培文。

点滴温热，汇聚暖流，情拥冰城。

作者简介

王国平，《光明日报》高级编辑，文学评论版主编，中国作协会员。著有《一枚铺路的石子》《汪曾祺的味道》《纵使负累也轻盈——文化长者谈人生》《路上的风景：张锦秋传》《一片叶子的重量》《文学的目光掠过新闻的湖面》等。

哈尔滨的深秋

付秀莹

这是我第一次到哈尔滨。

最初知道这座城市，是从广播剧《夜幕下的哈尔滨》开始。王刚的声音通过无线电波，飞越千山万水，飞到我们的村庄，飞进我的耳朵里，飞进我的心里，为一个乡下孩子打开想象世界和远方的一扇窗子。那时候我几岁？时光流徙，多少激荡人心的故事都渐渐变得模糊了，只有哈尔滨这个名字，带着童年记忆的深深的烙印，令人觉得愈发亲切有味。

刚过了仲秋时节，北京还是秋风乍起，哈尔滨却已然是深秋景象了。阳光明亮，金沙一般铺满整座城市。天空显得格外高远，没有云彩，空气几乎是半透明的，经了秋阳的照耀，有一种琥珀般的温润迷人。树木的色彩变得斑斓丰富，深绿夹杂着金红、深棕、金黄、浅金，错金杂彩，是浓郁至极的晚秋意味。秋风满街，叫人心头涌起许多难言的情绪，也不是惆怅，也不是喜悦，或许是一种对岁月的感喟吧，抑或是人生际遇的伤怀？童年时代的憧憬和期待，竟然在此时成为真切的现实。夜幕下的哈尔滨，秋阳中的哈尔滨。童年光阴的混沌懵懂，人到中年的复杂况味，恍兮惚兮，如在梦中。

下榻的地方是位于中央大街的马迭尔宾馆。在哈尔滨，谁不知道马迭尔宾馆呢？这座历经了百年沧桑的老建筑风采依旧，以它典雅富丽的迷人风姿，热情迎接着八方来客。多少烟云风雨，都被它轻轻挥去；多少世事如烟，都被它默默收藏。走在中央大街上，踏着光影斑驳的面包石，热烈的异域情调扑面而来，文艺复兴、折中主义、巴洛克，错落有致的欧式建筑，令人有一种仿佛置身于异国街头的幻觉。历史与现实，传统与现代，时间与空间，西方与东方……这条被誉为亚洲第一街的著名大街，轻轻诉说着说不尽的传奇。

深秋的暖阳斜照下来，光影淡淡，静谧而安详。一边是热气腾腾的烟火人间，一边是庄严肃穆的索菲亚教堂，一面是红尘纷扰的世俗生活，一面是凌空飞翔的精神世界。这或许就是哈尔滨的气度吧。坐在索菲亚教堂里，静静地听一首钢琴曲，不啻是一种极大的享受。琴声悠扬，在偌大的教堂里回响；灯光闪烁，同外面的阳光交相辉映。时光仿佛在这里静止了，人世间所有的奥秘都向我们悄悄敞开。如果说建筑是凝固的音乐，那么这婉转的琴声流淌，恰好同华美的教堂呼应，一动一静，相得益彰。

去往萧红故居的路上，见窗外秋色愈浓。忽听当地主人说，看，那就是呼兰河。只见一条河流潺潺，在阳光下闪烁着静静的波光。这样一条看似平凡的河流，经过女作家的文字，缓缓流进中国现代文学史，流进一代又一代读者心中。热爱文学的人，谁不知道《呼兰河传》，不知道被称为20世纪30年代文学洛神的萧红呢？走进萧红故居的时候，我们不禁放轻了脚步。是怕惊动院子里的旧时光吗，抑或是怕打扰作家尘封已久的故园记忆？萧红家的后花园，是作家童年时代的“百草园”。在《呼兰河传》里，萧红曾经“往祖父的草帽上插花”，“把谷子当成了狗尾巴草锄掉”，“趴到大酱缸帽子底下睡着了”，这些经典片段勾起多少读者的童年往事，引发多少人的故园情思呀。那园中的小黄瓜、大倭瓜、蝴蝶、蚂蚱和蜻蜓，色彩缤纷，经由作家的笔，飞进了多少人追忆似水年华的绚丽梦境之中。还有那口水井，萧红第一次见到小团圆媳妇就是在这水井旁。“她摇着井绳哗啦啦地响，日里听不见，可到了清晨，就听得分外分明。”有一次，一只小猪掉井里了，祖父就用铁钩把它捞上来，裹上黄泥烧烤。萧红高兴极了，“原来人间还有如此的美味”。想来，在她短暂的一生中，早在天真无忧的童年，她或许就已经品尝了世间最鲜美的滋味，那大约也是她生命里最好的时光吧。是不是，正是源于祖父慈爱的滋养，她才能从容咽下成年后苦涩的命运的烈酒？在生命尽头，萧红如此写下：半生尽遭白眼冷遇，身先死，不甘，不甘。当然是不甘的。她离世时年仅三十一岁，正是风华正茂。空有满腹才华一腔热血，奈何！在茅盾眼中，萧红是寂寞的。一生追求爱与自由，而知音难觅。人生的苦难是找不到知己，从这个意义上，萧红确是寂寞的。阳光铺洒在园子里，花木繁茂，气象不减。只有葡萄藤夹杂着红色金色，渲染了点点秋意。这草木葱茏的园子，这安静流淌的呼兰河，恐怕并不知道，昔年决意出走远方的女子，行遍世间所有的道路，走到世界遥远的尽头，又以这样的方式，永远地回到令她又爱又恨的故园。

沿着松花江畔漫步，在九站码头看夕阳，到太阳岛欣赏大自然之美，在哈尔滨音乐厅看剧，在伏尔加庄园领略俄罗斯风情……大列巴、红肠、格瓦斯……这闻名遐迩的带着强烈地域色彩的名片，几乎成为哈尔滨的经典标志，成为人们认识哈尔滨理解哈尔滨的秘密通道。当我们吃着马迭尔雪糕漫步在哈尔滨街头的时候，当我们在早市看着烟火沸腾的日常小景的时候，当我们在防洪纪念塔下追慕哈尔滨人民英雄和浪漫情怀的时候，当我们在深秋的哈尔滨遥想初夏的丁香花和寒冬的冰雪世界的时候，我们或许就有可能触摸到一座城市的隐秘心事，品读出一座城市的文化品格，阐释出一座城市的精神气质。

当然，在哈尔滨，我还收获了更多。譬如说，温暖，情谊，爱。是的。当朋友们为我齐声唱起生日歌的时候，烛光摇曳，祝福绵长。在深秋的哈尔滨，这意外的惊喜，这份人世间值得珍重和珍藏的暖意，使得哈尔滨之行成为我人生中温柔而湿润的段落，与童年记忆里的哈尔滨想象神奇地重叠。

难忘哈尔滨的深秋。

作者简介

付秀莹，作家，《中国作家》副主编。著有长篇小说《陌上》《他乡》《野望》，小说集《爱情到处流传》《朱颜记》《花好月圆》《锦绣》《无衣令》《夜妆》《有时候岁月徒有虚名》《六月半》《旧院》等。

苍茫与生动

刘大先

飞机即将从太平机场降落，从舷窗望下去，只见辽阔大地，无尽苍茫，玉带般的河流交错在微黄的平畴之上，哈尔滨的寥廓江天已隐然在望。

面对东北大地，我贫瘠的词汇库中立刻跃出两个字：苍茫。那是一片大地的海，波澜不惊，沉稳而寂静，与南方高丘茂陵、西部的戈壁群山不同，其中孕育着含蓄的生机与广远的力量。它不是一般的平原。广袤的黄淮海有华北平原，长江中下游与三角洲有江汉、洞庭湖与鄱阳湖平原，西南西北的群山之间也有成都和关中平原，它们的表面覆盖着茂密的植被、作物和建筑，提到它们的时候，我会联想到郁郁葱葱或者莽莽苍苍这样的词语。东北大地上当然也满是谷物，但是我只能用苍茫，因为它一览无余，没有丘壑，坦坦荡荡地裸露出其丰饶的内心，不忌惮任何目光，所有的目光也无法穷尽它的所有，它就是浩浩荡荡的苍茫。

十年前，我到过哈尔滨，在中央大街走过，吃了马迭尔的雪糕，也观瞻了久负盛名的索菲亚大教堂，当时只觉得精致而小巧。我和朋友还乘坐一种九块钱车票的绿皮火车到阿城的金上京历史博物馆去逛了逛。那是八月的仲夏，玉米正在成熟，坐在路边高大的榆树下吹着风，看着漫无边际的绿原，心中荡起甜蜜的惆怅，仿佛将同那草木田园融为一体。

如今再来，饱含沧桑的绿皮火车已经没有了。中央大街似乎并没有太多变化，索菲亚教堂倒是比我记忆中要更为绚丽，可能是因为周边修筑了广场。当然也许这一切都是我记忆的舛误，那个广场本来就在那里，只是当时我走马观花、来去匆匆，无心记取。更有可能是，当人们到一个陌生地方，很容易被某种新奇感所震慑，耳目被外物所炫，只留下一些陆离纷乱的印象。那种印象未必可靠，充满了主观色彩，很多时候是从影像文字中得来的间接认知。

还是要用脚踏在实地上，并且要重回旧地。只有再次登临同一块土地，才能撇去印象的浮沫，逐渐窥见浪花下的静流，尽管仍然未必能够真正深入，总归会愈加接近它真切的质地。对于东北，对于黑龙江，对于哈尔滨这样特别的城市，尤为如此。

记忆带有分量，那些最初的印象如同原料，沉积、发酵、酝酿，故地重游就是那触发的契机，让在时间中凝聚起来的情感与认识得以蒸馏升华为甘霖。

逗留在哈尔滨的短暂时日里，就住于历史悠久的马迭尔宾馆，紧邻中央大街。我在一天中的不同时段将中央大街重新走了几遍。清晨寂静无人，整个大街显得宽阔了许多，经过一夜的休憩，高大桴树和悬铃木好整以暇，默默地守护在道旁，空气中弥漫着清冷的气息，两边的灰色建筑装饰有红色的穹顶和鲜绿的门楣。经过松浦洋行的十字路口，看到一大群或黑或白的鸽子，在地上等待着人们的投喂。走到松花江边的防洪纪念塔前，正赶上朝日初升，江水碧黛，天空蔚蓝，水天之间的太阳岛形成一条苍翠的线条，让人心神舒爽。

正午时分的阳光下，心叶椴的叶子透出银杏黄，记忆的河流翻起浪花，想起十年前去过的露西亚餐厅。信步寻觅，在一簇紫丁香环绕的路边看到了它恍如昔日。这里还是俄侨纪念馆，室内的墙上挂满了老照片，讲述伴随着 1896 年中东铁路开始兴建而迁徙过来的俄罗斯人历史。这个餐厅不大，四周的沙发、钢琴等物品占据了不少空间，桌椅摆得都比较紧凑，反而有一种家庭式的氛围。我拍了一张照片发给当年一起吃饭的朋友，他说，没有什么变化啊。

十年对于一百多年的历史而言确实不算长，在这个以记忆为主题的餐厅，时间被刻意地凝固在照片、老物件之上，凸显出一种日常生活的绵延和恒久。

但是，在那种看似恒远的不变里，一切都已经悄然发生了变化。就像这条路上的各种古老建筑，在二十世纪的跌宕起伏中不断变换着自己的角色与身份，松浦洋行曾经一度做过图书馆，秋林洋行则变成了江沿小学，华俄道胜银行转成了黑龙江省文史研究院……周边无数新建的社区和商业综合体则愈加凸显出哈尔滨的日新月异。中央大街作为一种历史遗迹今日已经成了一种怀旧的景观，藏匿在更为恢宏的建筑丛林之中——这座城市同样有着一颗勃勃跳动的生动之心。

俄罗斯与犹太人文化的元素，一度作为哈尔滨先开现代性的“洋气”的标志。诚然，悠久的历史积淀、多元的文化因子是它的底蕴所在，但任何一座城市都不是其他地方的仿制品，其活力一定立基于自身所具备的素质和“变”与“不变”的辩证法之中，本身的底色赋予了它稳固的根基，让它不至于在变迁中失去自我，因应时代与语境所作出的变革则让它具有了生生不息的活力。

活力关键在于人。无论什么样的地理与空间，总是会被它的居民改造为一个人化的自然。如同太阳岛上那俄罗斯风情小镇上一幢一幢造型各异、别具特色的小屋一样，那些从西方来的移民，带来迥异于本土的建筑、食物、语言与习俗，为这个哈尔滨的江北小岛烙上了些许异域风情，而异域风情最终在时移世易中转化为本土的特色之一。

回想一千年前，这里是女真人的土地；三百年前，是戍边军人和流放犯人的处所；一百年前，是东北亚各方势力争夺的要塞；六十年前，作为新中国最早的重工业基地之一，被称为共和国的长子；三十年前，它面临艰难而痛苦的转型；近十年来，则以一种产业创新的姿态重新开启新的航程。

是的，俄罗斯风情也好，音乐之城也好，非物质文化遗产也好，“艺术点亮城市”也好，终究需要有产业作为支撑。在江北的深哈产业园参观，这种念头一直萦绕在我的脑海。2018 年，哈尔滨松北区与深圳龙岗区就合作兴建了松北（深圳龙岗）产业园。2019 年，中国（黑龙江）自由贸易试验区获得国家批复，哈尔滨片区挂牌，两地又联手成立了深哈产业园投资开发有限公司，园区入驻了华为鲲鹏创新中心、思灵机器人、奇安信科技、哈工大人工智能研究院等各种高新企业与单位，大湾区与东北边区的融合为哈尔滨这座城市注入了新鲜的血液。

我在园区的展板上看到宏观的规划：数字经济、生物经济、冰雪经济、创意设计四个发展新引擎，航空航天、电子信息制造、新材料、高端装备、智能农机五个战略性新兴产业，能源、化工、食品、医药、汽车、轻工六个传统优势产业，信息服务、现代金融、现代物流、服务性制造、旅游康养、养老托育、文化娱乐七个服务业。这些系统的规划构成了完整而全面的哈尔滨未来，那是生态与产业的叠合、传统与现代的结合、科技与人文的融合。

正是力控电力操作机器人、智能心电衣、农业植保无人机、核主泵……这些创新的产品，为哈尔滨大剧院这样如梦如幻的存在提供了坚实的基础。这个兼具艺术审美、科技含量与实用功能的建筑，甚至超越了闻名遐迩的悉尼歌剧院，滑动的曲线与光洁的造型，与苍茫大地融为一体，成为与中央大街那些欧式建筑截然不同而又丝毫不违和的新地标。“壮志飞鹏同风起，凌云鸿鹄扶摇上”，这是这座老工业城市焕发出的璀璨生机。

这个曾经在满语中被称为“晒渔网的场地”的“哈拉滨”，经过几个世纪的蜕变，成为时尚的“哈尔滨”，无数人为此付出了血水、泪水和汗水，我也能从中体会到建设者的深情、恩情与激情。

车子行驶在路上，秋日的暖阳煦暖而不灼人，路边的树叶在阳光下闪闪发光，晴空高远，一派清爽开阔的气象。经此一行，我想，再用苍茫指称东北，无疑不够准确，哈尔滨也有山，香炉山、帽儿山和铧子山，并不是一览无余的所在，苍茫只是一种总体的印象，多少带有心理上的真实性，却是不够的。苍茫中的生动，才构成了完整的哈尔滨。

作者简介

刘大先，中国社会科学院研究员，中国社科大教授，《民族文学研究》副主编，国家万人计划青年拔尖人才。从事现当代文学与少数民族文艺、当代文学、影视文化等领域的评论与研究。著有《八旗心象》《贞下起元》《从后文学到新人文》《现代中国与少数民族文学》《文学的共和》等学术专著、学术随笔十余种。曾获鲁迅文学奖、唐弢青年文学研究奖、胡绳青年学术奖等。2022 年 3 月被中共中央宣传部、人力资源社会保障部、中国文联联合授予“全国中青年德艺双馨文艺工作者”称号。

贝多芬的月光

闫　语

最近在读爱尔兰作家科尔姆·托宾的小说集《空荡荡的家》，当我读完书中《一减一》这篇怀念母亲的小说以后，“月亮是我母亲。今夜她是满月，比最亮的霓虹灯更亮，辽阔的琥珀色上带着红色的褶皱”，当这样的一行文字再次跃入眼底，我的潜意识里竟然响起了贝多芬《月光奏鸣曲》的旋律。这是谁的钢琴，又是谁的往事？谁在把一个匆忙赶路的人拉进2020年的夜晚，谁又在1801年的月光下娓娓讲述着心灵的戏剧？有那么一个瞬间，我突然觉得自己把贝多芬的“月光”听出了不曾有的幻觉状态，仿佛巴伦博伊姆坐在钢琴旁开始弹奏贝多芬，而我却听出了德彪西的秘密。

是的，最近几天我一直在巴伦博伊姆演奏的《月光奏鸣曲》中读托宾的小说，随着音符的流淌，一缕月光透过窗子洒在我的身上。我的眼前仿佛出现了一个幽幽的湖，在群山的环抱中安静地睡着。这时，一轮冷月破云而出，不容分说就导入的哀伤像最安静的预兆，使我顷刻间就走近了贝多芬。在这个世界上，音乐和哲学一样古老，但音乐在把哲学家们囚禁在自我的牢房中时，却给了贝多芬自由，让他寻找身体里的黑夜，以及黑夜里比水流还要冰凉的月亮。1801年11月16日，贝多芬在写给他的朋友威格勒的信中说：“我在这两年里过的是怎样孤独与悲哀的生活，你是无法想象到的：我的耳疾好像是一个幽灵，到处阻挡着我，我躲避着一切人，好像是一个厌世者。”

这样的贝多芬，与《月光奏鸣曲》中的贝多芬，哪一个更悲伤呢？此前，我也听到过一些不同版本的片断，大多都是轻柔舒缓却带着淡淡忧伤的第一乐章。这几天，我终于安静地坐下来，聆听了完整版的“月光”，巴伦博伊姆的演奏让我不再是仅仅痴迷于某个段落了，而是全部：全部的月光，全部的音符，全部的贝多芬。

贝多芬一生创作了三十二首钢琴奏鸣曲，可以说是陪他一生，伴他成长，并且带有一定自传意味的作品，思想内涵超越了之前一些作曲家的奏鸣曲，因此与巴赫的《十二平均律》齐名，被誉为“新约全书”（《十二平均律》被誉为“旧约全书”）。从资料上看，贝多芬的这首《月光奏鸣曲》创作完成于1801年，正是他从早期过渡到中期的一部具有革新精神的作品。曲目的名字是《升c小调第十四钢琴奏鸣曲》，“月光”这个标题，并不是贝多芬自己取的，而是一位名叫路德维希·莱尔斯塔勃的德国诗人聆听这首奏鸣曲的第一乐章时，感觉“犹如在瑞士琉森湖月光闪烁的湖面上摇荡的小舟一般”，便得此名，并流传至今。

那么，究竟是什么样的一种月光呢？是威廉·肯普夫收放自如、纯正典雅的古典版月光？是李云迪速度与细腻完美结合的标准版月光？还是切尔卡斯基永远带有自己个性烙印的专属版月光？有段时间，我曾沉醉于阿劳深沉怀旧的解读，更因为诗人欧阳江河的推荐，而迷恋上艾莉·奈伊狂野、凌乱的演奏。德国乐评家汉斯·D. 豪弗特曾经一针见血地说过，艾莉·奈伊是一个浪漫主义的孩子，并一直保持这样。这样的艾莉·奈伊诠释的是另一个贝多芬吗？如果有幸听到她朗读的《海利根施塔特遗嘱》，在她的声音里能否真切地感受到，贝多芬在失去听觉后的极端痛苦与悲伤，以及“给我一天纯粹的快乐”的呐喊呢？

因为艾莉·奈伊录制的唱片很少，也很难找到，我至今没能如愿。

去年夏天，在北京的一家音像店里，当我在一张张精致的唱片里，看到这张巴伦博伊姆在DG录制的《月光奏鸣曲》时，封面上那轮冲破云层的月亮，是谁遗忘在世界上的声音，又是谁收录了这一片古老的月光呢？所有的乌云都在用黑色清洗着黎明前的夜晚，而月光“正和我一道感受着被托升到半空的眩晕”。这个时候，我仿佛听到了潺潺的流水声，仿佛看到在夜色拐弯处，一个熟悉的身影正在倾心抚摸着一架孤独的钢琴。捧着唱片走出音像店，我就迫不及待地给一个爱乐的朋友打电话，我们聊了十分钟的《月光奏鸣曲》，朋友说，巴伦博伊姆诠释的是兼具古典与浪漫的怀旧版“月光”。那么，在最舒缓深情的琴声里，哪一个聆听者被巴伦博伊姆还给了贝多芬，而贝多芬又在谁的听觉中购买着浪漫与悲伤呢？想到这些的时候，许多往事都变得迷人而富有弹性了。

大学的时候，我偶然间看到了俄国画家克拉姆斯柯依的那幅《月夜》，银灰色的月光渲染出了夏夜的恬静，一位身穿白色衣裙的美丽少女，独自坐在池塘边的长椅上，她面前的池塘中漂浮着睡莲和菖蒲，而她的目光却温柔地望向了远处。这是一幅被誉为“爱情诗”的油画，我非常喜欢，唤起了我心中对美好爱情的期许。可是，记忆中，属于我的那轮月亮好像就没有出现过，因为它总是来得很迟，或者很早，还有很多时候根本就不出来。那么多黑乎乎的夜晚，我和其他看不到月亮的同学一样，耐心地等待着，希望某一天也会有一缕专属于自己的皎洁月光。

日子一天天过去，生活的各种体验慢慢改变了我对于爱情的想象。这个时候，凡·高的《星月夜》成了我在奔波之余的慰藉，月光的皎洁和星光的闪烁，在天空形成了一个个动态的光圈，我相信，那就是凡·高内心期许的光明。正是这样的光明，才可以把唐·麦克林带入对他深切的同情之中，创作了一首纪念凡·高的音乐献词*Vincent*。唐·麦克林用极尽绚烂的辞藻来描绘凡·高的画，也表现出了凡·高那灿若向日葵般的生命。这首歌旋律流畅动听，纯净到透明，感觉就像是在星月夜下编织了一个蓝色的梦，牵引着聆听者与星空融为一体。

后来，我去了一座陌生的城市，陌生的街道陌生的人，一切的不如意都在陌生中无限地放大着，仿佛夜色中的那轮月亮也开始陌生起来。这个时候，我隔壁搬来了一个女孩，她很喜欢古典音乐，夜深人静的时候，总会有一缕琴音隐隐地传来。慢慢地，我们熟悉起来，成了朋友。她告诉我，她很喜欢贝多芬的《月光奏鸣曲》，尤其是第一乐章，每次都是单曲循环，她说只有听着这段柔和、浪漫又略带忧伤的曲子，才能缓解白日里的辛苦，安然地进入梦乡。再后来，她因为结婚离开了那座城市，我也因为工作去到了另外一座同样陌生的城市，我们就渐渐断了联系。也许是因为对她的想念，也许是这个世界在把隐藏的时光剧本，展现成一个个音乐口信，我也喜欢上了《月光奏鸣曲》，也是循环播放着第一乐章。我固执地相信，名字里的雪并没有下到一个人身上，但是音乐里的月光却照亮了同一块黑暗，我感到自己就是音乐里那个跳动的音符，或许她也是，都是贝多芬手稿里的情感编号。

那么，巴伦博伊姆的情感编号又是什么呢？是著名的钢琴家和指挥家，还是杜普蕾的丈夫呢？在演奏《月光奏鸣曲》时，他会不会想起杜普蕾呢？那个痴迷、狂热而单纯的杜普蕾，那个为大提琴而生又在琴声中逝去的杜普蕾，那个曾经是巴伦博伊姆妻子的杜普蕾。每次在寂静的夜里聆听巴伦博伊姆的演奏，我都会情不自禁地想起那个长着一头长长金发的杜普蕾，想起那首《杰奎琳的眼泪》，想起那个创造了自己独一无二的大提琴语法的美丽女子，想起她演奏的《埃尔加大提琴协奏曲》，想起曾经看到的那些她和巴伦博伊姆一起演出时的照片，笑容那么灿烂，记录下的无疑都是他们曾经美好而浪漫的时光。如果这个世界就是为了他们的分离而准备的，那么悲伤就是把一个人紧紧地绑在地平线上，而另一个人只能去音乐中找寻她永恒的身影。是这样的吗？

那么，贝多芬呢？他在创作这首《月光奏鸣曲》时，脑海里浮现的会是什么呢？是曾经和心爱的人一起漫步月下的幸福，还是得知婚讯后，新郎却不是自己的悲恸欲绝呢？贝多芬为了自己浪漫而炽热的爱情创作了这首曲子，题献给圭恰迪尼，并且一直坚信他们是彼此深爱的，可是无情的结局却终止了浪漫的音符，高贵的情感被削减掉了爱和关怀，就变成了无家可归的幻想吗？贝多芬曾经标记该曲为“幻想曲式奏鸣曲”，是对浪漫爱情的幻想，还是对美好生活的幻想，抑或是仅仅对音乐的幻想？

罗曼·罗兰在他的《贝多芬传》里说，贝多芬在创作这首奏鸣曲的时候，正承受着耳疾的折磨，而且身体也不是很好。所以，月光，这个充满诗意的标题，与这首奏鸣曲所要表达的情感并不相符，乐曲主要反映的是作曲家矛盾复杂的心情。他不断地钟情，不断地梦想着幸福，然而每次都是立刻幻灭，随后就是悲苦的煎熬。这爱情，这痛苦，这意志，这时而颓废时而骄傲的转换，这些内心的悲剧，都反映在《月光奏鸣曲》里了。

钢琴家鲁宾斯坦坚决反对“月光”这个标题，他认为这首奏鸣曲和贝多芬当时阴沉的内心一样，都是悲剧性的，与温柔皎洁的月光毫无关联。罗曼·罗兰曾评价这首奏鸣曲为“阴沉的，炽烈的”“痛苦和悲愤多于爱情”。钢琴家李斯特也曾把第二乐章比喻成“两个地狱之间盛开的花朵”。虽然，“月光”并不是一个贴切的标题，却被流传至今，也在无形中误导了一些人对这首曲子的理解，甚至因为这个梦幻的名字，生发出了许多美丽的传说。

一个秋天的夜晚，贝多芬在莱茵河边的一条幽静的小路上散步，听到断断续续的钢琴声从一间屋子里传出来，弹的正是他的曲子。一个女孩说：“这首曲子多难弹啊！要是能听一听贝多芬自己是怎样弹的，那有多好啊！”贝多芬听到这里，推开门，轻轻地走了进去说：“我来弹一首曲子给这位姑娘听吧。”贝多芬坐在钢琴前面，弹起女孩刚才弹的那首曲子来。一曲完了，一阵风把蜡烛吹灭了，月光透进窗子，屋子里的一切好像披上了银纱，显得格外清幽。贝多芬借着清幽的月光，即兴弹奏了一曲，仿佛月亮正从水天相接的海平面缓缓地升起来，微波粼粼的海面上，霎时间洒满了银光，而月亮越升越高，穿过了一缕一缕轻纱似的微云。忽然，海面上刮起了大风，卷起了巨浪，一个接一个朝着岸边涌过来……琴声停下来的瞬间，月光正照在女孩那恬静的脸上，照着她睁得大大的却已经失明的眼睛，她仿佛也看到了在月光照耀下的波涛汹涌的大海。而此时，贝多芬早已离开了，他飞奔回住处，花了一夜工夫，把刚才弹的曲子记录了下来，就是现在的《月光奏鸣曲》。

想到这个耳熟能详却纯属杜撰的故事时，我正站在阳台上，看着哈尔滨仲夏月朗星稀的夜空。一阵风吹来，那些摇晃的树叶从睡梦中惊醒，构成了街景不可或缺的一部分。下了楼，我信步走进了弯曲的路灯在街道两旁照射出的光晕里。

以前也有类似的夜晚，会为了调节心情而让自己融进夜色里。当我必须要从一个故事中找到某种思想，以及一些非凡意义的时候，我就会在街上慢慢地走着，感受着袖子上的落花或是尘土，它们的气味，它们那种在光晕里不断变化的心绪，就是一件事情的思想和意义了。最近几年，这样的夜间散步多了起来，也看到了越来越多的陌生表情，当我习惯性地去想象每个表情背后的故事时，它们却一闪而过，有的消失得无影无踪，有的成了某种怀念。是的，表情很多时候就是一种简单的怀念。

记得一个爱乐的朋友对我说，他看着贝多芬的画像，总是能感受到愤怒背后的无限忧伤，他听着贝多芬的《月光奏鸣曲》，那种无处不在的忧伤更是如影随形，而且每次都会幻想出不同的故事来，仿佛一生中的许多个夜晚，经常有一些脸像纸一样在远处哗哗作响。就在这样的心情下，他无数次想过，如果没有贝多芬，没有《月光奏鸣曲》，是不是一切和月亮有关的忧伤就会像没有发生过一样。就像有人在夜色里叫你，你急匆匆跑过去一看，是认错人了！

我相信，贝多芬是不会被认错的。尽管被钢琴家们排队演奏出来的，是许多个贝多芬，而且每一次都得到了重塑。米凯兰杰利弹奏的贝多芬犹如幽灵在叹息，曾经做过飞行员的他，好像随时都可以空投一缕月光。施纳贝尔晚年演奏中的大量错音，又重现了贝多芬哲学家的一面，让聆听者仿佛置身在圣殿里。鲁宾斯坦那片具有特殊质感的月光，在他男性特有的浪漫中格外高贵诗意，具有鲜活的灵感和生命力。格伦·古尔德的演奏，始终陶醉在自己的节奏中，有些步履匆匆，还有些意犹未尽。而吉列尔斯的月光，是在他丝丝入扣的演奏中流淌出来的，没有矫揉造作，只有情真意切的流露，尤为动人心弦。被誉为钢琴天才的叶甫格尼·基辛，属于风格华丽的年轻一代，他用一种感受青春中体验成熟的激情，为聆听者带来了一片情感微妙的月光。

是的，对于贝多芬，除了听，我们还能做些什么？多少个洒满月光的夜晚，耳朵里总是响起潺潺的水声，贝多芬凌乱的心事，从远方流淌而来。对于艰苦的童年，他永远保持着一种温柔而凄凉的回忆。“我的家乡，我出生的美丽的地方，在我眼前始终是那样地美，那样地明亮，和我离开它时毫无两样。”当他不得不离开波恩，在维也纳定居下来以后，崇拜、仰慕的车轮转得太快，有些让他头晕目眩。“我生在世上，不是来享受快乐的生活，而是来完成伟大的工作。”于是，他退出了社交界，再次投入到自己的音乐中。

如果把贝多芬的一生浓缩成一天，一定是一个雷雨天。先是一个和煦明媚的早晨，一阵慵懒的微风缓缓吹过，但在静止的空气中，几只迅疾低飞的燕子预示着大雨已经在来的路上了。突然，巨大的乌云漫天卷来，悲壮的雷声奏响了《英雄交响曲》和《第五交响曲》。然而，清纯之气还在，欢乐还在，悲伤永远保持着希望。之后，彻底失去蓝色的天空里，仅有的几朵白云，忽而四散，忽而凝聚，直到最后被淹没和消失。黄昏降临，天空被沉重的乌云彻底覆盖，饱满的闪电随即带来了大雨滂沱，那是《第九交响曲》的开始。就在风狂雨骤的时候，黑暗裂开了一道缝隙，白日的清明重又回归到人们的视线里，“而一个不幸的人，贫穷，残疾，孤独，由痛苦造成的人，世界不给他欢乐，他却创造了欢乐来给予世界！”

1827年3月26日，维也纳的天空电闪雷鸣，仿佛整座城市都在大放悲声。一声惊雷之后，贝多芬在维也纳的居所内衰弱地举起了不屈服的拳头，接着他向后倒下，离开了这个世界，一只陌生的手替他合上了眼睛。三天后举行了葬礼，大约有三万人参加追悼，舒伯特作为执炬者之一，也行进在贝多芬的葬礼上，而他自己也在不久以后离开了这个世界。

“贝多芬的一切，他的敏锐、他对世界的感受、他那独特的智慧和意志、天公对他的独特构造方法、他的理想，还有他身体中的特有物质——他的脾性等等，都是欧洲那一特定时代的代表。”（罗曼·罗兰）对我个人而言，贝多芬成为我反复聆听的原因之一是，他在用真诚的爱和温柔的善来创造属于他的音乐世界。那么，我是不是那个只有在音乐中才能感受到爱和善的人？贝多芬又是不是那个为了给痛苦找一个出口而一直在寻找快乐的人？“用痛苦换来快乐。”这是贝多芬一生的追求，他已经达到了这个目标。他已经抓住了快乐。在《欢乐颂》宏大庄严的合唱中，仿佛整个人类都在天堂里拥抱，没有痛苦，没有疾病，没有过去、现在和未来，所有的一切都在无始无终的快乐里。

是的，聆听贝多芬，大多数爱乐者都是从交响曲开始的，这是他向人类的永恒致辞。如果说《第一交响曲》和《第二交响曲》是聆听者的盲区，那么《第三交响曲》就是空前绝后的史诗，《第四交响曲》是爱情的欢欣，《第五交响曲》是与命运抗争的序幕，《第六交响曲》是对乡村生活的怀念，《第七交响曲》是“祭献舞神”的乐曲，《第八交响曲》是一个快乐的孩子在做着音响的游戏，《第九交响曲》是凤凰的涅槃与重生。

1824年5月7日，贝多芬指挥完《第九交响曲》的演出时，他紧闭双眼，脸上却流满了泪水。当一位女歌唱家牵着他的手，让他面对观众时，他才突然看见全场起立，挥舞着帽子，向他鼓掌。有人说，贝多芬并没有指挥过《第九交响曲》，他只是站在舞台的一侧跟着指挥疯狂地挥舞着手臂，并像歌手一样翕动着嘴唇，低声歌唱。因为，他什么也听不见。我不知道如何去判断这两种说法的真实性，我多么希望贝多芬是站在指挥台上成功指挥了这部交响曲的演出，而不仅仅是站在舞台的侧面。我更希望他是被自己内心的温柔波浪所唤醒，在自由之歌里多停留了一会儿，而不是茫然地站在原地，一无所知。

如果非要做个比较的话，在我有限的聆听中，贝多芬的钢琴奏鸣曲是我的最爱，其中的《月光奏鸣曲》必定是我不能错过的一份深情。这不仅仅因为它曾是我对一个女孩的想念和祝福，听得久了，你就会觉得，贝多芬就是那个给钢琴奏鸣曲重新下定义的人，他作品的基调是古典的，色彩是浪漫的，音乐特质却是情感至上的，是艺术和心灵的奇迹。短短的一首曲子，给聆听者留下的却是冗长的回忆和永恒的爱，仿佛你跋涉了很长的一段路程和时间，其间下了一场大雨，在雨后清新迷人的气息中，你不停地向前走着，当你有一种白发苍苍的疲惫感时，发现自己丢失了一些东西，又得到了一些东西，而且得到的远比失去的要珍贵得多。

苏联音乐学家阿萨菲耶夫曾经对贝多芬这样评价：贝多芬的钢琴奏鸣曲从整体来说，就像是一个人的一生，没有一种心情感受在音乐中得不到体现，没有一种内心的冲突在音乐起伏的安排中得不到反射……奏鸣曲中的贝多芬是一位杰出的建筑师和敏锐的心理学家，他出色地掌握了钢琴极其细腻的色彩和敏感的变化。

我不知道，音乐中的贝多芬和现实中的贝多芬哪个更幸运一些。如果说："巴赫是已有之物的完善者，莫扎特是音乐上唯一最明亮的耀眼瞬间，贝多芬则是力，是扼住那不曾向任何人或神低头的命运的喉咙的人。"音乐中的贝多芬，无疑是伟大的，他留下了任何一名作曲家从未创造出的最强有力的音乐，他有一双"被缪斯借用过的隐秘的耳朵"，他用天才的旋律亲吻聆听者的心灵，他就是那个恍若隔世的聆听者自己。而在《伟大的普通人——真正的贝多芬》一书中，他是一个无家可归的贝多芬，一个执着追求爱情的贝多芬，一个在耳疾中慢慢失去声音的贝多芬，一个“要亲自挑选咖啡豆后再煮”的贝多芬，一个被还原为人的贝多芬。他在《复制贝多芬》的电影里开始一段夕阳韵事，他在《贝多芬访问莫扎特》的画作里与莫扎特互换了演奏者和聆听者的身份，他在《想象贝多芬》的文章里淋漓尽致地指挥了一场个人的专场音乐会。

诗人扎加耶夫斯基在《两座城市》一文中，这样写道：音乐是为无家可归者创造的艺术，因为所有艺术中，它与空间的关联最少。它非常具有国际性。为什么相当一部分音乐作品都有一个意大利名称？为什么贝多芬出生在波恩却在维也纳去世？为什么他将三个小提琴四重奏献给一个俄罗斯贵族？为什么亨德尔要去伦敦而罗西尼要去巴黎？

是的，无论是贝多芬的音乐还是他的生活，对于今天的聆听者来说，都存在着太多的疑问，而《月光奏鸣曲》无疑是这些疑问中最唯美最温馨的那个部分。我想，每个聆听过这首曲子的爱乐人，都会情不自禁地勾勒出属于自己的那一片月光，然后从一个万籁俱寂的夜晚开始，把钢琴曲的名字写成一首具有魔力的诗歌，在所有暴风雨都遍体鳞伤的时候，去温暖那个无家可归的少年，或是一颗苍老的心。

晚期的贝多芬无论是他的音乐还是疾病，都处于巅峰状态。他的身体每况愈下，耳朵完全听不见了，他那样一个高傲而独立的天才，维也纳却从未对他抱有过好感，而他的音乐作品却“超越了从前所有音乐，向人类想象力所能触及的最高领域翱翔”。

所罗门在《晚期贝多芬》一书中说，贝多芬的晚期作品散发着他个人一股奋争、不安定的意识，在大胆和惊人的出新上走在时代前面，它们呈现一种回归或回家，回到被历史的无情前进脚步忘记或遗落的境域。扎加耶夫斯基在《晚期贝多芬》一诗中写道：“他，一个仍在生长的人。”我无法更细致、更清晰、更准确地来描绘出诗人说的那种生长，但是我想那应该是包括思想和意义在内的一种声音，它承载着一切。它在贝多芬的音乐中一点一点地隐约，一个音符一个音符地呈现，有的时候仿佛是一场大雪将至，有的时候却是大雨滂沱不止。扎加耶夫斯基在接受访谈时说：写这首诗主要是为了呼吸一些更纯粹的空气。我可以理解为，那是聆听档案之外的贝多芬吗？

晚期的贝多芬，从中期的浪漫英雄主义，到达了一个新的表现层次，就像威尼斯画派的画家提香，发现了一种更高的将人类肌肤与灵魂完美融合的统一的光，让自己不断增长的忧伤，在晚年的戏剧强度中得到了释放；又像巴赫在老年口授《赋格的艺术》，想要表达的远远超过了音乐表面。有音乐人士说，晚期的贝多芬，除了风格和形式的改变，除了独立性和独特性，还有前所未闻的一种个人的表达，“人类情感和思想的彻底解放”。据说，这与贝多芬可以消化他所沿袭或阅读到的一切，化为己用，并把这些潮流和思想以音乐的模样展现出来是分不开的。

贝多芬一生中的大事之一就是与歌德的会面。1812 年，贝多芬在医生的劝告下，到波西米亚的泰普里茨温泉浴场去疗养，在那里他见到了歌德。“他是我们民族的无价之宝，”贝多芬说，“我认为，在任何一个时代，这样一个人物的出现都是最了不起的事情。”歌德则认为，这个“年轻人完全是个不受约束的人，但却是我所见到过的最最诚挚的艺术家”。

这个夏天，他们经常一起长时间散步，因为贝多芬的耳朵听不见，交谈比较困难，他们就各自沉浸在自己的思绪和艺术语言中。如果这个时候，他们正好经过一条仅容一个人通行的小路，恰巧当年那个批评家再次迎面走来，会不会因为看到了贝多芬，就忘记说“我从来不给蠢货让路”，而是主动退到路边了呢？当然，这样的情况只是我的突发奇想。事实上，他们遇到了皇室成员，歌德站在路边脱帽鞠躬，贝多芬却径直走了过去，双臂交叉在胸前，帽子仍然戴在头上。我在《音乐家的生活》一书中看到过这样的论述：“歌德的哲学是奴隶的哲学，而贝多芬的哲学是自由人的哲学。在歌德看来，皇家比天才重要；在贝多芬看来，天才比皇家重要。”所以，歌德的一生才会对贝多芬保持着绝对的缄默，但是贝多芬的音乐却可以让他那颗用许多痛苦换来的平静之心，变得骚乱起来。我想，歌德在骨子里应该是钦佩而且惧怕贝多芬的音乐吧。

在贝多芬创作的所有音乐作品中，他本人钟爱的是他唯一的一部歌剧《费黛里奥》，却在1805年11月20日的首演时就遭遇失败，上座率还不及莫扎特歌剧的一半，后来经过三次修改，在1814年5月再次演出时才取得成功。有人认为，《费黛里奥》里的那些人物是贝多芬的化身，是他与命运搏斗的记录，以及对完美女性的梦想。里面欢乐的独奏，“比《第九交响曲》更美，更洋溢着青春，更散发着幸福——因为它是生命之树在最茂盛的时刻，在岁月的巅峰盛开花朵的粗壮的枝干”(罗曼·罗兰)。

对于贝多芬来说，音乐是毒药，也是解药。在他的绝大多数作品中，我们都能听到痛苦和欢乐在不断撕扯，一个将另一个绊倒在月光下，即使在单调的、冗长的、缠绵无尽的独白中，仍然潜藏着力量与斗争。等到另一个终于有机会站起身来，坐在钢琴前的时候，随着一段简单短促的旋律而来的是血色的晚霞，风暴和火焰，是心灵的力量终于镇服了痛苦。在我的聆听中，好像觉得贝多芬始终都在不断地开门和关门，刚刚还在门前流淌的月光，在关上门的瞬间，连影子都不见了。而被排列在五线谱上的音符不但有人群的背影，还有各种各样的味道，它们有自己的颜色和形状，有的宽阔，有的狭窄，有的停留在贝多芬忧郁的脸上，那么痛苦和无助，有的正在和欢乐女神一起翩翩起舞，欢笑声由远及近，一切都回到了最初的样貌。

说了这么多“月光”以及“月光”之外的贝多芬，就像和他一起在月光下做了一次短暂的旅行，而这样的旅行对于我来说，无疑是一次盛情的邀请。我抚摸着请柬上贝多芬的名字，它随即幻化成一片月光，被收藏进一张张唱片，在某个最恰逢其时的瞬间，就会打开聆听者身上那些最隐秘的情感开关。如果再听或多听一次“月光”，在我那些徒劳而又漫长的故事里，是不是就可以看到那个把自己放进信封里的人，正在用音符写着悲伤的地址？

是的，这个夜晚在我耳畔萦绕和流淌的，是贝多芬的“月光”，是介于古典和浪漫之间的悲伤。这些来自崇高情感世界的馈赠，注定会抵达我的想象，坐在我的身旁，然后把那些内心的挣扎编结为可以弹奏的钢琴。于是，我一个人在琴声中任意一个位置坐下，然后被一个乐句引领着，带着一种朴素而本分的情绪，认出了众多贝多芬中的一个。于是，许多种的悲伤就变成我一个人的悲伤了。

2020 年的这个春天，由于全球疫情的影响，很多人都没有办法到维也纳去看纪念贝多芬诞辰 250 周年的特展了。据网络上的相关报道说，展览以“世界子民、上帝的光”为主题，展出了贝多芬的重要手稿、书信等物件。如果你能够在展览期间去到维也纳，或者正好就在维也纳，一定能看到在图书馆的巴洛克风格主厅内，中庭竖起了用几块大纸板砌成的立体贝多芬肖像。而在人们最熟悉的那张 1819 年贝多芬在谱写《庄严弥撒》时的肖像画上，粘着一簇月桂叶，据说这些树叶来自贝多芬去世时的房间。

那么，画像上的这一簇月桂叶，是贝多芬一直在讲却没有讲完的故事，还是因为失去了听觉而欲言又止的故事？答案就留给后来的爱乐者去众说纷纭吧。贝多芬只是在自己用音乐搭建的园林里或悠闲或急促地走着，阳光很好很温暖，不时地有白云从天空飘过，而他却更喜欢坐在风里，看和风煦暖掠过交叉小径的花园，任狂风大作弄乱了他张扬悲伤的发型。最后，他坐在超现实的月光下，弹奏着后现代的情愫与挣扎。

是的，每一次聆听都是在寻找那个最契合心灵的声音。在时间这个唱片行里，有多少人因为找不到属于自己的那一张唱片，而情愿继续孤独着，继续寻找着。相比之下，我是幸运和幸福的。在我最初的爱乐时光里，就遇到了贝多芬，并且看到了一段别样的人生。我至今都难以忘记曾经看过的一部关于贝多芬的传记电影《永恒的爱人》。这是 1994 年上映的一部美国影片，把贝多芬的生平事迹和音乐作品像解谜语一样生动地组合在一起。尤其是影片结尾，在《欢乐颂》的旋律中，一个男孩为了躲避父亲的打骂，在一个繁星满天的夜晚，奔跑在森林中，当他跑到池塘边，躺在池塘中央时，镜头拉出，池塘里反射出无数颗星星，直到男孩也变成了一颗星星，消失在众多的星星之中。

是的，在回忆中眺望贝多芬，中间无疑会隔着许多或熟悉或陌生的面容，隔着许多或真实或杜撰的故事。这些可以是一篇文章的开头，也可以是结尾。而他的音乐就是一把锁，锁住了中间那些随笔性质的情节。那么聆听者就应该是一把钥匙了，最后打开的，只是夜空中那一片无边无际的空旷：一些人在月光下陷入了沉思，一些人却坐在屋顶看星星。

是的，贝多芬在维也纳，而我在哈尔滨，但我从来都没有感到贝多芬是遥远的，他仅仅是站在一个适合他的地方，保持着他的悲伤而已。而我也只是希望那个暴躁的、易怒的贝多芬，即使走进词条里，也会保持着钢琴里的那种安静和深情，而不只是尘埃落定成冷冰冰的几行检索文字。他的痛苦在夜的背后，他的快乐是天堂里的拥抱，而月光，就是他无尽的爱和悲伤了吧。

作者简介

闫语，女，中国作协会员，鲁迅文学院高研班学员，黑龙江省作协签约作家，黑龙江省作协散文创作委员会委员。《中国校园文学》和《齐鲁晚报》签约作家。作品散见于《人民日报》《文艺报》《大家》《山花》《三联爱乐》《中华散文》《散文（海外版）》《西南军事文学》《西北军事文学》《青海湖》《当代人》《诗选刊》《现代青年》《北方文学》《星星》《美文》《雪莲》《太湖》《都市》《在场》《鹿鸣》《东京文学》《太行文学》《小说林》《诗林》《岁月》《北大荒文学》等报刊。散文集《你自己就是每个人》入选中国作协“21 世纪文学之星”丛书。曾获得冰心散文奖、首届萧红青年文学奖、首届黑龙江文艺大奖、首届青未了散文奖、第十届海洋文学奖、第十二届天鹅文艺奖等多种奖项。

底 色

孙建伟

与这座城市邂逅，一定会留下明艳的记忆。这已经成为许多人共认的事实，无须再去验证。然而它究竟美在哪里？一千个人有一千个答案，莫衷一是。但似乎有一点是共通的，这座城市的骨子里，有一种别样的东西。

数百年前，这座城市还在水草覆盖之下孕育发端时，第一眼望见它容颜的也许就是一只上下翻飞的鸥鸟。那时候，城市还不能叫作城市，只是一片水草丰美的地方。江水从远方漂来，裹着清丽的风，天地朦胧在纯净的氛围里，静谧、辽阔、安然。红蜻蜓不知疲倦地从一个枝头飞向另一个枝头，从一片水域飞向另一片水域，伫立然后悬飞。蝴蝶披着绚烂的霓裳翩翩起舞，两三只缠绕，一大群簇拥，装点着夏日的芬芳。蜜蜂徜徉在五彩缤纷的花朵中间，与芳香呢喃，品百花盛开。柳树、榆树没有规则地生长在岸边，遮天蔽日，蓊郁葱茏。一望无际的原野，纷至沓来的白云，时空翻涌着动人心魄的空寂和苍茫。此时，那只矫健的鸥鸟忽而于空中划出一道弧线，忽而浮在水面飘摇，它间或瞥向远方的目光，竟然成了这座城市迎来的第一抹深情。

一座城市和一个人的命运一样，有时充满未知。多少年以后，本来是一片柔软的土地，却遇上了坚硬的铁轨。于是，在呼啸而过的汽笛长鸣中，一座带着自然的馨香，却被外域裹挟慢慢成长的城市逐渐为世人识得。

那是一段跌宕起伏的岁月，城市的上空风云际会、波诡云谲。流亡贵族、商人、银行家、冒险家、革命者、作家、艺术家纷纷拥入这个城市，革命与反动，喧嚣与聒噪，掠夺与挣扎，暗流与角力，高雅与流俗，仿佛一幕幕人间戏剧轮番上演，次第谢幕。外国资本、民族资本抢滩登陆，西方文明开始传播，经济、政治、文化刻上了时代的烙印，城市在风云激荡中嬗变。东北亚重要的交通枢纽，中东铁路丁字形交会点，19 个国家设立领事馆，33 个国家 16 万余外国侨民，数十万山东、河北等地“闯关东”移民，城市在历史的滚滚洪流中变化着、行进着。第一家啤酒厂，第一家交响乐团，第一家电影院，这个多元文化交融的国际化商埠迈步走上了历史的舞台。

而今，那些沧海桑田的历史面孔、那些轰动一时的历史事件、那些惊心动魄的历史细节都已经静静地映刻在历史的胶片之上，成为历史潮汐的印证。只有巴洛克、折中主义、文艺复兴、哥特式风格的各式建筑依旧矗立在大街小巷，记录下那个年代的文化声音，成为凝固的时代交响。

再残酷的过去，如果经过岁月的涤荡，也会变得云淡风轻。所以，必须以耳熟能详的方式让城市的人们记住。一曼街、靖宇街、兆麟公园、尚志大街，这些如今习以为常的公共空间的名字，并非普普通通，几十年前曾经是经历血与火、灵魂与肉体淬炼大写的人的名字。“他们是这个城市曾经的历史／是风骨和光辉／是无形的纪念碑。”生于斯长于斯的一位诗人充满真情地写道，“一个有过英雄的城市／应该／器宇不凡／养育气概和操守／即便我们确实过着琐屑平凡的生活／一地鸡毛／满怀烦恼／也不该忘记／那些变成了铜像／变成了公园或者街道名字的人”。在享受岁月静好的现代人眼里，他们确实还活着，高贵典雅地活着，用他们大义凛然的坚定、铮铮铁骨的誓言、忠贞不移的信仰一直影响着这个城市的人们，让他们的血液里始终流淌着一种叫作气概的物质。卓尔不凡、自由尊贵，无论如何，我们必须承认，曾经留下悲壮记忆的英雄，赋予了这座城市不同凡响的气质和尊严。

一座城市一旦刻下了顽强的基因，它就会在奋斗的路上一往无前。这一点，你会在城市时空的变换中找到答案。走入欣欣向荣的新区、高新区，走过响当当的大学、院所，走进“一五”期间就建立起来的国有大厂，走入散布于城市各个地方的博物馆、纪念馆，漫步在享誉中外的各色地标，在一年一度的冰雪盛会，在歌声悠扬的音乐节，你都能感受到城市奋进的步伐。城市里有那么多值得骄傲的印迹，人们却把目光望向远方。追逐与追赶，努力与奋争，始终是这座城市发展的主旋律。

在一座国有大厂的墙上曾经刷过这样一句标语：满足国家需要就是我们的责任！短短的一句话道出了共和国长子的气魄与担当。“一切向前走，都不能忘记走过的路；走得再远，走到再光辉的未来，也不能忘记走过的过去，不能忘记为什么出发。”城市不服输的性格，城市矢志不渝的坚守，锻造了城市古铜色的外表，钢花飞舞的内心。

不知道为什么，只有1450米的中央大街，总是摩肩接踵、人流如织。踏上一块块磨得发亮的面包石，人们有如踩上了神奇的魔毯，心情一下子飞扬了起来。这里一年365天，平均每天都有几万人走过，其中有本地人，也有外地人，在树影婆娑的古街上徜徉，成了哈尔滨人或者来哈尔滨的人必须经历的一段时光。有人仔细地观察过，浩荡的人流绵延不断，哪怕是两旁商家吸纳消融也不能阻止兴致盎然的人们。人们尽管说说笑笑地走着，舒舒朗朗地走着，流连于这里的阳光，流连于这里的霓虹，流连于这里的音乐，流连于这里的树荫，走在中央大街上，这才是人们追求的即时存在。此刻，如果有一部时光摄影机静静地立在某个角落，悄无声息记录下每一天从这里走过的人们，几十年、几百年以后，是不是能够拍下无数个珍贵的历史瞬间？其实，历史与现代，不过是时间长短的切分，当我们回顾历史的时候我们已经成为历史，历史无非是不断地演进的现在，唯有记忆、感念和希望是永恒的。

诚然，今天城市里的人们在享受富足生活的时候，更愿意走入与历史相连的地方，探寻脚印与足迹的深浅。现代社会的人们，喜欢多问几个为什么，喜欢自己寻找答案。其实，答案，有时候不像是找到的，更像是一步一步丈量出来的。问题可能有一千个一万个，而且每一个问题都有非常复杂的表述，但是，答案，只有一个，一个非常简单的表达。

作者简介

孙建伟，哈尔滨市群团干部。

从中央大街出发

沈　念

中央大街很早就醒了。

从入住的马迭尔宾馆拐出，一群鸽子散落在空旷的街面上，发出欢愉的咕咕声。偶有行人从鸽子身旁经过，它们也不怵，笃定地在“面包石”的狭缝里觅食。凸起的方石发着哑光，有点像俄式小面包，这是1924年的春天，一位名叫科姆特拉·肖克的工程师用花岗岩雕铸而成，然后铺在这条长街上的，造价是一块“面包”一个银元。初次走上中央大街的外地人，我想都会为一眼望不到尽头的凹凸有致惊叹，并浮现一幕场景：高大的马车驶过，立刻响起马蹄敲打“银元”的咔嗒之声。浓荫茂叶的糖槭树两旁，数十栋欧式建筑也变得挺拔起来。

我去过许多城市，没有哪一条街矗立着这么多栋有历史记忆、异域风情的建筑。一个多世纪前，这里只是松花江畔的小渔村，放眼望去，古河道和草甸子荒芜且泥泞，负责修筑铁路和城市建设的中东铁路工程局把这片荒芜“打发”给了替他们工作的中国人，所谓的中央大街原来只是中国人住的中国大街，直到1928年才正式改名“中央大街”。外国商人很早搬到这里忙碌生意，大兴土木，留下了保存至今的以文艺复兴、巴洛克、折中主义等为代表的不同风格的欧式建筑，后来成为哈尔滨著名的商业一条街。漫长季节里的事物和故事，就藏在这里的每一块方石每一栋建筑里。它们以密码交织而成时间的二维码，隐身于哈尔滨这本城市之书中，每一页都是光与暗、昼与夜、欢乐与悲伤的交替。

我相信一个人从中央大街出发，从清晨到日暮，是走进哈尔滨的最佳方式。

当觅食的鸽子在空中盘旋几圈后，哈尔滨的大街小巷就真正热闹起来了。横穿中央大街，马路对面是红专街早市，我没想到，时间还不到六点，摆摊的人和赶早市的人，已经川流不息。一长溜摆摊设点卖早餐的，手工馄饨、肉夹馍、水煎包、土豆丝卷饼、风味蛋堡、泡馍羊杂汤、安徽板面，最被人青睐的尹胖子油炸糕摊前，排起了购买的小长队。早有耳闻红专街早市物美价廉，蔬菜、服装、食品、日用品，远远超过南方早市的范畴，应有尽有。有一种东北特有的小水果“甜姑娘”，嫩黄色，果皮光洁，裹身在一张“薄纸”里，我猜这是萧红笔下写到的“菇茑”。卖主见我走过，连忙剥开让我尝鲜，小果子先甜后酸，口留余香。还有一种当季的豆类，品种多，取名特别有趣，黄皮的叫黄金钩，红的叫红钩子，绿的叫后弯腰，每一种顶端都带着一个弯钩，鼓鼓胀胀，是北方人餐桌上钟爱的时蔬。哈尔滨的烟火气，像一蓬生长旺盛的草，一下就沿着这条早市街点燃了。

中央大街的北端是防洪纪念塔广场，广场高阔而敞亮。天上一寸光，松花江面万顷光。穿城而过的松花江，留下了城市湿地，这个“绿肺”也成了一条运动长廊。打拳踢腿的大叔、广场舞大妈，运气太极的、打乒乓球的、练举重的、慢跑的，各自为政的晨练添了江畔声色。街头公园的角落，则聚集着一群群不同声乐、舞曲的爱好者。悦耳的笛声、悠扬的萨克斯、深情的口琴和手风琴，合奏着日出的欢迎曲。在作家梁晓声的记忆中，早晚的松花江边，吹拉弹唱，摩登得很。在长久的时间里，摩登就成了哈尔滨的一块底色。我顺着江水的流向漫行，与岸边的榆树、柳树说话，与江上时歇时飞的水鸟招手，江面被风拨动的浪花，每一朵都是崭新的。哈尔滨的四季，是松花江畔风霜雨雪的自然景致，也是热气腾腾的世情生活。

离中央大街很近的圣·索菲亚教堂外，总有人仰望流连。洋葱头似的穹顶，像一颗正在发光的太阳。被照亮的金色十字架立在绿穹顶之上，素朴的砖红色外墙，不用去看教堂内的建筑艺术展陈，仅是看到那么多扇拱券高窗和雕刻精美纹饰的砖墙，就是一种艺术享受。建筑是人写下的城市哲理诗，时间里沧海桑田的细节与遽变，它们就成了见证者与讲述者。道台府圆柱形古堡顶、秋林公司铜钟式的橄榄顶、民益街的老门楼，这些老建筑为城市之光所擦亮，也互相辉映，蛰伏或跃动在这座城市的日光流年中。那天，我去近郊阿什河畔的伏尔加庄园，十几年前复建的圣·尼古拉教堂和帆船形状的“米尼阿久尔”餐厅，立起的是哈尔滨消逝的记忆，还有巴甫洛夫城堡、奥尔洛夫马房等俄罗斯消失的老建筑，都在这个占地六十万平方米的庄园里被还原、被召唤。当我听说迷恋建筑艺术的庄园主已公开宣布将来向社会捐赠庄园，立刻对这位从小随父辈移居哈尔滨的上海人肃然起敬。一个俄罗斯风情庄园，承继的是哈尔滨的历史与文脉、开阔与厚重。很多像伏尔加庄园主一样的外地人，扎根一座城，爱上一座城，他乡变故乡，一定是为这片土地上的文化与深情所吸引的。

10月的哈尔滨，寒露一过，天就黑得早了。下午五点不到，夜色泼墨般地布满了天地之间的画纸。我坐在中央大街的街沿石上，看夜晚是怎样黑下来的。借着尚未合拢的天光，我翻看朋友赠送的老画册里的灰白照片，不是黑白，确定是灰白的色调。从哈尔滨开埠起，这座搭上近代工业革命列车前行的城市，显影于百年老字号的荣光、洋街风情、太阳岛风景、侨民生活之中……在渐次亮起的路灯下，岁月走过道里道外的坎坷，灰白影像里的故事，一直讲到了今天。

夜晚的中央大街有着从容、松弛的热闹。曾经摩登的马迭尔宾馆像个阅尽世态的长者，往来食客穿梭于街面的麻辣面馆、俄式餐厅、市井火锅，十字街口的马迭尔冰棍店排着长队，各式商店的落地橱窗流溢着五彩缤纷的光亮，让长街有了长袖挥舞的动感。而到了冬天，大雪纷飞，街上则是另一番风景，冰灯闪烁，如繁星满天的童话世界。南方雪期短，我从没见识过冰灯，只能依赖想象来丰富对北方冰雪世界的感受。作为现代冰灯的发源地，我在哈尔滨冰雪文化博物馆，只是欣赏五花八门的冰灯照片，也算大开眼界了。冰为身，灯为魂，从“喂得罗”制成的空心冰坨中插着点燃的蜡烛而引发的冰灯灵感，从冰灯、雪雕、冰雪游园会到冰雪节盛事，让人心动、震撼的冰雪，是哈尔滨的一面镜子、一个代名词。第一届冰灯节是 1963 年，至今办了几十届，每一届的主题和雕塑各有千秋，这不得不佩服哈尔滨人游弋的想象力与超越的创造力。大自然的馈赠，人的智慧倾注，都在时间的延绵里获得叙说、流传。而在烟火漫卷之外，来自冰天雪地的创新智造，是哈尔滨的另一张鲜亮的面孔。当我参观完数百家科研机构、高新技术企业落户的深哈产业园、中国云谷，欣赏人机交互带来的智识智趣，才感受到老东北工业基地核心城的引领与前沿、海纳百川与涅槃再生，分明这不是我们想象中的东北。哈尔滨不东北，朋友随口的幽默，却是让人对地缘、边界、陈见的刷新。生在东北却“不东北”的哈尔滨，所创造的科技之高、之重、之快、之新，给了我们站在中央大街上感受深重历史之外的广阔与轻盈。

只有去过哈尔滨的人才知道她有多美。这里的“美”在每一个平常又不平常的日子里度过，是有着多重含义的。与这座城市有着多种关系的人们，出生，成长，客居，旅行，离开，返回，最终构成的是记忆、理解和热爱。一个人对一座城市所积淀的感情，无论其普通还是非凡，都会贡献一种符号价值。哈尔滨人是通过建构自己的坐标来建构东北城市新的形象和精神符号。

我站在中央大街上，仿佛对哈尔滨拥有了一种深切的情感。属于她的建筑、颜色、声响，属于她的科技、创新、变化，被一页页日历翻动。这座全国最早解放的城市、这位“共和国长子”，哈尔滨的魅力，绝不只是一件事物、某一个人，而是一个个群体。是建筑群，是风景风物风情的不同组合群，更是人间烟火的群。所有的日常与新变，是深扎在城市的历史传统、烟火生活之上的，是与时代同行又占据着科技优势的，是哈尔滨人热爱这片土地又激情创造的，这才是真正的“哈尔滨不东北”。同行的年轻记者是土生土长的哈尔滨人，她口音重，总是把“哈”读上声，常常被我听成“好”。那就是“好尔滨”吧。于是我与朋友们说，我知道一座叫“好尔滨”的城市。

作者简介

沈念，中国人民大学文学硕士毕业，现任湖南省作家协会副主席。著有小说集《灯火夜驰》、散文集《大湖消息》等。历获鲁迅文学奖、十月文学奖、华语青年作家奖、高晓声文学奖、丰子恺散文奖、三毛散文奖、万松浦文学奖等国内文学奖项。

哈尔滨的“各美”与“共美”

李　浩

经典的《塔木德》一书中曾这样提到，世界若有十分美，那九分在耶路撒冷。我愿意将这个表述略做些转换，用来描述我心目中的哈尔滨：东北若有十分美，那七分应在哈尔滨。哈尔滨有所有北方城市共有的美，尤其是秋天，树树皆秋色的时候——它们宽阔，雄浑，壮丽，大气，色彩斑斓，这种东北城市所共有的，哈尔滨绝不缺少半分；哈尔滨也有多数北方城市所没有的美，这个曾被称为“东方小巴黎”和“东方莫斯科”的城市据说遗存了五百余座历史建筑，而这些遗存中欧陆风情占有主体性的位置，其中巴洛克风格、拜占庭风格、折中主义风格、哥特式风格、古典主义风格以及新艺术运动风格的建筑参差林立，为北方的哈尔滨增添着不同于其他城市的种种“异质”。在哈尔滨的七分美中，这种具有异域感和历史感的建筑群落可以占有五分，尤其它妥帖、和谐而又有着对比感的色彩构成。在我看来，它体现着多种文化的有益交汇，一种各美其美、美美与共的容纳，以及将异域文化吸收进我们怀中的适度改造……它，大致也造成了哈尔滨文化上的某些独特，譬如城市市民对于油画、西洋乐器和歌剧演出的普遍接受，譬如他们更有胸怀感、世界眼光和宽容度，譬如更有博采众长的勇气和信心，譬如……关于哈尔滨这座城和这座城的品格，我想那些曾生活在哈尔滨的朋友比我更清楚，说得更好也更深邃——在这里，我愿意绕过自己的所短，而从小小的侧面入手，专注地谈论它的一个局部：从这里，我想我们也可看到属于哈尔滨的某些具有独特性的品质。在我看来，所有共性的东西都会体现在诸多的微点中，而抓住某些微点，我们也可以部分地从一斑之中窥见全豹。

我要说的这个局部，名字叫作“中国·哈尔滨伏尔加庄园”。

是的，它并不是我前面提及的五百余座历史遗存中的任何一座，它是一个新建筑群落，自2000年之后才刚刚开始——“伏尔加庄园复制还原了一百多年前哈尔滨俄式经典建筑，可谓俄式建筑大观园，亦可称之为历史建筑博物馆。走进庄园令人情不自禁地重温这些建筑里发生的美丽动人的故事，追忆那林林总总的人物……”唐飙先生的这段文字清晰地告知我们，这里的新建其实有着“古老的出处”，是一百多年前哈尔滨俄式经典建筑的重建和复建，它以这种方式告知我们，这里的“异域风情”其实是哈尔滨曾经的旧有，而不是突然心血来潮的移植。同时，它有意集中的是俄式经典建筑，突出着俄罗斯文化的浸入和影响，它取的是美、经典和应当保留下来的那些。对于文化和文明，我一直抱有一个强烈的“拿来”的观念，无论它来自哪儿，无论它是以怎样的方式进入的，凡是好的、有效的、能够裨益我和我们的，能使我们获得提升的，我都愿意拿来，让它成为我和我们的一部分。只有这样，我们的前行才会成为真正的可能。

秋日中的“中国·哈尔滨伏尔加庄园”，像是一场连绵的、诗意的梦境，像是行进于童话的王国：在这时，我们可以忽略它的所谓异域性，而是怀着一颗单纯的心去迎接、去观看，我们会真正地读到美的纯粹。在这里的美耐得咀嚼，漂亮而壮美的城堡建筑与蜿蜒的流水和五彩纷呈的层树构成一幅幅油画的样子，像列宾的或者莫奈的油画——列宾和莫奈当然不是同一种风格，我的意思是，它可以用伊里亚·叶菲莫维奇·列宾一类的逼真的写实风格来完成，这样的方式能够体现和表达伏尔加庄园的美和诗意，而使用奥斯卡－克劳德·莫奈那样的印象派风格，约略地忽略细微和局部夸张地使用色彩，让它的那种绚丽和多重凸现于画布上——这样的方式同样适用，也同样能够体现和表达伏尔加庄园的美和诗意。多重色彩的城堡式建筑与哈尔滨同样多重色彩的秋天相得益彰，有着各美和共美……我觉得，秋日中的“中国 · 哈尔滨伏尔加庄园”应当是一个年轻人恋爱的好去处，它安静、平和、梦幻，同时也怀有热烈；它还应是年轻人拍摄婚纱照的好去处，那里不只景色怡人，更重要的是它所营造出的梦幻般的意境让人感觉自己进入的是一段有美妙、有诗意、有品质和有庄严感的新生活，它值得、应当被呵护与珍惜。我还觉得，秋日中的“中国·哈尔滨伏尔加庄园”也应是一个中年人携家带口、周末散心的好去处，它也适合老人和孩子——徜徉于色彩和美景之间，每一步的行走都足以让人心旷，那种弥漫于呼吸中的美一定能让人感觉清爽神怡，物我两忘。是的，我要提及“物我两忘”这个词，在这静谧的、宽阔的、“层出不穷”的秋日之美中间，不用多说，我们都会自觉不自觉地将自己部分地“倾空”，而放置更多的旷和达在心的里面……

流连于外在的美，我还没有谈及“中国 · 哈尔滨伏尔加庄园”的城堡出处，而这部分应当更不能忽略。同行的作家唐飙先生和“庄园主”黄祖祥补充着解说人员的介绍，我们也就兴致勃勃地聆听着：伏尔加庄园大门的古城堡，精选于被称为贝加尔湖明珠的伊尔库茨克，这座城市是俄罗斯远东地区木质建筑的典范；巴甫洛夫城堡是俄罗斯古老的城堡之一，在不同历史时期曾承载不同的使命和义务，现在，它被移植到“中国 · 伏尔加庄园”之后，令人意外同时也水到渠成地成为举办婚礼的“最佳场地”，疫情之后的预订可谓是络绎不绝。在“中国 · 伏尔加庄园”，最让我心动的是一座取消了宗教功能的圣 · 尼古拉教堂。它是哈尔滨旧有古建的一比一复制，俗称“喇嘛台”，始建成于 1900 年哈尔滨开埠之初，后经损毁——不止一个人说，这座圣 · 尼古拉教堂在老哈尔滨人心里有着无法抹去的记忆，诸多名人留在旧影像中的摄影更是让人百般感叹。它原坐落在哈尔滨城市经纬交会点上，从建筑意义上也曾是哈尔滨的标志性象征，而采用木构架的方式也足够独特新颖，是当时世界上最为有影响力的两座木质教堂之一。为了完成对它的“复原”，黄祖祥先生无数次往返哈尔滨与俄罗斯几座名城，他专门从俄罗斯国家功勋建筑师柯拉金处购买了当年的原设计图纸，并不惜重金邀请建筑师本人来哈尔滨指导复制工程……“我是学机械车床的，在木料拼接上，我用了点儿车床工艺，使它更牢固，更密实，更不容易透进风来。这是几乎唯一的改变，要不是学建筑的，可能谁也看不出来。”其实，在黄祖祥身上，我们似乎也可看到哈尔滨文化兼容性的某些折射：他来自上海，在哈尔滨已生活了六十多年，说着一口的东北话，其性格也已经完全地东北化，而这座“中国·哈尔滨伏尔加庄园”里突出的则是俄罗斯元素……在庄园的跑马场附近，他还兴致勃勃地向我们介绍了他为这座庄园的一个设计性添加：一匹高大的、由钢铁组建起来的红色的马——不，不是马，不能看作是马，而应当是一只“独角兽”。它有实用的功能，是孩子们乐意上上下下的滑梯；它有艺术功能，设计成了独角兽的样子；它有西方元素，同时具有东方色彩（中国红）……交融，取其精华，美美与共，也是哈尔滨这座城市所具备的和继续拥有的。

作者简介

李浩，河北省作家协会副主席，河北师大文学院教授。著有长篇小说《如归旅店》《灶王传奇》，短篇小说集《将军的部队》《生活背后的生活》，评论集《匠人坊：中国短篇小说十堂课》等。曾获第四届鲁迅文学奖、第十二届庄重文文学奖、第一届孙犁文学奖、第四届林斤澜文学奖等。

去哈尔滨，看看萧红

金仁顺

哈尔滨去过好几次，但没去过萧红的老家。东北农村的景象差不太多，萧红的老家大概率会像我看到的其他老房子一样，三间房，两边住人，中间厨房，前后各开一个门，前院有仓房，后院有菜地。但去和没去过之间，横亘着想象和现实的距离，这就山高水远了。

萧红故居和想象中的格局一致。但功用从民居变成景点，从过日子的柴米油盐变成外人的探头探脑、品头论足，里里外外有多少真假，就不用太计较了。同乡的人不会想到，自己住的村庄有朝一日会变成大城市的一个区，他们更不会想到，老张家那个眉目模糊的女孩子，长大成了作家，还是个进了文学史的作家。

张秀环自己也没想到。幼年丧母，注定她的命是苦的。小女孩跟着爷爷识字，读了点儿书，有爷爷唠嗑儿，有菜园子捉蝴蝶，有邻里街坊的闲事听听，那已经是她一生中最安宁的时间。尽管她已经知道，自己身体里潜伏着巨大的躁动和不安。随着她的长大，随着爷爷的去世，躁动不安在飞速成长，变成巨人变成怪物，她又恐惧又欣喜，她不知道那究竟是什么，但她觉得自己必须做点儿什么，抗婚，读书，不过是理由，她的离家出走是注定的。

家庭再不好，总归有世俗的盔甲加持，懵懂的小姑娘跑到外面的世界，只能用自己的肉身喂养世间恶魔。那时候她还不认识鲁迅，更不会知道鲁迅有一句话：娜拉出走以后，不是堕落，就是回来。张秀环有过好几个男人，他们都帮了她，也都伤害了她。从很早开始，她的命划分成很多小份儿，一直被贱卖，她连自己的名字都失去了，世间几人知道张秀环？她变成了萧红。

萧红，一面是萧瑟凄凉的命运，一面是蓬勃涌动的理想。这个名字是个屋顶，张秀环在下面一字一句地垒起了自己的堡垒，只有这些一字一句是别人拿不走的，只有这些一字一句证明着她来过、活过。她的成长和成熟，是用病痛和死亡换取的，她尝到的甜美，由死神亲自端到她面前。觉醒和领悟来得太迟了。她写了一条河，把村庄里的人物、牲畜、闲事、是非，统统装了进去，这是她要带走的河，这条河里装满了人世间。萧红在外面的世界兜兜转转了十几年，男人来来去去，苦难绝望如影随形，她一天也没真正开怀过，《呼兰河传》是她用文字写的彩练，或者床单，《红楼梦》真的不过是场梦，你们爱写不写，谁爱写谁写。我要踏上我的河，回老家了。家门“吱呀”一声打开，爷爷永远只叫她的乳名——“是荣华回来了吗？”

作者简介

金仁顺，中国作家协会主席团委员，吉林省作家协会主席。著有长篇小说《春香》，中短篇小说集《桃花》《松树镇》《纪念我的朋友金枝》《僧舞》等，散文集《白如百合》《众生》等，编剧电影《绿茶》《时尚先生》《基隆》等，舞台剧《他人》《良宵》《画皮》《消失与重现》《猎枪》等。曾获得“春申”原创文学奖、少数民族骏马奖、庄重文文学奖、作家出版集团奖、林斤澜短篇小说奖、《人民文学》短篇小说奖、《小说选刊》短篇小说奖、《小说月报》百花奖、《十月》文学奖等奖项。部分作品被译为英语、韩语、阿拉伯语、日语、俄语、德语、蒙古语等语种介绍到国外。

春节的味道

阿　成

说来，故乡的味道，在很大程度上也是春节的味道。春节的味道对家人来说，就是妈妈的味道。多少年来，春节的家宴，对我们这些做儿女的来说，是妈妈做的炸茄合、酸菜五花肉和老爸做的拔丝山药，这几款几乎成了历年除夕团圆饭的标配。此外的其他菜肴，饺子自不必说，鸡鸭鱼肉也是烘托春节热烈气氛的菜品。但是，酸菜五花肉和炸茄合，包括老爸做的拔丝山药已然成了儿女们的期盼。

其实，春节的味道不单是菜品的香，更是亲情的味道和心灵的慰藉。回家过年——这样的呼唤，这样的坚定，这样的跋涉，说穿了，这家，不仅仅是温馨的氛围，更是儿女们平安静好的港湾。

从来如此，春节团圆的神奇，在于这个特殊的节点里，一家人会沉下心，心无旁骛地重温先前时光的温馨与美好。春节团聚的精髓，就是完成对五味杂陈的过往的美好升华。这种时候，你会不由得回忆起，在你生病时，母亲冒着狂风暴雨，抱着你跑着去医院就诊。或许你现在才明白，生病时母亲给你做的那碗热汤面片儿，其实并不简单，先要揉面，还要把面团儿放在冷水里泡两个小时，再揪成面片儿。种种的复杂可见慈母的挚爱之心。或许你还记得在外面受挫后，回到家里疗伤，母亲对你的安慰不过是寥寥数语，且平淡无奇，但却字字入心，声声入耳，让你茅塞顿开，曾经的困难与困苦，化为树上飘零的黄叶，随风而去。放下所有的不快后，是那样轻松，又活力满满。

除夕，想起小时候，因为我不好好学习，没少让母亲操心。那时节，咋就不懂母亲的心呢？后来，母亲放弃了，说，儿子，就报半工半读的学校吧，当一名工人也挺好。三百六十行，行行出状元。先要学好技术，听师傅的话。正是母亲的话，让儿子有了自信。世上对母爱有多种解释，但是，在我看来母爱就是包容。而先父总是在除夕夜一家人守岁的时候，把时光的指针拨到他年轻的时代，讲述他小时候的年、我奶奶蒸的花馍馍、馅儿里藏着铜钱的饺子等。在短短的除夕之夜里，讲述着他几十年来珍藏的最宝贵的记忆。在轻柔的笑谈中，父亲并不避讳眼睛里含着的泪水。这样的泪水不论在何种场合都是纯洁的。是啊，过年讲过年的故事，几乎成了春节里一个永恒的话题，也是一种不可或缺的文化传承。讲述中的酸甜苦辣咸，点点滴滴都是珍贵的记忆。

但丁说：“世界上有一种最美丽的声音，那便是母亲的呼唤。”春节之前，父母就已经开始和儿女们联系了。母亲照例要问，儿子，回家过年你想吃啥？我说，老太太你不怕辛苦啊。妈说，就怕你在外面山珍海味吃多了坏了胃口。我说，妈，我想吃酸菜炖五花肉、炸茄合，还有你做的皮冻。妈说，是不是我再给你蒸点儿花馒头，比如小刺猬呀、花篮儿呀，你好上网显摆显摆。我说，妈，花馒头就不做了，太辛苦了。妈没有言声，最终还是做了。她做的花馒头，在朋友圈居然让那些潜水者也纷纷点赞。而今母亲远在天国，我再也吃不着她做的这一切了。

在春节团聚，一家人的笑谈中，彼此没有丝毫戒备，更没有矜持与掂量，家的天空是透明的，家的氛围是干净的，家人的灵魂是朴实的，家人的交流是轻松愉快的。

春节期间，无论男女老少，敞开心扉的交流，也是年的一道精神美餐。过年了，人们为啥要带着给家人的礼品从千里万里之外，鞍马劳顿，不辞辛苦地回家？尤其是当今生活好了，显然不单是追寻一家人的团聚，更是为了家的那一份温馨和母亲的关怀、嘱托。母亲的寻常话，从来是普天之下最能打动儿女心扉的至理名言，是深深镌刻在儿女心中的座右铭，一生一世，历久弥新。

对于我的女儿孙儿来说，我就是他们的家。守护好这样的一家子，让儿女们在一年的辛勤劳作后，回到家里放松身心，开开心心地过个年，在温馨融洽的家的氛围中，洗掉征尘，痛痛快快地进行一场精神沐浴；在新一年的征途上，做好自己，健健康康，笑对人生。

作者简介

阿成，作家。编审。中国作家协会全委会原委员。曾任黑龙江省作家协会副主席，哈尔滨市作协主席。曾获全国优秀短篇小说奖、首届鲁迅文学奖、蒲松龄短篇小说奖、萧红文学奖，以及《人民文学》《中国作家》《小说选刊》《小说月报》《中华文学选刊》等数十项优秀作品奖。代表作有《赵一曼女士》《年关六赋》《马尸的冬雨》《安重根击毙伊藤博文》《生活简史》《和上帝一起流浪》等长、中、短篇小说，随笔集等四十余部，以及电影《一块儿过年》（合作）、话剧《哈尔滨之恋》（合作）、纪录片《一个人和一座城市》、舞台情景剧《火焰蓝之夜》等。

哈尔滨范儿

唐 飙

哈尔滨是一座令人向往的城市，深邈隽永的文脉氤氲千载，华夷杂糅的肌理几度炫彩。历史文化的共生性与多元文化共融性的特质，袅绕缤纷烟火气息的濡染，浓淡相宜红尘味道的浸润，形成了独一无二的“哈尔滨范儿”，使之以绰约的风姿傲立于世界城市之林。

《说文解字》载：“城，以盛民也，市，买卖之所也。”这就意味着人创建了城，城又接纳了各色的庶民百姓，人们又在城里经营着自己的栖息地，经营着生活，经营着生命，城市的“范儿”就在这慢慢的经营中形成，哈尔滨更是如此。

哈尔滨范儿是勇毅进取的精神

哈尔滨地处奇绝苦寒的北大荒，恶劣的自然环境，养成了这一方人敢于战天斗地的骁犷豪勇、率直侠义的性格。正如《国语》所说：“瘠土之民，莫不向义，劳也。”在哈尔滨的千年文脉中，这一点体现得淋漓尽致。公元1115年女真人在哈尔滨阿城区建立了金国，这个崛起于“白山黑水”之间的游猎民族，先后征服了北方各部落，又伐灭了辽国和北宋，雄踞大半个中国，经国120年。金上京会宁府（阿城）曾坐朝四代皇帝，荣膺38年的国都。此间形成了古朴豪放、粗犷彪悍、尚勇豁达、以小搏大、善学人长、巧用机遇、富于创造、锐意进取、兼收并蓄、雅俗相扶的“金源文化”。

无须赘述金太祖开疆拓土、立国兴邦，金太宗励精图治、灭辽克宋，以及其他贤明君主的伟绩奇勋。单是备受诟病、褒贬不一的第四代皇帝海陵完颜亮，从文韬武略、迁都融合、推行汉化，也令人啧啧称羡。他穷兵黩武，嗜杀成性，而文学造诣，却冠绝当时。他的词《念奴娇·天丁震怒》，气势宏阔，意境深邈，叹为观止：“天丁震怒，掀翻银海，散乱珠箔。六出奇花飞滚滚，平填了山中丘壑。皓虎颠狂，素麟猖獗，掣断真珠索。玉龙酣战，鳞甲满天飘落。谁念万里关山，征夫僵立，缟带占旗脚。色映戈矛，光摇剑戟，杀气横戎幕。貔虎豪雄，偏裨英勇，共与谈兵略。须拼一醉，看取碧空寥廓。”完颜亮以博喻的手法展现北国豪雪雄浑壮观的景象，有“气吞万里如虎”之势，决无“剪水作花飞”的纤柔娇媚淡雅之态，体现了一代枭雄的雄才伟略和野心。

勇毅进取的精神，是女真族与其他部族争生存、争平等、争自由中形成的，是与自然灾害、险恶环境斗争中形成的。以至于其后裔满族人，建的后金，大清朝都能感受到其余韵。这种精神是哈尔滨地区文明史的代表，在哈尔滨历史上留下的闪光一页。

哈尔滨范儿是开放包容的胸襟

众所周知，哈尔滨是国际化移民城市。据《哈尔滨编年史》记载，1763 年至 1898 年哈尔滨不过是炊烟袅袅、渔歌唱晚的三五村屯聚落。那时的居民除少数的满族土著外，就是从齐鲁燕赵晋“闯关东”的饥民。他们开荒种地，走船网鱼，过着自给自足的生活。物产富饶的哈尔滨，不断地吸引着大批闯关东的流民，“万径人踪灭”的图景不复存在，大量荒芜的土地被开垦出来，他们渐渐地成为这块土地的主人。

1898 年 6 月 9 日，俄罗斯商船的汽笛打破了田园渔歌式的小渔村的寂静。修筑中东铁路的大批工程技术人员、护路军及其家属拥入了哈尔滨。中东铁路工程局也从符拉迪沃斯托克迁至哈尔滨，他们是最早的俄国移民了。随着中东铁路的修筑，车辆厂、发电厂建立后，又有数以万计的劳工从山东、河北等地拥入哈尔滨，哈尔滨一时间人口剧增，工企商服业应运而生。5 年后中东铁路通车，俄、美、英、法等 40 多个国家的移民一窝蜂似的拥入，尤其 1917 年俄国十月革命后，众多沙俄军人、贵族、平民逃到哈尔滨避难，哈尔滨成了他们的“诺亚方舟”，1912 年哈尔滨人口 27000 人俄侨就占 50%。

哈尔滨还是犹太人的避难所和最重要的生命驿站。19 世纪末沙皇排犹行动、第二次世界大战间纳粹的屠犹行动，导致大量的犹太人纷纷拥入了中国。哈尔滨接纳了 3 万多无家可归的犹太人。哈尔滨这座情深意厚的城市，以博大胸怀，容纳了众多“他乡之客”，使他们有了安身立命的第二个家园，侨民们的“疑是故乡却他乡”感觉油然而生，渐渐把哈尔滨当成自己的家。哈尔滨也以慈母的怀抱接纳了这些浪迹江湖之子，这种“海纳百川”雄壮豁达的气度，这种“有容乃大”高远无尽的境界，得到全世界的赞许。

哈尔滨范儿是多元文化的荟萃

同治四年（1865 年），当“哈尔滨”三个字首次以地名出现在黑龙江将军衙门档案上时，金源文化的倩影还在隐约闪现，“闯关东”移民的风俗耳濡目染，继而中东铁路的列车载来欧陆文化悄然蔓延。从此，多元文化在这里交织碰撞，融汇激荡。哈尔滨也从衣食住行、生活习俗等诸多方面都呈现出中西合璧、南北杂糅态势。

各色建筑风格迥异，流派众多，争奇斗艳。行走在哈尔滨大街小巷会欣赏到古典主义建筑的沉朴凝重、新艺术运动建筑的浪漫温婉、拜占庭建筑的雄奇伟岸、巴洛克建筑的典雅严律、哥特式建筑的神秘庄严、折中主义的和谐中庸、阿拉伯建筑的厚重内敛、日式建筑的简约恬淡……难怪有人说："走在中央大街上，仿佛走进了欧洲建筑博物馆。"

20年代初，瞿秋白先生赴苏经哈时惊讶地写道："哈尔滨人上上下下都能说几句'洋泾浜'的俄国语……诸如'哈尔滨一到，满街毛子调。握手拿摸瓜，都拉时气好，奶油西米蛋，列巴大面包，戈兰自来水，水桶喂得罗，脖溜打歪，笆篱里蹲着。顶好是上高，涅肚哈拉少'的顺口溜就把中俄文对译得惟妙惟肖。"

那时哈尔滨还创造了中国若干个第一，足以让其他城市艳羡不已。第一家乌卢布列夫斯基啤酒厂、第一家交响乐团、第一家科勃采夫电影院、第一家芭蕾舞乐团……

40多个欧美亚国家建了17家领事馆，30多万侨民生活在这里，可谓移民麇聚，俗改本土之风；高楼林立，气凌江水浪。管弦舒缓，出自舞榭；钟声如缕，发于教堂。商贾辐辏，贩五湖三江货物；游客云集，赏东方巴黎风光。

哈尔滨从物质文化、观念文化、行为文化、制度文化等烙上了异国他乡的深深印痕，因此有了"东方小巴黎""东方莫斯科"的美誉。

哈尔滨范儿是英勇无畏的品格

哈尔滨从其诞生那天起，就伴着反帝、反封建、反侵略阔步而来。这座具有光荣革命传统的城市，在争取民族独立和解放中，人民前赴后继，英勇斗争，用血汗和生命谱写壮丽的篇章。

辛亥革命的烽火，从"杏花春雨江南"，燃烧到"铁马秋风塞北"。1912年2月17日除夕，哈尔滨人民在喜庆春节浓烈氛围中，迎来了共和曙光。同盟会梁廷栋、梁廷樾兄弟举行了推翻清政权的武装起义，经过一夜战斗，一举攻占了滨江厅，并设立了革命军指挥部，以"中华民国关东临时都督"印章出示公告，宣布独立，脱离了清朝统治。

中国工人阶级最早纪念“五一”国际劳动节也是发生在哈尔滨这座英雄的城市。1907 年 5 月 1 日三十六棚铁路总工厂工人吴泰，联合起其他产业工人 3000 多名，下午 1 点，在太阳岛举行纪念大会，写有“民主”“自由”“中俄工人团结起来”“五一万岁”等口号的彩旗，在江风的吹拂下哗哗作响，猎猎生威，从此揭开了哈尔滨工运的序幕。

十月革命的炮声震荡了世界，也震醒了中国大地，马列主义思想从此在中国传播。一些具有初步共产主义思想的知识分子为了学习苏联的革命经验不断从四方拥入哈尔滨，然后通过中东铁路奔往苏俄，哈尔滨便成了红色丝绸之路。中国共产党成立后，路经哈尔滨前往苏俄的共产党人就有 30 多人，这条红色之路，不仅拓宽马列主义传播渠道，而且为中国共产党的建立和发展做出了卓越的贡献，留下了许多仁人志士的闪光足迹。

1923 年 10 月，陈为人、李震瀛成立了中共哈尔滨共产党党组织，从此开始领导哈尔滨的革命活动。

九一八事变后，“江桥抗战”打响了抗击日本侵略的第一仗，哈尔滨在党的领导下广泛开展了“援马抗战”活动。为了防止日军通过呼海铁路进攻马占山抗日部队，道外区委书记杨靖宇发动铁路工人连夜将松浦总站的全部机车车辆开往绥化，随即炸毁了呼兰桥，断绝了铁路交通，强有力地支援了“江桥抗战”。

为了阻击日军北犯哈尔滨，“双城堡阻击战”于 1931 年 12 月 31 日展开。东北军将领赵毅在双城人民的大力支持下，与武装到牙齿的日本关东军进行了一天一夜的激战，毙敌 400 余人，打破了日军所向披靡的谎言。

“哈尔滨保卫战”在 1932 年 1 月 4 日拂晓打响，在自卫军总司令李壮的带领下，爱国官兵拼死阻击在重炮、坦克、装甲车、飞机掩护下疯狂进攻的日伪军。中共满洲省委发表了《为反对日本帝国主义进攻哈尔滨告士兵群众书》，号召各界人士团结起来，抗击日本侵略者。

哈尔滨保卫战尽管在敌众我寡情况下失利，而其壮举，极大激发了哈尔滨人民抗日救国热情，纷纷拿起武器，与侵略者进行殊死搏斗。五常的一大批抗日组织、哈一中的“抗日救国义勇军学生大队”、珠河的“红枪会”、木兰的“大刀会”、方正的“大刀会”、延寿的“坎门红枪会”等雨后春笋般地涌现出来。此时中共满洲省委也由沈阳迁至哈尔滨，从此，哈尔滨成为中国共产党领导东北人民进行抗日斗争的指挥中心。

14 年的拼死抗战，哈尔滨留下了感天地泣鬼神的英雄故事。“牛甸子岛点燃抗联之火”“赵尚志木炮攻宾州”“赵尚志成高子炸军列”“赵一曼太阳岛智擒敌特”“汪亚臣开辟五常抗日根据地”“李兆麟火烧山收服降军”“李根植机枪打落日军机”……

抗联战士在战火纷飞硝烟弥漫的疆场上东杀西挡、南征北战的同时，哈尔滨文人以笔为枪投身抗战，以文艺作品鼓舞军民士气，揭露日伪罪行，鞭挞黑恶势力。“金剑啸以诗唤醒民众”“口琴社吹响战斗号角”“牵牛坊画传神韵”“一角钱饭馆暗传情报”“星星剧团抗日义演”。尤其 30 年代哈尔滨左翼作家更是令人瞩目，他们创办若干文艺阵地，创作了大批文艺作品，揭露了日本侵略者的滔天罪行，激发了广大民众爱国主义热情。“笔如枪林映日月，字如弹雨扫敌顽”的态势形成。14 年抗战胜利后，哈尔滨成了解放战争的大后方，支援了整个解放战争。哈尔滨这种精神在不同的历史阶段不断地鼓舞哈尔滨人踔厉奋发，开拓进取。

哈尔滨范儿是国之长子的担当

1946 年 4 月 28 日，在历史的长河中是极其平常的一日，它与往常一样静静地流逝任何力量都挽不回的光阴，对哈尔滨而言却是一个极其特殊而不平凡的一天。

这一天凌晨时分，沉睡了一冬的松花江，在春风和阳光的亲吻爱抚下，冰层融化，冰面渐渐断裂，突然江心处蹿出一股巨浪，憋闷许久的江水争先恐后钻了出来在空中撒了个欢，然后洒向江面，咔嚓嘎嘣压碎一片片酥脆的冰层，成千上万大小不一的冰排像千万匹脱缰的野马奔驰而去，并发出了冲破禁锢回归自然的狂呼、呐喊……

这一天，东方泛出的第一缕晨曦都格外地鲜亮，本应是五月花期的丁香花也性急起来，在春光的撩拨下，按捺不住心情地“纵放繁枝散诞春”了。

这一天，哈尔滨回到了人民怀抱中，成为全国第一个解放的大城市。历史性的巨变，注定了哈尔滨必须承担国之长子的特殊使命。

哈尔滨获得解放后，北满分局、北满军区、松江省工委、松江军区机关等进驻了哈尔滨。东北各省代表联席会议相继在哈尔滨召开，通过东北的根本大法《民主政府共同施政纲领》；第六次全国劳动大会在哈尔滨召开，标志着长期处于分散状态的中国工人运动，在党的领导下重新实现了统一。哈尔滨又是中央召开新的政治协商会议首选地，是新中国政协的起锚地，成为中共在东北的政治中心。

哈尔滨解放四天后，东北民主联军总部进驻哈尔滨，东北民主联军前线指挥部进驻双城县，解放军众多高级将领在这里指挥了一个又一个战役。哈尔滨成为中共东北的军事指挥中心。在新中国成立之前，哈尔滨曾是东北政治、军事、文化中心，一度被誉为“北方的小延安”，为解放战争的胜利做出了突出的贡献。

大批文学艺术家和文艺领导干部，也进入了哈尔滨，协助党政军建立东北根据地：戏剧家塞克，音乐家吕骥，美术家华君武、古元，作家诗人萧军、舒群、周立波、金人，随军记者刘白羽等700余人。新中国的第一部电影《桥》、小说《暴风骤雨》就是当时的杰作。

哈尔滨是支援解放战争的战略大后方，在解放战争的关键时刻，哈尔滨在极端困难的情况下勒紧裤腰带，节衣缩食。“要钱出钱，要物出物，要人有人”，解放军打到哪里，拥军支前工作就做到哪里，名副其实后方根据地，强有力支援了解放战争。据统计，解放战争的3年，哈尔滨共有2.3万名青年参军，形成妻送夫、娘送儿上战场的生动场面。参加物资运输的司机、担架民工就有1万多人，哈尔滨拿出了40.13亿东北币支援前线。著名作家刘白羽（当时战地记者）曾饱含激情描述了哈尔滨人支前援军的繁忙热烈的场面。1948年11月，哈尔滨调出200名干部接收长春、沈阳。1949年814人的南下大部队，分别留在武汉、南京、两广等八大省市。哈尔滨为全国在政治建设、经济建设、城市管理探索出一条新路和成形的模式。1950年2月27日，伟大领袖毛主席视察哈尔滨时，给“哈尔滨是共和国长子”的荣誉。

哈尔滨范儿是七个之都的打造

城市的伟大在于其不仅有辉煌的过去，更在于拥有灿烂的今天；城市的快速发展不仅依靠较高的外向度，更需要强大的内生力。如今将哈尔滨打造成“七个之都”是新时代新征程的迫切需要，是新发展阶段贯彻新发展理念的必然要求，是构建新格局的重要举措。

打造创新引领之都。就是勇于突破常规戒律，突破固有的习惯，突破条条框框，突破已有的经验，突破过去的思维定式。充分发挥科技创新发展的支撑作用。以科技赋能创通产业改造升级和新兴产业加速发展，推动创新链和产业链精准对接，深度融合。

打造先进制造之都。就是发挥哈尔滨新中国成立之初的“三大动力”“十大军工”的优良传统。撑起了哈尔滨工业脊梁，全力实施工业振兴计划，完善工业体系，壮大工业规模，提高工业占比。强化创新赋能、数字赋能、设计赋能，促进传统产业改造升级，大幅度提升核心竞争力。

打造现代农业之都。就是把中国的粮食中国饭碗，把粮食的安全当头等大事来抓。恪守“藏粮于地，藏粮于技”战略，随着哈尔滨市地标性建筑——全球农业领域第一高楼“世界农业中心”的揭牌，哈尔滨正向规模化、标准化、集约化的现代农业生产之路阔步前进，坚决当好维护国家粮食的“压舱石”。

打造向北开放之都。就是把哈尔滨建设为对俄合作的中心城市，东北亚“桥头堡”，进一步完善开放综合枢纽，深度融入共建“一带一路”，积极参与“中蒙俄经济走廊”建设，提升对俄合作中心城市的功能，发挥桥梁纽带作用。营造共赢互利环境，努力取得对外合作新成就。

打造创意设计之都。就是要大力发展创意产业，着力培育一批特色鲜明的创意设计企业。推动 5G 网络等新型基础设施建设，紧紧把握数字经济、生物经济战略性新兴产业的主线，为经济“换道超车”注入动力。

打造冰雪文化之都。就是当时光把季节交给冬天，哈尔滨就变成了粉妆玉砌的童话王国。冰天雪地成了自然财富、生态财富、社会财富、经济财富，变成了“金山银山”。把哈尔滨建设成冰雪旅游名城，把“冷资源”变成“热经济”，把冰雪体育、冰雪旅游、冰雪创意、冰雪饮食、冰雪装备等推向极致，从而提升“冰城夏都”的美誉度和影响力。

打造宜居幸福之都。就是造福于民，普惠于民。以一项项惠民政策、把一件件民生实事落地生根，让一幅幅民生愿景变成现实。实现“天蓝水碧空气好，‘三就工作’做确保，近悦远来谋福祉，‘五项一级’不可少”的生动局面。

“七个之都”的打造将会令哈尔滨雄姿英发，魅力无限。

“哈尔滨范儿”是每个哈尔滨人洋溢在脸上的自豪，是流淌在血液里的荣光。

作者简介

唐飙，中国作家协会会员，国家一级作家，黑龙江省作家协会副主席，哈尔滨市作家协会主席。著有长篇小说《黑嫂》《谋杀1946》《桃花巷》等9部文学作品。改编电视连续剧《黑嫂》曾作为新中国成立50周年献礼片在央视播出;《谋杀1946》改编成36集电视连续剧《黑土热血》作为建军90周年献礼片在央视热播,《桃花巷》改编成电影《松江往事》在全国院线上映，CCTV6播出。撰赋20余篇，其中《太阳石记》《黑龙赋》《泽园记》等5篇勒刻于石。有200余万字中短篇小说、散文、随笔纪实文学见诸报刊。长篇小说《黑嫂》获哈尔滨天鹅文艺大奖，长篇小说《谋杀1946》获黑龙江省文艺工程奖，散文《太阳岛上太阳石》获《人民文学》征文奖，戏剧《站台偶遇》获文化部首届戏剧文化作品编剧奖，电视剧《黑嫂》获中国第二十届电视剧飞天奖，散文《诗意的伏尔加庄园》获2019中国散文年度评选一等奖等多个奖项。

哈尔滨的中华巴洛克

鲁 微

沉寂了三个冬天的哈尔滨，在2023年一下子火了起来。

是冰雪旅游让这个城市爆火出圈。

当然，仅靠冰雪旅游项目就能让一个城市火起来是不可能的。更重要的是得靠人。靠人的热情、激情，最重要的是真诚。

对于哈尔滨这座城，各种人文历史成为越来越广泛的关注对象。中央大街、索菲亚教堂、中华巴洛克历史文化街区都是人们出行必到之地。尤其对哈尔滨的中华巴洛克街区，更是人们说不完的话题。

巴洛克建筑是17世纪意大利兴起的一种建筑风格，是西方最典型的建筑风格之一。而“中华巴洛克”则是中国人智慧的结晶。简单来说，中华巴洛克建筑主要特点是：临街的立面是巴洛克建筑风格，而局部建筑及装饰图案则取材于中国传统文化元素。建筑背后的空间是传统的中国四合院。这种“前店后宅”、四合院式的中西合璧建筑风格被称作“中华巴洛克”。我国一些大城市如北京、上海、天津、武汉等也有一些这样风格的建筑，而中华巴洛克建筑群最多的则是在哈尔滨。

哈尔滨是怎样的一座城呢？

梦幻般的哈尔滨有诸多昵称：因全城欧式建筑遍布得名“东方莫斯科”“东方小巴黎”，因唯美且浪漫的音乐得名“音乐之都”，因啤酒最早从西方传入这里得名“中国啤酒之都”，因冰雪魅力和凉爽夏季得名“冰城夏都”，因曾经欧洲人众多、西餐纯正得名“中国西餐之都”，又因满城的丁香作为市花而得名“丁香之城”。当下，正是春意盎然之时，偌大的哈尔滨城，丁香夜袭，香阵冲天。在浓郁丁香的簇拥下，中华巴洛克历史文化街区熠熠生辉。

1896年，沙俄乘中日甲午战争中国战败之机，遂谋清政府在东北境内修建和经营铁路。此铁路从1898年正式开始动工修建，于1903年7月全线通车。铁路呈“丁”字形走向，其干线西起满洲里，中经哈尔滨，东至绥芬河；支线从哈尔滨向南，经长春、沈阳至大连，全长近2500公里。哈尔滨成为中东铁路的枢纽。

早期的哈尔滨，本是松花江沿岸的渔村。铁路贯通和松花江通航后，哈尔滨成了东北地区重要的交通枢纽。一俟开埠即吸引大批外国人和外国资本涌入。

当时哈尔滨两个主要区域中，俄国人和犹太人聚集区是道里，为埠头区，街道宽敞，一色欧式建筑，令人有入莫斯科之感。另一个是华商汇集区，在铁道以外，所以叫作道外区。道外原名叫傅家店，山东人傅氏兄弟在此开设了大车店和药铺。随着人气聚集，老街区建起会馆、文庙、票号、商行等。傅家店后改名傅家甸。傅家甸早于哈尔滨，所以坊间有“先有傅家店，后有哈尔滨”之说。

随着铁路交通的发达，作为东北商业中心的哈尔滨，又因松花江航运之便利及各种物产丰饶，其工业也十分发达。如东北盛产皮毛，毛织业亦盛，有名毛织工厂如道外裕庆德，完全由华商自办，其机械精良，规模甚大，所制各种毛毯呢绒不亚于欧洲货。那时，生意兴隆的还有“同义庆百货店”“大罗新环球货店”及“同记商场”等等，都名声在外。

说到民族工商业，老哈尔滨人会记住一个叫武百祥的爱国商人。

武百祥，河北乐亭人，生于1879年。1901年，22岁的武百祥只身一人闯关东来到哈尔滨傅家店，靠摆摊和走街串巷贩卖花生、瓜子、纸烟为生。1903年，他与人合伙创办了“仝记”（后改为“同记”）杂货店，生意越做越大。在当时的哈尔滨，同记商场、大罗新环球货店、大同百货商店三足鼎立。1929年前后，在20多万人口的哈尔滨，每年光顾这三家商店的顾客达600多万人次，年销售额700余万元，成为哈尔滨最大的商业帝国。此“帝国”的缔造者就是呔商武百祥。

据说，当时道外街区之所以繁荣，与俄国人不允许中国商民到道里去有关。而本地民族资本家和关内“闯关东”的移民却非常团结，这些创业的民族商人乡土观念很重，都具有吃苦耐劳的精神，逐渐成长起来很多的大商贾，势力更是不容小觑。人们虽然对帝国主义侵略者充满了仇恨，但思想也比较开放，面对道里市区众多的西方建筑艺术，他们怦然心动，受到启发，所以在道外区也建起了既能体现欧式建筑特色，又能体现中国传统文化更高品位的商住区。于是，中西合璧的中华巴洛克式建筑诞生。其面积、规模与道里区的建筑相比所差无几。这些建筑不仅坚守了民族传统和民族自尊，也反映出他们学习西方文化的积极心态。

这些保留至今的特色建筑，“前脸”是巴洛克风格，“进深”是中国传统院落。起初建筑时，在没有图纸的情况下，工匠们完全依靠经验和观摩建成“中西合璧”的街区，逐渐形成建筑群落，体现了中国人的文化与智慧。

纵观这些砖混结构的建筑群，其浮雕通体采用的是抹灰装饰。建筑的特征，一是将中国建筑的斗拱、台阶和栏杆与西方建筑的柱式等构件结合在一起，这在世界建筑史上是绝对没有的。二是诸多的浮雕装饰注入了深邃的文化内涵，如采用牡丹、梅花、荷花和海棠等花卉象征富贵吉祥，采用葡萄、石榴、桃子等象征人丁兴旺和延年益寿，采用蝙蝠、鹿和仙鹤等动物图案象征福禄寿喜，采用装有多种植物的大花篮象征五谷丰登。此外，有些装饰甚至直接用铜钱，表达出建筑主人期盼财源滚滚的心愿，如今漫步在老街，抬眼看外立面建筑，虽然色调暗淡但却凸显厚重的精致。

这些建筑立面背后，往往是几座建筑构成一个独立院落，或一进，或二进，穿越门洞，便进入豁然开朗的大院。大院中，外廊式栏杆、雕刻精美的楣子，这些中国传统装饰给人别有洞天的感觉，多组院落常在一起构成一个街坊，似浑然天成，又蔚为壮观。

哈尔滨中华巴洛克历史文化街区，是这座大都市文化的见证，也是市民购买力与物价的测验场，更是哈尔滨经济发展繁荣的一个集中体现。

2023 年岁末，火爆出圈的冰雪旅游沸腾着这座城市。每天的黎明时分，人们就拥入街区做生意。很多早起的市民在这里吃饱了肚子，再买足一天的必备食品。一些从四面八方赶来的商贩则在这里批发大量货物，再回到各处去零售。

我是早上 5 点左右到达中华巴洛克街区的，承德街两旁密集的小吃灶烟火气十足，油煎肉饼、油炸糕、煎饼、馒头、豆腐、油条、稀粥……应有尽有。1902 年开张的张包铺坐落在南二道街和南勋街交口，是最有名的小吃铺之一。他们家做出的包子皮薄馅大。张包铺以经营包子为主，其制作的排骨、豆腐、三鲜口味更是店内招牌。无论何时去买排骨包子都要排长队，一般要排队半个小时才能吃到热乎乎新出笼的大包子。

其他小吃如宝盛东的圆笼包子、永发合的缸炉烧饼、李连贵的熏肉大饼以及承载老道外变迁的百年老字号和特色餐饮名店，都让人津津乐道。

靖宇街如同北京的王府井。街上有着百年历史的老字号——老鼎丰糕点厂，该厂在一栋建于 1915 年的建筑内，地处繁华路段，是前店后厂。这条街温暖着一代又一代哈尔滨人的美好记忆。

人间烟火就是人气，到底有多少人呢？我无法以具体数字来回答，因为几乎半个道外区都被卷入早市的沸腾中，十余条大街小巷都被货物与人群填满。莫说车辆，就是行人通过，也得挨挨挤挤地费好大工夫。我是一大早就来到早市的，可是在熙熙攘攘的早市人群里挤了一个钟头，才逛了早市的一角。

如今，中华巴洛克式建筑历经百年沧桑，对于那些年久失修，砖木结构出现不同程度的老化、破损现状，市政府及时将街区保护更新列为重点工程项目，前后分三期修复。遵循“保护与利用相结合”思路，高标准高质量打造“中华巴洛克建筑艺术殿堂”。在项目推进中，通过“点、线、面”相结合方式，下“绣花”功夫，修复做到修旧如旧，“让城市留下记忆，让人们记住乡愁”。

从商贾云集的民族工商业聚集地，到现在的文旅消费聚集区，我所看到的仿围楼的客栈、门洞里的青年旅社、小资情调的咖啡厅与酒吧、老式裁缝店、摆着各色精致小物件的工艺品小店，都给人种种别样的情怀。在这里，可以到相声园子里一边嗑着瓜子，一边喝着茶，听上一段评书大鼓和让人捧腹的相声；可以到临街的戏台子处，看看地道的龙江剧；还可以在茶楼里边喝茶边听老道外人讲述老道外的前世与今生。一年最好在冬夏两季，在充满故事和艺术的老街上游走，放松心情，放慢时光，走走停停，在网红打卡地拍照，在路边摊位买旅游纪念品，冬季买冻梨冻柿子边走边啃，夏季买一杯鲜格瓦斯喝，保证可以收获不断的惊喜。

突然就产生了一个感叹：这个国内现存面积最大、保存最完整的中华巴洛克建筑群风情街区，经历了百年沧桑，来来去去走过了一代又一代的人，有欧洲人，也有美洲人，有非洲人，也有澳洲人，处处彰显着哈尔滨过去和现在的熙攘与繁华，新一代哈尔滨人努力创新，广交朋友，让这条老街继续散发新的活力，更谱写着哈尔滨走向未来的梦幻弦歌……

作者简介

鲁微，山东五莲人。作品在《人民文学》《诗刊》《星星》等刊发。出版小说集《北部故事》，报告文学集《大岭雄风》，诗集《守望》《阵地》《鲁微诗选》《上帝之唇》《极地漫步》《冰雪英雄》等。编辑文集20余部。系中国作家协会会员，黑龙江省作家协会全委会委员，黑龙江省作家协会报告文学专委会主任，《北方文学》杂志主编。

世界上最长的T台

——哈尔滨印象

蒋　巍

只要乐曲响起，没有谁能拒绝哈尔滨的风花雪月。

不必选择哪个夜晚，而是所有的夜晚。当浩瀚银河壮丽地倾泻进这座浪漫之城，哈尔滨就像白雪公主，从童话中一跃而出。那是一朵雪花的怒放，一朵浪花的怒放，一簇紫丁香的怒放，一曲欢乐颂的怒放……

哈尔滨不需要时尚，因为她就是时尚。

这里的孩子先学会了歌唱和舞蹈，然后才学会了走路和奔跑。

这里的少年坐在飞驰而下的雪爬犁上，尖叫也成了冬天的欢笑。

这里的欧式建筑栉比相连，尖顶高耸，门高窗宽，沿街的颜色赤橙黄绿青蓝紫，那叫一个绚丽纷呈。

说不清多少次回到家乡哈尔滨了，每一次都是亲切的陌生。欣欣然踏上中央大街，目光所及，仿佛一只抽屉从时光深处拉了出来。小时挂在脖上的钥匙串，还有口琴、铜哨、冰球、红色证书等等，都是我装在抽屉里的快乐。比如那只冰球，是我在哈三中参加冰球队，一举夺得全市中学冠军的纪念。那本红色证书，是我在全校国庆征文中获得三等奖的证明。这个荣誉给我的打击很大，当时我倒抽了一口凉气，到现在肚囊里还凉飕飕的。

这里的黑土地肥得流油，插根筷子都发芽。这片沃土人杰地灵，怀珠抱玉。多年前网上有过“民调”，都称哈尔滨姑娘最美。只要上了街或出现在公共场合，她们一定把自己打扮得赏心悦目，如花似玉。也因此，她们敢爱敢恨敢臭美，总让天下男人找不着北！她们的零食很多时装更多，今天玫瑰红，明天杏花黄，端的是一夜东风花千树，看谁上街能“惹祸”！

哈尔滨男人天生就虎（俗称“虎啦吧唧”），重交情，讲义气。说话当当的，喝酒咣咣的，为人处世敞敞亮亮的。在哪儿摔倒了就在哪儿睡一觉，第二天从头再来。他们不在乎钱也不在乎命，认准的道理死不回头，认定的事情一往无前。他们特别喜欢见义勇为，愿意当英雄好汉，但凡路遇不平就挺身而出，吼一声：“你想咋的？找事啊！”

哈尔滨人天性幽默，有话不好好说。即使领导批评人，也是先把你说哭，再把你逗乐，让你一辈子感恩戴德。

哈尔滨人天生好玩，夏天游泳，冬天滑冰，下班打球，有闲工夫就“上江沿儿”。但有一个现象让外地人瞧着很纳闷，那么多市民溜达到江边，人挨人往台阶上一坐，谁也不理谁，就是默默瞅着松花江发呆。这到底为的啥呀？看久了，外地人才知道自己也发呆了。当然，也有很多人家或年轻情侣喜欢去公园或太阳岛，草坪上铺一块塑料布，面包、烧鸡、红肠一摆，大杯啤酒一灌，地球上的事情就和他们没啥关系了。

哈尔滨人天生喜欢艺术。因此这座城市的艺术氛围极为浓厚，酷爱音乐、美术、戏剧、舞蹈、表演的青少年特别多。走在街上，常见背着乐器匣子或画夹的学生从身边经过，女孩一脸傲娇，男孩一脸高冷。全国各文艺团体(包括军内）如果没几个哈尔滨招去的帅哥靓女，其水平一定有待提高。

这些气质秉性，决定了哈尔滨人天生就是个爽，为人做事贼热情、贼敞亮、贼大气，从不算计别人也不算计自己。因此，哈尔滨男人一向性情刚烈，点火就着，敢说敢闯，再难的事情也是小菜一碟；

女人则绵里藏针，柔中有刚，懂得吃小亏占大便宜，总能化为一江春水向东流——反正都是惹不起的货。

在我看来，全国各大城市没有一个像哈尔滨这样，是在琴弦上长大的。只要你走上中央大街，就意味着走过历史的五线谱。只要你走过一块块圆润的长方街石，脚步就会化成一串串回响的音符。上了中央大街，一朵雨花或雪花就会照亮一个姑娘。她们回头一笑百媚生，吸引了所有目光却又目中无人。她们知道，她们就是光芒，这座城市的光芒。在中央大街走上一遭，她们就等于当了一回模特，手机里的留影全是九曲十八弯的千姿百态。

于是，哈尔滨成了地球上另一个“好望角”。

于是，一千四百多米长的中央大街，成了世界上最长的T台，每天都走着来自五洲四海的时装秀。

于是，每天那些纤巧的高跟鞋响过一排排齐整的街石，中央大街就成了世界上最大的钢琴。

于是，在月光如水的夏夜，由百年老店马迭尔宾馆举办的“阳台音乐会”，让俄罗斯和欧美大陆的艺术家们闻风而至，让中央大街人山人海，时而凝神静听，时而欢声雷动。联合国教科文组织特别授予哈尔滨亚洲第一个“音乐之城”的美誉，他们肯定为中央大街的旋律倾倒过。

正是百年哈尔滨，开拓了中国近现代文化艺术史的许多“第一次”：第一次听到交响乐，第一次看到芭蕾舞，第一次读到俄文版的莎士比亚十四行诗，第一次在俄国贵妇的沙龙中听到犹太诗人忧伤的歌唱，第一次在马迭尔旅社老板的客厅看到毕加索惊世骇俗的画作——女性裸体被画成七扭八歪的管子，第一次听说拿破仑那头狮子把中国称为不可惊醒的“睡狮”……

这个夜晚，我再次漫步在中央大街上，成群结队的中外游人望不到头。很多是老少三代全家游，更多的是年轻情侣携手游。灯光中，每个酒吧都传出轻柔的旋律，每块街石都闪耀着绚丽的光彩，每扇橱窗都显示着独特的风格。我清晰地记得，1997 年，哈尔滨市率先决定，把中央大街改造成中国第一条步行商业街，并在多个街口设立了各具风采的艺术雕塑。时任哈尔滨市文联主席的我参与了这项决策。这是哈尔滨的首创，此后全国各个城市争相效仿，纷纷建立了自己的步行商业街。中央大街从此成为哈尔滨的“金手指”，巨厦林立，商号云集，游人潮涌，时装逶迤。无论年轻人还是白发人，无论是怎样的肤色和怎样的言语，在这里，全是携手相伴的欢乐和爱在行走。

世界，在这里欢聚一堂了。

这就是我的家乡哈尔滨。丰姿绰约，风情万种，一座富有艺术情调的城市。

作者简介

蒋巍，满族，1947 年生于哈尔滨，1968 年上山下乡，赴黑龙江边境的嘉荫农场。1970 年调兵团政治部（原农垦总局）秘书处任秘书。1975 年返城，先后任哈尔滨《新晚报》副主编、哈尔滨市文联主席、《文艺报》副社长、中国作家协会创作研究部副主任。享受国务院特殊津贴专家，获评中国文联全国最美志愿者。先后当选中国作协第五、六、七、八届全国委员会委员，中国文联第九届全国委员会委员。出版长篇小说、长篇纪实文学、散文集、话剧三十余部，先后获得全国第二、三、四届优秀报告文学奖，中宣部“五个一工程”奖，公安部金盾文学奖，第八届鲁迅文学奖等。

冰城微微暖气吹

滕俊杰

冰城，北国名城哈尔滨的别称。冬日去冰城，潜心带着摄像机“访谈于民间”，在街头巷尾直接感受、寻觅冰城“火出圈”的缘由。

那天上午 11 时光景，我们正在街头巷尾边走边拍。尽管有所预料，但时间一长，裹足了所有衣服的我还是感到了寒冷。好在陪同的市文联李震钧先生“变”出了四个暖宝宝，让我赶紧贴上。但零下 20 摄氏度的天气里，到什么地方去“安顿”贴身暖宝宝？我一眼看到斜对面有个小饭馆，三步并作两步地掀帘而入。应声出来的是老板夫妇：“吃饭吗？咱这儿有热腾腾的米饭、汤面、水饺，更有正宗的东北菜，随点随做。”面对这样“碰头彩”般的热情，再看看店堂内不少用餐的顾客，我一脸窘相，边示意着手上的暖宝宝，边连连道歉：“不好意思，我不吃饭，只是想借个地方贴一下暖宝宝。”两位主人依然延续着刚才的语调：“不吃饭没关系，我们给您安排地方，您踏踏实实地贴好暖宝宝。”这自然热情的表达，让我感动。当我贴好四张暖宝宝，跟饭店主人告别时，老板还递上热茶。两口下肚，我瞬间体悟到了巴尔扎克的那句名言：“一杯咖啡入胃，燃起一团火焰。”

出于体验、探究，我对矗立于冰城街头、公园、广场大小造型各异、鬼斧神工般的冰雕、雪雕作品格外关注，除了美学和生态价值，我还关注那些在极寒条件下的能工巧匠。第三天在中华巴洛克街区露天广场的两侧，我发现八位工匠正趴在三大块毛坯冰块上作业。在夹杂着微型机械和手工锤子、锯子、铲子与坚硬的冰块碰撞、切割声中，在滴水成冰、作业难度很高的极寒空间里，他们神奇地将一个个或写实或写意的艺术形象雕刻成形。在他们头上、衣服上全是飞溅而来的冰碎子和粉末，小冰珠又结成了小冰凌，挂在脸上。这让我想到了苏联作家安德列·塔可夫斯基的那本《雕刻时光》，眼前又幻化出了大型冰坯晶莹剔透、涅槃重生之美。

约半个小时后，工匠们换班了，我也被冻得双手麻木，渐难自控，见身后有个木楼梯可通二楼室内灯光处，就蹑手蹑脚上楼。我推开门，20 多个年轻人正安静地伏案工作。我的误打误撞与这个办公氛围非常“违和”。正欲退出时，正对门的那张办公桌上同时有人抬头与我打了照面：“是游客吧，看您帽子衣服上全是冰碴子，快进来暖和一下。”话音刚落，一位小伙子搬来一把椅子放在暖气片边：“到这儿坐，这里有暖气……”这让我此行的体验感又一次“爆表”；我这个不速之客，不但没引起他们的反感，反而被待若上宾，莫非他们的待客之道已是习惯？

回想在哈尔滨几天，我听说了不少市民开着私家车自发、免费接送在冰雪交加的公交站候车的外地游客的故事，也看到有咖啡店店主热情地为游客免费送上白开水，再叠加自己的经历，事虽小，足以见阳光，如此这般的点点滴滴回答了我和不少朋友萦绕心头的问题：“冰雪”依旧是这个冰雪，城市依旧还是这个城市，今年伊始的哈尔滨为何突然“天降富贵”“红火出圈”？

我想，城市理念的更新、政策的支持是重要的，更重要的是来自市民以城市主人身份的自发热情参与，这来自四面八方“微微暖气”不间断地吹拂，使全城洋溢出“以客为亲，以客为尊，以客为先”的气象。

有道是：“流水不争先，争的是滔滔不绝。”冰城只要将这股市民倾情投入的“微微暖气”持之以恒地吹拂下去，冰城冬季的超高流量，一定会变成四季的超高流量，形成一个长久品牌。

作者简介

滕俊杰，上海市文联副主席、上海电视艺术家协会主席；国家一级导演，文科二级教授；上海市第十二、十三届政协常委；中国2010年上海世博会开/闭幕式暨庆典晚会总导演；上海大学上海电影学院教授；中国作协会员；中国电影导演协会会员。

2010年11月被中共中央、国务院授予“世博先进个人”称号，两次荣获中宣部“五个一工程”奖，两次荣获国家广电总局年度唯一最佳导演奖，一次荣获中国电视金鹰奖年度最佳导演奖，16次获得中国电视文艺最高奖星光奖一等奖。并获亚洲电视彩虹奖（香港）、亚洲电视大奖（日本东京）等多项大奖。

走笔河山

残片

孙彦良

时至今日，伍适仍然坚持认为，那天一定是冲着啥了，有点犯邪。

那天，是指画家尹椿“玉女出浴”画展的最后一天。犯邪第一桩，在开馆前半个小时，一向慢条斯理的把门老头突然急得团团转，额头全是豆大汗珠，像烫起的水疱。伍适是尹椿的平面模特，早来了一刻钟，一问方知，老头把画馆大门的铜钥匙弄丢了。彼时，门前尚志大街人行道上，已有参观者排队到梨树街口，规规矩矩地听音乐、看视频，秩序井然。第二桩，伍适打电话找开锁匠，竟然没一个有空，似乎全城同时丢了钥匙，这不合情理，一般晚归才是犯傻时分。正如热锅上的蚂蚁，边上石凑上来，说他来试试。边上石是伍适的男友，小画商，他从车里拎出工具箱，撑开遮阳伞，弄了五六分钟，铜镶柞木门竟然开了。老头忙不迭地道谢，打开门首电子屏，交替出现尹椿的生活照及其代表画作。

边上石怎么会开锁？这算犯邪又一桩。一警察为画展提供安保，此时出现，拉住边上石问：你备过案吗？边上石说没有。警察将边上石的身份证按在手持机上验证，然后要他跟着去派出所。伍适也说要去，毕竟边上石也算“帮人一个忙”，但边上石要求她马上替他办件事，去医大医院取体检报告，林淞安排的。

林淞是尹椿大师的女友、伍适的闺密，取报告单这样的小事为啥绕过她找她的男友？她目送边上石跟着警察进了哈飞牌警车，正要离开，却被主办方仇大陆叫住，问她小边犯啥事了。她说你才犯事了呢。又想走，见仇老板冲她神秘一笑，手指角落，那里有位女士，正盯着油画《玉女出浴图》出神。这个时节秋风已起，秋叶开始一群群地逃匿于树丛，但离数九寒冬尚远，那女子竟然穿着兽皮大氅。伍适走过去，问：你喜欢？年轻女子一愣，操江北口音说：我从带岭林区来，特意来看尹椿大师……女子说时，越来越吃惊，她张开手，做出拥抱的姿势，说：你比油画里还漂亮，我们合个影吧！

伍适摆摆手，把她还给仇老板，推说有急事，出了画馆，开车到医院，拿到尹椿大师的体检报告，她就傻了——肺癌！她到专家诊室，问一位花白头发的老大夫，大夫嘴角向上一翘，说：让病人本人来，早来一秒，多活一年。

伍适也只是个没住过院的姑娘，哪见过死神模样。她六神无主地回到画馆，尹大师和林淞还没到，许是躲在哪个旮旯抱头痛哭呢。边上石早回来了，看上去没事，甚至还喜气洋洋，一问方知，《玉女出浴图》卖出天价，就等着大师参加签字仪式！边上石看过诊断，跟伍适轮番打电话，奇怪的是，大师和林淞手机全关。可仇大陆一拨就拨通了，得意地告诉他俩：大师马上到。

伍适觉得邪行。自从给尹椿大师当模特，一年也就三五次，三五幅油画，三年来，一直潜心体会着尹椿的内心魔咒，通过各种色彩，尚琢磨不透大师是如何稀奇古怪地表达如此芜杂的世事！尽管每幅作品，她和大师都有充分的交流，却都似隔岸观火，单只在《玉女出浴图》的创作中，懂得了如何让情绪通过自己的双眸，表达给画家，让他捕捉里面的情愫。但她一直认为自己很蠢，跟大师近在咫尺却总似隔道密不透风的墙。这墙无色无味无形，推不倒打不烂，横亘在她与大师之间。是林淞吗？她不知道。

门首有骚动，响起掌声，是林淞挎着尹椿走进来。往日沉闷的新古典建筑内，是绘画赋予空间以灵气。据尹大师讲，建造这个画馆的是位犹太画家，叫什么隆，蓄着两撇燕尾髭，一生只画女性裸体。他把他的作品郑重地赠送给一乡绅，这个拥有仨老婆的古姓乡绅大骇，告到官府，将叫什么隆的画家驱逐出境。走时，犹太画家带走了所有的油画，却没带走邪气。

最后一桩，是尹大师参加仪式，到了画作推介环节，突然请伍适上台，隆重介绍画中人，这不合情理。介绍也罢，又郑重地推出特邀嘉宾，那个年轻女子，林区画家火青，让整个画展变了味。看得出，从林淞到仇大陆，都对尹大师的反常举动错愕不已。尹大师今天似乎特别有兴致，早谢的额头放着光，对来宾说：有个事，我一直等着有人来问，画展即将结束，还是没人问，所以我就只好主动交代，坦白从宽，抗拒从严。有人应和：啥秘密？尹大师说：我的名字和林都伊春，多一木少一人，形相近音相似，为什么？

现场气氛热烈起来，有人说，你是伊春人。尹大师竖起拇指，说：其实，我想说的是，我是私生子。见大家果然吃惊，继续得意地说：也许你的祖上就是个私生子，难的是，谁又能给祖宗做亲子鉴定呢？大家发出笑声，认定这是句牵强的玩笑话。

这时，尹椿一个怪异举动，惊呆了所有人。但见他徒手将《玉女出浴图》的玻璃罩打碎，事先设计好了似的，从伍适裸足轻抵的石隙处扯起，伍适的玉体就一分为三，头和足悬在上面，鸟语花香的山林却碎了一地。趁大家还没反应过来，尹椿抬起右脚，踢翻了支架。当散开的人群把画架扶起，早不见了尹椿的身影。有人说他是飞出去的，融化在门外刺眼的秋光里；有人说，大师是跑掉的，连座驾也没开。他疯了。

尹椿的葬礼，只等着尹椿大师咽下最后一口气，就可以开始了。

这一天，离尹椿大师举办个人画展已经过去一年的样子，一年三百六十多天，会发生多少变故啊。金石躺在带岭林业局北寒狩猎点的土炕上，眼睛瞪着黑暗，这样想。

金石伸手摸索着，拿到打火机，点着炕台上尹椿带给他的老巴夺香烟，顺便点燃蜡烛。烛苗摇摇晃晃的，不看也知道自己的面孔有多苍白。尤其白的，是他满头的白发，而白发的影却是黑的，让他百思不得其解。这是一栋由木板搭建的木屋，二十世纪五十年代开发林区时随处可见，那时林区的森林密得像盛夏的荒草，林冠空隙又叫林窗，投下阳光，可见老死或雷电劈死后的枯树桩。林窗是森林呼吸的通道，若没有树木牺牲自己，让阳光照进来，整片森林都有死亡的危险。

金石是火青的父亲，六十多岁，北寒林场老工人，自从他因作风问题下放到这里，就没离开过。那段不光彩的历史，在他的档案中有记录，在他的生活中有阴影。他接受人们的嘲笑，理解大家的冷漠，收起自己的可怜，像没事人一样平淡地生活着，如果不是区政府颁布撤销林场、实施天然林保护工程，他还从未想到过有一天会离开这里。

这里是小兴安岭南麓海拔 650 米的山区，他已经习惯了这里的一切，他觉得连老去的皱纹，都带有山峰的棱角和河道的曲线。尽管林场留守班子三番五次地来，做工作要他下山，在永翠河边分配给他新建的安置房，有牛舍自留小园，但他拒绝，因为他有一个其他人不具备的能力，那就是狩猎。他是名猎手，大到东北虎、黑熊子，小到飞龙、秋沙鸥，都打过，留下自己一身的伤痕，像受勋的奖章。如今这些勋章就在烛光中，让他对自己越来越萎缩的身体有了更悲观的认知。

倘若放下猎枪，飞禽走兽能宽恕我吗？金石这样想。穿上灰毛线衣，用手指甲正一下烛芯，弹掉绿豆大小的黑棉球，打通了蜡液向上流动的通道，他似乎也觉得血脉舒缓了许多。他缓缓地移动着身子，这是女儿火青告诫他的，人到年数，一定要缓缓地动，别急躁，悠着点，多大岁数了还不服老。他最听火青的话，她是他唯一的亲人，一直生活在一起，只是不知道现在，她把墓穴挖成什么样了。

看上去，我投在墙上的身影，像魔鬼吗？金石想到墓穴，这样慢条斯理地问出声。

为啥他要慢条斯理地问呢？怕惊动躺在旧门板上的尹椿大师。生命的流逝，不叫无情，叫无理，是客观必然。但金石从来不知道放弃为何物，他在尹椿身上，执着地用了他所能得到的民间治疗癌症的偏方，然后就听天由命了。他借助烛光，瞧一眼尹椿的面孔，发现尹椿果然瞪着眼睛，大大的，像两只灯泡，就扑哧一声笑出声。他问：大师，你听到声了？听到了就点下头。尹椿说：听到了，点头了……金石说：没看见，八成我的眼睛瞎了。我就想，阎王也有眼睛，他会不会眼瞎，瞧不到你呢？

尹椿翻转身体，笨拙得像滚动的原条。原条是树木被伐放倒后未经打枝锯头的原木。别看原条是圆的，可是一旦躺倒林间，三两个人根本别想搬动它，跟人死后差不多。而尹椿，就是那棵被油锯放倒的原条，所有的枝丫都断掉了，只留下一个光溜溜的身躯，跟来到这个世上时一样。尹椿还在继续说：魔鬼……有眼睛，我看到了。金石问：看到啥？尹椿说：说，说不动了……金石说：说不动也说。你没看到要被冻僵的人，杠（土语：非常）困倦，只想睡。这会儿，不能睡，要挺住，只要挺过这阶段，你就活下来了……金石说时，因听不到尹椿的呼吸而紧张起来，头抵近尹椿，喊：大师，大师！

尹椿长出一口气，说：听到了。这是最后一口气了吧？

金石用手电筒照着尹椿的瞳孔，里面布满黑丝，瞳孔神奇的环，向外投射出塔形，是钻石般的红松塔。金石长嘘一口气说：没事，这口气，没那么容易咽下去。人活着，就争这口气，争到了，干吗说咽就咽了呢？按理说，不应该跟你说这些死呀活的啥，但是我就想，还不如让你知道这就是死亡。知道了死亡，还觉得神秘吗？每个人都在为这口气而抗争，我不也是吗？你就这么想，多呼吸一口，都是赚的。这样想了吗？

金石说时，左手突然被抓住，浑身一抖，手电筒就掉到地板上，骨碌出很远。地板是松木大板，漆着红漆，露出白茬，早已斑驳陆离。尹椿竟然嗤地笑出一声。金石拾起手电筒，说：你笑了，这样很好。尹椿说：你怕了……金石说：废话！又坐回炕上，一件件穿回猎人的装束。他说：我得去找火青，她带着伍适上山，我担心她俩。如果遇到狼，倒也不怕，就怕遇到稽查大队，他们厉害得很，听说谁家要死人了，就会半夜三更地蹲坑，他们真的只为抓违规土葬，没别的企图？我看不像。说到土葬，我给你讲个真事，蛮招笑的。说有个老儿，已经八十有四，他儿子孝顺，见他咽气了就埋在了山脚下，刚培上土，就被稽查大队发现了，队员三下五除二，不管那三七二十一，将老儿扒出抬上灵车送到胜利火葬场，司炉工一搭铁钩，竟然把老儿弄疼了，他哦的一声捯过来气，抓住铁钩尖问：是你捅我一刀？老儿把焚炉工吓傻失业了，他竟然又活了三年……你说有意思不？

尹椿说：没意思……

金石问：好，我听清晰了，你说没意思，那啥有意思？

尹椿说：画……

金石往外走，想起什么，又反身回来，噗地吹灭蜡烛，自说自话：你画吧，冲着黑暗画，你不是说过，黑暗是最好的画布吗？想怎么画，就怎么画，梦就是这样画出来的，黄粱美梦……我得赶快到墓地去，两个女孩让人惦记！真有意思，你竟然把我吓了一跳，抓我的手还真挺有劲，是回光返照吗？管他呢，愿意怎么照就怎么照，活一会儿是一会儿，别急着咽气，等我回来再咽也来得及。至于稽查大队，不让你埋在土里，我就把你挂在树上，叫树葬；扔进河里，叫水葬……

金石将手电塞进尹椿的手里，就出了木屋。这座木房夹在两山中间，有一条河流从半山腰的泉眼而来，清脆的叮咚声，像架子鼓，只是鼓点有点凌乱。院墙用板皮和小径木围成“回”字形，原本整齐得像钢琴键，因年久失修，已成老太太的牙齿。他走向自己的越野车，那是一辆国产的动力十足的家伙，就像他驾驭猛兽一样，任他驰骋。

他感觉山区的清晨真是寒冷，打冷战就成了他每次出屋接触到冰冷空气的第一个反应。据说，尿尿打冷战是肾功能正常的标志。这种冷战让他回想起第一次被下放到这个林场时的情景，一个工棚里，挤了有二十多人，都灰头土脸的，一个一个地交代来到这里的罪过，然后反省，就分出三六九等，自动接受改造。他因长得帅，竟没一人猜错他——风流成性。

打远，金石老头就听到火青的说话声，闻到空气里面充斥着的松香。这是金石最为熟悉的大山的味道。若干年前，他第一次踏上这片林区的时候，就醉心于这种味道，仿佛下放并不痛苦，而是度假。每每这时，他就总想起和滨江市那个小学老师恋爱的美好时光。也经常是这么早，一路小跑，来到那所有院墙的学校，找到一楼宿舍一扇挂着印有鸳鸯戏水图的窗帘。

宿舍里，小学老师能听到他紧张的脚步声，躲开舍友的目光，借小道尾随他进入后山小树林里。金石搂住小学老师就亲嘴，没完没了，一旦把持不住，就果断分开，躺回各自的被窝，相思不已。后来金石开动脑筋，找石头缝立了四根木桩，钉上一块木板，铺上毛毯。自从有了这个“板凳”，二人就坐在那上面亲嘴。亲累了就躺下。觉得窄，金石就上到小学老师身上，小学老师就抖得像筛糠，大张着木鱼般的眼睛，喘息着说：不要，不要！

金石问：不要啥？

小学老师急促地说：不要啊……

金石进入小学老师身体的一瞬，眼前闪过一道霹雷。小学老师的叫声，在那个早晨显得异常凄厉而痛苦。金石一直没弄明白，为啥早晨的空气杠不拢音，似乎动机全成赤裸的。当时，小学老师的室友杠负责任，循着声音找进山林，“解救”出小学老师，把金石发配到北部林场……金石曾经无数次想潜入档案室，把那页记载他黑历史的纸撕掉，后来他放弃了，觉得文字可以撕掉，如何能撕掉流言蜚语呢？最后，他终于把小学老师从他的记忆里撕掉了……

也许听到了金石长城越野车的马达声，火青和伍适停止了闲聊，伸头盯着金石爬上坡来，停在墓地旁。墓地那边拴着火青那匹枣红马，德国种，是金石打猎时认识的一射击教练，特意托他从赛马俱乐部买的退役马，品质不错，只是像金石一样老，走路慢条斯理，一副看破红尘的样子。金石在马脖子上拍拍，贴一下马脸——他一直很感谢它，它救过火青的命。动物是有感情的，它们忠于新主，不忘旧主。这一点，跟人不同。

咋？不是说好的，雇人。这就干上了，还干得这么快呀！金石说。

早有墓穴，只是清理清理，还雇啥人？人多嘴杂。火青说。她已经汗如雨下，脸膛通红。

伍适说：太大了，你看呢？

金石站在漂亮的模特面前，经常不知所措。跳过新鲜的沙土堆时，险些跌进墓穴，一些石块滚落进去，显得深远。他看到，一个巨大的墓穴已经成形，像一口张开的大嘴。一代代人，就是这样被大地无声地吞噬掉。

火青说：大什么大？大师就得大些，要不，他在里面该受委屈了。说的时候，火青已经在流泪。原来她一直这样，边干边流泪。伍适说：要那么大干什么？大师也不能在里面画画。火青说：你咋知道？你又不跟大师一起下葬！说不定他躺累了，会起来活动活动。金石摆摆手，扔给火青一瓶山泉水，说：哈哈，我闺女说得杠对，是应该大一些，给我也留个地。

火青破涕为笑，正要说什么，突然感觉到身下的山体颤动，像受惊的兔子一样竖起耳朵，冲伍适说：有人来了。林中传来刺耳的摩托车声，由远而近。金石点上烟，明知故问：能是谁呢？火青把护身的猎枪握在手里，瞥了眼伍适。摩托车停在金石车前，惊得火青的枣红马不安地打着响鼻。从车上下来个穿制服的人，个子高高的，向岩上的三人招手，不一会儿就爬上来，叫着金叔，就站在了墓地边上。金石点上烟，听来人抱怨说：有人举报，你们咋不小心点？金石说：不土葬还不让埋了？那人说：也不行。早跟你说过了，现在，有人盯着这片山林，狩猎场手续办完，外商资金到位，你说这片森林不保持原样，上边怪罪下来，谁都担待不起。金石说：投不投资，关我屁事！——我要你给我找的阴阳先生，来了吗？

那人一脚把块石头踢进墓穴，说:填了，叔，算给我小宫个面子，这关系到我的政治前途，其他事都好办。

金石一摆手：算了。

叫小宫的那人搂着金石的肩膀：叔，你吩咐的事我能不办？请来了，已经在你的木屋了。我特意进屋瞅一眼尹大师，我看他快完蛋了，还是早点发送了吧。

金石急得抓住宫的手：他死了？

宫点上烟，说：还没，呼嗒呼嗒地喘气，还能说话，不代表不会随时咽气。他看见伍适，眼睛眯成条缝：我好像见过你——

火青在那边早忍无可忍，骂道：滚远点！没你关照，哪有忒多罗乱！

宫冷笑一声，继续盯着伍适说：我记起来了，你是画中人！他转向金石：实话说，有人手握大师的画，单等着大师死呢。

金石勃然大怒，说:《玉女出浴图》，你想都不要想！

画展就这样狼狈地结束了，令所有人愕然！对于以文化著称的滨江市而言，这算得上是一次事故。

红着眼泡的林淞找到伍适，商量如何能找到尹椿。伍适刚离开边上石的床，此时坐在茶餐厅吃早餐，浑身都是舒服后慵懒的感觉，所以她回答林淞也很直接。她说:你是他的女友，你都找不到，我更难。林淞早把鼻头捏红了，说她把所有的线索都找遍了，没有尹椿的任何消息，又不好报警。伍适回她：为啥不报警？林淞一指自己微隆起的肚皮，说：没超过失踪时限。

伍适扫一眼《滨江晨报》娱乐版头题——《画家办个展，展砸人失联》，冷笑一声，去翻看夹缝广告。林淞骂小报记者别有用心，问伍适找什么。伍适平静地说：无名死尸认领。林淞恼火地说：放屁！伍适冷笑一下。回想自己的感情生活，觉得无奈，因为她喜欢过的男人，无一不以不同的方式离开了这个世界。至少离开了她的生活。这也是她一直恋爱不结婚的一个原因。用寺院大师的话说：你的美丽才是最凶险的毒药。事实证明，现在还有所发展，不但恋爱，即便暗恋，也有杀伤力。

找尹椿去吧。伍适说。

去哪？林淞反问。

去尹椿去的地方。伍适说完，起身出了茶餐厅，甚至没有回一下头。伍适承认，这是她最慌乱的一次，甚至没有做任何修饰，赤裸裸地表现出对林淞的轻蔑。她知道，尹椿完了，他的生命，也包括他的后代，林淞不会留下遗腹子的，她太了解这个小女人了。

边上石早在停车场等她了，并送她一个信封。她知道这不是求爱信，里面是一张卡，一般是一张银行卡，密码是她的生日。边上石用这种方式向她进攻有三年了，每当他签了新合同，总会有信封送，她从不想知道他跟谁签了什么合同，只要有钱就好。当她看到边上石那张秀气中透着铜臭的面孔，产生了一个主意：修复。

据边上石介绍，滨江最厉害的修复师，也是临摹大师，是一位艺术造诣深厚的老教授，在滨江师范大学艺术园有他不起眼的工作室。这位大师似乎与买画的老板有千丝万缕的联系。伍适将信将疑，跟着边上石去见这位造假大师时，天气突然变得昏暗，仿佛要下雪。边上石腋下夹着一卷画布，是被尹椿撕掉的那幅画《玉女出浴图》。他们穿过一条长长的艺术长廊，两边陈列着的中外艺术赝品，让伍适信心倍增。

教授就等在长廊尽头的工作室里，工作室四壁也是琳琅满目的艺术仿制品。教授远比尹椿大师更像大师，长发飘飘，额头饱满而锃亮，仿佛艺术世界里的一轮月亮。他的笑很有写意效果，仿佛时刻要发表演讲，通过稀少眉毛下的眼神，时刻要把心事和盘托出似的，让你有信任感。然而他一开口直奔主题，带有十足的侵略性。他说：老板十分欣赏这幅画，没有可调换的余地。

边上石说：一幅画，一个人；人死了，能再造出一模一样的人吗？不可能。

教授说：所以，老板只要这幅画。

伍适说：这幅，不是在这儿吗？给他不就得了？

教授惊讶，继而愤怒地盯视着伍适，说：伍小姐，你说的是你自己的意见还是你们的意见？他转向边上石：那就别谈了。谈什么？履行合同，否则法庭见！

边上石握着伍适的手，诚恳地对教授说：如何补救，你是大师！人也带来了，你看怎么办，听你的。

教授说：高科技再现，我完全有把握，跟我来。

教授领他俩进入他的艺术工厂，首先看到的是他的学生，在电脑前实时监控全球艺术品市场行情，所有数据都在大屏幕上显现，连接他自主开发的强强艺术网站，生意正火。然后参观一世界顶尖设备，可以给每幅作品注入防伪标志，也可以分析各画家用彩成分、比例及运笔习惯，等等。教授把《玉女出浴图》放入扫描分析后，对边上石说：大师就是大师。尹椿，独一无二。

边上石问：你不是谁的作品都可以乱真吗？

教授说：尹椿不可以。何况，老板是行家。只能重画。

边上石说：尹椿不知去向，重画不可能。

教授盯着伍适，点头：这个仿，我要担坐牢风险，你，自然要在原来的分成上，加倍！

伍适欲急，被边上石及时按住。边上石说：你是高手。听你的。

教授叼上烟斗，待边上石点燃，递上一份合同，说：签订补充协议，一共七个条款，一三五七不能动，二四六不能改，你看一下。

边上石看了一眼，就要签字，被伍适拦住。伍适说：我看这里，有没有把我卖喽！

教授从嘴里拿掉烟斗，哈哈大笑道：我还真就落了这一条。我能补上吗？

边上石忙说：大师，玩笑了。

伍适一把抢过协议，果然见上面共七项。

第一项：真画修复，费用以成交价50%酬劳计。（伍适问：成交价是多少？边上石说：两千万。）第二项：假画无修补痕迹，但假画一旦引起官司，均由甲方承担。包括刑事处罚。（伍适问：包括坐牢？边上石说：包括。）第三项：真画如果重画，不能与原作有任何差池，有一处视为失败。（伍适问：可能吗？边上石说：可能。）……

伍适不往下看了。她发现所有人的注意力，全没在尹椿的生死上，只在各打各的小九九。她把协议放在边上石面前，微笑着说：你签吧，没有关于我的卖身契。可她的眼泪却流下来。她还发现，此时的自己，仿佛不存在一样，让她对爱产生了怀疑。而边上石跟教授谈起未来的收益，眉飞色舞。教授也是打个巴掌给个甜枣，仿佛他们是在捧着金火盆烤火。二人把残画小心翼翼地铺在机器台面上，用亿倍级探头察看破损细节，跟医院做CT一样。尤其教授长时间查看少女私处，让她感觉受到侮辱，便起身离开了。

他们竟然都没发现。

金石回到北寒狩猎点的时候，那个阴阳先生还在门口马扎上坐着抽烟等着他呢。

阴阳先生等谁，都是不吉利的。他脚边放着一个破旧的帆布袋，里面装着他的用具，是专门送活人去西天的。他原本是司仪出身，后来因为酗酒，经常在主持婚礼时还没有完全醒过酒来。一次，匆忙中把婚礼主持词掏串了，就把别人的新郎说成了新娘的新郎，把别人的新娘说成了新郎的新娘，遭到双方家长的声讨。无论他的声音多么有磁性，都无法挽回他的声誉，他渐渐失去了人们的信任。他退出江湖，干起阴阳两界生意倒也不错，年轻人都离开了林区去外地谋生，留下的多是老人和孩子，每到隆冬，都是发送老人的“旺季”。据宫队长讲，这山上是个大单，却不承想扑个空，白耽误工夫。

金石握着阴阳先生的手，说：真不希望见到你，可又没有办法。

他说：凭良心讲，我是不接这种活的。

金石疑惑地问：你不接，谁还懂这些规矩？

他说：老哥，如果看宫队长的面相，阴险，我信；但看你，慈颜善面，咋也干这缺德事？

金石一愣，问：我哪得罪你了？

他说：你慢慢想。我反正按照我的规矩，给你准备。但即使你火化后土葬，护林队也可能给你扒出来。

金石最了解小人心思，忙说：这我懂，亏待不了你。

他说：我可不赚亏心钱，我是怕你花冤枉钱。听说，宫队长前头上山，后面护林队就行动，配合默契。你可不要说是我透露给你的。

金石递上一条香烟，放进帆布口袋里。又塞一沓纸钞，拍拍阴阳先生，表示感谢。阴阳先生说：你这又何必呢，该咋做，我会做好，对谁都一样，一视同仁。

金石说：放心，不会为难你。

阴阳先生进到木屋内，见地中间躺着的尹椿毫无生息，快步上前，用手急探鼻息，失望地对金石说：挺好，还活着。

木屋内很乱，到处堆放着杂物，有用的没用的，好像怕被主人遗忘似的，各自保持着陈旧、破损、残缺、尘封的状态不变。最显眼的莫过于火青的画稿，还保持着过去每日进步的样子和某一天尹椿卧床不起时油彩凝固不动的悲伤模样。自从尹椿大师到了这里，住在极简陋的打猎木屋里，火青这丫头画画的水平不断提高，她说得最多的一个词就是伤感。她虽不是小学老师生的，却杠像小学老师。金石闹不明白，嫌思考太累。

阴阳先生问金石要这要那，好像他啥也没带，其实发送死人，金石也经历不少，阴阳先生所要的，大多并不当用，明知道他有所求，故意刁难找事，金石也装糊涂。金石最不待见这些小气鬼，他觉得小气之所以被称为鬼，就是阴间的魂、阳间的人。

找几个一分钱的硬币备着。阴阳先生说。

硬币，金石有。可是先生又说，要六几年的，最好是六六大顺。这个，金石还真没有。他把火青的储钱罐子，哗地倒出来，铺在床单上，挨个找，最早的也只有八几年的。阴阳先生扔回来说：不用找了，我这有。阴阳先生从硬币中摸出一枚说：这叫琀。金石点头：我知道，是放在口中的。

他俩说话声，偶尔一句，都是轻轻的。走道声音也是轻轻的，唯恐惊醒垂死的尹椿。金石趴在尹椿耳边说：能听到我说话吗？听到你就哼一声。或者，动一下眼皮。

阴阳先生在那边，手拿着砚台，翻看着说：埋了，真可惜。多精致呀。

金石气不打一处来，突然大叫一声：放那！阴阳先生也没想到，吓得一哆嗦，砚台落在台面，打碎了玉石压尺。金石也觉得失态，说：抱歉，这是我的闺女最喜欢的，不能给你。虽然你也是大师，但你是阴阳大师，你要是真喜欢，改日专门选尹椿用过的，送给你，有收藏价值。但我估计，香炉，你更会用得上。

经这一吼，尹椿长舒口气。阴阳先生凑过来，似乎并未受适才的尴尬所影响，说：老先生，凭我的经验，他没那么快就死，我看你还是找别人吧。我说过，缺德的事，我不干。

阴阳先生说完，起身往出走。显然，他对金石的吼，还耿耿于怀。金石拉着他的胳膊，赔着不是，说：你看，我这个老倔头，没谁不知道，你可打听去。有说话不中听的地方，还请大师海涵。金石忽然想起什么，返回屋，再出来时，手里已经捧着砚台，却见门前已停了一辆半截子卡车，从上面跳下来四五名队员。金石一看，是稽查队的，过去叫护林队，忙掏烟往里请。

自称是小队长的年轻人，穿着制服，长着一脸的疙瘩，一看就是酗酒过度，导致毛根受损，面色灰黑，眼袋明显，像装着两个山核桃。他推开金石递上的香烟，问：老金，你打算咋办哪？

金石面露难色，说：没想咋办。人还没死，你说咋办？救呗。此话一出口，金石竟然把自己感动了，眼睛给风眯了，泪水打眼角鱼纹往出钻。继续说：刚好你们来，我省得叫 120 了。用你们的车，把这个人送到医院，他还能活过来。那小队长一听，不但没要挟住，反被绕进去。他当然不拉，万一人死车上，晦气不说，还会惹出麻烦，会不会摊上官司，也不好说。经过这么多年和这个老家伙打交道，他知道，金猎户可不是个善茬子。此次对他进行执法，跟他一直不听吆喝有关系。不能说借机报复，但算对这个垂死的人来到山岭后，给稽查大队惹出来的麻烦，进行一次清算。

这样想着，那年轻人不怀好意地说：好哇！人一到医院，往太平间一放，没谁能飞回到山上，啥土葬，门都没有！他一挥手，几名队员拉开架势要上，却也胆怯。金石虽是老狐狸，却不得不服软，毕竟还想着尹椿大师的遗愿，入土为安。这一折腾，会加速死亡，如这小队长所说，可能省事，半道转向，直接送去火葬场了！

不用了。还是我们自己来吧。金石说。把房门关上，一眼看到阴阳先生还站在那里，跟一队员聊天，说：阴阳先生是你们宫队长带上来的，再把他带下去吧。我们还没死呢。小队长说：老金，你可别跟我玩虚的，你那棺材，可是我看到的，就摆在那里，用啥伪装掩盖也骗不过我。我会派人盯死你，你信不？

小队长往出走，把院门一关，整个门楼就倒塌下来，亏他和队员及时跳开，才未被砸中。金石说：那棺材，是给我自己准备的。我在棺材里，等着你来找我，把我从土里刨出来，不过，我可会诈尸……

那小队长闻听，突然大惊失色，往车那里跑，手抖得像断了筋，车把手在那里，就是抓不住。多亏有人从里面推开，拉他一头栽进去，其他队员一窝蜂似的爬进卡车后厢斗，卡车一声吼，快速驶出院子，差点驶向山崖。

谁，这么吵……

阴阳先生回头，也被吓了一跳。但见这话，是从站在黑咕隆咚的房门里的“死人”传出的。他大张着眼睛，像猫头鹰，直勾勾地盯着前方。阴阳先生知道队员为啥蹽了，腿一软，倚坐在自己的摩托车上，伸手转动钥匙，打着火，加油驶出院门。砚台从摩托车后架飞撞到山石壁上，摔得粉碎。

金石站着没动，骂了一句，回头望着形如干柴一样枯槁的尹椿，走上前去，搂进怀里。

距离尹椿大师失踪有一年多了，他竟然出现在遥远的伊春大山里，而且摇摇晃晃地从棺材里爬了出来。

由于天气炎热，他浑身开始起红疹，一排排，无论火青用什么爽身粉也无法阻止疹斑的蔓延。金石劝女儿，说：反正一并扔到焚烧炉里，什么疹呀、菌呀，统统化成灰了。火青因此话不吉利，三天没有跟父亲说话。她经常坐在山岗上，望着群山流眼泪，她不喜欢这个狠心的父亲，只想让尹椿大师活下来。为此，她把画板垫到尹椿大师躺着的木门上，怕他被木门上的棱硌疼，还特意将冬衣找出来，铺在他的身下。还嫌缝纫接口处有棱，就用剪刀把拉锁拆了，羽绒就如着急嫁人的婆婆丁，飘得到处都是，她就像捉蝈蝈一样四处去抓，然后喊守灵一般坐在车里发呆的伍适帮忙。伍适笨手笨脚，把羽绒收集在手里，不知所措。她俩发现羽绒只是一种化纤，根本不可能保暖，火青就带着伍适开车跑十里山路，到南山沟一饲养场去偷大鹅。大鹅一叫，呱嘎嘎的，全山沟都能听得见，火青就用猎枪打，一枪一个，扔车里就跑。回来用滚开的白水一烫，将晾干的鹅毛放在被罩里，拉锁一拉，往尹椿身下一铺，瘦骨嶙峋的尹椿就不会硌得疼了。

然而她们的努力，仍然无法阻止红疹蔓延。红疹甚至会隐藏在皮肤下，一碰便从皮肤下钻出来，形成一片黑点，在灯光下泛出红光。所以火青不允许开灯，甚至用床单把所有的窗口封死，不让一丝天光渗进来，希望黑暗能扼杀可恶的红疹。最重要的是，她相信了父亲金石所说的话：大师可以用目光，在黑暗中作画。

每天，稽查大队的半截子卡车，都会准时在上午十点停在金石北寒狩猎点的院外山路旁，一棵有十几米高的红松树下，树荫刚好投到车身上，小队长和两三名队员就坐在里面，向这个林间小院瞭望。一般这时候，早饭的炊烟渐渐散去，火青会从房里拎出一桶涮锅水，向院外的水沟扬过去，就看到这几名队员，忠于职守，或在车里听歌、看电影，或玩手机游戏，一副漫不经心的样子。多数时候，他们会留一个人清醒，其他人躺在车里睡上一觉，等到有车路过，隆隆声把他们吵醒，或放哨的人下车冲道边撒尿，才发现又过去了一个小时。木屋里仍然没有动静，那个将死的名人还没死，他们就伸个懒腰，启动车子，回山下吃午餐。下午如是，每天如是。

火青不肯去局里请大夫上来，顶多到人民医院咨询一下，带回许多药品，摆满了画案。一阶段后，竟然积攒有好几箱子，里面整齐地摆满药盒，各式各样，好像要搞药物批发。金石一见，就直接把箱子从窗口扔到院子里，把大小药瓶胡噜到地上，继续把他给大师配的汤药，分一例一例，摞在画案上。一般这时候，父女会发生战争。火青会冲他喊：你这破药汤子，不但不治病，还巴苦巴苦的，还不如喝汽水，不治病也弄个舒服！她把药又捡回来，堆在画案上，用双臂护着，神圣不可侵犯的样子。一般这时候，金石会蹲在一旁抽烟，但最终还是会把汤药给尹椿灌下去，只是火青气得脸发青，不肯上前帮忙。大师在里面干哕，她在外面落泪。

尹椿像死去了一般，整天就是昏睡，偶尔睁开眼睛，看人也是茫然的，没有任何反应，好像经过一次又一次的痛苦挣扎，受到的刺激不轻，严重到令他奄奄一息，随时可能平静地离开人世。金石每天要给他洗澡，分大洗和小洗，但都会在洗浴之后，背到阳光下晒太阳。

火青担心父亲会把大师折腾死，专拣噎脖子的话说：大师让你给治了一年多，治好了吗？你以后别跟我吹嘘你懂中医治癌症！

金石越来越觉得火青对他不礼貌，带有仇恨、怨尤或鄙视的成分。金石尽量做事很小心，蹑手蹑脚，以免引起火青突然生气，训他像训枣红马一样，直白地表达她对尹椿的偏袒。金石就训她不要胡思乱想。火青问为啥。金石说：反正你不要对尹椿胡思乱想。父女的仇，也许就是从那时结下了。

那时金石伤刚好，尹椿还能里外屋走动，那幅《玉女出浴图》刚重新画完，就差题款，大师没想好，是继续钤印长款，还是穷款以示与残画区别。金石也估计，火青的脾气突然古怪，跟伍适有直接关系。她作为模特配合尹椿大师完成这幅油画，并没有马上离开，被火青看出端倪，却又没有把柄在手，火青方才心生怨恨，处处为难伍适，已不是秘密了。

为上坟蒸的馒头，有那么几次，最后都让三个人吃掉了。火青也给尹椿喂，说：吃一个给你到阴间吃的馒头，你看这碱用得合适吗？如果觉得碱大，发黄，我就少使些，省得你吃了，噎挺。每次，尹椿都会努力咬几口，吃力地嚼几下，然后就又吐出来，哈喇子垂到泥地上。

多数时候，尹椿都努力微笑着，只要他能睁开眼睛。金石每天都给尹椿定时拍背，不能偷懒，一旦偷懒就会招来火青的怨怼。拍完背，他也是满头是汗，呼吸急促，毕竟年纪不饶人。然后他照常去山上，遇药材就采药，遇动物就打猎，所以他们的院子里已经没有鸡鸭鹅狗的粪便，取而代之的是铺在砂石或水泥面上的药材。如果金石忙不过来，就由伍适晾晒，用老式五齿铁耙翻，一会儿一遍，直到晒得响干。火青忙不过来的时候，也会让伍适给尹椿拍背。拍背的目的，就是让尹椿喉咙里的痰顺利地排出来。如果痰排不出，尹椿会被憋得脸膛黑紫，四肢僵硬，金石会说：看来，阎王又来了。火青不爱听，就训他：你出去吧！爱干啥干啥去！

火青的手指虽然粗壮，长着胖乎乎的肉，但并不僵硬。每到尹椿被痰卡得难受的时候，她就伸进去一根手指，快速地一掘，挤出一块黄痰，甩到事先准备好的水盆里涮一涮，又用泉水清一下他的口腔，用另一只手轻拍。山后的泉水还是那么清澈甘冽，不用喝，拿鼻子一闻，肺叶打开，心情舒畅。这时候，火青的腿像石礅一般有力量，刚好轻抵住尹椿的后背，让这一声喘息畅快地释放出来。此时，一股恶臭袭来，她会吩咐站在一旁强忍着恶心的伍适递给她泉水。伍适还会主动把纸巾送到火青手里，试图让已无力干哕的尹椿躺在臂弯里，却被火青拒绝，火青轻移尹椿的头进她怀里休息一下，然后替他擦拭额头渗出的密密麻麻的汗珠。

好了好了。大师，你这汗出得好香，我闻到了，你没闻到吧？

尹椿微笑一下，说：臭烘烘……

火青说：你是说油画颜料吗？你想舔吗？今天可不行。大夫说了，你有许多坏习惯，直接导致你的健康遭到破坏。如果你觉得忍不住，我可以把我画的小画，拿给你看，你给我指点一下。

每到这时，尹椿大师会点头，眼里露出明亮的光芒。火青会支使伍适，让伍适把她的画，从画室搬过来，放在地中间，便于尹椿大师指点。一旦大师有困顿状况出现，火青就强迫他打起精神看，她解释这样大师才不至于昏死过去。似乎火青这样做有一定的道理，她也因为大师的指点，这一年来开始学会用亮色，表现自然的美和内心的欲望；她也学会了画人身皮肤的光泽，那种诱惑无处不在的丑恶，却始终无法变成大师那样不动声色的批判。用尹椿大师的话说，她遇到了太多的欺骗，无法想象罪恶的形状。这是矛盾的，不可调和的，靠教是教不出来的，只有自己在生活的磨砺中慢慢去领悟。就在火青要开窍的时候，尹椿大师的病情加重，一切都陷入混乱之中，尤其是那个利欲熏心的团伙，逼迫着尹椿用尽生命最后的一点力气，满足一个外人无法知晓的交易……

还行。每次只要伍适为火青做了一点事，火青都会这样说，表情是管家婆面对着殷勤的丫鬟所表现出的傲慢态度。后面往往也会加一句：挺有用。或者连贯地说：还行，挺有用。这样说的时候，一般有金石在场。

金石已经和伍适成了无话不说的好朋友。伍适曾经问过他几个问题。比如你为什么不告诉火青，尹椿是她同父异母的哥哥。比如你真的爱小学老师吗。比如你的抗癌药方是从哪里讨来的。比如火青的母亲是谁，等等。一般的情况，金石都会不予回答，但也不生气，只说：你们这些姑娘蛋子，小脑瓜一天到晚就琢磨别人的隐私。

越是这个危难时刻，越是有不好的消息传来。一般局里的消息传达到狩猎木屋，都晚三秋了。不过也有例外，那就是撤场，一户不留，一人不剩。稽查大队更直接，说他们跟死人耗不起，不能再等了，就得强迁。伍适联系省城仇老板跟宫队长过个话，通融通融，可是宫不接电话，又七拐八拐，伍适发现竟然和他在经纬小学做过同学。那天是个周末，伍适心里有了底，就到唯一的超市，买了许多的菜和水果，还有排骨，待回到居住点时已经很晚了，发现居住点一片狼藉，金石在往车上装东西。能拿走的，早拿走了，只有炊具和一些画画工具，占了他许多空间。金石一见伍适就问：你咋回来了？伍适回答：我没想走就回来了呀。他俩呢？金石这时才觉得情况不好，问清伍适没人找过她，就一拍大腿说：坏了，火青可能把尹椿整到墓地去了。

果然，在大山另一侧，火青扶着尹椿，走在林间小道上。火青显得异常兴奋，问：老师，你如果累，就歇一会儿。尹椿仍然骨瘦如柴，脸色虽苍白，走路也摇晃，但已经能够拄着木棍，在火青的搀扶下，慢慢地走。他说：火青，恐怕我走不到地方了。

火青要背他，被他拒绝。他扶着树干，喘息得厉害。火青为他擦汗，突然竖起耳朵，回头观察着树林里动静，树叶沙沙地响。尹椿问：看啥？

火青看到，阳光瞬间消失了，天色暗下来；枝头摇晃，树冠上方乌云聚积，像树包生出的苔藓，让她想起尹椿身上那总是去不掉的毒疹。她后来给尹椿用过火碱，就把尹椿的皮肤烧坏了，皮肉一块块往下掉，把她吓坏了。还是金石有办法，用蒿草蒸成面糊糊，敷在溃烂处，不久就好了。奇怪的是，溃烂好后，尹椿就能吃东西，并能顺利排便，跟正常人坏了肚子一样。这可把火青高兴坏了，跑到院外，拉进整天抽烟或唠闲嗑的父亲，让他看尹椿大师像初生孩子一样的粪便，竟然用手捧着哭。伍适便计划带尹椿大师回省医院，或许有救了，因为尹椿肺癌症状明显减轻，如果能够及时做手术，去掉一半肺之后的尹椿，或许能再活个一年半载。金石同意了，可火青不同意，说：就活一年半载，然后放在医院的病床上，当医学院教授的教学道具，在实习课上，允许每个学生动手给一刀，直到把整个肺叶切掉，然后用裹尸布把大师裹上，推进太平间，通知家属办理出院连带出火化手续？宁可这半年不活了！

到了最近，尹椿大师的一切，都由火青来决定，没有谁可以指手画脚。宫队长闻讯终于露面，原来他早知道伍适是同学，一直装作不认识。难道是亲人下不了手？宫说不能再等下去了，已经一推再推，超越了他所能帮忙的极限，就因为这一家动迁，原本是大队长的他，现在变成了副大队长，如果再动迁不了，就会被视为工作不力、不作为而违规，他就将变成队员甚至被问责。就是那天，宫来到林区狩猎点院外，等着伍适收拾一下，随他一起到山下林业局办理手续，暗示可以土葬，但必须掩人耳目。

宫在伍适的逼迫下，终于承认，那墓地就是他让他的队员在半个月前给填平的。一同填平的还有那块由金石利用上山打猎间歇，用凿子一下一下在巨石上刻出来的石碑。石碑上只有两个歪歪扭扭的拓字：之墓。字前空白处，用涂鸦笔画了两个三扁四不圆的圆圈，在被推进墓穴里的时候，已经看不清楚。伍适为此大骂宫，并逼着他把石碑挖出来，但后来她其实一直挺想感谢他的，也许正是那次对石碑的埋葬，以石代尸，才使得一代大师拒绝了阎王的邀请。

然而这天，乌云像魔鬼一样，向整个山林压过来，密不透风。但是，火青还是看到了在林地草丛中几排清晰的黑瞎子的脚印。她习惯性地去摸猎枪，才想起猎枪已经被稽查大队收走了，只有办完证才能到大队去取她的持枪卡。她回身搂着尹椿大师的腰，小心地说：咱俩得离开这里。说着，钻进松林中。

尹椿抬头望见头顶上的乌云，想起去年在另一个狩猎点所经历过的一切，摇摇头。他不是要反抗，而是知道今非昔比，他已经没有力气逃走，甚至想问火青点什么，还是无法做语言交流，只能把仅存的一点点力气，用在抬起腿来挪动。而他刚才还能抬起的腿，却突然变得沉重，灌了铅一般。这种情况，自去年病重后，就没有好转过。如今有了一丝力气，却无能为力。他只能抓住火青的胳膊，无法克制地战栗！

我们可能有危险，大师别怕。火青低声说，就折断一根色木，去掉枝丫，让尹椿大师拄上。火青眼睛如炬，瞪着远处一处石砬子，上面横着一棵老柞木，低矮的树头可以把石砬子盖住，是避雨的好地方。她蹲下，回头让尹椿趴在自己身上。她说：大师，来吧，我背你要快一点儿，在暴雨下来前，一定要到达那里。

尹椿顺从地趴在火青身上，火青的身子因为从林中卷起的旋风而摇晃一下。火青接过尹椿手里的木杖，向上攀爬着。在她沉腰向下够的时候，就看到了一道目光，从树林一片墨绿中喷射过来，令她一惊。她认出，那就是去年的那只受伤逃掉的狗熊，也叫黑瞎子。

火青喊道：大师搂紧我！

火青跳上一根倒木，应该是落叶树，上面长满菌群，经雨水润滑，她差点把尹椿扔进树林里。她抓住一根还在成长的细树干，保持住身体的平衡，却发现自己的一只鞋插进了树空中，脚踝传来剧烈的疼痛。她向左后方望去，那个黑乎乎的身影，正像坦克一般，碾过灌木丛，卷着阴风，向他们袭来。

乌云已经把整个天空都填满了，尚有一丝天光，让她能够看清逃跑的路线。

好在火青毕竟在林子长大，她带着尹椿大师很快就到达石砬子，将尹椿藏在砬下安全处。可是突然，她看到在砬上那里有一团黑影一闪，知道坏了，安全处不安全，忙又背起大师，向树上爬。然而雨越下越大，几乎所有的树枝都在摇晃，脚底所踩之处，都比以往更加湿滑。她脱掉鞋子，光脚才蹬得住树身上的皮皱，将尹椿与树干搂抱在一起。她掏出手机，发现已经有几个未接电话，回拨给父亲，紧急求救：我们在十三里，石砬子沟底，汽车没油，就在路边，距离七号点西北能有四五百米……石砬子，好像去年你放走狗熊的地方……我们正躲在树上，下面有狗熊……

没有信号！

火青拼命摇晃，眼睛盯着消失的信号横线，拼命摇晃。

突然，在火青的余光里，出现那个黑乎乎的东西，喷出热气，从脚下伸过来！手机脱手，掉下去，正好掉入一张血盆大口中，被吞进，嚼得粉碎，四溅残渣。火青一跃，又敏捷地上到一根树丫，回身紧紧地抱住尹椿。

这时，火青才发现尹椿一直在说话。他反复说着：你跑吧……

火青摇头，汗水雨水，像瀑布一样落下。

火青说：该死的狗熊，你不该找地方避雨吗？

火青伸手摸出匕首，奋力插进树身，以固定住皮装。敏捷地一个转身，用皮带把尹椿拴在树干上。然后拔出匕首，荡树头飞跃到石砬子上，向正往上爬的狗熊连刺三刀。

离那张油画被撕毁，已经过去三个月，新年早过了。然而关于这幅油画的话题却一再地被提起。先是画家失踪，引发重重猜疑，画家风流，家外有家，也不是没影的八卦。后又弄出假画交易，画商遭到重罚，咎由自取。冤屈的事，哪里都存在，罪有应得，也是个自然法则。然后，画家亲爹出现。原来画家画风独特，身世也不一般，扑朔迷离，耐人寻味。而这一系列事件背后，那个小画商背后的金主始终没有出现，而《玉女出浴图》却声名远播，许多游客到仇大陆画廊只为目睹画的真容，价格也一路飙升。在滨江公园所有的建筑中，仇大陆那小三楼用艺术装饰瓷砖装饰得古朴、自然、艺术，成了近期热门的游客免费参观点，其营业额也是日日翻新，从林淞那“淘”来的尹椿大师的几幅油画及习作、草稿，甚至教授学生的模仿作品，也浑水摸鱼，全部卖出。仇大陆只给教授卖六幅，多一幅也不行，因为他也要保证假画在市场上保持一个很低的比例才行。

伍适至今还记得那天《玉女出浴图》草图诞生的情形。当时，尹椿坐在画室里凝眉久思，突然一拍桌案，一跃而起，挥毫作画，不一会儿，一个草图就出来了，连尹椿自己都兴奋不已。当时就已经有传说，尹椿在创作一个玉女系列，艺术水准有望达到巅峰。伍适半裸坐在大师的目光里，只看到阳光在那里出现了一个大缺口。接着出现一个头颅，也只是一个头顶，她从来没见过那么黑亮的头发，已经不全是黑色，还有些白光。尹椿是个很敏感的怪人，他在用唾液稀释颜料，正要把画笔放在舌苔上润泽一下，就看到了那个黑影，问：谁在那里？

一般情况下，尹椿大师在绘画过程中，是不允许别人打扰的，否则会发疯。那天也不例外，他的问话充满了不满。

如果不能在外面，耐心地等上片刻，就请离开。

这句话是尹椿用舌头舔完笔尖，用刮刀修完一处水晕后说出来的。他很想用舌头在上面再洇一下，这样才会更有魔幻的感觉。然而在他伸出舌头时，就嗅到一股来自门口的异样气息。他只能这样冷血地下逐客令，因为如果他让此处的颜料再干燥个十分八分，就还得用刮刀刮一遍。在这幅油画的各个角落，都有他生命的颜料，仿佛他的每一滴血，通过他的笔法、舌尖、指尖，上到画布上面。画布上的纹理在他的眼里，就是稻田，风吹麦浪，那么多的麦穗幸福地摇摆，是多么荡气回肠的幸福的摇摆呀。丝丝相扣，不离不弃，白头偕老，竟然把死亡用成熟诠释得如此辉煌和寸步不让，仿佛从来就没有惧怕过，心甘情愿让轰轰烈烈的死亡成为肃杀秋风中最温暖的乐章。尹椿无数次在作画的时候，都真切地感受到命运的输送、灵魂的舞蹈、往事的温度和逝去的淡然。无数次地将油彩反复交融，一点点地运至笔端，像一个生命的启动，毛糙的纹理渐趋规整，颜色就有了生命的流淌，渐渐从布面突显出来，形成一个有生命的未名事件……

果然主席在忙。

那人说了一句在这个地球上最废物的废话，令尹椿生气。尹椿的画笔停顿在半空，颜料从笔尖溢出，滴在他的腿上，散开三滴，一大两小，并向下滚落，在将坠落时就凝固不动。尹椿向下看一眼，觉得画笔轻了许多，他晓得有生命的那一滴已经罢工了，即便将这些残余的油彩涂上去，也会苍白无力，刮掉会损害到已经在那里孕育生命的画面。所以他放弃落笔的念头，将画笔扔到调色板上，打乱了那里的颜色组合，抬起头，额头显得比以往更宽阔，问：你是谁？

我叫袁依，我们见过，只对艺术感兴趣。

那人终于从光线中走了出来，站在画室中间，那里摆满了草图，几乎可以当废纸了，但还要保留。一方面有人会出高价收藏，多是些小画商，居奇看冷，也赌押行情；另一方面，他的学生可以随便翻阅，从中领悟创作的灵感，当然是有悟性的学生才行。尹椿终于想起这个人，也是协会理事之类，并没有什么实力，算是活跃而很努力的那类商人。就因为他给尹椿留下了很努力的印象，不快才从尹椿大师的眼前溜走了，他从坐着的高椅上下来，走过去，并示意伍适可以活动，把衣物穿上，去喝点茶什么的。在他跟前，有钱不是关键，努力才是关键，所以他对努力心怀尊敬。

所有的纯粹都值得疑问。

尹椿说。他裤子上沾的颜料非常不舍，在他摆动强壮的小腿时，终于脱离了组织。颜料一层层在裤子上堆积，改变了原有的模样，跟时光有的一比，就是这么个有趣而执着的过程。他的脚上通常只穿着拖鞋，是林淞特意给他买的专门作画时穿的，透气性能好，不但颜料的刺鼻味一丝不留，连脚的气味也一同挥发。

艺术，够你享用一辈子。自称袁依的人说。

我只有一辈子，不要一点努力的空间都没有，我不希望这样。留三分，给子孙。

要换届了。

跟我有什么关系？

你这个主席，我还会支持你！

谢谢。我正要辞了呢。占着茅坑不屙屎，我自己都睡不着觉。

你的口碑，还是一致的。

你是来给我通风报信的吗？

当然。你的画已经有人看好了。

谁？

我也不知道。

忽悠。

没有。或许他已经见过你的构思，或者来这里参观过。

那会是谁？最近也就来过企业访团，有那么几伙，可他们只关心画的价钱，没一个懂得油画的奥妙，只让我给当衬景，一来我瞧他不起，二来我不想知道他是谁。

不用管是谁，再高雅的艺术，也需要市场这只无形的手调节。

那人拉开手里的公文包，名牌真皮的那种，抽出一张纸，说：可以签个合同。尹椿这才抬眼瞪着那人，问：你是第一次吗？这些事，要找林淞，你难道不知道吗？那人点头，收起合同说：知道。不过我需要补充说明的是，过了一村，不一定有下一个店。

尹椿破例，在那个冬天的下午，临近掌灯时，把那个叫袁依的人送到了门口，互道再见。后来尹椿经常想起那个被打搅却很愉快的下午，好像给了他异常的信心。他一直工作到第二年的春天，画展举行的前夕。他因为那幅画，而放弃了其他近五十幅画的创作，最后整个就崩溃了，觉得能够称得上作品的，只是那么一幅，其他的都是在为了钱而画画，不是创作而是工作。他的这个想法遭到所有人的反对，他却无法改变自己的态度，直到见到火青，才想出了一个绝妙的让自己腰斩的办法——让火青的作品上墙，这在业余画家眼中不可思议，但却是名家死亡的最佳方式。他要让自己的艺术死亡，而不要像那些死掉的艺术那样，用灵魂看着自己的画作被倒卖。他的绝望，深埋在心灵深处，只有他自己知道。他的世界，用他自己的话说，只是一个气球，到了该砰的一声破的时候了。

远在伊春的尹椿，在临近死亡的阶段，已经预感到死神的来临。

虽然墓穴被稽查队填上，却又被金石掘开了。这次金石表现得还行，没跟那些执法队员动刀动枪的。金石回到木屋，浑身是土，人也疲惫不堪，但是仍然显得很高兴地说：这回护林队不会杀回马枪。杠有趣。这回你可以放心地闭眼了，我已经把里面清理干净，地方也够大，不会委屈了你。

尹椿闭上眼睛，平静得没有任何表情，尽管他的内心波澜壮阔。他躺在门板上，随时准备被抬出门的样子。他在这几天，将经历人生最后阶段的三级跳，从火炕上，到门板上，然后就是院子门后摆放的松木棺材。红松是很珍贵的树种，最大树龄有六百岁，如果埋在地下，可以存活上千年。所以人人追求放在这里面，还是想死后灵魂有个安息的地方，不想死的意思。

那个阴阳先生还没走，看来他是铁了心要亲手把尹椿葬在这座大箐山里。阴阳先生又来看过他的眼睛，跟医生一样，手很粗暴，他一定认为这些物件，入土后就会是一抔粪土、垃圾。而事实上也是这样的，没有哪个人，能够把肉体换金身长生不死，长存的，不是尸骨而是灵魂。其实在生活中，人的感觉、感情都是通过感官来联系传导的，骨头没什么知觉，但恰恰是骨头因钙化而存在长久。所以在尹椿眼中，经常会出现油彩混乱的景象，他那一向缜密的创造性思维坍塌了，只有骨感的线条，还存在他的艺术里，光芒四射。

在崩溃的边缘，尹椿经常会想起随火青回到伊春的情景。那次，算他回到久别的伊春吗？算起来，很久以前，他也就一岁半，根本不记事，是给他留念的相片，唤起了他尘封的记忆。相片里，他在父亲怀里，就那样瞪着一双惊愕的眼睛。母亲说，那是因为被荧光灯一闪，给吓的，而尹椿却一直以为，那是他性格中无法抹去的忧伤，填充他人生所有的裂隙，包括创作。尹椿曾经不止一次想象离开人世的感受，不同的年龄，想象的内容不一样。也许他跟许多人一样，也不一样，他从懂事起，就想象过死亡的情景及情景中的自己，也就是人们所说的灵魂。他曾经用画笔画过灵魂，解构过画院派及宗教派名画，他们似乎更理想主义，总是要把灵魂安放在一个纯洁的盒子里，既幼稚又可笑。现在看来，自己才幼稚和可笑呢。

伍适一直在尹椿面前晃着，他本来要发一通脾气的，但是，他发不出，实在没有力气。是这个世界开始对他吝啬，不给他气力呼吸了，导致他呼吸困难。他也不乞怜呼吸。但看着这些人忙碌，又不忍心。好在临死前，给了他们一个交代，就是把《玉女出浴图》画完了，交给他们，不管他们了，谁愿意赚谁就赚吧，只是因此造成的死人事件，他也想道声歉，但也没有力气了。呼吸越来越困难，真的到了死亡时刻，心倒不慌了。如果能让呼吸顺畅，他就会像正常人一样，坐到画板前，再画一幅，这时候他就可以把他一直想画的关于死亡展示出来。他有这个信心和把握。但人生就是这样，有愿望，不一定能实现，不希望的东西，却一件一件地来，干扰着生活，消耗着生命。而那么多的人，并不知道，还以为这样就是享受。当得到别人的赞颂，不管是不是真心的，也觉得享受。明知道黑夜漫长，还要照亮床笫，将缠绵当成是生命的欢歌。如果这个观点能够早点说服自己，他也不会走上这条不归路。

……伍适开始给我按摩，有节奏，有顺序，不专业。我就在想，她为什么不换一种方式呢？然而她不换，她真是个执拗的丫头——从啥时开始知道她倾心于我了？应该不会是第一次林淞带她向我求画，还牛烘烘，她隐在林淞后面，冷眼看着我，一副不卑不亢的样子，不是胆怯而是审视，与众不同！一个有故事的人！我仿佛看到了一个个我的腹稿中的主人公，就这么突然出现在我的面前。她的圣洁抵消了我的占有欲，我决定雇佣她，只用画家的目光亲吻她的肌肤以及她的与众不同。即便发觉她出现倾慕并不动声色，心甘情愿，如埋在冰河下滔滔的洪水，我却只做自我阉割，专注于由她而起的绘画主题，方寸更加扑朔迷离。纯洁的花朵面前，苍蝇秒变蜜蜂……

觉得不舒服吗？伍适问。

尹椿摇头，笑容是僵硬的。

我以为手重了。伍适说着，把脸贴上前，又问：能感觉到我的体温吗？

尹椿点头，说：还有香气。

伍适闻听，眼睛湿润了，喜极而泣：你又可以说话了！

尹椿点头，说：回光返照，也许……

伍适搂着尹椿肩膀，哭着说：大师，你不要乱讲，你没事的！

这时候，火青不知道打哪突然冲进来，推开伍适说：你干啥呢？

伍适说：大师能说话了！

火青说：用你说！我爹给他看病，啥不知道？你是想借机取代他女友吧？火青由愤怒变成鄙夷，接手给大师按摩。

火青转向尹椿，轻声说：大师，我想问你个事，名人身边总是美女如云，你都喜欢吗？

尹椿觉得应该告诉她自己的身世，可是自己已无力气将真相说出来，而金石一直瞒着她，是要治疗她的野性吗？看得出来，她对自己的崇拜已经达到野性生长的地步，甚至她父亲对自己好点，都会引起她的妒忌。如果她知道她跟我一样，也是私生女，与我同父异母，她会发疯吗？这可能就是金石一直不告诉她的一个原因吧。金石透露过这个判断。

美女，是危险的。尹椿说。

尹椿所说的，是他内心所想的。只是心里想的，不说出来，这就是所谓的心事。以前林淞也察觉到了，因为她曾经问过尹椿：你不喜欢我吗？他说：没有哇。她说：觉得你，三心二意。

这样的对话，会经常发生。他曾经创作过一幅油画，就叫《心事》。那幅画主体用的是冷色，去掉一切鲜亮，甚至只有画布左上角不起眼的地方，才露出一点星光，让夜的光怪陆离在游离不定的月光中时隐时现，体现出心情疲惫得不很爽朗、不很空虚，好像有一只夜莺在黑暗里睡着，可以听到它的叫声，却寻不到踪影，表达了当时自己内心对社交的极度恐惧。他长时间待在工作室里，与散发着诱人气味的油彩在一起，盯着画布上的线条和色彩，不清楚为啥快乐为啥不快乐；想去做那么多事情，又不知道先做什么后做什么。如果没记错的话，这是每次与林淞交欢后的感觉。他总会疑惑：这个，是林淞吗？其实现在想来，就是垂死的感觉，只不过自己浑然不觉。每个人都是这样的，只有临死，才会恍然大悟。

后来，火青也画了一幅。但画的是一片沼泽，月光照在塔头甸子上的野草，草叶闪着微光，就有些怪异，加之水泡中的倒影，就如同横躺着一些死尸，散发着土壤的芳香。当时尹椿就是这样说的，火青却说是地狱之光。尹椿一直觉得那画确是火青画得最好的一幅，虽然配色和构图还有些瑕疵。但不管怎么说，火青的进步是明显的，如果能够坚持下去，她会超过滨江画协一半以上的会员。可是她心眼太小，局限了她的艺术纬度，稍一松散，跟个山民村妇无二。她最能让伍适难堪，如果林淞来，不知要受她多少气。林淞，林淞没有来，她不是把孩子做掉了吗？孩子，孩子没有来，就离开这个世界，是犯罪啊！到那个世界，我得好好养育他。

尹椿这样想着，高兴起来，觉得死亡有了盼头。他要抓紧跟林淞联系，一定要知道孩子的月份和性别、地点和时辰，不能认错啊。他让伍适联系林淞，伍适出到外屋联系，不久就回来，说林淞手机关机，跟画展最后一天一个样。她说，她已经让边上石四处去找了。

听到这个消息，尹椿长长舒一口气，说：告诉，小边不找了。已经伤害一个，别再伤害另一个了……

尹椿突然窒息，头部憋得红肿，一口气长达一分钟才捯上来。他盯着伍适，一副生无可恋的样子。

晚间林区的天光从山后消失，空气一下子就冷下来。尹椿打了一个冷战。他觉得从门板下钻上来的冷气，让他感到如同进入地狱一般。他不自觉地蜷起身子，把胳膊抱在怀里。看着火青拍背的伍适，觉得大师可怜，他还想着林淞。

自从金石把治疗癌症的蒿熏条去掉后，就只等着尹椿的生命一点点地流逝，由一个满瓶，到出现空隙，流失了一半，最后只等着残渣流尽，等得人心都碎了，泪也流干了。现在，伍适可以尽情地表达对尹椿的爱慕，不必忌讳什么，哪怕转身，火青一枪把她打死也心甘情愿，如果在下葬时，能倒进尹椿大师的棺材里，做他的陪葬，也是个不坏的结局。有时候她就想，这时间无情也有情，它流逝而留下情种，那才是时间的意义。正因为时间有情，才会把这些情愫，放在恰当的时间点，让人不舍，不舍内心深处的秘密。这秘密，对于那么多曾经在这个星球上生存过的人，是一笔多么宝贵的财富啊！

冷了？伍适问，似耳语。

冷。尹椿说。

伍适猛然一惊，莫不是真的回光返照？那么就离真正意义的死亡不远了。尹椿大师曾经跟她讲过，人在死亡后，他真的死亡了吗？为此，伍适也了解到国外一心理学家在网上匿名讨论过死亡的话题，观点是，人的身体器官，并不是一起急刹车，人的大脑在生命的最后还会有意识，眼睛这扇窗口关上了，但心灵的游荡才刚刚开始，那么大师的灵魂在哪里呢？

伍适这样想着，在尹椿的脸上寻找着。这时，金石进来了，似乎还在气头上，脸色铁青。他问伍适：你找啥？

灵魂。她说。

金石问：你中邪了？伸手在伍适的额头上摸一下。

伍适在这里护理尹椿大师，累病了几次，都是金石给调理的，像一个江湖郎中一样。他早年参加过林业医生培训，后因强奸事件而中止，他就自学，只做自己的保健医生。

大师知道冷了。伍适说。

火青点头，快速凑近尹椿的眼睛，问：大师，告诉我，你觉得哪里冷？

金石的老泪就滴在尹椿的左眼上。尹椿似乎并没有睫毛反应，那泪滴就在上面挂着，一点点洇入眼中，他方才眨巴一下。金石伸出要擦拭的手，像一根老树丫，就悬在半空，没有动。又有一滴泪水，滴在尹椿的眼睑上，分开三瓣儿，落在门板上。

冷吗？金石更急切地问。

冷……

金石忙让火青去看看阴阳先生还在不在。火青出门转一圈就回来了，说，打发走了，咱不死了。金石不解。火青说：你不就是阴阳先生嘛！金石还不解。再看尹椿，没恶化迹象，他躺在门板上，脸色更加苍白如纸。火青指挥伍适，二人一头一尾，把尹椿抬到火炕上去。然后，她一脚踹开门扉，将盛满五谷杂粮的香炉，扔向院子，立刻飞落几只饥饿的野鸡野鸟，它们似乎不再惧怕放下猎枪的猎人，因啄食而发出的和谐声音，又在这个即将被夷为平地的狩猎点响起。纸人纸马等明器被搬进仓房里，锁上门。最后，由金石在棺材底下垫进十几根小径木圆条，移推到栅栏外的松树林中，苫上塑料布，拿胶带封住四角，压上石块。

火青破涕为笑，说：爸，你真能。——好人做到底，你再作法，借给大师十年寿吧。

金石说：我愿意，借一条命都行。

尹椿似乎听到了火青在院子里的欢呼。那个院子经过太长时间的压抑，终于在这一刻有了些活力。尹椿知道，这都是因为自己。

火炕像阳光海浪沙滩一样温暖，尤其借寿的调侃是不可以随便说出来的，他相信三尺之外有神灵，借到父亲的寿，是要遭天谴的。现在轮到金石给他拍背。他早就跟所有人声明过，自己早有思想准备，平平静静地离开，是最好的结果，尤其能够在父亲的怀中离开，更心满意足。他已经不记恨父亲的无情，原谅了父亲给自己的童年带来的伤害，只想感谢父亲给予自己生命。这是他从滨江市来到这里唯一的目的。他曾经画过一幅油画，就叫《归宿》，那是一条弯弯曲曲的河流，河流上只有一座石桥，石桥下唯一巨大的河石，散发着白亮的光，在湍急的溪流中投下一团模糊的影子，像史前恐龙蛋。那是他对生命存在与消亡的理解。岸边本来有一望无边的绿色，都让他用苍凉的枯草替代了。他喜欢在秋天写生，更多的是写秋天的苍凉。也许所有的秋天都是相似的，无非是看的人不同而已。在这里，他的心理达到了从未有过的苍凉，那就是他对归宿的定义。他寻找亲生父亲，找到了自己孤僻苍凉的源头，后来发现每个人都有这么个孤僻苍凉的源头，只是大家都没有走到源头而已，所以看到的，都是涓涓细流，都是风景如画，都是世外桃源。其实源头，一定是经过天崩地裂，经过天翻地覆，经过人格裂变，只有这样，才会积蓄足够的源源不断的能量，才能生生不息。他从金石身上，找到了一个情愿自生自灭，没有任何奢求、清心寡欲的灵魂，在这个陌生的地方游荡、消失，然后随着一阵风吹到空气中，无影无踪。他从一个经历过大磨难的男人那里，感受到大山巍峨和大河奔流的自然天成。他突然觉得自己在临死时，这些想的悟的观的望的，还有点用，仅就自己而言，足矣。

告诉火青吧。尹椿这样说。

金石停止给尹椿拍背，也实在拍得筋疲力尽。他也停住嘴里唠叨着的这些捣乱的执法队员，好像他金石不讲诚信似的，等等。他停止自言自语，是因为尹椿在试图跟自己交流。早在清晨，尹椿能跟伍适说话，那时他就怀疑尹椿有救了。直到他觉得冷，而且能够有肢体反应，这是这些天来，昏睡中的尹椿表现得最好的一次。而且他嘴唇翕动，跟自己交流意愿强烈，尽管眼睛盯着的是自己的头发，但显然他是在跟自己说话。金石把尹椿的手放在自己的脸膛上，轻轻摩擦着，说：你是说告诉火青，她是你的妹妹？还等等看。她可是个坏孩子，能够有现在的表现，我已经心满意足了。是你改变了她的一切，至于能隐瞒她多久，看你的造化了。你不是说过，这样的坏小子是怪胎，也是怪才吧？

伍适平静地望着窗外火青的侧影，说：火青，是你最好的一幅画。

尹椿动了一下睫毛，他的疼痛似乎又在加剧。适才的轻松暖意荡然无存。有痰卡在喉头，怎么拍也无用，他的脸突然涨得通红，并出现痉挛。经过一番折腾，最后，金石垂头丧气地对火青说：还是把棺材推回来吧。

火青三天两头要到伊春市里去，按照金石列的单子挨个药店买中草药，每次进院都是几大包，拎在手里像她打回的猎物，兴高采烈。包装还是旧式的那种，用淡黄色的烧纸包成一个四方形，纸向交叠，留一个角掖在折缝中，看上去松散却十分结实，不会轻易散包。她把买不到的药，在原药方上用红笔画圈，把买到的用蓝笔打钩，向金石道歉，换了个人似的。金石总是会说：没事儿，我知道哪座山里有，等到季节来了，雨水或霜降时节就可以采了。

自从尹椿大师出现症状，这个林场唯一还升起炊烟的木屋仍然有生气，只是飘出的不仅有煎炒烹炸的油香，还有草药煎熬散发出的苦味，而且一次比一次浓烈，稽查队员有中医药大学毕业的，能内行地说出又加了味什么药，治大师新添的什么毛病。经常有回来打扫的邻居，会到金石这里来探望，知道这父女仁义却成了唯一的钉子户，劝他们适可而止，差不多就行了，当然指的是补偿款。而金石却说：不是钱的问题。没人明白金石话内的意思，话外的更无从猜透，因为这些山民大多朴实得像漫山遍野恣意生长的蒿草，对环境条件没有要求。他们喝顿酒，然后向金石透露山下的一些动向，有的来自告示，有的是道听途说，准与不准，金石都不听。这个一直很帅的老人，似乎活得更精神了。虽然受过一次伤，从石砬子上摔下来，把腿摔短了一截，但那是幸运的一摔，否则已经没有子弹的他，只能赤手空拳跟野猪搏斗，结果可想而知。

大家早忘记他强奸犯的标签。过去，他家就跟其他户离得远那么一点，中间隔出一两个地基，也没人肯在地基上面建房子，女眷更极少接近金石，后来才发现他不是那种见女人迈不动步的色鬼，就觉得判决有时候就像天气预报一样不准。也有人要嫁给他，更有妇女想跟他偷情，就偷偷送给他些新内衣内裤，一般会选在逢年过节，金石都坚决拒绝。但是也动过心，只是看着火青一天到晚地疯闹，无拘无束，也就打消了念头，尤其是伤疤未好，痛也未忘，就把男性的本能一忍再忍，后来就习惯了，仿佛那种叫作性欲的东西在体内失踪了，直到三十四年后偷偷去看过一次小学老师，发现她不但没老反而年轻，再看镜中的自己，打消了一切复萌的邪念。

其实女儿火青去滨江市参观画展的时候，他也去了，在尚志大街远远地看着儿子尹椿，早哭得不能自已。他见过小学老师，也只是见见而已，没见时想的都是她的好，一见想的都是那些声泪俱下的诬告。但他感谢她的是，她说出了儿子的病情，他一下子就倒在地上，被她掐人中才醒过来，捶胸顿足，诅咒滨江城里的污浊空气，诅咒上苍不公，成心跟自己过不去！尹椿见到他时什么也没说，跟着他就上了火青的车，开了五个小时来到大箐山，当尹椿看到能挤出绿色的空气和可以伸手就喝的山泉水，就说就是这了，就在这了，这就是他想要的生活，并说那幅画真该撕，因为那水不是林区的山泉水，只是马家沟的污浊水。他说，他要重新创作一幅《玉女出浴图》。

正巧他的助理伍适就撵来了，要不是说是画中人，金石绝对不会让她来。在她保证不泄露秘密的情况下，他把她接到了山里北寒狩猎点，和大家住在一起。这个姑娘长得的确漂亮，又痴心，他很想让儿子死之前，跟她同房，留下儿子的种子，由他来抚养。没想到伍适爽快答应后，尹椿却急眼了，他说：大爷（一开始的叫法，不知道从啥时改为爸的），你怎么老毛病又犯了？金石的脸一下子通红，就不知道往哪搁了。

伍适是个痴心的姑娘，金石一眼就看出来了。刚好护理缺少人手，留下来也是必须，何况她是自愿的。一开始，她跟火青处得很不错，经常坐一起叽叽喳喳说悄悄话，还做游戏，火青教伍适玩五虎道。五虎道是一种田间游戏，在地上画出五条纵横方格，两方对弈。一般地上的石子和草芥就是棋子，摆在五虎道的底线交叉点上，就可以对弈了，二子连线可击毙孤子，全歼对方者为胜。

金石一开始以为她俩在这么紧张的气氛中还有闲心放松，说明都还成熟。可再一看，有些不对劲，自从火青受了草爬子叮咬（她爱招草爬子），就有些古怪，做事任性不说，还经常莫名其妙地发脾气。有一次她突然问他：爸，我发现我的眼睛是火眼金睛，能够看透人的小心思，你想让我试一试吗？金石知道女儿玩笑，也逗她说：你看我现在想啥？火青像煞有介事地说：你想找老伴。因为女儿说得没错，他就有些将信将疑，又问：最近咱家能有啥变故？火青说：兵荒马乱。金石不信，担心火青得脑炎，就带她到医院检查，啥事也没有。后来他又发现，火青经常干些叫人意想不到，却都有鼻子有眼的事，渐渐觉得火青是闲的，结婚生了孩子就好了。而此时，她哪里是教人家下棋，分明是变相挤对人。一时，金石还说不清楚女儿葫芦里卖的是啥药，弄不明白她鬼鬼祟祟行为的目的，她甚至经常当着伍适的面让他难堪，甚至挑战他的权威！大概率是因为她知晓了他越来越多的底细，尤其强奸犯一事的细枝末节，她提到过并不全揭开盖子，仅一点点地分步揭示，让他非但难堪，简直就是受酷刑。

你输了。火青并不在乎父亲的出现，还在嘻嘻哈哈跟伍适博弈。显然伍适并不太懂得五虎道的玩法，五根棍不断地被火青的石子绞杀，堆成一堆像刺猬。她得意地喊：你图谋不轨，被我识破了吧？

显然，火青并非等闲，心理诡秘，她在借助游戏，嘲讽着伍适。日后伍适找到金石，把火青向她施巫术的过程学了一遍，他安慰伍适说：火青那哪里是巫术，只是荒唐的游戏而已。伍适并没有被火青逼走，主要原因是帮忙打下手，给尹椿洗身子捶背买药喂食，少了伍适还真不行，为此火青非常恼火，由于尹椿出现了明显的生命衰弱状况，她才没再斤斤计较。后来再施招数时，尹椿已经恢复如初，开始和伍适谈有关林淞关系的问题，这时火青已经想撵却无法撵走伍适了。她曾公开向伍适发难，说她不道德，喜爱上了闺密的男友，伍适一开始还否认，到后来拐弯抹角地承认，她一直暗恋尹椿，这样才让火青不无厌恶地说：大城市的男女，就是乱套了。

然而不久，火青就在尹椿恢复起来的那些天，天天带着尹椿在林中散步。她向尹椿介绍森林和野生植物，经常会驴唇不对马嘴，比如把野天竹叫成雨伞花，把山坡上漫山遍野的金莲花说成是芍药花，害得金石在边上还得纠正，纠正多了父女就吵起来。但不管怎么说，伍适是不懂的，鸭子听雷，让火青有了骄傲的资本。后来尹椿解释说，其实他知道一些，知道火青说错了，也不打断，那时他还没有力气打断。不过，尹椿说，火青对动物是蛮懂的，什么动物在什么时候在哪里出没，是孤猪还是群狼，知道得一清二楚，这就已经令他佩服了。

林淞的问题，一直是那些日子笼罩在大家心头上的一层雾气。这时候，谁都没有说话的权利，也只有伍适更多地站在姐妹的角度，劝尹椿放弃不摸笔的想法。当大家发现，一切都是幌子，这才是目的的时候，火青怒不可遏，她指着伍适的鼻子骂：你们掉钱眼里了？伍适为自己进行早已经准备好的辩白，说得还算合情合理。她说：人不能放弃的，就是做人的责任。这话应该出自尹椿之口才对。因为这话，的确勾起了尹椿的责任心，尤其面对自己被大家从奄奄一息的死亡线上苦苦往回拉，他觉得自己的确缺少一种勇气，而这勇气已经被泄气吞噬了。然而他仍然没有明确答应再创作什么《玉女出浴图》。他突然觉得自己有了长进，就是对伍适裸体的理解，发现以前的理解多是美的，伍适本人更真实。他这才承认自己竟然一直有意回避伍适，并在与林淞相爱中，无数次地想象过伍适，他才发现深埋于自己内心的，除了对林淞像模像样的爱情，是不是有伍适的影子？他不确定，所以也不表态，任她们为此争论不休。他对于有关任何事情的争论不休，似乎都不愠不怒，倒像看一出舞台剧，如此看破红尘的心态，只有尹椿自己知道，恍若又重新被阎王退回人间，坠入凡尘中，乐此不疲。这样的感觉，让他在宁静得只有松涛声的夜晚，睡得一天比一天踏实，一天比一天沉默寡言。

那时候，尹椿的病症发作，从来没有那么危险过。他那络腮胡子不再修整，不几日就像蒿草一样长满他的两腮，下颌也有，短却坚硬。于是看上去，他那原本的四方大脸，一下子就被垃圾掩埋，显得憔悴，随时都要死掉的样子，只有大张着的嘴巴、急促的呼吸才表明他还活着。这期间，请来过大夫，据说是伊春最好的中医，也只给金石开了一些药物，然后就走了，连顿饭也不吃，更不收受礼金。冲这些不合常理的举动，金石早已经心凉半截。他说：怎么可能，一个聪慧的头颅竟然对抗不了小小的癌细胞？他把为了省钱才戒掉的烟又捡起来，不过这回他独自到山林里采那种山罂粟的枯叶，卷着报纸吸，过瘾，排解内心的焦躁，尤其在他无法辨认留下的处方期间，更加焦躁，就把山罂粟的绿叶及果实晒在林甸子阳坡石板上，用石块压着，防止被狂野的山风吹走，也防止被火青发现。火青虽然自己抽烟，却不让爹抽烟，发现会急眼。当火青发现自己的烟成包地丢失，然后发现父亲的食指指甲泛黄，才知道父亲内心的苦闷更大。所以火青也抓紧跟伍适整夜不睡觉地破译处方“密码”，写在作画的纸上，终于在三天后，把一本处方摹写完全。

不久后的一天，火青像个侦探一样，漫不经心地问伍适：你来，到底为了啥？

看看大师。伍适回答。

还有呢？

我希望大师在有生之年，能够完成那幅《玉女出浴图》，这才是他的第二次生命。

有你啥事？

他有这个心愿，我是其中的人物，没我完不成。

你的背后是啥？

是晴朗的天空和远去的夕阳，落日那么迷人。

我说的不是画。

那是啥？

谁，是你的幕后操纵者？

你想多了，没有啥幕后操纵者。

说不通，你觉得呢？

是，有点说不通。

那就不说，你慢慢想。我倒觉得，你是喜欢上尹椿了。这可能是你真正的目的。

你咋知道？……你猜错了。

不会错，女人最了解女人……

这样的对话，不知道在伍适和火青之间进行了多少次，有多少方式、在不同场合，但中心思想是一个，火青看透了这个从山外来的女人的不怀好意。她俩也就自然是拴在一个桩上的两头叫驴。到后来，火青已经公开下逐客令了。伍适几次要走，都被金石留下了，原因只剩下一个：在尹椿死前，完成他最后一个心愿，《玉女出浴图》。但，她完全否认画背后的交易，否认她同学宫对未来这幅画的垂涎欲滴，唯独没有否认对大师的暗恋。

那个早晨，突然一扫前一夜的阴霾，似乎话说开了，大家心里亮堂许多，觉得揪心之后也该敞亮了，这样才跟这巍巍大山、莽莽森林合辙。尤其尹椿大师的病症也出现消失的迹象，金石就更忙着，用他的土办法熬药，把挂在院头杆上的刚打到的各种野生动物收起来，向尹椿保证，不再打猎杀生了，只为积德给大师。火青在画了两个小时后，等着伍适收拾完碗筷，然后一起去林子里做最后一次摘挂，就是将前几天下的套及陷阱里可能被套到的动物收回来。但这次金石一再嘱咐，如果还有一口气，就把动物放了。他想借寿，给野生动物……

金石带伍适去他的另一个狩猎点，并没有告诉她这才是尹椿的画室，是尹椿刚来的那段平静日子里建立的。而此时，伍适俨然成了金家一员，靠努力和诚意，取得了金家人的信任。

同样是被茂盛的树冠包裹起来的木屋，这栋却可以称为别墅，想必政府收回也不会拆除。搭建的精致和用料的讲究是肉眼可见的。木地板上，铺着松树皮，上面鱼鳞斑块形成一个山岚风景图案。应急灯在靠窗的位置，那里支一画架，画板里的油画刚起了个草稿，应该要画大山，秋季的五花山，因为五颜六色分散各处。边上是个简易颜料架，被调色板占去了大半空间，调色也在其中，似半途而废，画者忘记了手头的工作，去向不明。光线是奶白色，像蒙住头的驴很茫然地在地中间拉磨，形成了半个弧形光晕，印在鱼鳞地毯上。伍适走在上面，觉得还没有逃离树林，就踢开这由红松树皮做成的地毯，才发现这不可能，它被牢固地粘在地上。

这里是尹椿真正的画室。金石说。

绝佳位置。大师好眼力。

金石指一下门前绕过的小溪：听到潺潺水声了吗？杠好听，杠清澈，杠欢快。你就是要从那里站起来，坐下去，站起来。

作甚？

画画呀。你不是要《玉女出浴图》吗？

不是我要……

你不用撒谎。我们杠清楚。

伍适难堪地抱着膀，不知道如何回答。

我们也不会说，不就是一幅画嘛。我们还要谢谢你。

谢我啥？我太自私了……

你一定有你的难处。——不让我问，我也不想知道。只要尹椿能够挺过这个夏天，他就有希望好起来，这比啥都重要。别说一幅画，十幅画也值。真的谢谢你这半年多来对他的照顾，没有你，或许他早就坚持不下去了。

伍适更加不好意思，嗫嚅着，不知道说什么好。

从现在起，你也别告诉我啥交易呀、内幕啊，我们山里人不懂，你们城里人跟城里人棋逢对手，你们斗去吧。从此再不谈啥滨江，只说两件事：一个就是尹椿，告别癌症；一个就是，给你《玉女出浴图》。这是尹椿说的。

他为啥不当我面说？

难道你猜不出来？

金石一指里间密室，请她进去。开间宽阔，窗口位置同样放置着画板。凭窗望出去，是一重重的黛绿色山峦，定格就是一幅隽永的林区风景画卷。金石告诉她，从今天开始，尹椿将住在这里，直到《玉女出浴图》画完。

我几点来，坐在哪？

金石说：尹椿说了，不用。全在他脑子里。你就睛等着现成的吧。他又有点恶狠狠地补充一句：杠珍贵，我都不给，还是你有魔力，你会得啥吧？

伍适捂脸，坐在自己的鞋跟上，歇斯底里地喊：不——

因为在与不在，伍适都没有留下的理由，她找借口会同学宫，便被金石送回北寒木屋，收拾一下行李，去住局里老招待所，边上石早在那里等着了。他一直在那里等着，像旧时大茶壶。伍适当着金石的面，把边上石递上来的银行卡折断，扔进阴沟里。边上石装模作样地去捞，金石制止说：别演戏了。山里人懂，拿身份证去银行挂失，重办一张就行了。金石补充说：两个月后，还是这个宾馆，你俩来吧，尹椿说话算话，《玉女出浴图》真迹交给你们。前提是，你们得给尹椿祈祷，早午晚三次，保佑他能够撑到把画画完。

这是侮辱。

可边上石却真的早午晚一天三遍给尹椿大师祷告，祈祷他挺过这一关。

一回到滨江，伍适就病倒了，住进医大医院，怎么查也无法确诊，她不烧不痛，整天就是昏昏沉沉地睡觉，像个植物人一般。她继续昏睡，不断地重复着一个梦境。

梦中，她浑身仿佛爬满令人疼痛的虫子。

而最疼痛的是，金石正在往大师伤口上撒粉状东西。他说：挺住！那声音仿佛隔着十万八千里，但她还能听得到，空灵，若隐若现。她喊：我想我已经碎了，像只花瓶，从万丈高楼摔在地面上，连碎片都没有一个大块的，成为齑粉，随风飘散，像云烟。我想起爷爷火化时，抬头望着焚烧炉烟囱冒出的青烟，就知道爷爷的灵魂上天了。我的灵魂也到了上天的时候了。然而，又有液体泼在我头上，犹如毒蛇的芯子！

有狗熊！火青快跑！

伍适喊，这一声喊，把许多人都喊醒了。

伍适呓语：我看到，尹椿坐在那里，靠窗户的位置，无动于衷；冷漠地瞥我一眼，又看向那画布。那种冷漠比寒冷和疼痛还要令我无法接受。有些爱，不能表达，表达后就是恨；有些爱，模棱两可，藏着是一种美妙，露出是一种低俗；有些爱压根就是场错误，产生是罪过，出现即消亡。然而，我先从他的眼神中，看到了重生。

死不了。火青冲我喊。她竟然还在往我身上泼颜料！这回我看清了，不是蛇毒，是颜料。她回头问尹椿：就这样，还不够？颜料蠕动，涌向我的下体，顺着双腿内侧，像瀑布一般冲向清澈的小溪。小溪变成了血河……

我死了。伍适低吟着，像只病猫。

死不了，相信我。你不是模特吗？我付你钱，买你安静。就当这是一场游戏。游戏就是圈套，你心甘情愿进来，我就不能不通情达理，只能接受了。你还像多么委屈似的，你委屈个啥？委屈，就证明你是个贱货！

火青一边这样歇斯底里地喊着，一边用手在我身上涂抹着。

好了，这样刚刚好。尹椿在不远处的门边，这样说。可能因为空气潮湿阴冷，他的声音凝滞干涩，好半天才能到达我的耳畔。但我是先从他的口型来判断他说的意思，然后才听清他在说什么。我多么希望看到他站起来，向我伸出救赎的手啊！哪怕做一下手势，一种姿态也行，也不枉我义无反顾的痴情——还说什么痴情？纯粹是痴人说梦，在为一场玩笑添加笑料。然而，我却还生出一丝怜悯，因为我看到尹椿在轻轻咳嗽，像林黛玉那样，把拿着画笔的手，在唇前触一下，让咳嗽不至于发出声音。他手里拿着画笔，在干什么？——我的怜悯又变成了恐慌。

委屈了。一个声音在我耳畔说，声音震耳，厚重得像包裹着石头。

委屈，但不会时间太久。说话的是金石老头。他的声音总是带着引诱。我时刻要远离他。我不知道他是如何与一个年迈的老婆婆发生关系并生下火青的，但他绝口不提，他一定是个隐形人，长期在大山中，他的欲望只会对着大山山洪一样堆积并山泉一般地喷发。他最终会成为一棵大山中的参天红松！

救我，求你了。伍适可怜兮兮地说。

不用怕。金石说，将伍适蜷缩的身体打开。对了，这样才杠有诗意。你不是见过毒蛇了吗？它们知道在啥时候抱成团，啥时候穿过山林。

好了，别啰嗦了。火青打断金石的话，冲尹椿说：快了吗？尹椿说：行了。给她点水喝。金石将矿泉水瓶嘴放在伍适的嘴边。她的眼泪已经把视线封闭，世界成了模糊的斑块。她说：替我擦下眼睛，我不想死。金石说：你真的没事，只是受点苦，就跟打针一样，挺一下，一阵痛就好了。溪水来自山体内部，是世界上最甘甜的泉水。你咬下牙，坐进里面，从里面缓缓站起来，这样尹椿才会把你最美的胴体变成永恒的艺术……

伍适缓缓地站起身来，在尹椿大师泛起波澜的目光中，她无声地呐喊着：是谁拉动了枪栓？是火青。我看到了，快去救她——我的腿被溪水冻麻木了，没有知觉，上不了岸，你们快去，快去救她呀——她被狗熊吃掉了呀！

……那是尹椿大师撕画事件后整整一周年的晚上，得了癔症的伍适被边上石送进了滨江关爱医院，办理了全托，一年。此外，等待她醒来的，是一个关于《玉女出浴图》失而复得的传说。出院后，她有了份新工作——滨江群众艺术馆科员。

时至今日，伍适仍不相信那段经历，好像从书中看到的别人的故事。除了时间锁定在五年前，她觉得一切都是假的，是自己癔症的后遗症。反正五年一晃就过去了，没人会记得过去的事，大家都在往前看。比如两三年前，尹椿带着林淞，成功走进了婚姻的礼堂，做伴童的是他俩的一对龙凤胎，一个叫尹男，一个叫尹女。伍适也在同一个秋天，挽着边上石的胳膊，走进了爱情的殿堂，伴童也是尹男尹女，伍适认了干儿女。然而从此，她再也没有见过尹椿他们一家人，据说在三孩政策下，他们又生了一个，可惜夭折了……

作者简介

孙彦良，笔名香客，中国作家协会会员，业余从事小说及影视剧创作，著有长篇小说《好像爱》《背叛》《琉璃女人》《我和我》《爷的村庄》等，在国内报刊发表中短篇小说数十篇，出版中短篇小说集《指之恋》等。

空　行

余　陈

冬之旅

从圆形广场上遥远而倾斜的钟声里颤落下细雪，又在冬季傍晚浑浊的过度曝光底片般的暗红色天际和重重叠叠的回音之间飘逝……赵临睁开眼，仰视着天花板上墙皮剥落之处，不规则形状的白垩层里裸露着黄褐色混凝土，像是露天开采的盐矿或者重创后的伤口。他注视了一会儿开始感到眩晕和口渴，随即将窗台上茶杯中隔夜的凉水一饮而尽。

从顶楼的窗户望去，幽暗中雪网如织，密集地荡过杳无人迹的街道与广场。远处的江滩一片寂静，仿佛舞台上替换下来的布景被置于帷幕之后。赵临将茶杯放在桌上，拆开一封没来得及看的信件，那是几天前导师临走时交给他的。他在昏黄的台灯下怀着惊异与不安的情绪将信读完，然后塞进抽屉的最底层。

到了下半夜，雪终于停住了。寒气从隙开的窗扇外滴滴点点渗入屋子，赵临将烟头按灭在瓷缸里，披衣起身去关窗。淡青色雪片在地板上堆积，然后慢慢消融，踮脚将窗搭套在系钉上，流水的淙淙之声正缓慢地由顶至踵倾泻下来。江面已经封冻，水声像是来自岸边，又像是来自其他什么地方。冬至以后，这种声音常常从深夜入睡前的某段时间响起，不知何时又忽然消失。他打了一个寒噤，在沙发上和衣而卧，渐渐松散的意识如同孤立无援的小船随着汩汩的水声愈行愈远。

清晨的天空如同破碎的砖瓦，灰暗中布满裂缝。鸽群从楼顶掠过，盘桓在堤岸与广场之间。赵临望着那团影子于窗户斜上方不断变换队形，犹如在草纸上推演一道矩阵问题。两只落单的鸽子忽然降落在窗台上，啄食几粒陈年的苞谷，留下灰绿色的鸟屎。他心中有些厌恶，将一只拖鞋丢过去，受惊的鸟禽便扑棱棱飞走了，然而面对窗外那团粘着羽毛的鸟粪仍然束手无策。

吃完早饭，赵临坐在椅子上无所事事地呆了几分钟光景。接着像是猛然间记起一桩紧要的事情，穿上大衣即刻离开了房间。

街区空旷无人，寒凛的阵风斜刮过来，他将脖颈和下巴收进毛呢大衣的竖领，看上去像是剧情片里的侦探或鬼鬼祟祟的行凶者。广场上散布着一些深深浅浅的脚印，赵临站在薄铁皮屋檐下茫然地注视着雪地，昨夜至今晨途经此处的人影共时性地重现在空气里，他们彼此疏离，但都静止不动，犹如安哲罗普洛斯电影里的背景。重重叠叠的街道与楼房的阴影在视线中骤然贴近倏而又远离，眼内晶状体仿佛一架相机镜头的旋钮被反复扳动。

作为一名宗教史学者，他的导师曾以研究东正教历史与教旨习俗闻名遐迩，直到去年夏天开始撰写一部关于宗教与人口迁移的书稿。事情起初是在半秘密状态下进行的，直到有天导师在课下叫住了他。教授要求他暂时中止手头毕业论文的准备转而全力以赴投入资料的搜集工作，那种饱含激情而不容置疑的口气令他无法拒绝。他埋头苦干了三个月，直至接到十月底某天夜里的一通电话。电话另一头，导师声若洪钟、言之凿凿的说辞完全打消了他的睡意，只能在电话另一端枯坐相陪到凌晨。

按照教授的说法，他自己是在研究中世纪欧洲反犹太主义兴起时突然对疫病流行与传播产生了兴趣："在许多城市，居民认为瘟疫是犹太人向水里投毒造成的。"导师颇为得意地展示着自己的发现："当时的编年史学家雅各布·冯·科尼格描述了发生在法国斯特拉斯堡的一次上千犹太人因被怀疑为时疫制造者而遭到屠杀的惨案。到十四世纪中叶以后，德国六十余个犹太团体被悉数清除，大批犹太人逃往波兰、俄罗斯甚至更远的东方……苏珊·桑塔格指出腺鼠疫的两个派生词——致命的与伤风败俗的，《牛津英语词典》的意思是对宗教、道德或公共安宁有害的——对邪恶的感受影射到疾病上并进而影射世界，鼠疫至此从一种流行病的名称拓展成为一种描述社会混乱的修辞手法。”

赵临一声不响地听着导师天马行空的介绍，半小时后，那部尚在襁褓中的《迁徙与宗教》便被一部关于瘟疫的著述取而代之。在教授口中，这应该是一部所述问题前人未曾涉足的，经过严谨考证的，极具历史学、社会学和流行病学价值的警世之书……放下电话，他在桌前静待日出，心中对明年六月的博士按时毕业深感无望。

三天后，导师与一位流行病学家以及病理学家共同前往青海地区考察，当地早前发现了两个原因不明的鼠疫病例。临行前，导师留下一封信并再三叮嘱他拟出几个备选题目还有框架。

接连几天晚上，赵临躺在床上追索着往昔的残迹，试图从陈旧的印象中获得某种启迪。他想起本科阶段一位老师曾经开过中世纪欧洲的专题课程，其中涉及关于瘟疫使欧洲人口骤减文明暗灭的大量内容，但先生已于前年故去，线索就此中断。赵临回溯着记忆所及的只言片语，其中意外地横生出许多无关紧要的枝节，而关键部分依旧无从寻觅。

到了半夜，纠缠不已的琐事使他辗转不眠，索性点上一根烟，倚在窗台边慢慢吸着。火星忽闪忽灭，身后是一片暗红的死水。无所事事之间，他想起冰箱里还有半打没有喝完的啤酒。温和细腻的泡沫浸润在唇齿之间，微苦的麦芽气息混合着黏湿的唾液滑向咽喉，令他重温起那年夏天初吻的质地。

上午，他强忍住困意参加了系里的讲座。离开学院大楼，在正午透明晃眼的阳光之中，赵临看见她正挽着另外一个男人的手臂匆匆经过门前积雪覆盖的草坪。他的目光紧紧追逐着他们，直到消失在操场的另一边。她一定看到了，他想，但却对自己视而不见。今天是论文开题的日子，赵临不禁神色一黯。眼下导师还没有返回的意思，曾经认为顺理成章的事情正在变成更加遥远的奢望。

严格来讲，瘟疫、鼠疫与黑死病三者并不能完全等同。根据研究中世纪学者的说法，百分之九十五以上的瘟疫即鼠疫，却无法排除天花的极小可能。不过目前已经得到公认的是，绵延十四世纪及其后三百年那场席卷欧亚大陆各城镇的瘟疫就是鼠疫。至于“黑死病”，则是当时人们对这场暴发流行病的特称。症状表现为病人腹股沟淋巴结肿大，畏寒高热，脱水昏迷，皮肤出现青紫色斑点继而扩散至全身，最后不治而亡。我们知道鼠疫分为三种类型，而当时患者的病征具有腺鼠疫的典型特点，因此基本可以认为中世纪历史记载的黑死病，实际上就是我们今天所说的流行性淋巴腺鼠疫。

赵临在横格纸上写了几行，接着又将它从笔记本上撕下揉成一团。阳光透过百叶窗照在桌上的一只墨水瓶里，接近干涸的液体上覆盖着细小的粉末，乌黑之上铺满黄金，如同夜空辉煌地寂灭着。他推开窗户，发觉连绵多日的雪已经停了。

穿过一排排砖木结构的二层小楼，隔着开敞的雪野，废墟般的房屋像是一群黑色幽灵在远处飘忽。一个世纪过去了，日俄时期的遗风仍然留存。赵临站在小酒馆的屋檐下避雪，点燃一支烟，打量着对面高低错落的屋脊。萧萧落雪之中，古旧的砖红、米黄与橄榄绿色从巴洛克式建筑的屋顶和外墙析离出来，凌空镶嵌或是垂直拼贴，仿佛映入水面的分离派油画。他全身舒展，慢慢用鼻子喷着一缕缕烟雾。背后的窗子忽然笃笃地响起来，不免有瞬间的错愕。雪天客人不多，酒馆老板把他当成了初入此地的游客，从柜台里走下来主动为他介绍附近的历史建筑与文化风貌，同时不失时机地推荐着一种酒馆新到的啤酒，赵临无动于衷地谢绝了他的好意。

眼下，雪势丝毫没有减弱，如水中倒映的油画幻影被骤然拆碎、打散。街市空空荡荡已然不见人迹，扑面而来的寒冷使精神为之一振，赵临想起导师信中交代的事情，低头走向那片瓦砾与砖石遍布的雪地……一九一〇年至一九一一年的冬春之交，当地曾暴发大规模肺鼠疫，五千余人在这场时瘟中丧生。

穿过一排污水横流的垃圾箱，他来到那座破旧不堪的砖木建筑底下。住宅属于二十世纪二十年代的遗存，至今仍保持着昔日的巴洛克风貌。砖墙上斜布两道裂缝，厚结的油垢上挂满了蜘蛛卵似的尘土与灰球，像是穿上了一件肮污的绒球大衣……狭窄的阳台上堆满了枯死的植物与破碎花盆的陶片，外面锈蚀的铸铁围栏在风中嘎嘎吱吱，摇摇欲坠……他穿过低矮的门洞，在昏黑和幽邃之中行进片刻，抬头借助从钉着木板的窗口缝隙透进来的光线，看见漆黑的楼道似乎还继续延伸，通向后院……缓缓登上年久失修的楼梯，潮湿朽烂的木板使他为担心失足踩空而战战兢兢……在楼顶，被烟火熏得焦黑的天花板，折断的椽子还有肋骨似的架梁旁若无人地裸露着，仿佛烧伤而又骨折的病人在安静地挣扎，大难不死，触目惊心……风从破窗外涌入，连贯地敲击着窗台上废旧的油漆桶，穿过房间里霉烂的地板、剥落的壁纸和墙角敝旧的家具消失在敞开的门口，发出持续不断的空洞的啸声……他心怀恶劣的情绪迎着疾驰的风雪向住地跋涉。

在最新发来的邮件中，教授声称此次青海发现的病例均为肺鼠疫，疫情发生的直接原因是当地牧民捕食啮齿类动物。目前他们和当地防疫站以及国家派来的调查人员正在草原上捕捉旱獭，以研究宿主携带病菌的情况。邮件末尾，导师还不忘敦促他尽早拟定题目和目录，开展下一步工作，并且安排他继续进行那个实地调查。

窗外的圆形广场和棋盘式的道路被积雪和下弦月的幽光映照着，

像是铺满淡蓝色的沙子……寒夜漫漫，既然无法如平常般立刻入睡，他便索性裹着毯子从床下的纸箱中翻出从电影系同学那里借来的忘记归还的录像带……黑白电影中起首时阴沉的天空与布满礁石的海湾令他感到并不陌生的压抑，棋盘与死神随即出现……对弈开始后，他和随从骑马经过牧羊人身边，那一刻是死亡作为世界的表象第一次出现在电影中……圣母降临和午后阳光的闪现不过是吉光片羽，他还知道死亡将以多种方式穿插在时隐时现的对弈过程中，而瘟疫就是其中之一……在情欲和气氛达到高潮时，远处飞扬的尘土、黑斗篷和耶稣受难的十字架也渐近。中世纪的人们在恐惧与本能中承受着上帝施加给自己的鞭笞与惩罚，教徒眼含热泪跪地祈祷，以求减轻罪过，牧师用死神轻蔑而嘲讽的口吻宣告着宿命迫近，中世纪的末日正在降临……瘟疫不过是死神手中操纵的一枚棋子，终极的指向也许正是死亡的黑色帷幕后面的虚无。

赵临将影片停在中途，吃力地回顾着欧洲电影史课上女教师讲述的片段，神情有些不以为然。根据影片的历史背景，布洛克骑士及随从在十字军东征结束后返回祖国，途经瘟疫肆虐的欧洲大陆。然而第八次十字军东征的结束时间是公元一二九一年，公元一三四六年黑死病出现在黑海地区，一三五三年才到达波罗的海沿岸。此外宗教游行与其解释成发自民众内心的虔诚之举，不如说是一支配合牧师布道服务的演出队伍。而其中扬走进教堂观看壁画与目睹拉法悲惨倒地死去的情节也有黑泽明影片使用过的元素。就连伯格曼自己也承认这部作品有一点疯狂，有一点愚蠢，同时还有点急就章……拂晓时分，天空隐隐露出浅色边缘，仿佛过度漂洗的织物，赵临终于感到一丝倦意。他把画面快进到末尾……死神带领流民在旷野上跳舞远去，而此刻从窗帘遮挡的缝隙中开始透进稀释的光线。

经过再三考虑，他决定将一无所获的调查结果上报给导师。几天后，赵临接到导师的回复，邮件中指出，他有必要再去进行一次考察。当事人如果正好经历过当时的鼠疫暴发，推算起来则至少要有八十岁了。他不情愿地把衬衫慢慢塞进裤子，心中还惦记着开题报告的事。看来下周得去系里一趟了。他喃喃自语。

这是一个难得没有下雪的好天气，赵临吃过早饭便出门了。前一晚也许是多日睡眠不足的缘故，他很早便上床休息，因此起床后感觉状态良好。穿过广场向江边走去，刚劲的北风越过堤岸上的杨树林，枝头尚未脱落的枯叶发出干硬而生涩的喧响。赵临扶着栏杆眺望底下封冻的江面与对岸荒凉的灌木丛，雪野中车辙与脚印如同阡陌纵横交错，江上行人匆匆远去，近岸则开凿出几块尚未封冻的水域用以捕鱼和冬泳。

更远处，运煤火车轰隆轰隆地驶过江桥去往江北。这座二十世纪初侵略的沙俄设计施工的桥梁由十六个圆柱石礅支撑着安卧在时间的罅隙中。从前步行至此，赵临常常要上前对着大桥灰黑的骨架查看一番，据说很长时间内这里是远东地区最大的铁路桥，也作为两个城区之间的分界存在。他望着桥上疾速掠过的一节节褐色铁皮车厢，忽然想起教授文学创作课程的老头曾经提出的古怪问题：如果有人在桥上正中间的位置发现了一具横躺的尸体，头朝东，脚朝西，那么哪个城区的派出所应该负责调查此事？他竭力思索着老头当时给出的回答，然而无论如何都想不起来了。

赵临走到那条破败的街上，远远地就听见了尽头传来悲亢的唢呐与鼓声。漆黑而窄小的门洞里挤出一团身披重孝的影子，在出殡的队伍当中像山坡上的轮子般跌跌撞撞地走着。他避让着伤心而放纵的行列，如同大浪里的一条鱼在沿街看热闹的人群里被推来挤去，直至冲到下水道旁边。赵临吃力地登上旁边一级台阶，脚下忽然踩到一块软绵绵的东西。慌忙退后一步，那只死老鼠肿胀着肚子龇牙咧嘴地微笑着，尾巴似乎还摆动了一下。他感到异常懊恼，心里觉得十分恶心，也许多日以来关于鼠疫传播致病的研究令自己对这一生物，特别是其已经开始腐烂的尸体充满戒心。赵临将左脚插进雪堆里拼命蹭着，那个沾有腐沤体液夹杂少量脓血的鞋印在虚空中散播扑鼻恶臭和亿万细菌。他几乎是立刻就放弃了挽救的努力，毫不犹豫地用右脚踩住左脚的鞋跟将那只皮鞋留在了雪堆里，随后又脱下右脚上的另一只。

赵临怀着无望而悲愤的心情，在四周居民费解和吃惊的注目下光脚踩过化雪时布满污水和薄冰的柏油路走进了隔街的鞋店。五分钟后，他趿着双三十元的新鞋离开了店铺，失控的情绪有所收敛。已经打算永远不再踏入这个破烂的街区，返回途中，他发现两只被遗弃的皮鞋已经不翼而飞。

站在门口，他脱下那双廉价的皮鞋和袜子，将它们包进塑料袋并为此又下了趟楼丢进垃圾箱。重新坐进沙发，他想着也许明天早晨率先发现的清扫工人会将其带走穿到自己脚上并可能感染那种可怕疾病，但这已和自己无关。他依据一般故事的线性发展推演着结果，不久便感到一阵倦意如潮水向岸边涌来，浑身的力量仿佛都在这次始乱终弃的考察中被抽空了。入睡前拉上窗帘遮挡日光，头脑从幽暗中展开一页信纸上歪斜而模糊的字迹，这使他内心如同一艘江底古旧的沉船。

计划一无进展，现在他与教授失去联系已有半个多星期，自从导师声称与那个流行病学家一起去草原捕捉旱獭。他将之前中断的报告写完，抱着试试看的态度带到系里，不出所料，得到的答复仍然是等待导师归来才能开题。

当天深夜，赵临再次听见了前天夜里短暂出现过的那种窸窸窣窣的响声，他侧耳静听以判断声音的来源和性质。没过多久，他基本确定那罪魁祸首正随处流窜，游移不定，而且像是某种会在夜间磨牙的啮齿类动物。赵临克制住心底余波未平的惊惶与恶心，他劝自己不要胡思乱想，服用过一片安定就上床睡觉去了。

入夜出门，穿过热闹的广场走向江边，夏末秋初时节连绵多日的阴雨使水面显得空阔而浊黄，仿佛皮肤组织的渗出液。汹涌的暗潮隐没在转动的漩涡之中，漫漶的江流早已淹没了中间的沙洲与小岛，江心那些日渐枯萎的草滩与矮树丛像是径自从水面生长出来的……他在筑好的防洪大坝上待了片刻，倾斜的天空中跑动着乌云，有如搅动一口被污染的泉眼，沉淀在底部的絮状物脱离静止状态再次翻涌……旁边的行人说起江北发生鼠患的消息：洪水冲毁了鼠窝，令它们流离失所，狼突豕奔。他起先认真听着，眼前很快出现许多肥硕而健壮的啮齿动物在树林里曲突徙薪，刨挖土坑，咬断田间作物的果实与嫩茎，寻找地面上一切可以吃的东西……它们没日没夜地疯狂交媾，个体以几何倍数递增，幼崽吱吱乱叫随处可见……鼠群正穿越阴暗而狭长的林地准备跨过江面，对岸的沙滩已经集结了无数黑点。

赵临闷闷不乐地吃完早饭，那个极端的梦境使他没有了享用的胃口。他迟缓地穿好大衣，想起那个胡搅蛮缠的邻居和要去买鼠药就头疼。赵临站在楼梯间里神情恍惚地锁着门，对于脑海中飘逝的一些事件、情节与场景了无头绪。他环顾着墙皮剥落的顶棚还有邻居家紧闭的铁门，那个乖戾的老鳏夫已经多日没有动静了。侧过头，他还发现过道的墙角里躺着一只死老鼠。

赵临躺在床上紧紧裹着一条毛毯，身体的某个部位仿佛漏风了。他不断强迫自己去追溯事发当时的场景，企图找到不经意间曾被忽略的关键细节，然而不久便发现了其中的徒劳无益。他意识到即刻应该前往社区卫生防疫站报告此事，然而两腿却不受控制地跪在了门前的台阶上。

玫瑰骑士

也许原本是黄色的，泛着金箔光泽的、接近透明的黄色的一个不规则圆形，而在房间右部长方体阴影的覆盖中似乎显得年深日久，蒙上了驱之不散的灰尘。几个近似圆形相互复制，首尾衔接排列成一组具有装饰性的花朵图案。边缘模糊，一度收缩，现在则呈现出延展的迹象，从中心和四周伸出若干毛茸茸的高高低低的柱头般的纤维，整体鼓起成微暗、密集的半圆球体。从不规则圆周上的一点出发，沿着相对光滑的柱体某侧，将抵达一处柔软的表面，平静无风的水域、微风乍起时的波纹或是风雨交加的浪涛般的表面。现在，是一面红色的长方形，砖末里又掺杂即将风干的橙皮般的红色，上面的金色丝线流动着圆润的珠光，仿佛在秋日午后太阳的照射下闪耀着往昔繁盛的浮光掠影。从空间回到平面，从柱体上的某点抵达长方形，自末梢开始向主干回溯，追随带状线条的走势，穿过忽隐忽现的光斑形成的交替的明暗，就像晓行夜宿的旅人行走于春秋之间。

被风掀动着，线索倏而中断了，窗帘、帷幔上的纹饰与流苏依旧繁复而精美，只是仿佛失去了生气。尘封着，博物馆的展览使它重见天日，玻璃柜子里的丝织品以矜持与寂静显示出跨越时间的辉煌绚丽。它们曾被茜草、红花、栀子或者姜黄染制，经过漂洗与晾晒等一系列精细而复杂的制作工序，由车马和商人运输与交易，交给买者使用和收藏并保留至今，接着在久远的时间里垂挂于富丽堂皇宫殿与宅邸的一角，无声地见证着君王商贾的声色犬马与夙兴夜寐，又为朝代更迭、人世变迁而流落他方，最终偶然从时间的灰烬里将其挖掘提取，几经辗转到达眼前。

抚摸窗帘上的丝线，消逝岁月的流光溢彩借助某种形式重返记忆，其中凝聚的遥远的倾慕与诗意令他暂时淡忘了眼前的痛苦，为一件虚幻而隐秘的事物沉迷。冰凉而细密的触感使他的内心缠绵悱恻，有一瞬觉得也许眼前的时间全部失去了弹性，自己只是业已消亡的古国的孑遗，被错误地抛弃在荒芜而危险的空间。

他百感交集地俯视着窗台上锥形玻璃瓶里的那枝玫瑰，与窗帘帷幔一样，那也可能是一件来自昔日旧地的遗物，从撒马尔罕或是大马士革由骆驼商队经瓦罕走廊和丝绸之路传入中土。沙漠腹地时时响起驼铃与弹拨乐器的琅琅之声，忽强忽弱，他屏息静听，楼下邻居的女儿正在进行每天下午三点钟例行的琵琶演奏练习。深红色唇形花瓣的边缘已经开始萎缩，像是被轻度灼伤，留下黄褐色的瘢痕，这令他更加惘然若失。要不了多久，北方深秋因提前供暖而骤然升高的室温将加速枯萎的进程。到那时，仅仅用手指一碰便会导致全部花瓣甚至花蕊的直接剥落，如同脱下一条没有拉上拉链的裙子那样轻而易举。

一阵急促的电话铃声打断了沉湎与遐想。他放下电话，呆坐了片刻，用温水服下药片，从床底拉出那只塞满录像带和唱片的箱子。在徐缓、低沉而又松弛的柔板乐章中套上一只袜子，又套上一只袜子，两腿一条接一条地送进裤管，他任由大脑操纵肢体进行着一切，将头转向窗户边，对自己笨拙滑稽的动作犹如风烛残年的老人那样不计前嫌。

灯光暗弱了，他感到自己正随着音乐厅的地面逐渐下沉……起首时克制的缅怀性语气引出从大提琴箱体持续性低音共鸣中升起的主题，弓弦交错着投射出的一些形象漫不经心地倚在靠背上……他稍稍环顾四周，调整了慵懒的姿势，抬起眼睑状若不经意地瞧着斜对面那盆龟背竹旁边，枝形吊灯底下燃烧的装饰性壁炉附近的角落里一个细瘦的身影……她端坐在椅子上，目不斜视，双手交叠，两腿绷直，仿佛久居宫闱的女眷静默地眺望着正坐在天花板上遥遥相对为她画像的男子……乐句绵延如百感交集的叹息，时序渐渐松弛，一些无妄的念头续续断断，从裙裾倾斜的深紫色丝绸的边缘稀释、荡开……它们如经过震颤的油脂骤然破裂、分散，又缓缓聚拢、凝集……灼热的眼眶中淌下熔炼的银白色金属，滞重而平稳地沿着确凿的方向延展过去，并被摊薄为箔片……他感到自己的目光在无限的抵达中逐渐伸长接近极限与断裂，一种为之耽溺的寂静而闪烁的形象从星宿间暗涌的漩涡中将他拽向意识里浮现出的愈加明亮的深渊……他感到身体的失重与坠落的加速，直至她轻轻挽起裙摆露出三分之一的左侧小腿，那掩映在暗红色火焰里过分的光洁和白皙令他顿时如释重负。

他返回黑夜的废墟里，燃起房间所有的灯盏与蜡烛，又依次熄灭。连日多雨，午夜的房间仿佛水族馆。黑暗中，天花板上倒映着夜晚潋滟的幽光，犹如水波粼粼的池塘。睡莲，他想，莫奈的日本桥和睡莲，它们正悄然在头顶生长着，椭圆形叶片的缺口下结出纺锤般的花苞，绽开蓝紫色花瓣……一切都在暗中进行，无从察觉的隐秘使他得以自如地呼吸，就如同万物的毛孔都在沉睡中微微张开换气……风从窗外穿过房间，又消失在另一扇通往客厅的门里，掠起低垂的帷幔有如飘荡着的乌黑的长发，夜雨随后裹挟凉气滴滴点点侵入室内……他慢慢在旁边的沙发上躺下去，窗缝里迸溅的雨滴很快将身上的薄毯和他年轻而又苍老的皮肤打湿……瓦缸里的泥土上散布着尚未朽烂的紫黑色花蕾，而玫红与水蓝色正从残剩的球状花簇上纷纷退去……母亲接连喘息时胸腔内发出的尖厉的啸声在午夜中走远后，从虚掩的门缝里正蠕动着挤进一团黯淡的影子，也许它在屋外盘桓已久……躺在湿漉漉的毛毯里，就像睡在少年时潮气弥漫的被单上，与岸边迎风飘舞的青草还有从河里爬上来的鬼魂同床共枕……多少年前经久不息的恐惧与战栗再次回荡在夜晚封闭的空间中，他看见坟堆上一具具沉寂百年的尸骨纷纷破土而出，怀抱头颅向自己走来……浓稠的幽暗中，一双颀长而柔软的手从虚空缓缓降临，肌肤细腻的纹路拂过他的面庞和躯体，指尖残留的鸢尾香气在枕边缠绵悱恻，萦绕不去……似乎有人在他熟睡时造访，将自己从延续至今的噩梦中唤醒……这样的念头无迹可寻，也无法直接予以否定或间接从过往中获得可靠的经验，他抚平枕上纤长而略显曲折的发丝，意识的陌生令他抬起的胳膊微微颤抖，不安的和弦从隙开的门外传来，他不知所措的右手言不由衷地试图安抚自己的身体……掠过秋水般的皮肤，指尖的余温如放射光线奇异地传导进体内，每一寸神经都发出轻微的震颤……他口中微弱地哼唱着曲调，手指停止滑行变为持续不断的抖动……他看见一个似是而非的形象正从音乐的极境中再度浮出水面……

不久后的某天深夜，他正准备熄灯就寝，屋外忽然响起清晰而富有节奏感的敲门声……他打开门，走廊上空无一人……他重新回到沙发上，便望见她单薄而虚幻的身影正穿过墙壁蓦然显现，又旁若无人地进入房间，坐在椅子里摆弄着书桌上的沙漏……在细沙与玻璃内壁碰击和流逝的声音中，他的身心不由自主地向她靠近，她的嘴唇翕张如一条干渴的鱼，桃红色表面流动着圆润的珠光，吉光片羽在眼前展开，又从花朵形边缘消散……暧昧不明的湿漉漉的情绪在浮荡，手指如细密的梳齿掠过肩膀上的皮肤，转过身，他看见她退后两步，颔首将交错枝形花纹的裙子的拉链拉开……枯萎而蜷曲的赭红色花瓣坠落在阒寂的窗台之上，斜插在透明的玻璃锥形瓶中的暗绿色枝干底端散发着腐沤的气味……他无端被吸引着越过她的影子走到窗台，伸出手指轻捻着黑色花丝上残存的淡黄色花药，仿佛掐灭一段正在燃烧的烛芯那样小心翼翼……窗外风声作响，白垩的天花板上波动出粼粼光影犹如滨海荒凉的滩涂，他转过头，发现房间里空无一物，难以名状的感觉使他紧紧怀抱住自己真实的形象。

松雪草

九月底某个晴朗无云的日子，赵临走出围困自己许久的房间，离开黝黯的门洞来到街上。正午时分，街区不远处那座教堂的圆顶上跳荡着晃眼光斑，有如镜子的碎片。他像刑满释放的犯人一样用手臂遮挡住双眼，在狭窄而不规则阴影的掩映下向那边步去……管风琴的声音在回荡，绵延不绝的通奏低音中浮现唱诗班吟唱的整齐而庄严的旋律，神父低头诵着经文，台下一排排信徒虔敬地默坐着……他仿佛小说里浪子回头的罪人被不可言述的磁石般的宗教力量感召着来到教堂的侧门旁，途中想象着自己作为其中的一员内心岑寂地接受洗礼……接着那些回响骤然消失了，门口平坦的台阶上横卧着衣衫褴褛蓬头垢面的男子，满身恶臭地啃着不知从哪里得到的骨头，目光呆滞，桀桀大笑……他不堪睹视地跑到正门外面的广场上，一只沤烂的草鞋从身后追上来，觅食的信鸽被纷纷惊起……开门后他奔进浴室打开水管，然后就无法抑止地开始了惊心动魄的呕吐。他看到自己呕出了全部的午饭、餐前水果尚未消化掉的残渣、上午喝掉的没来得及随尿液排出的水分乃至浑浊的胃液，酸度剧烈腐蚀着口腔黏膜，其中的部分气体甚至从鼻孔里溢出，仿佛停置多日充气膨胀如河豚的尸体……他气力不支地扶着门框，跨进放好的洗澡水里，只有乳白色的蒸汽和沐浴液产生的温和细腻的泡沫令他紧张的神经渐渐松弛……世界的任何角落都存在着未知的风险，还是此处一览无余的封闭的房间令人稍感安慰……

白天常常无所事事而在夜晚陷入无尽遐想，他的思绪如一条扁舟，时而搁浅在岸边，时而又被水波推送得很远。对于眼下发生的事情，他感到有一团雾障笼罩在前，而自己仿佛就这样在其中跋涉了千年，从遥远丝绸之路上的古国穿越时间的屏障经过沿途战乱、饥荒、瘟疫的重重阻隔，千里迢迢赶至此地，却仿佛早已在路途上丢掉了出发的目的。事物的初衷已经湮灭在烟云之中，半途而废或者始乱终弃将是大多数开始的结束。他感到过去、现在所经历的一切都是这片浓雾里的局部，而它将伴随他的终生。

入冬前的最后一场秋雨中，他凭窗而望，从黄昏绵密不绝的雨声中重温着点点滴滴的快慰。它们落在覆满黄叶的人行道上，落在东正教堂灰绿色的圆顶上，也落在光影摇曳的江面上。雨水将昏聩的夜色冲刷而下，房间里散布着黑暗类似油画颜料的气味。望着凄冷的暮色被缓缓稀释，融入傍晚黯淡的背景，又从窗外丛生的褐色树枝上荡开，他对这种幽闭的生活仿佛成了瘾。

弓从弦上如静止般地行走着，丝丝缕缕的暗红色渗入稠密的、没有气孔的黑暗中，潜游，闪烁不定……菌丝乳白的触手从雨后黝黯而黏湿的土壤里隐秘地展开，纠缠，收紧……巴赫《无伴奏大提琴组曲》第五号－萨拉班德……古二部曲式、单音旋律……主调－降E大调－f小调－主调……c小调的纯黑、降E大调的淡黄、f小调的深红……英格玛·伯格曼的电影中也使用了此曲……涂满红色的房间……病人垂死的喘息……呼喊与细语……

咽下从心底涌上来的痛苦，胸腔里有什么东西蓦地缩紧了。他捋着胸前，仿佛要把一张揉皱的纸铺平，这时外面又响起了敲门声……他注视着她扑朔迷离的形容重返身旁，目光情不自禁地落在沙发靠垫旁那条笔直、光洁、了无生气的小腿上……想起那天上午的遭遇，耻辱和悲愤涌上咽喉……他的手在丘陵与盆地间起伏动荡，探察、摹画着缩张的细腻如融化乳脂般肌肤的曲线……乐句低回了，又爬坡一样上升了，只有意识偶尔的游离才能体会音乐间断与连续中的柔情，灰烬与片段共同进行着衔接和拼贴，如同隔着屏风眺望远景……夜晚的面孔如一把纸扇挡住了光源，群青色的大氅披拂于身体，欲望交错在光影与音画之中，她的头伏在他的肩上，他的脸庞摩挲着她光滑柔嫩的背脊，仿佛两只交颈的天鹅，相互纠缠，相互瓦解……

深色的雨水已经收止，窗外稀疏的云层里露出淡黄色毛边，低矮的屋顶上一片雪白，冷风敲打着树木峭立的褐色枝干，在城市里纵横的道路上布下一片坚实而茂密的晃动的阴影。暗中出现风吹沙子的响声，又像是某种小型动物昼伏夜出时的动静……他在黑暗中默默坐着，眺望着空空荡荡的房间里静置的沙漏、蒙尘的画像、床榻上平整而熨帖的被枕以及其他毫无温度和生命的事物，就像以往的许多个夜晚从梦中惊醒后那样惘然若失，守枕待旦。

夜之幽灵

拂晓的光景透进房间，他从床上缓缓起身，带着新生的毛躁不稳，试探性地往前走了两三步，然后重重摔在地毯上。眺望着窗外鳞次栉比的屋顶，平顶、圆顶和尖顶坐落在棋盘式格局的城市各处，被纵横交错的街道分割。近处的两旁还看得到石灰白、米黄与赭红色长方体的部分侧面，透光玻璃高低有序地镶嵌其中，有些被条纹、方格、花草、水果、禽鸟图案的布匹遮挡。对面的住户没有拉上窗帘，他看见窗台上摆着一盆绣球，伞房状花序一半是淡蓝色，另一半是粉红色的。

怀着劫后余生的喜悦，他点燃一支烟，坐在沙发上，翻开了扶手上那本上周才读完序言的《精神分析引论》。

前天夜里，赵临又做了一个漫长的梦，而且相较以往更为复杂凶险。子时过后，秃头女尼从坟堆旁边的旷地上一座破败的庵里凌空飞出，道袍犹如猛禽的翅膀掠过头顶，向他面前的树桩上抛下一颗革命党人皮肉枯干的头颅。革命党人张开快要烂掉的舌头厉声大笑，那些蠕动的蛆虫啪嗒啪嗒掉在地上又纷纷扭结在一起。食腐鸟类从柏树上扑着翅膀盘旋而下，啄食着眼球浑浊的晶体，有恃无恐地等待着蛋清蛋黄相互掺杂交融然后用吸管般的长喙连着肉筋一饮而尽。他屁滚尿流正要逃跑，几处坟穴中的尸骨顿时破土而出，有的一边缓慢爬行一边将墓旁散乱的股骨准确地组装在胫骨上然后站起来健步如飞，有的扒掉藕断丝连的衣衫露出虫涌如泉的破败乳房从容不迫地给怀中没有剪断脐带的婴儿喂奶，有的拂去尸身上的尘土撩起灰烬般的长袍拱手作揖……它们沿着气味从来路上相互推搡着挤过去向他靠拢。他一步步后退到树桩那里，这时那颗头颅跳起来狠狠咬住他的耳朵，脓血、腐液和虫卵滴落到他肩膀上……

有什么东西从黑暗中掠夺他的梦境，将其变为循环往复的梦魇。既然无计可施，赵临从那晚以后索性放弃了夜间的睡眠，点起台灯，将痛苦中虚度的时间投入到无边的构想与创造之中。这种清醒理智与激越亢奋的交替仿佛演奏一首交响曲的不同乐章，令他暂时遗忘了自身的处境，从熟稔专注的操作中获得了某种诗意与畅快。

如此过了几天，赵临感到自己仿佛一架超负荷运转的失控机器，一旦某个零件飞离出去，则随时面临全部倒塌与报废的后果。长篇写作进入了最终阶段，每天清晨沐浴以后都要喝上杯黑咖啡，接着一阵心悸令他不得不在床上躺几小时，以防止心脏病突然发作趴在书桌上猝死，顺便补充前夜丧失的睡眠。他需要让自己的头部在寂静与黑暗中深深陷入松软的羽毛枕头，但在此之前还要经历一系列漫长而复杂的仪式：把窗帘拉得一丝光都透不进来，花瓶和相框等摆设移到地毯上以防止不慎坠落惊扰到自己，关停墙上的挂钟，在房间里洒上一点天竺葵香水，枕头拍打松软，将枕套的表面展平，躺到上面，爬起来检查缝隙中是否可能存在灰尘与螨虫，拉起窗帘打开窗户用专门的小刷子将其清扫并抖落干净，重新躺上去时发现上面又多了根发丝……如校准一套精密仪器那样一丝不苟，虽然自己也承认纯属多此一举杞人忧天，但这不由自主的行为时常令他精疲力尽。

根据弗洛伊德在《释梦》中的说法，梦是一系列变态精神构成物的第一个成员。赵临无法确定当自己连日来饱受噩梦困扰的同时，自己的精神是否也悄然发生了某种不可预期的变化。如果说过去因为需要给作品中人物的行为表现和精神活动一个支撑而不置可否地套用这位奥地利精神病医师、心理学家的理论，那么现在他仿佛也成为自己笔下的一个人物并需要借此替自身发生的那些不可理喻的行为和梦境给出必要的解释了。犹如装腔作势的教师靠着一知半解在讲台上哄骗了多年的学生，现在他却忍不住戳穿了自己。

他怀着那样一种想法如饥似渴地阅读着：倘若是心理上的问题，那么往往在刺激消除后自己不正常的表现就会逐渐消退；而假使真的罹患了什么精神疾病，那通过症状学诊断与服药也可以得到有效治疗。但到目前为止，赵临对后一种可能还无法情愿接受，他通过将自身表现竭力与书中十九世纪的病案牵强附会，企图使自己相信仅仅是产生了无关紧要的心理问题。

几天的阅读使赵临十分清楚这些自欺欺人的心理暗示，同时亦对自身有着隐约预感和基本判断，但就像正在接受审判的罪犯或者等待癌症检查结果的病人，仍然挣扎着渴望得到对自己有利的证实。去往诊室的前天晚上，身心无所顾忌地安卧于沙发之上，耳边回荡着肖邦四首晚期玛祖卡的节拍，指尖反复在木质相框的玻璃上勾画着人形轮廓，那是他和女友唯一的合照。融融春日里，一岸垂柳远远地连接着湖上的长桥，近处次第错落的树枝上桃花灼灼盛开。女友慵懒地靠在他的肩膀上，摄影师准确捕捉到他目光中乍现的柔情与她面庞上绵延的羞涩与隐隐的喜悦。那个时候自己还浑然不觉，如今就当是为了他们的关系再挽救一次，虽然并不抱有多少希望。

查拉图斯特拉如是说

“我最近噩梦连连，时常感到精疲力竭。住处每到深夜总有些声音出现，我怀疑有老鼠在我的房子里面奔跑。”赵临坐下来面对医生便迫不及待地开始了作为病人的主诉。

“那么你检查过家里是否有老鼠吗？”女医生的嗓音淙淙如秋日午后的泉水。

“不知道，即使有我也捉不到的。”他看见她眺望着自己如同审视一张急于出手的纸牌，轻易掩藏掉心中的不快，镇定自若、训练有素地完成着例行公事般的表演。他想到这也许不是她的本意，但这种心中毫无征兆就蓦然升起的认知开始令自己感到焦虑。

“那么你夜里都做过什么样的梦呢？”

“我描述不出来……其中一些都已经忘掉了，这种事情别人永远无法感同身受。”那种温和的、循循善诱的语气使他隐隐有种被同情或是怜悯的耻辱之感，又像病入膏肓的垂死之人生前接受的临终关怀一般。

“好的，接下来，闭上眼睛，调整你的呼吸，放轻松，跟随我的引导，一点点地走。”

“我只想知道自己是否患了心理或者精神方面的疾病。”他躺在咨询室里临近窗户的一张床上，像条搁浅的鲸鱼大睁着眼睛，语气中透出一股躁动与不安。

“你需要按我的方法来进行才能对你的病情有所了解。”

“我早已读过你们专业的那些书，我知道你接下来要让我做什么。”

“我需要你做什么？”

“你要对我进行心理干预，甚至通过催眠来引导我说出过去经历的那些事情，那些记忆与感受。我了解你们那一套，我不想告诉你这些，你的把戏用在我身上也不会奏效，我不想浪费时间。”

“一般来说，精神分析取向的咨询过程较长，可以持续几十次到上百次，时间跨度甚至有若干年，因此不会治疗一两次就取得非常显著的效果。”

“CBT 认知行为治疗与 SFBT 短程焦点解决治疗的持续时间相对较短。”

“但那也并非立竿见影，另外对其效果我持保留态度。要想使自己的状况得到改善，首先应该信任你的医生，由于受到系统而完整的专业教育并长期致力于此类研究与实践，我们积累了大量经验，可以治疗各种疑难病人。”

“每个心理医生都可以，我为什么要相信你？”

“那你为什么今天来这里？”女医生环着双臂饶有兴味地打量着他。

“我只想得到别人对我病情的证实。或者你给开点安眠药也行，我最近失眠。”他们用沉默对峙了一会儿，彼此都不看向对方，仿佛宿怨已久的仇敌。

“既然这样，你应该清楚‘只有克服这些反抗情绪，对病患的分析和治疗才能真正见效’，除非是有什么难言之隐，你担心这样的治疗会使隐私暴露在光天化日之下，但医生都会对病人的隐私保密，这也是我们的职责。”

“我知道，但我是不会提供给你这些的。如果可以，就请给我开点安眠药。”

“抱歉，我没有这种权力。”

“那再见了。”

“我觉得你应该去精神科看看。”

赵临克制住浑身的战栗，拧下门锁企图马上离开这个房间，女医生冷冷的语调像是一把寒光闪烁的手术刀从身后追过去笔直地插进肩胛骨。他下意识地捂住耳朵，几乎落荒而逃。

拂晓之歌

赵临烦躁地抓着头发，觉得自己把一切都搞砸了，就像溺水者放弃最后一块从眼前漂过的舢板。蒙蒙细雨中，薄雾从对岸缓缓袭来，远处的铁路桥时隐时现着，犹如悬浮在其中。他将手揣在衣袋里踯躅不去，神色苍茫地眺望着。风还在远处逗留，而汹涌的暗潮正被雾气掩护着悄无声息抵达江滩，将他弥漫，吞没。

坐在傍晚空旷的房间里，日光稀薄的浅蓝色港口与他常去的江堤如出一辙。如果再牵上条狗，安哲罗普洛斯记录下的影像也当属他的晚年。不经意间仿佛被记忆中掠过的电影场景击中，与过往、未来浓缩的片段性自己重逢，他感到肉体和精神正在被时空高度抽象成完整的镜面，接着被打破成无数碎片，由导演捡拾，镶嵌进银幕和胶片中。倘若通过这种办法可以通往永生，赵临想，那么阶段性的死亡也许便不再如自己所假想的那样可怖。

吞下药片，从抽屉里取出那封信，他的视线再度扫过那些字句，百无聊赖间企图从物理的平面上发掘出意义的深度。也许导师有某种隐晦而无法言说的含义藏在字里行间，需要通过标点、字词甚至拼音的重组获得崭新的信息。他端详了许久，然而一无所获。全部的可能在头脑中渐渐湮灭，最终仅存的是一个无法认领的词语，那似乎并不像是暗号，倒可以用作一部小说的题目。他心绪烦乱地抄录下来又轻轻从纸上画去，索性不再考虑这件事，但却始终觉得哪里有点不对劲，仿佛尚有一桩关于自己的大事悬而未决，或者如同高潮前的短暂休止那般隐藏着不安。

秋冬之季的过渡显得十分突兀，几场寒雨以后气温骤然降低，他时常由于接连的喷嚏与堵塞的鼻腔而夜不成寐，入睡后呼啸的北风也偶尔将他从午夜惊醒。一周前药物就已经用完了，而在医院工作的朋友表示没有处方，药房难以再提供大剂量安定片。寂静中如同星夜兼程的旅人在荒凉崎岖的山上赶路，不经意间就会陷入追忆与玄想的泥沼中。这样的时刻，他的眼前浮现着剧院彩排和演出前的场景：搬动舞台布景的噪音、场边杂沓的脚步声、一串歌谣般无始无终的台词在上空盘旋、角色与假面……一切都在往复回还，他必须从永恒的变化中提炼出坚固的本质，从而抵挡幽暗中秘不可示的阴谋。

经过多日以来的密切观察，赵临从深夜连绵不息的风声中提取到另外的内容。出没在天花板夹层、厨房角落和管道沿线，啮齿动物爪子窸窸窣窣的响声在某天晚上忽然脱颖而出了。耳边贯穿着风声的背景，那些响动仿佛彗星拖曳着长长的尾巴在房间各处流窜。如同观赏一场没有主角仅有道具的表演，他的喉结滑动着咽下一口唾沫，溘然长逝般地闭上眼睛，肺腑中愤怒的熔岩逐渐冷却。赵临在被里握紧拳头，安抚着自己权当住了一晚破店，心中想着无论如何明天也要找邻居商谈此事。

赵临在地毯上来回走动着，不时恶作剧般地狠狠踏向地毯，企图弄出点值得邻居关注的噪音，然后开门被人高声咒骂两句，将自己从逼真如同梦魇的现实处境中解救出来。但实际只像是拳头打在棉花上，全无半点声响。最后就该这么无声无息地死去，然后腐烂发臭，让他们寝食难安地过来将我抬出去。只有整栋楼里所有人都传染上这种疾病，他们从中才能得到一点教训。赵临躺到床上，最初的惊恐和不知所措在一段无人理睬的沉默后演化为一种恶劣的情绪。早知道就该狠狠干她一次。下一刻，赵临又为陡然闪现的猥亵狰狞的念头而万分懊恼。两种不停切换的场景仿佛两条平行而又绞缠的叙事线索埋在文本中草蛇灰线地潜行着，他觉得自己刚才一定是被梅菲斯特占据了理智。赵临赌气般地端起茶杯痛饮着里面的凉水，渐渐感到心中一团阴郁之火被暂时性地熄灭了。

瓶中之水在颠簸中动荡不止，他感到一些不可名状的内容上升、膨胀，即将从身体上的某个出口溢走，随后接连放出了几个响屁。窗外的树枝捅破了低空的乌云，阴晦中零星的雪花渗漏，降落在肮脏的街道上，融入祖先泥泞的残骸。赵临眺望着萧索的景色，发现自己已无力控制体内某个事件的发生，就像判断不出下一声嗝逆将在何时打响。也许一个人的死去便是从生命中核心价值与关键信息的流逝或损耗开始的。时间与命运的合谋正一点点将它从自己这里偷走，逐渐认识到这一点后，赵临不禁开始忧心忡忡。

根据传染病学教材，腺型鼠疫的潜伏期为二至八天，而肺型鼠疫数小时到三天内均可起病。他的目光滞留在关于病因的几行介绍之上，按图索骥般地给自己对号入座。依据书中提供的若干情形，鼠蚤叮咬、呼吸道感染和皮肤感染都将成为罪魁祸首，而至今尚无法锁定其中的一种。他在纸上列出公式计算着几种传染途径的概率，忽然发现这些考虑全部无济于事，接着从笔记上撕掉那一页，揉成团奋力向门口丢过去。

赵临从床榻上下来，俯身把那团废纸扔进垃圾桶。昨天系里打来电话向他报告了导师的失踪，起初并未对这个不幸的消息有所表示，直到低头的刹那他的心中才涌起无限悲愤。倘若导师没有朝三暮四地改变研究课题，他也不会延期毕业；倘若导师没有突发奇想要搞什么瘟疫研究，他也不会和流行病学家跑到青海；倘若导师没有让他进行实地采访与调查，他也不会踩到那只死老鼠；倘若导师没有突发奇想跑到荒无人烟的不毛之地捕捉旱獭，他也不会下落不明；倘若导师没有下落不明，他也不会到现在论文还开不了题……杳无音讯只是稍为委婉的说法，很可能再过几天系里就要通知导师死在那儿了，像只染病的牲畜被遗弃在草原上，饥困交加如丧尸般凄惨地爬行，孤独地病死然后被风沙侵蚀成一副骨架，永远无法入土为安而被摆在医学院病理学教室的玻璃展柜里供人研究参观……这是他罪有应得的下场。

傍晚时分，赵临发现了腹股沟那里的肿大。连日的疲惫总算使他得到了大半个下午的安睡，醒来后倚着靠垫坐起来伸出胳膊，被子内外的温差变化使他敏感地打了两个喷嚏。他抬起左臂，从床边的桌子上撕掉一块手纸准备擦掉快要淌到嘴边的鼻涕，忽然发现腋下像往自行车座里垫了棉花似的鼓出了一点，轻轻按压还隐约摸得到硬块。赵临立刻掀开被子，小腹下侧也出现了相同的情况。

喧嚣的身体骤然静止了，他抬头凝视着窗外群青色的天空，仿佛欧洲中世纪瘟疫降临以前的布景，死神与流民的舞蹈和着古怪的节拍从旷野中传来，呈现出渐强与渐弱的层次。他本能地穿上衣服准备赶去医院，在拧开门锁的瞬间，头脑忽然递给他一段影像：病人来到医院，经过检查后立刻进行隔离，他就像街上的流浪狗被抓进了卡车后厢的笼子里，两只手紧扒铁窗呜咽着被带离街区，然后被缚在床上号叫着直至孤独地死去。那便是他的命运，赵临想，现在他要回到床上，像一只发了芽的土豆，即将无可救药地在暗无天日的仓库里烂掉了。

仿佛从深埋的地窖中醒来，他的脖子强直着，无法查看被子下面坏死溃烂的手脚，眼珠犹如被拨弄的玻璃球徒劳地空转着。也许已死去太久，又该重新休息一次了。他打量着陌生的屋子，臭气下一刻从房间深处浮游而来，犹如撬开了一听过期的鲱鱼罐头。

屋里的暖气连日来供应不足，每次起床赵临都要挣扎着用上几分钟来使自己解冻。他有些迫不及待地确认着自己的手脚，安然无恙，与昨夜睡前相比没有什么不同，这令他稍稍放心。然而潜意识里发生的事情已经悄然如罂粟尘埃般的种子从干枯的蒴果里随风散入空气，它们附着在窗帘、墙纸与油漆之上按兵不动，仿佛不怀好意的真菌孢子时刻窥伺着准备乘虚而入，对此他不得不有所警觉。

赶不走的猫头鹰

腐臭的气息如大提琴拉奏的低回乐句触及肺腑，赵临不堪其扰，于是打起精神掩着口鼻在房子里搜寻了整天的死老鼠，却一无所获。早前他由顶至踵细致地检查了自己的身体，确认皮肤组织尚未溃烂，用浴缸泡了两个小时的热水澡，最终断定这难以言诉的气味并非来自这所房子。他在房间各个角落都洒上天竺葵香水，但两种气味若即若离的纠缠似乎比之前纯粹的恶臭更加不易忍受。所有的挽救均告无效，眼下能做的便是尝试像垃圾处理厂、殡仪馆或是公安局法医科的工作人员对此种情状表现得习以为常，让自己沉着理智地站在客观角度预先体验宿命中的死亡。

急速回旋的音流仿佛一群蝙蝠上下翻飞着从火光闪烁的暗夜里掠走，停电以后，他挺直身体端坐在黑暗中的椅子上，听着伊萨伊的无伴奏小提琴奏鸣曲第二首的终乐章……对面的墙上布满烛焰飘忽的影子，疾风从窗前穿过室内，三月的夜雨滂沱而至，冲淡了无孔不入的腐败的恶臭……他无动于衷地看着窗帘被掀起如亡军的旗帜猎猎飘拂……蜡烛熄灭了，老式留声机的唱针踱行着如迟钝的刻刀将音符划为无法拼接的噪音的碎片又体力不支地倒在唱盘年轮般轨道的黑色边缘……他几不可闻地叹息了一声，走过去扶起它……身后的衣帽架发出响动，仿佛墓穴里两只胫骨敲击的声音，鬼魂争先恐后地自地下爬出来从烛火掩映的青烟中翩翩起舞……上面还挂着他的大衣，欧洲古堡里中世纪的铠甲，一副骑士祖先的骷髅瞪着空洞双眼手执生锈的长剑向他迈步，伴随铁片相撞的辚辚之声……料峭的寒冷侵入骨髓，膝盖里像是久治不愈的结核病重新发作，关节内密布着细菌蚕食后的空洞，犹如啮齿动物的巢穴……他合上眼睑又骤然睁开，奔过去拉开窗子，准备纵身从八楼上跃出去……然而在做出这个决定以前，理智回归的时刻他还是观察了楼下的情形：临近六楼的几根高压电线首先将他拦腰截断，倘若侥幸逃脱，那么二楼违规竖起的牌匾的锋利边角也会再次将他切割得腹破肠流，然后尸身被分为几段先后弹起接着划出喷泉的弧线纷纷扬扬掉落在地。内脏在地上像受惊的蠕虫那样紧缩，然后被莽撞的车轮与步履碾轧践踏，死无全尸的下场令他望而却步。

翌日清晨，单元楼里邻近的住户忍无可忍。先是围在对面那个老鳏夫的家门口指指点点，像是在商议着什么事情，随后就传来了破门而入的巨响。起初他还透过门镜一直注视着，企图观察出什么端倪，后来有人转过身去敲起了这边的门，不禁令他惊了一跳，所幸自己没弄出什么动静。即便只是过来询问情况，他也足以预料到接下来应该发生的事情。他并不打算参加到抬尸的行列中，哪怕只是远远地站着，目睹死者的遗容。两个邻居锲而不舍地敲了一会儿，然后便垂头丧气地离开了。他作壁上观般地躺在床上，听着门外杂沓的脚步声渐近又渐远，如同一支军队爬上山坡又得到命令匆匆赶下山脚，暗暗有点为自己的先见之明而得意。

他躺在床上不着寸缕地度过了三天，长久的昏睡也无法缓释身体中盘踞已久的强弩之末般的感觉，索性大势已去地放任着免疫系统在细菌、真菌和病毒的攻城略地之下节节败退溃不成军。病灶从咽喉经过呼吸道和食道抵达腹腔里的各个脏器：舌苔上布满树莓般的红疹，咽喉的黏膜像吞食了未经炮制的生半夏那样开始水肿和粘连，附着浓黄咸痰的呼吸道仿佛被碾碎前的桂皮，肺部表面长出许多气泡犹如雨后树木根部的一簇簇毒蕈……作为疾病的宿主，他感到身体内积聚的症状正悄然变成不可逆的反应长期存在，风声鹤唳一触即发，如同一言不发的旅馆老板沉默地目睹着常住不离的房客、蹑手蹑脚的盗贼和破门而入的劫匪共同在他的住店里旁若无人地兴风作浪但却束手无策。

意志在来势汹涌的畏寒与高热中动荡不定，他感到身体里的骨骼就像建筑物严丝合缝的榫卯结构在外力作用下忽然松动脱落，承受着车裂般的疼痛……皮肤、肌肉、筋骨和血液在春日熔炼般的灼热中如同冰山缓缓消融，白色蒸汽从眼前弥漫、升腾，仿佛置身桑拿浴室……虚无的火光掩映着清冷与黑暗，仿佛被牢牢捆缚的囚犯看见柴火从脚下堆起……恐惧紧紧攫住了他，迫使受刑者本能地抓住眼前浮现的所有动人场景：人面桃花，矜持与缄默，富有见地的评论，无意中达成的共识，仪式般逶迤延宕而缓缓释放着悲伤的情爱……玛格丽特用柔弱的双肩挑起了他们之间那沉重的爱情，而怯懦的大师却没有和她一起完成最后的飞翔……自己就这样丧失了所有抵抗的武器……理智使他确知，灵魂上那条假腿早已被她装进手提箱里带走了，此刻经受着炙烤与煎熬的是自己肉体和精神上仅存的残缺不全的部分……

他默念着那些句子，词语和意象在年久失修的意识中终于失去了指涉，他幻想自己最终怀有重建整个生命的记忆和永远不可示人的秘密化为无数色彩斑斓的碎片从窗户翩跹而去。

追　雪

在那个骤雪初歇的短暂上午，赵临疲惫不堪地套上蓝白竖纹衬衫和灰色毛呢大衣，扶着栏杆走下台阶。用头抵在厚重的铁门上将其推开，赵临感到自己仿佛衣不蔽体，在扑面而来的凛冽、清澈的寒冷中战栗不已，瞬时的错觉令他误以为自己的虚弱是由大病初愈所致。意识中紊乱的季候更使他无法准确判断并采取适宜的对策，赵临在楼梯间里略略思忖了一下，迎着疾驰的北风向江岸那边走去。

封冻的水面上覆盖着皑皑的积雪，一片浅黄的芦苇与蒿草在青白色沉重的掩埋下瑟瑟作响。对岸低沉的天空中堆积着浑浊的块状云絮，被疾风驱赶着向近处挪动。那些云块交界处的裂缝渐渐清晰、纵深，他看见远古时期的大陆板块怎样运动、分离，破碎的岛屿是如何为汹涌的波涛所吞没。那些裂缝从天空向地面延伸，如树木的根须向地底扩展，无数的触手与末梢潜入脚下，细小的深渊将身体分隔。他望见自己正被边境的栅栏上一道道挂着尖刺的铁丝缠绕、收紧，支离破碎地插进不同维度然后相互拼接、重组，数万个由意念瞬间重建复得的形象凝望着垂死的肉身，他感到深渊中的湍流正将他裹挟而走。

坐到公交车上，他在车厢提供的有限的温暖中稍感平静，窗外掠过的一带斑驳的围墙、光秃秃的树木在光线的漂移和投射中明暗交错……他在极度困倦中抵达了城市另一边的校园，沿着文学院主楼前的草坪，思绪恍惚地走上一段陡坡，从第七棵雪松树旁长久地凝望着三楼走廊边的第四个窗口……每个星期二上午她都要来到办公室靠窗的那张桌子后面处理导师的公事。他看见她起身接待学生与访客时的笑容淡漠疏离一如往常……突如其来的尖锐而绵密的阵痛仿佛没入皮层的荨麻的细刺将他过早从心满意足的幻觉中惊醒，他捂紧胸口又凝望了半分钟权作仪式性的告别，随后跌跌撞撞地离开了窗下。

赵临勉强支撑着打开房门爬回到床上，在一阵不由自主的战栗以后试图重复从那套冗长繁杂的睡前仪式中提炼的精髓以平复恶劣的心绪。他把窗帘从滑动轨道的一边拉到另一边确保阳光无法透进来，然后将窗台、圆桌上的花瓶与相框等摆设移到地毯上以防止不慎坠落惊扰到自己，接着校准当前的时间关停墙上的挂钟，围绕着房间的角落与床帷洒上几滴天竺葵香水，检查被单与缝隙中是否存在灰尘与螨虫，将填充鸭绒羽毛的枕头拍打松软并将枕套展平躺到上面……留声机里拉威尔的曲调在延续，中古调式里展开舒缓而庄重的织体与节拍，释放着澄澈的哀思……委拉斯凯兹画中早逝的公主平静如水，天真的神态中蕴含着难以言诉的悲恻和忧郁……风声消失，她的面容切近了，雅致的宫服上流动着珍珠般洁净细腻的柔光……俯下身去，裙裾窸窣作响……在这个瞬间他虔敬而从容地等待额头上即将出现的冰凉的唇形印迹，如同得到一次倍感殊荣的召幸，然而下一刻眼前浮出的却是母亲年轻而饱受病痛的脸……深褐色道路从山下微暗的日光与呼啸的冷风里乍隐乍现，闪烁不定，向着黄昏色彩飘逝的天际无尽伸展……夕阳是一面高悬的镜子，从中他看见了夹道木桩上乌鸦的哀叫，倒毙腐尸旁边萧萧辚辚的车马，还有荒野中父子俩仓皇的背影……从这时空错乱的前世般的记忆中衍生的重重叠叠的目光紧紧追逐着收敛的光线转瞬即逝地沉入水面，天空由地平线开始进入黑暗。

服下为自己保存的那份药片，他躺进由自己打造的墓穴中，暗自为赶在死前亲自策划并参加了自己的葬礼而庆幸。结束这些无谓的遐想以后，脑海中开始安排自己的丧事：首先应该在床上平躺便于前来吊唁的访客瞻仰遗容，然后双手放于胸前，并且手中还要持有花束，最好是几枝凄清纯洁的白色玫瑰的花苞，以确保来宾到场时鲜花没有凋谢枯萎。更关键的一点还在于如何令别人及时知晓前来收殓，以防止尸身无人问津地腐烂，散发出像隔壁老头死后那般刺鼻的恶臭……

身后之事纷繁复杂，所有的内容与线索暂时还无法全然得到妥善处置，此外也许应该拟好一份遗嘱，虽然并无财产能让亲属产生纠纷，但至少可以算作对于世界的一次郑重告别……他忽然想到乔伊斯的《死者》，梅勒里山上的修士们夜夜睡在棺材里，提醒自己要记住最终的结局。虽然自己就像那些修士一样，正躺在午夜荒凉山庄的棺材里，但他觉得自己其实是那个年纪轻轻就得肺结核死去的迈克尔·富里。他并不知道乔伊斯笔下的那个可怜人唱的《奥格里姆姑娘》究竟是首什么歌，但他还在想着她将以何种口吻将自己向别人谈起，轻佻的、不屑一顾的，还是像格丽塔那样含糊而悲伤。他亦不知，在她的口中，他们是否曾经相爱。鼠疫或对鼠疫的恐惧使他变为了一个可怜人，又或许如她所说他原本就是这样的。

根据乔伊斯的构想，那场覆盖整个爱尔兰的大雪从加布里埃尔的恍惚与幽思中一泻千里，落进中部平原的土地、小山、沼泽和香侬河的浪潮。它们也落在埋葬死者的教堂墓地的泥土上、十字架和墓石上，落到墓门的尖顶上和荆棘丛中……疾病再也无法羞辱和恐吓他了，服药以后他很快陷入了昏睡，残剩的意识沉静地审视着自己身体的各个器官是怎样如机器部件丧失运转的功能……天花板打开了，他的灵魂被指引着缓缓飞升，离开地面前最后看了眼床单上那具披拂细雪的、僵冷的、一动不动的躯体。穿过街道、广场、树林与江滩，重返夏日阳光普照的午后，那时他刚刚离开街道拐角处的商店，一辆有轨电车正远远地向他驶来。

作者简介

余陈，本名刘家赫。黑龙江省作家协会会员，鲁迅文学院第四十五届中青年作家高级研讨班学员。1993 年生于黑龙江哈尔滨。2018 年于美国杜兰大学取得硕士学位。2016 年开始写作，迄今已发表十余万字，作品散见于《山花》《香港文学》《西湖》《青年作家》等刊物。现居哈尔滨。

大国粮仓（节选）

吴志超

第1章

“农垦总局要摘牌，农场也要企业化，铁饭碗都没了，以后的日子不好过了，聪明人早都跑了，谁像你那么傻，你就留在这儿守着你的破粮库吧！”

随着一声咆哮，一个面色黝黑的汉子拎着行李箱摔门而去。

那扇八十年代的老门本就已经锈迹斑斑，这一下更是直接摔断了门轴，摔在门框上又弹了起来，兀自摇摆不止……

此时正是八月盛夏，北方大地的三伏天远没有南方那么严酷闷热，特别是一马平川的松花江流域，辽阔碧绿的平原上，总是会有风儿习习刮来。

杨硕果走出家门，来到外面的公路上，最后望了望远处随风飘拂的绿油油稻田，狠了狠心，头也不回地离家而去。

头发花白的杨乃林看着儿子远去的背影，只觉胸口憋闷，全身的血液仿佛都在此刻冲上了脑门。他趺趺撞撞地后退几步，瘫坐在了椅子上。

杨乃林今年已经五十九岁了，是地地道道的下乡知识青年，二十世纪七十年代，他从哈尔滨下乡来到这片北大荒，已经四十一个年头了。

当年知青大返城他没走，改革开放遍地下海他没走，苦熬了这么多年，日子总算一天天好起来，可让他没想到的是，自己的儿子却在这个时候，想要离开这片生他养他的土地。

他心里清楚，导致这件事的原因，就是上头传来了农垦总局即将摘牌的消息。

当然了，摘牌并不是取消，更不是倒闭，而是体制改革，是为了解决制约农垦系统发展的问题，是为了向农垦集团化、农场企业化发力，这是一个新时代的站位，也是历史性的变革。

可是对于一些人来说，农场改革就意味着以后要自己过日子，政企分家就意味着没有了过去的铁饭碗，对农垦系统的几十万职工来说，这是一个翻天覆地的巨大变化。

杨乃林脑海里闪过这些念头，却来不及细想，这会儿他觉得自己呼吸困难，眼前一阵阵发黑，便撑起身子，踉跄着伸手去拿柜子上的速效救心丸……

此时，拖着行李箱已经走出家门的杨硕果，却对此毫不知情，甚至心中还在愤愤不平。

因为在他心里，始终觉得老爹死脑筋，当个粮库仓储科的破科长，工资没多少，还总跟自己吹胡子瞪眼睛，一门心思拦着自己出去闯荡。

如果早几年不听他的，现在说不定都已经闯出名堂了，何必窝在这个小地方，活生生熬到三十多岁一事无成？

就在这时，不远处忽然匆匆走来一个小伙子，迎着习习凉风，却仍然跑出了一头的汗。

这小伙子二十多岁，浓眉大眼小平头，穿着件白衬衫，脚下健步如风，斜刺里拦住了杨硕果。

“硕果大哥，师父说你要走，这咋还真的走了啊？”

来的这个人，是杨乃林的徒弟，目前在四道泉农场粮库当保管员的沈扬。

他的父辈和杨乃林算是战友，两家关系很好，沈扬在很小的时候就是杨硕果的跟屁虫，长大后参加工作更是拜了杨乃林当师父。此时见杨硕果真的要走，不由得上前拽住了他的行李箱。

杨硕果还在气头上，看了一眼沈扬，没好腔地说："沈扬你别多管闲事，反正我也没家没业没媳妇，他凭什么拦着我出去闯，这次我走定了！"

沈扬嬉皮笑脸地劝："怎么就没家没业啊，师父前几年不是给你娶了个媳妇么。他让你留在家也是为你好嘛，因为农场改革也是一个机会啊，再说他毕竟年龄大了……"

杨硕果说："别跟我提这件事，那娘儿们过了两年就嫌弃我穷，让人勾搭跑了，老头子要是真为我好，能连个新房都买不上，全家挤在那个老房子里吗？"

他这说的倒是实话，管仓库这个活，自古以来就是个肥差，可杨乃林当了这么多年的粮库保管员，全家四口人还挤在以前那个五十多平方米的老房子里，这实在是让杨硕果感到憋屈。

眼见杨硕果铁了心要走，沈扬也没办法，恰巧此时一辆出租车开了过来，杨硕果拉着箱子上车，关上车门后，想了想，终于又摇下了车窗。

"我告诉你小子，别看我不在家，不许欺负我妹妹，还有……告诉老头子，我这次一定会让他刮目相看的！"

看着出租车载着杨硕果扬长而去，沈扬无奈地挠了挠头，却忽然像是想起了什么，掉头就往杨乃林家中跑去。

片刻后，沈扬冲进了那扇断了轴的房门中，发现了已经陷入昏迷的杨乃林。

或许是杨乃林一辈子积德行善，没干过一件坏事，没贪过公家一分钱，沈扬赶来得刚刚好，第一时间便把他送到了医院抢救。

四道泉农场医院虽然不大，好歹也是个二乙医院，抢救设备还是齐全的，加上沈扬送医及时，杨乃林总算是保住了命。

病房内。

刚刚脱离危险的杨乃林，微弱地睁开眼睛，看着匆匆赶来的女儿杨盼盼，还有徒弟沈扬，心中感慨万千，不知是什么滋味。

“小沈，多亏你了。盼盼，你哥不听话啊……”

杨盼盼今年二十三岁，在粮库做财务工作，闻言不由得垂泪，拉着杨乃林的手说：“没事的爸，我哥走了还有我和沈扬呢，您可千万要注意身体，别再生气了，医生说了，您本来就有冠心病，不能劳累上火。”

沈扬也跟着溜缝：“就是，您只管养身体，以后有事让盼盼喊我就行，毕竟一个徒弟半个儿嘛。”

杨乃林看着他们两个，叹口气说：“我倒是不生气，就是挺难过。其实我这两年就担心我这个身体，这回躺下了，医生建议我休养一段时间，我琢磨了一下，反正我也快退休了，休养就休养吧，回头我跟领导打个申请，推荐你代理这个仓储科长……”

沈扬一听师父居然要推荐他代理仓储科长，顿时吓了一跳。

“师父，这可不行啊，我还很年轻，再说咱们科好几个保管员呢，你让我代理，人家会有看法。”

杨乃林摆摆手：“那都无所谓了，反正就是暂时代理我的工作，我就是提了这么一句，能不能成还不知道。再说等垦局一摘牌，咱们农场也要变成企业，很多行政职能都要发生变化，到时候你还能不能继续当这个仓储科长，都不一定喽。”

听到杨乃林提起垦局摘牌的事，沈扬的心情也有些复杂起来，他很清楚，体制机构大改革在即，对于农场的每一个职工来说，未来都是一个未知数。

这小小的四道泉农场，说不定也要面临一场狂风暴雨。

第2章

杨乃林心脏病发作，其实也是积劳成疾，医生嘱咐他说什么也要静养一段时间，不能再拼了。

对于杨乃林来说这不算什么大事，要是依着他过去的脾气，说什么也不会在家休养，不过这一次他想到了很多，本来自己就快要退休了，不如趁着这个机会，锻炼一下沈扬，也是一件好事。

当天下午，四道泉农场粮库的主任尹升也赶了过来，还带着慰问金、水果，前来探望杨乃林。

别看尹升是主任，还兼着党委书记，但杨乃林在粮库的资历和威望都是顶呱呱的，十多年前尹升刚调过来农场的时候，还曾经在杨乃林手下实习过呢。

一看领导来了，杨乃林想起身，尹升赶忙扶他躺下，同时说了一大堆好话，劝杨乃林好好休息，年轻人的事让他自己做主，人家想出去南方闯荡闯荡也是好事，干吗总拦着呢?

尹升好意相劝，但却是哪壶不开提哪壶，杨乃林想起此事，心里就堵得慌。他告诉尹升，并不是阻拦儿子去南方闯荡，而是自己岁数大了，想有个接班人，要不然等自己退休了，不放心啊。

尹升随口接了一句："接班人啊，那还不简单，你儿子不想留在农场，那就让他走呗，盼盼不是还在粮库工作吗，再说，你还有一个徒弟沈扬，也很优秀啊。"

杨乃林等的就是他这句话，于是说道："沈扬这孩子倒是挺合我的心，人聪明，还正直，脑子也活，鬼点子多。可就是有点懒散，工作上的态度还不是十分端正。"

尹升笑道："年轻人不都是这样嘛，我当年在粮库实习，您老人家不也批评过我不认真？多给点机会，锻炼锻炼就好了嘛。"

杨乃林趁热打铁，也笑了笑说："既然尹主任都这么说，要不然我就提议一下，我养病这段时间，就让沈扬先暂时代理我的工作，不知道领导意见如何？"

尹升本来就是随口说说，没想到杨乃林直接顺杆爬，不由得也是笑了起来。

他对沈扬的印象其实也很好，那小子看起来不着调，其实正如杨乃林说的，是个聪明又正直的年轻人。

最重要的是，沈扬在粮库也是有根底的人，他的父亲沈长江，就是自己的上一任，在粮库干了一辈子的老书记。

前几年老书记因病去世，尹升才接了这个班，而且沈扬也挺出息的，大学毕业后没有在外就业，而是选择回到家乡，继续在粮库工作，当了一个普通的仓储保管员，这也让尹升颇感欣慰。

这小子虽然有时候不认真，但总体来说还是不错的，也没犯过什么大错。

所以，如今杨乃林提议让沈扬代理仓储科长，也算是顺理成章，于情于理都说得过去。

尹升琢磨了一下，便答应了杨乃林的请求，不过他没有直接拍板，而是说回去在会上提一下，看看其他领导的意见。

同时他也提出了一个条件，那就是杨乃林这次必须要好好在家休养，同时要帮助指导沈扬的工作和思想，以后作为青年骨干好好培养。

这个当然没问题，就算他不说，杨乃林也会这么做的。

两人说着说着，又提到了机构改革的事，但这次尹升就显得比较谨慎了，因为他也只是一个粮库的头头，上面的政策怎么定，他就怎么执行，至于具体的事情，那就要场长来操心了。

杨乃林自然明白，面对尹升的谨慎，他也只能苦笑着，心里默默地想：四道泉农场的场长李明远，也是个快退休的老头子，在这个节骨眼上，他应该已经快要愁白了头吧？

事实正如杨乃林所料，此时此刻的李明远，虽然还没愁白头，但也是一把一把地开始薅头发了。

从 1947 年就成立的农垦系统，经过北大荒战天斗地的年月，如今早就发展成了我国耕地规模最大、现代化程度最高、综合生产能力最强的国家重要商品粮基地和粮食战略后备基地。2016 年，黑龙江垦区国有农场产粮 411.9 亿斤，是名副其实的中华大粮仓。

而且垦区内拥有 4000 多万亩耕地，1000 多万亩林地，几百万亩的草原和水系，更是下辖 9 个管理局，辖区总面积 5.54 万平方公里，有着 113 个农牧场，总人口 170 多万，仅仅在岗职工就有 37.5 万人。

而且垦区和农场完全是一个独立的系统，承担了地方所有的行政管理职能，教育、医疗、交通、治安……大到空间环境，小到衣食住行，全部是由农场自己管理。

如此庞大的一个巨人，如今要政企分家，完全退出行政管理职能，转变成企业化运营，这其中的难度和阻力可想而知。

大了且不说，就光这四道泉农场，虽说在垦区一百多个农场里算是起步较晚，现代化耕作程度也不高，地也不算多，但也有近万人居住在这里，也有两千多职工的眼睛在看着他李明远啊。

远了且不说，眼下就有一个很挠头的事情在等着李明远。因为今年的秋收在即，可农产品积压是四道泉农场的老大难问题。所以，他计划着成立一个专门负责销售的部门，找几个年轻人带头来干，帮助农户先把眼下的困难度过。

但偏偏赶在了这个改革的节骨眼上，李明远担心没人愿意接这个事，因为后面还会有一系列的人事变动，谁也不知道自己的一番辛苦，到底会不会有什么结果。

不过，好在如今垦局摘牌的事情还没落地，第一批改革试点农场的名单还没出来，李明远觉得该做的事还是要做，不能因为要改革了，就不做事了，那样是不对的。

所以，他还是宣布了要成立市场销售部的决定，同时打算在农场的全体职工中选拔人才，竞聘上岗，担任销售部负责人。

选拔的方式很简单，就是由各个部门推荐名额，每个竞聘者都要写一份可行性建议，然后再择优面试，层层筛选。

农场要成立市场销售部，这事也没啥新鲜的，不过报名的人还真不少，毕竟名额有限，而且也是个崭露头角的机会。

包括四道泉粮库，也拿到了两个推荐名额。

但此时的粮库主任尹升，却是正在为仓储科长的事挠头。

他从杨乃林那里回来后，就开了个会，提出了想让沈扬暂时代理工作的事。

会上大部分人都是同意的，毕竟沈扬是老书记的儿子，又是杨乃林的徒弟，工作上也还可以，而且大家知道尹升是有心提拔沈扬，谁也不会出头得罪人。

唯独就是购销科的科长赵长海，对此表示反对。

尹升是个明白人，他知道这个赵长海在上头有后台，又是个八面玲珑的人物，轻易不得罪人，所以这次他站出来，并不是完全针对沈扬，而是因为杨盼盼。

第3章

这杨盼盼可是粮库一枝花，长得漂亮又是大学生，谁见了她就没有不喜欢的。

赵长海也不例外，给杨盼盼献殷勤已经一年多了，但人家压根对他不来电。

因为杨盼盼跟沈扬从小青梅竹马，俩人关系很好，虽然并不是男女朋友，可在粮库谁要是敢缠着杨盼盼，沈扬绝对会给他撑回去。

对于沈扬来说，杨盼盼就和他亲妹子差不多。

至于杨盼盼怎么想的，外人的猜测就多了……

但不管怎么样，因为有沈扬的存在，加上杨盼盼对赵长海并不感兴趣，甚至还有点讨厌，所以赵长海就一直看沈扬不顺眼，总想找他的别扭。

这回杨乃林病了，想让沈扬接班，那赵长海自然是要第一个跳出来反对的。

赵长海反对的理由倒也正当，当时他在会议室直接就说：“沈扬平时连本职工作都干不好，而且一贯地吊儿郎当，几次账目都出了纰漏，这样的人当保管员都不合格，如果推荐上去，其他人会不会有意见？”

话里话外，他也是在暗示尹升：别以为他是杨乃林的徒弟，就能顺利上位，大家的眼睛都盯着呢。

赵长海也是粮库党委班子成员，而且他的后台也算挺硬，是上面的一个副书记，所以他这一反对，尹升倒也不好太偏向沈扬了。

于是尹升只能打了个圆场，说这个事只是初步提议，也是杨乃林推荐的，至于可不可行还是要集体表决，既然今天有不同意见，那咱们下次再议。

结果正在尹升为难的时候，农场要在各部门竞聘市场销售部经理的通知就传了过来。

对于这些事，沈扬倒是并不在乎，他也听说了尹升在会上提议自己暂代师父工作，结果被赵长海拦了一道。

人们都说赵长海是因为杨盼盼的事，故意为难沈扬，其实沈扬心里清楚，赵长海是另有打算。

因为赵长海所在的购销科，和仓储科之间的矛盾由来已久，师父杨乃林也一直看不上这个赵长海，认为他就是一个走关系拍马屁上来的小人。

所以，赵长海一边惦记杨盼盼，一边对杨乃林溜须，一边又对沈扬怀恨在心。

如果沈扬当上了仓储科长，那今后还有赵长海的好日子过吗？

下午两点左右，尹升把沈扬喊到了办公室，先是拐弯抹角地跟他闲聊了几句，又问了问杨乃林的身体情况，然后还勉励他要好好工作，继续努力。

沈扬见他这样，心里就明白了，这仓储科长的事多半要泡汤。

不过尹升话题一转，对沈扬说：“小沈啊，有一件事你应该也听说了，就是农场要成立市场销售部，关于竞聘上岗的事，咱们粮库也有两个名额。这个名额很宝贵呀，真要是成功了，比窝在咱们这个粮库强多了，我觉得你各方面条件都不错，打算给你一个名额，回头你琢磨琢磨，写个报告上去，你看怎么样？”

尹升这一手玩得不错，只字不提仓储科长的事，反而提出要给沈扬一个竞聘名额。

这样一来，他就哪边也不得罪了，用一个竞聘名额堵了沈扬的嘴，也堵了粮库所有人的嘴。

沈扬其实对那个市场销售部也没多大兴趣，想了想说：“主任，我不是驳您面子，问题是我当初来粮库的时候，就想在这儿好好干，真要是去了什么市场销售部，我舍不得您呀。”

尹升笑骂道：“你小子别忽悠我，你以为那么容易呀，咱们农场算下来几百个人竞聘，哪那么容易就落你头上了？再说，市场销售部归场长直管，真要是能去上，比在粮库有发展，这是好事。”

沈扬何尝不知道这是个好机会，但他本来就生性懒散，让他去一个天天都得跟打了鸡血似的部门，他还真有点不太适应。

而且他知道，市场销售部这次竞聘的岗位一共就七八个，回头要是写了报告没选上，怪丢人的。

想了想，他对尹升说：“这样吧主任，我非常感谢您的厚爱和栽培，发自肺腑地感谢，不过这个事我得告诉我师父，也得跟家里说一声，然后我明天给您回信，行不？”

这个理由也正当，尹升便点头同意，让沈扬回家考虑去了。

其实沈扬答不答应去竞聘，对尹升来说都不重要，关键是他这样一弄，就把仓储科长的事给化解了，起码最近这几天杨乃林没法追着他问了。

但是尹升没想到，他和沈扬的谈话，让随后赶来打小报告的赵长海给听去了。

等沈扬一走，赵长海就敲门进了办公室，先是汇报了一番工作，然后磨磨叽叽地不肯走，尹升见他这个德行，就知道他肯定有事。

“长海啊，你要是还有什么事就直接说。”

尹升的话音一落，赵长海便开了口：“主任，我其实是想跟您说，竞聘名额的事，能不能算我一个？我觉得吧，我才三十岁，也还挺年轻，如果能去市场销售部，帮助咱农户销售农产品，这也是好事，我愿意为大家做贡献。”

他嘴里说得好听，尹升看了看他，心说你小子倒是不傻，你那是想要帮农户销售产品吗？你是想获得在场长身边工作的机会还差不多，我还不懂你？

尹升皱了皱眉，假意沉吟了一下，说道：“这个事不大好办啊，咱们一共就两个名额，现在报上来的已经有四五个人了。”

接下来的话无需多说，那意思已经很明白，好几个人抢名额，我凭啥给你？

赵长海说：“主任，我也不是争名额，但是您刚才直接给沈扬一个名额，我觉得他不合适。”

尹升一见他居然直接跟自己对着干，顿时火了，但还是不卑不亢地说了一句：

“长海，我知道你们平时有点小摩擦，工作嘛，这都是在所难免的。但是你已经拦了他的代理仓储科长，现在又拦他的名额，这就不太好了吧？以前老书记在的时候经常说，咱们做人做事，还是要大度一些，正所谓能者上，庸者下嘛。”

尹升这句话已经是说得很明白，你赵长海又想拦人家升官，又想拦人家竞聘，你算老几？你要是不老实，小心哪天我给你这个购销科长也扒拉下去！

第4章

赵长海心里也明白，好事不能都是一家的，他要想拿到竞聘名额，就必须舍了另一头。

反正，沈扬当了仓储科长，就不可能再去竞聘；如果去竞聘了，就当不了仓储科长。

赵长海的目标，当然是进入市场销售部。

很多人都觉得，在粮库购销科也是个肥差，旱涝保收的，经常能吃到一些回扣。

而那个市场销售部，以后什么样子还不知道，如果垦局摘牌的事定了，农场企业化改革了，那个部门能不能存在也是个问题。

可赵长海的眼光还是很长远，他觉得这是一个向上爬的机会，因为市场销售部是什么时候都需要的，即便以后改革，政企分家了，农场企业化了，那么市场销售部只会更重要，绝对不可能被裁掉。

一个粮库的购销科长，别人眼里的肥差，并不能满足赵长海的野心，谁不希望自己以后的路能越走越宽呢？再说他还有上面的关系，回头交个报告上去，再找人打点一下，进入市场销售部一点都不是问题。

想到这里，赵长海皮笑肉不笑地说："主任批评得对，是我狭隘了，其实给年轻人一个锻炼的机会也好，更何况还有杨科长的推荐，我今天不该在会议上直接发言，不该拦这个事，是我欠考虑了。"

赵长海这话里的意思也很明显，就是告诉尹升，仓储科长你爱给就给他吧，但是名额你得给我。

尹升看着他，心里这气就不打一处来，心说我刚刚告诉沈扬，给他一个名额，你又冒出来想抢，合着什么好事都是你一家的，你咋那么不要脸？

但赵长海的后台毕竟也很硬，尹升也不好表现得太过，只能打个哈哈，算是把这个事糊弄过去了。

他心里想，如果赵长海能竞聘上岗，离开粮库，那倒也是个好事，起码自己眼皮子底下是清净了。

对于他来说，宁可把沈扬留下来，也不想要这个赵长海。

但实际上，沈扬压根就没把竞聘的事放在心上，他从来都没想过离开粮库。

关于竞聘的事，他回家没说，也没告诉师父杨乃林，就当无事发生，该吃吃该喝喝。至于尹升那里，他已经想好了，到时候就说家里人不同意。

而且沈扬心里也有数，知道仓储科长的事遇到阻力，尹升也是想给自己一个看得见摸不着的甜枣，用一个虚无缥缈的竞聘名额换仓储科长，傻子都知道怎么回事，他才不干呢。

第二天上班，沈扬本来打算悄咪咪地不吭声，没想到下午又被叫去了办公室。

见尹升笑眯眯地看着自己，沈扬打算先下手为强，于是主动开口说道："主任，我跟您汇报一下，我这边的情况实在是有点为难，可能没法去竞聘那个……"

他话音未落，尹升就截了他的话，笑呵呵地说："不去就不去吧，尊重个人意见，年轻人嘛，以后机会多的是……另外我今天上午开了个会，又研究了一下仓储科的情况，我的想法是，如果你不愿意去竞聘，那这个代理仓储科长就还是你来担任，接下来要是有阻力，让他找我。"

沈扬不由得愣了下，心说这家伙变卦咋这么快，昨天还劝我去竞聘，今天就这么痛快地把代理科长给我了，而且说得这么言之凿凿……

他琢磨了一下，暗想：难道是赵长海把那个名额抢走了？

不过，沈扬虽然想到了这一点，却没表现出来，露出一副很惊喜惶恐的样子，感谢了尹升一番，又表了决心，这个事就算是拍板了。

从杨乃林提出让沈扬代理的建议，到赵长海阻拦，再到现在的一锤定音，全程沈扬都没跟赵长海接触，两人却在不知不觉中就已经较量了一场。

好在结果皆大欢喜，沈扬顺利当上代理仓储科长，赵长海也得到了竞聘名额。

从表面上看，赵长海处处拔尖抢先，但实际上得到好处的还是沈扬，毕竟仓储科长是实打实的，那个竞聘名额可就没准了……

新官上任，沈扬也是秉承着杨乃林的指示，一如既往地按照以前的工作方法和工作态度，真正接过了杨乃林的接力棒。

而对于他来担任代理科长，仓储科的员工也都没意见，甚至很希望是这个结果，尤其一些工龄较长的老同志，见到沈扬的成长更是激动高兴。

这天下班，仓储科的人集体聚餐，为沈扬庆祝，其实沈扬是拒绝的，他觉得师父的话很对，人在得意的时候一定要低调，不能忘乎所以，否则就容易生出事端。

大家可不管那么多，一下班就簇拥着沈扬走了，他想跑都没跑成，只好乖乖地跟大家去了饭店。

粮库门口，同样刚下班的赵长海坐在小汽车里，看着沈扬春风得意的样子，脸色很是不悦。

他心里暗想，区区一个代理科长就让你这么高兴，等我上去了市场销售部，到时候资源和好处大把，你就窝在这个小粮库待一辈子吧！

赵长海一边腹诽，一边望向了办公楼的方向。

此时已经下班，他至今没走的原因当然不是为了看沈扬，而是在等杨盼盼。

要说赵长海也是个狠人，明明留在粮库能更好地接近杨盼盼，不过他觉得，只要自己走得高走得远，不怕杨盼盼到时候不去攀着自己。

他等了差不多半个小时，终于看到了杨盼盼的身影。

今天杨盼盼穿了一条花裙子，身段窈窕，脸庞俏丽，看得赵长海眼睛都直了，见杨盼盼身边没有人，赶忙下车颠颠跑了过去。

“盼盼，才下班呀，我在这儿等你半天了。”

他满脸堆笑打招呼，杨盼盼停下脚步看了他一眼，然后没好气地说：“我也没让你等我啊，你有事？”

第5章

杨盼盼这一副拒人千里之外的态度，赵长海早都习惯了，而且他脸皮厚，压根没把杨盼盼的话放在心上，赔着笑脸说："也没什么事，就是我买了两张晚上的电影票，想请你去看。"

他说着从兜里掏出电影票，杨盼盼却连看都没看，说："不好意思，我要去聚餐，你自己看去吧，以后下班不用等我，我不想让别人误会。"

杨盼盼的性格向来是想说就说，今天这已经算是给赵长海留面子了，不过赵长海不死心，见杨盼盼要走，跑上两步拦住，说："给个面子嘛，你看我票都买了，都说这电影可好看了……"

杨盼盼知道他是故意截和，知道自己要去参加沈扬的聚餐，才弄了这么一出，想让沈扬难堪。

恰巧此时，财务室的张旭走了出来，这是一个圆脸蛋的小姑娘，跟杨盼盼岁数相仿，离着老远就喊。

"盼盼，你咋还没走？"

杨盼盼回头："啊，这就走……"

这时候赵长海已经把电影票递到了杨盼盼眼皮子底下，杨盼盼心里有气，一把接了过来，随手就递给了张旭。

"喏，赵科长请看电影，你去不？"

张旭比杨盼盼更泼辣，一看就知道怎么回事了，故意笑道："哎呀，赵科长就买两张电影票，是请咱俩看的吗，你一张我一张？"

杨盼盼笑道："不，是你一张他一张，你俩去。"

张旭一撇嘴："我有病啊……"

说着，她拿过一张票，转身塞给了随后走来的一个女化验员。

"给，赵科长请看电影。"

那女化验员叫程艳，人倒是挺好，就是有点胖，都三十多了还是单身，见此情景都乐开花了，拿着票忸怩道："哎呀，这多不好意思，谢谢赵科长……"

赵长海看着杨盼盼远去的背影，一股无名业火涌上胸膛，干脆把手里另一张票也递给了程艳。

"不用客气，两张票都给你了，你自己去看吧。"

"啊这……我一个人怎么用两张票啊？"

"没事，你胖，俩座正好！"

赵长海没好腔地说了一句，然后转身上车，追着杨盼盼尾随而去。

片刻后，他隔着车窗见到杨盼盼进了一家饭店，沈扬还在门口接她，两人脸上的笑容都跟花一样。

赵长海牙都快咬碎了，暗地里发誓：沈扬啊沈扬，别看你现在当上了这个代理仓储科长，我照样能给你弄下去！

另一边，已经转身走进饭店的沈扬忽然停住脚步，回头看了一眼大门外。

"赵长海跟着你过来的？"

大家都是一个单位的，沈扬当然认识赵长海的车，杨盼盼也回头看了看，说："这人跟癞皮狗一样，阴魂不散的，刚才还想约我看电影，我把电影票给程艳了。"

沈扬一愣，随后哈哈大笑起来。

"没事，他蹦跶不了几天了，我估计尹主任肯定把竞聘名额给他了，他肯定会使出吃奶的劲往上拱，到时候咱们就清净了。"

杨盼盼撇撇嘴："就他能老实？只怕到时候蹦跶得更欢，除非……"

她话没说完，沈扬替她接了下去："除非你能先找到对象，哈哈哈，你放心妹子，有哥在，我高低不能让赵长海接近你，回头有合适的小伙子，我给你介绍，包在我身上！"

他拍着胸脯许愿，杨盼盼却是咬了咬嘴唇，狠狠一脚踩在了沈扬的脚上。

沈扬哎哟一声，抱着脚跳了起来。

"你看看你，我就是随便说说，这咋还不好意思了，你使那么大劲干啥……"

一旁，仓储科的老保管员葛远航目睹了这一幕，笑着走过来，拍了拍沈扬。

"你呀，活该。"

"凭啥我就活该啊……"

沈扬看着气鼓鼓离去的杨盼盼，露出了一脸迷惑的表情。

不管怎么说，沈扬这个代理仓储科长好歹是成功了，接下来依然是按部就班地上班，其实工作内容和以前也大概差不多，就是多了些责任。

而且当上科长后，沈扬也听了师父的话，收起了以前不认真的态度，他知道现在粮库上下都在看着他，他的表现不光是代表他自己，也代表了杨乃林，更代表了他的父亲：沈长江。

另一边，赵长海一边焦头烂额地弄报告，一边四处活动找关系，想要让自己进入市场部的可能性更大一些。

毕竟，这个竞聘的报名时间，只有一个月。

此时此刻，场长李明远刚刚结束了一个会议，是关于垦局改革的事情。

因为上面有较为确切的消息传来，四道泉农场大概率不会出现在第一批试点名单里。

其实没在名单里，就代表他们农场没啥代表性，也没在领导的眼里，不过这对于李明远来说更好。

反正他明年就退休了，第一批试点里没有他，那就能拖下去，最好拖到自己退休，到时候农场改革的事情，就让别人去操心吧。

他只管顾好眼前的事，抓好今年的农产品销售，站好最后一班岗，那就已经可以了。

所以今天的会议重点，是关于市场销售部的事。

因为这个通知发下去之后，李明远发现报名的还挺踊跃，甚至有的地方还跟自己提出能不能增加名额，这让他有点意外。

会议讨论了一个小时，也没弄出个结果来，看着大家纷纷发表意见，李明远感觉自己脑子有点乱，最后只能先散会，下次再议。

散会后，他想着刚才会议上那些年轻人的发言，越发地觉得自己老了，似乎已经跟不上这个时代了。

就在这时，外面来了一个人，也没让人通报，直接就进了李明远的办公室。

见到这个人，李明远激灵一下子，丝毫没敢怠慢，赶忙起身迎接。

因为来的这个人，是四道泉农场的老场长，今年已经八十多岁的陈保国。

别看李明远也一把年纪了，但在陈保国面前，他还是个新兵蛋子。

第 6 章

陈保国，当年是抗美援朝老兵，下了战场就直奔东北建设兵团，就地专业屯垦，成了北大荒第一代拓荒老兵。

说起北大荒，很多人都听过，却并不知道这名字从何而来。

“北大荒”一词，最早出现在《山海经》中，当时出现这个词语也并不是因为这里的土地贫瘠，而是因为这里风沙大，野兽多，不适宜人类居住。

由于没有人类在此居住，导致出现了荒凉的景象，但其实这里不仅仅是植物的天堂，更是许多动物的天堂。

这个地方，位于我国最北方的黑龙江，在二十世纪四五十年代以前，这里还是人烟稀少、野兽横行，沼泽成片、冰雪苦寒。

可以说，那时候北大荒是大片的沼泽地，夏天到处都是水，冬天一片白茫茫，压根没有人在这里生存，一直是我国最荒凉的地区之一。

然而，这里却有着世界上最肥沃的一块黑土地。

黑土地是世界上最肥沃的土壤，有着“一两土二两油”的比喻，全世界仅有三大块黑土区，分别是乌克兰的乌克兰平原、美国的密西西比平原、中国的东北平原。

黑土并非是指黑色的土壤，而是指腐殖质含量很高的土壤，其黑色来源于腐殖质的黑色。

这种土壤中的腐殖质中有机质含量极高，且含有大量植物生长所必需的氮、磷、钾、镁等矿物质元素，肥力极高，且土壤保水性好，有利于植物吸收。

由于黑土地肥沃，世界三大黑土区都是很重要的农业产品基地。

1947 年，按照中央关于“建立巩固的东北根据地”的重要指示，从部队和地方抽调一批干部奔赴北大荒，从此拉开了北大荒开发建设的序幕。

1958 年，中央又发出《关于动员十万转业官兵参加生产建设》的指示，要求全军转业官兵去开发北大荒，屯垦戍边。

当年 4 月 12 日，进军北大荒的总指挥王震上将，从北京来到黑龙江密山车站广场，召开了“万人大会”。一望无际的北大荒，由此播下千万具有顽强生命力的种子。

4 月 29 日，一千二百多名来自抗美援朝上甘岭英雄部队“十五军”的转业官兵来到黑龙江汤原农场，用最原始的木棍插坑下种的方法开始了最初的创业。

从 1947 年至今，先后有十四万转业复员军人、十万大专院校毕业生、二十万内地支边青年和五十四万城市知识青年在这片荒原上耕作，创造了人类开垦史上的奇迹，铸就“自力更生、艰苦奋斗、顾全大局、无私奉献”的北大荒精神，也成为中华民族自强不息的精神财富。

陈保国就是那个时候来到北大荒，从此扎根在这里，为这片黑土地奉献了一辈子。

见到老场长来了，李明远赶忙起身迎接，亲自把陈保国搀扶着坐下，又递上了一杯温水。

“老领导，您有事让人喊我一声就行，这大热天的，还亲自跑一趟。”

李明远笑呵呵地说，他看着老场长，就像见到了自家父辈亲人一样。

大约在二十年前，也就是1998年的时候，农垦系统改革，成立了北大荒集团，恰好那年陈保国退休，李明远接任了四道泉农场场长。

如今眼看着又是二十年过去了，李明远也即将退休，却是刚好迎来了又一次改革。

陈保国当年在朝鲜战场负过伤，一条腿有些不灵便，他慢慢坐下，便迫不及待地问：“小李呀，我听说这次试点名单快要出来了，没有咱们农场是吗？”

李明远点头：“应该是的，前两天我问了分局的高处长，他没明说，但话里话外的意思，第一批试点是跟咱们没啥关系了。”

他所说的分局，就是四道泉农场的上一级管理单位：兴隆分局。

在整个农垦总局，有下属九个分局，兴隆分局在其中也算是规模较大的，下辖十二个农场，四道泉刚好就在其中。

提到这个兴隆分局，那也是来头很大的。

大约在一千八百年前的汉魏时期，这里就有人类居住，古称挹娄王国，是中国古代的一个民族，据说来源于肃慎族。

1945年以前这一带也是抗日联军的活动地，后来拓荒屯垦，来自全国各地的铁道兵、转业官兵在各地建立农场，所用的名字就是以原来的部队番号改编命名的。

再后来，还组建了沈阳军区黑龙江生产建设兵团，并开始对所属十七个国营农场改组，编成十四个团，两个独立营。

一直到1976年2月，黑龙江生产建设兵团撤销，成立黑龙江省农垦总局，下设国营农场管理局，为正处级单位，原来的那些兵团也都恢复成了农场的名字。

此时陈保国听到试点名单里面没有四道泉农场，慢慢点了点头。

“小李啊，你还有两年就该退休了吧？”

李明远听老领导问起这个，露出一个无奈的表情说：“不到两年，准确地说还有一年零五个月，我就要变成老李啦。”

陈保国呵呵笑了起来：“是啊，二十年一转眼就过去了，不过你还是要站好最后一班岗，在这个改制的关键时刻，你就是咱们农场全体职工的主心骨呀。”

李明远自然知道老领导的意思，是想告诉自己，不要因为快退休了就放松状态，要坚持站好最后一班岗。

他笑着说：“老领导，您才是咱们农场全体职工的主心骨，要不是上次您鼓励我，要在年轻人里面选拔人才，成立市场营销部，估计这会儿我也是在喝茶看报纸呢。”

陈保国伸手指了指他：“你呀，就是有惰性。”

李明远苦笑：“倒不是有惰性，主要是现在年轻人的思路太活跃，明显有点跟不上了呀。”

陈保国说：“跟不上是正常的，你以为我能跟得上呀？我比你还蒙呢，所以说，我让你成立这个市场营销部，就是要把这些脑子活跃的年轻人都抓起来，给他们机会，给他们平台，不然光靠着这些老家伙，一个个的连上网都弄不明白，能跟得上形势吗？”

李明远连连点头：“是啊，您说得对，我就是感觉越来越力不从心了，刚才开会，大家讨论了一下产品销路的问题，听那些年轻人讲的东西，我都有点头疼，研究了半天也没弄出什么名堂。”

陈保国哈哈大笑起来：“我就说你们跟不上形势吧，不过这都是小事情，当年十万官兵开垦北大荒，那么艰难的环境都过来了，现在咱们要啥有啥，你怕个屁啊?！”

第7章

陈保国说这番话的时候，不由自主地站了起来，用手指敲击着李明远的办公桌。

他的手很有力，布满老茧的手指就像小棒槌一样，敲得桌子砰砰作响。

李明远很清楚，当年陈保国在垦荒的时候，那是带着上战场杀敌的气魄，和战友们硬生生开辟出了今天的这片天地。

当年的北大荒，早已在他们的手中成了中华大粮仓，如今已经连续多年年产粮量在四百亿斤以上。

对于陈保国这样从战场上转业回来的老兵来说，北大荒就是他们的战场呀。

一个老兵在战场上，怎能不保持斗志昂扬的状态？

李明远有些被感染了，笑着说："老领导说得对，所以我这次竞聘上岗，还是要坚持搞的，咱们这年年农产品滞销，年年到了丰收的季节就发愁，这种局面一定要打开了。"

陈保国说："你说说，现在滞销的主要是哪些产品？滞销的原因是啥？"

李明远说："咱们现在滞销的主要是叶菜类，像小白菜、生菜、芹菜、韭菜这些，还有西红柿草莓这种不宜储存的也是。至于原因，主要是咱们销售模式太传统了，信息不对称，宣传不到位。"

陈保国说："现在采摘园那边的情况呢？"

李明远苦笑着说："来咱们这边旅游的本来就不多，咱这地方远，特色的东西少，再说采摘园到处都有，人家犯不上跑到咱们这儿呀，这来回一趟都不够路费的。"

陈保国有些不高兴，沉着脸说："他们不来，你就不能想办法让他们来？"

李明远一摊手："所以这不是正在研究成立市场营销部嘛。"

陈保国说："还有一件事，咱们农场外面那条路，修了得有一年多吧？好好的双向四车道，封一半留一半，干瞪眼修不完，还有一段路坑坑洼洼，从那儿坐车过来，肠子都能颠出来。就这破环境，换成你愿意来吗？"

这个事的确是老大难，李明远也想早点修好，可这件事他说了也不算呀。

本来修路的钱就不是农场出的，而且修了这么久也有原因，那就是经常面临没钱状态，导致修修停停，说是修了一年多，实际上只有几个月干活，其他时间都扔着没人管。

为此，李明远到处跑腿，去疏通各个环节，求爷爷告奶奶的，最后给人家弄烦了，说要不然你们农场自己出钱，要不然就得等，要不然干脆别修了，剩下的路段，整点砂石混点土，填上就得了。

李明远也知道，这不是针对他，而是现在到处都没钱，指望上面拨款就是这样，不可能给你一步到位，一条路别说修一年，修两年都很正常了。

其实这倒也正常，财政就是娘，下面那么多孩子要吃奶，凭啥就给你一个人啊？

所以说这件事，李明远也是干着急，每次出门他也是被颠得七荤八素，回来骂一顿娘，然后还是没辙。

他对陈保国说："唉，那条路我是真头疼，每次出去办事，我也是被颠得骨头架子都快散了，跑了无数地方，就是搞不到钱。"

陈保国说："你被颠散了无所谓，那些农产品不行啊，那西红柿、青菜，哪个能禁得住颠？不等运到地方就烂了一大堆，造孽啊。"

陈保国说的确实是事实，李明远也只能苦笑。

众所周知，将蔬菜从农家往城市中运输，如果路程颠簸的话，很容易导致蔬菜的挤压破损。

举个例子，假如运输黄瓜，要是路况不好，在黄瓜之间的接触面就容易造成轻微的压痕，这是必然的。

要是路况很不好，那就不是压痕，而是撞痕，甚至直接断裂。

“我……下午再开个会，定一下市场营销部的事，再研究一下，怎么能把路尽快修好。”

李明远这样说着，但底气明显有些不足，在老领导的气场压迫下，他就像一个新兵蛋子，在老班长的批评下有点心虚。

当然了，陈保国的话也算不上批评，顶多就是了解一下情况，但李明远心里却很不是滋味，因为他当初接过场长的时候，是跟老领导打过包票的，一定要把四道泉农场发展好，不辜负农场上千职工的期望。

可是现在，却连一条路都修不好，这让他感到很惭愧。

陈保国看着像个犯了错误的小学生一样的李明远，叹了口气。

他知道，四道泉农场在垦局下属的众多农场中，并不算拔尖的，甚至连中等都谈不上，简直就是有点拉胯。

从基建到生产设备，到机械化程度，四道泉农场起步都比别的地方要晚，在土地面积和产量上，也不突出。

造成这些局面的原因，有历史遗留问题，也有一些客观因素，比如四道泉农场土地面积少，人口也不多，地理位置又挨着一片山地，比不得那些大平原上的大农场，甚至可以说是先天不足。

可正因为这四道泉农场是一块硬骨头，当年陈保国才会被派到这里，说实话能有今天的成绩，也已经不错了。

陈保国拍了拍李明远的肩膀，语重心长地说：“这都是小事情，我今天来也不是批评你的，我是想跟你说，当年我选中了你当接班人，现在你也要选一批信得过的接班人，这些人不但要把农场经营好，更要坚守北大荒的精神底色，不怕艰苦不怕困难不怕牺牲，要把这种精神血脉传承发扬下去，这才是最重要的。”

陈保国的话，在李明远耳畔和心里久久回荡。

他知道，农场在转型后将成为企业化运营，将来的一切都是未知数，可以说从此之后就完全要靠自己了。

他很是担心四道泉农场的发展，因为这关系着农场上万人的生活和未来。

第8章

此时的四道泉粮库，沈扬的日子倒是过得忙碌又充实，自打当上了代理科长，很多人都来祝贺，但他倒是没觉得比过去强到哪儿去，反而是给自己找了很多活儿。

因为这个代理科长，其实就是口头的，也没有正式任职，连工资都和以前一样。

哦对了，尹主任倒是给他多加了几百块钱补贴，但也仅此而已。

管粮库的活儿，很枯燥，别人都说有油水，可在沈扬眼里却只看到了责任，看到了沉甸甸的担子。

这粮库里的储备粮，那都是国家的，沈扬实在是搞不懂，那些借着粮库中饱私囊的人，到底是有多大的胆子，敢打国家储备粮的主意？

以前他的父亲沈长江还在世的时候，就经常说一句话：

“在古代，谁敢打国家粮仓的主意，那是要掉脑袋的！”

可实际上，粮食贪腐问题，从古至今都没能杜绝，靠粮吃粮的现象一直都很严重，这些“粮仓硕鼠”也是屡禁不止。

以次充好，以陈顶新，在采购上动手脚，套取差价，甚至还有人胆敢出具假的购销合同，虚报价格和运费，伪造台账，侵吞公款……

杨乃林曾经语重心长地跟沈扬说，咱们这些管粮库的，就是粮仓的“守门人”，别看官儿不大，职责却不小，这粮仓外面要是来了老鼠，咱们得打，要是内部有了老鼠，也不能放过。

不过多年来，在沈长江和杨乃林这两个“守门人”的严看死守下，四道泉仓库几乎没有发生过什么问题。

在这种良好风气的影响下，四道泉粮库的职工从上到下都很守规矩，尤其尹升也是一个正派的人。

否则的话，他也就不会同意沈扬来当这个代理科长了。

唯独一个有些问题的人，就是购销科的赵长海……

但在杨乃林的严密监视下，赵长海就算有啥花花肠子，也不敢弄得太过分，只能偷偷摸摸搞点小动作。

所以，这次杨乃林休病假，特意嘱咐沈扬，现在快要收粮了，一定要盯住了这个赵长海！

沈扬在粮仓里一边转悠，一边想着这些事，巡视了一圈之后，才安心回到办公室，拿起了今天早上的报纸。

结果刚看几行字，门外就晃晃悠悠进来了一个人，笑呵呵地跟沈扬打招呼：

“哟，沈科长这么爱学习，看报哪。”

沈扬都不用抬头，就知道是赵长海来了，但他虽然讨厌赵长海，表面上还是要过得去的。

“哎呀，赵科长这么闲着，坐坐坐……”

沈扬都没起来，指了指对面的椅子，然后随手从地上拿了一瓶矿泉水。

“喝水呀赵科长？”

赵长海没接矿泉水，笑容满面地从兜里拿出两包茶叶，放在了桌子上。

“总喝凉水不好的嘛，我给你拿了两包好茶叶，正经的安溪铁观音，以后多喝点茶，对身体好。”

沈扬笑了起来：“哟，感谢赵科长，但是我不喝茶呀，我不习惯那个味，我还是喝矿泉水舒服。”

赵长海说：“矿泉水喝多了没啥好处，养生要趁早嘛。”

沈扬说：“我这么年轻，养生不着急，等到了赵科长这个岁数也来得及……对了赵科长，你多大来着？”

赵长海有点尴尬，硬着头皮笑道：“我三十一，是比你大几岁，以前咱俩接触少，现在办公室都挨着了，常走动走动哈。”

说着，赵长海也没坐，拍了拍沈扬的肩膀，转身就走。

沈扬看着他，心想这小子是无事不登三宝殿，黄鼠狼给鸡拜年，没安好心。

这购销科和仓储科的办公室本来就是挨着的，难道你赵长海今天才知道啊?

前几天开会公然反对代理科长的事，是不是也忘了？现在又来套近乎，还整了两包茶叶，来试探的吗?

见赵长海要出门，沈扬随后起身，拿起那两包茶叶，看看刚好保卫科的老王路过，于是直接把茶叶塞进了老王的兜里。

“王哥，送给你喝，这是赵科长刚拿来的，我也不喝茶，你们分了吧。”

老王愣了下，看看沈扬又看看赵长海，顿时明白了。

“哎呀，这多不好意思，那就谢谢沈科长，谢谢赵科长。”

老王倒是没客气，拿了茶叶笑呵呵地走了，对于沈扬和赵长海的事，这么大点的粮库，几乎人人都知道，他当然明白这是赵长海想主动示好，人家沈扬没打算搭理他。

不过对于他来说，那都无所谓，反正他就是一个看大门的。

赵长海眼睁睁地看着沈扬把茶叶送给了老王，当时脸都绿了。

老王转身走了，沈扬歪过头看了看赵长海，龇牙一笑，然后砰地关上了门。

赵长海心里这个恨啊，牙齿都咬得咯吱咯吱响，随后也回到自己办公室，直接把门摔出很大的动静。

他当然清楚，两包茶叶就想让沈扬买他的账，那是不可能的。但他没想到，沈扬这么不给面子，直接就当着他的面，把茶叶送给了一个看大门的。

不过这一下子也试出了沈扬的态度，基本上是要跟自己对立的了。

跟他那个死心眼的师父一个臭脾气，等我回头有机会再慢慢收拾你……

赵长海咬牙切齿地想。

其实，那个市场部跟粮库仓储科半毛钱关系也没有，就算他当上市场部一把手，也不会跟沈扬发生什么接触。

但他本来就是一个睚眦必报的人，而且他的野心也很大，去市场部只是他第一步计划，在他的计划中，一旦他拿到了市场部的话语权，他的下一个目标就是整个农场。

一旦当上了场长，哪怕是副场长，到时候想收拾一个粮库的小科长，那不是太容易了吗？

听着隔壁摔门声，沈扬忍不住想笑。

他明白得很，赵长海就是看自己当了代理科长，想过来拉拉关系、套套近乎。

杨乃林早就说过，要当好仓库保管员的一个要点，就是不要跟任何人拉关系，否则你就做不到铁面无私，做不到公平公正！

所以，对于赵长海这种人，沈扬一向的态度就是：我不待见你，你也别来跟我套近乎，咱们之间只有公事公办，你要老老实实还则罢了，你要是敢在规章制度和原则问题上搞小动作，那不好意思，我必须不能惯着你！

第9章

不过对于赵长海来说，其实竞聘材料就那么回事，实在鼓捣不出来，花钱找人随便写写就行了，关键还是要看关系和门路。

所以，他的下一步计划就是：跑关系。

先前他已经跟自己在分局当副书记的舅舅打了招呼，明天再去跑一趟，多买点礼品烟酒，到处活动活动。

两天后，尹升就收到了赵长海的材料。他打开扫了两眼就明白了，这肯定是赵长海在外面找人写的，然后自己再稍微改改，里面的很多东西都是摘抄来的，压根就不贴合实际，都是一些假大空的废话。

他随便看了看，心里有气，暗想这玩意儿要是提交上去，都丢粮库的脸，让场长觉得粮库也没啥人才，这种货色都往上推荐？

把目光从电脑上移开，尹升又想起了一件事，那就是关于竞聘上岗的通知里面还有一条，鼓励各单位自愿提交关于农场改革的建议，也就是针对农场转企业的一些合理化建议。

这个建议并不占用竞聘名额，也跟市场营销部没啥关系，可是愿意写建议的人却没几个，因为这玩意儿太复杂，上面的政策也还没出来，谁也不敢冒进，更不敢胡说八道。

就拿粮库来说，尹升也在会上提过这件事，可是没有一个人响应的，大家都不愿意做那个出头鸟。

尹升想了想，又抬头看看时间，刚好也快下班了，于是就打了个电话，把沈扬喊到了办公室。

沈扬正在仓库里，接到尹升电话有点纳闷，心说都快下班了，这个时候喊我过去干吗？

他放下手里的活就往办公室跑，结果刚到门口就和赵长海撞了个满怀。

此时距离下班还有一段时间，赵长海却是拎着包要跑了，沈扬也是猝不及防，直接给赵长海撞了个趔趄，手里的包掉在地上，露出了里面的东西。

沈扬低头瞥了一眼，只看到红红的一角，没认出来是什么。

赵长海冷不丁的，差点让沈杨给撞倒，顿时气不打一处来，心说你小子是我克星吧，走到哪儿都能撞上你！

沈扬反应快，立刻低头帮忙捡包，同时辨认了出来，那包里的东西分明是两条中华香烟。

他把包递给赵长海，装作若无其事的样子，笑呵呵地说："不好意思啊赵科长，着急下班，没留神把您给撞了。"

赵长海忍着气，挤出一丝笑意："没事没事，这么着急下班干吗去呀沈科长？"

沈扬顺嘴说了一句："也没啥事，约会看电影。"

这一下子又扎了赵长海的心，他打了个哈哈，没再多说什么，急匆匆地出了门，来到停车场，发动了自己的车子。

上次他约杨盼盼看电影失败，还被几个女生撞到，本来就够没面子的了，今天沈扬这句话，分明就是在嘲讽他。

刚才那两条中华香烟，是前段时间他特意带过来，打算送给尹升的，但是尹升没收，原封不动拿回来了。

现在他打算拿去送给舅舅，还特意提前下班，就是怕被人撞上，没想到直接让沈扬给撞露馅了。

在车里足足生了三分钟的闷气，赵长海才一脚油门，匆匆离开单位，去跑自己的前程了。

而此时沈扬也来到了尹升的办公室，一脸蒙地听尹升夸了自己一番，然后甩给他一个任务。

那就是，让他写一份关于农场改革的合理化建议。

沈扬一头雾水，他问尹升："主任啊，这玩意儿咋写啊，我也没有经历过农场改革，我也不懂啊。"

尹升笑容满面："不懂怕啥，难道我经历过农场改革？大家都不懂，但是我们光在这里等政策，那就会比别人动作慢，咱们四道泉农场为啥一直不拔尖，还不是因为处处都比人落后？这次李场长搞市场营销部，让咱们写合理化建议，就是为了扭转这种局面，同时也是想从年轻人里面选拔一些有才干的人。小沈啊，我看来看去，咱们粮库就你想法多，你就当帮我个忙，琢磨琢磨，写个建议交上去，万一被领导相中了，对你也有很大好处嘛。"

沈扬挠了挠后脑勺，苦笑着问："主任，咱们粮库除了我之外，还有谁写了这个？"

尹升端起茶喝了一口，慢悠悠地说："就你一个，别人我没找。"

沈扬心说你这个老滑头，那是你没找别人吗？那明明是没人给你写！

其实沈扬的内心是想拒绝的，他和赵长海不一样，基本上没什么野心，就想干好自己的本职工作，守好粮仓。

不过这时候，尹升又说了一番话：

“其实吧……这个建议已经有了，咱们单位竞聘的两个人都写了，一个是赵长海，一个是咱们质检科的刘忠建。但是小沈啊，我心里总想着给你更多的机会和平台，别看你以前只是个保管员，但是我始终记着老主任对我的栽培和教诲，要不然这次能直接给你提上来吗？仓储科比你资历老的人太多了，大家为啥这么拥护你，我想你心里应该也很清楚。所以，你应该多多地追求上进，要有干劲、有闯劲，不能像以前一样偷懒，你的目标不应该是干好本职工作，还应该有更高的追求和目标。”

这些话真是语重心长，虽然沈扬心里明白，其实这就是没人给尹升写材料，他就拿这些话来激自己，让自己没法拒绝。

但从另一个角度来说，尹升说的一点毛病都没有，沈扬就是应该比别人更积极要求进步，谁让他爹是沈长江呢？

沈扬歪着头，嘴角不经意地流露出一丝苦笑，点点头说：“我明白，尹主任您都是为了我好，那我今天回家就写，不过我不确定啥时候能交上来。”

尹升丝毫不给他打退堂鼓的机会，当即说道：“那不行，我只给你一周的时间，现在马上就要到收粮的时候了，我可没时间等你，回头你再给我拖黄了，再说距离截止日期也就只剩半个多月了，就算我有时间等你，李场长那儿也没时间。”

“那……好吧，我下周就交给你。”

沈扬这纯粹是赶鸭子上架，一步一步被尹升带着，被迫接受了这个任务。

尹升笑了起来，然后又放松了语气，说道：“而且，在咱们单位我最看好的就是你了，你还很年轻，以后机会多得很，像这样的建议啊、报告啊，多写点，就算没啥实际用处，好歹也能在领导那里混个脸熟。”

这倒是肺腑之言，沈扬连连点头，然后心事重重地领了任务走了。

第 10 章

说实话，对于农场改革的事，沈扬早就有一肚子想法，也曾经跟杨乃林说过，结果被骂了一顿。

杨乃林说他都是纸上谈兵，很多摆在面前的困难都解决不了，就比如农场外面那条路，修了一年多都没修完，这个问题要是不尽快搞定的话，说什么都是空话。

连最基本的运输都不畅通，何谈发展呢？

沈扬回到家，吃饭的时候都是心不在焉，一直想着这个改革建议，到底应该怎么写呢？

沈扬没对象没结婚，一直是和母亲住在一起，他们家这也是一个老房子了，差不多跟杨乃林家是同一个时期的，都快四十年了。

实际上，沈扬还有一个哥哥一个姐姐，他是最小的，只不过那两个在上了大学之后，就都留在了外地发展。

沈扬读书的时候成绩就不是太好，勉强上了一个二本，大家本以为他毕业后也会留在外面，没想到他选择了回到农场，还进了粮库当保管员。

有人说，他这么做很聪明，毕竟这是一个铁饭碗，端上了就是一辈子，也不用发愁就业的事了。

也有人说，这是一个一眼看到底的工作，这辈子基本上也就这样了，年轻人还是应该出去闯一闯才好。

可对于沈扬来说，能留在家里陪伴母亲，还能每天在父亲工作过的地方上班，他心里很踏实。

而且，这也是他父亲去世前的心愿。

沈扬的父亲沈长江，一直是四道泉农场人人敬佩的党委书记和主任。

直到现在，提起老主任，不管是八十多岁的老人，还是满街跑的娃娃，全家都会竖起大拇指。

在外人眼里，沈长江正直、踏实、睿智而又和蔼，工作尽职尽责。

在家里，沈长江是一个温和而又慈祥的老父亲。对待老婆和孩子们，他总是笑呵呵的，少有发脾气的时候。

多数人家都是严父慈母，但沈家却正好相反。母亲严玉华像东北地区的大多数女人一样，勤劳能干，性格刚强。

她既能下田种地，也能巧手烹饪，沈长江很以自己的老婆为荣，经常对外人夸奖严玉华遇大事不慌，做小事心细。农场的女人们有什么事，也都乐意向严玉华讨主意。

父亲沈长江把所有的精力都放在了农场的建设与管理上，家里的事情，和照顾孩子们的重担，就全落在了母亲的身上。

严玉华要强，她把家里收拾得井井有条，在子女的教育上，也十分严格。

母亲虽然文化不高，但却深知知识的重要性，哥哥和姐姐继承了母亲的性格特质，成绩优异。

而跟哥哥和姐姐相比，沈扬从小就十分顽皮，于是，四道泉农场的田间街头，经常会看到严玉华挥着扫帚追赶沈扬回家写作业的身影。

在沈扬的记忆里，小时候他闯了祸，挨了训，通常都是父亲笑呵呵地在母亲面前帮他说话，甚至在母亲罚他不许吃晚饭的时候，悄悄塞鸡蛋给他。

沈长江的形象，在沈扬的心里，一直是温暖而又伟岸的。

他经常会跟在父亲的屁股后面，看父亲后背着双手，走在田间，看今年的麦田长势。也特别喜欢往粮仓跑，看父亲查检粮食质量。

沈长江夜里在昏黄的灯下，戴着老花镜写文件的身影，也深深地印在了沈扬的心里。

沈扬聪明，但却没有哥哥和姐姐身上那种拼命三郎的劲儿，拼命不是他做事的风格，所以，他也只是考上了一个普普通通的二本大学。

母亲严玉华责怪他但凡上点心，也不至于只考个二本。

沈长江却只是笑呵呵地拿着录取通知书，点头说“挺好，挺好”。

对于小儿子沈扬，沈长江总是有更多的耐心和欣赏。

而且，一家出了三个大学生，在当地，已经是一个传奇般的存在，足够让严玉华面上有光了。

就这样，沈扬踏上了前往大学的列车，临行前，父亲沈长江抓了一把没有脱壳的麦粒放在了沈扬的手里。

沈扬就这样紧紧地抓着那把麦粒，从窗户里看着父亲和母亲远去的身影。

或许，正是父亲的这个动作，让他的心，永远地和这片土地紧密地连接在了一起。

严玉华看着心不在焉的儿子，扬手给了他一巴掌。

“吃饭就好好吃饭，胡思乱想，糟蹋了好粮食。”

沈扬赶紧收回神，向母亲嘿嘿一笑。

快速地解决了晚饭，沈扬就钻进了沈长江的书房。

这间书房并不大，父亲的遗像挂在墙上，温和地笑着，目光睿智，凝望着沈扬。

“唉，爸，您说我现在可咋办。我也不会写啥改革建议啊。还合理化，咋能合理？

“没人干的活都让我干，就因为我是您儿子?!

“您说说，这合理吗？”

沈扬对着父亲的遗像发着牢骚。

照片上的沈长江沉默无言，沈扬叹了口气，认命地垂下了头。

“行吧，干就干吧！谁让我是您儿子呢？

“写就写！”

摆明是赶鸭子上架的事儿，但已经被尹升赶上了架子的沈扬，也只能硬着头皮去写这份没有一个人愿意写的合理化建议。

他拿来了笔记本电脑。

上学的时候，沈扬还用这台笔记本电脑干点正事，写写论文作业什么的。

但是回到家乡之后，这台笔记本电脑基本就被搁置了。

沈扬拂了拂上面的灰，接上电源，等了好一会儿才开机。

但看着屏幕上的文档，沈扬却迟迟没有打出一个字。

也想起了曾经自己对于农场改革的想法。

他想起了曾经跟师父杨乃林提出建议的时候，被师父狠骂了一顿的情形。

“摆在面前的困难都解决不了，你说的那些，不是纸上谈兵吗?！你自己看看农场外面那条路，修了一年多都没修完，这个问题要是不尽快搞定，说什么都是空话！”

师父的话也对，如果最基本的问题都没有搞定的话，其他的全都是扯淡，是空中楼阁。

“那就从修路开始！”

沈扬做出了决定，清脆的键盘声响了起来。

就这样，沈扬一直在键盘上敲敲打打，合理化建议，也是写了删，删了又写。

等他停止敲打键盘的时候，才发现时间已经是凌晨一点了。

“好家伙，我高考都没这么认真！”

沈扬揉了揉发酸的脖子，不经意间转头，忽然瞟到了窗上映着的自己。

坐在书桌前的他，像极了他儿时记忆里伏案写文件的父亲沈长江。

沈扬揉了揉眼睛，无声地笑了起来。

第 11 章

四道泉农场需要改革，但它所面临的问题与困难不是一点点。

所谓“冰冻三尺非一日之寒”，改革合理化建议书，也不是随随便便写个一项两项就完事儿的。

正如沈扬所说，这份合理化建议书，他写得比自己大学毕业论文都认真。

为什么？

因为大学毕业论文只关乎他自己。

但四道泉的改革却关系到整个农场的未来；关系到那些顶着烈日种粮食的农民；更关系到那些脚踩黑土，把一生都奉献给了北大荒黑土地的几代人。

他得对得起这些人，对得起尹升对他的信任，对得起师父杨乃林对他的栽培。

对得起父亲沈长江。

所以，他必须认真对待，交一份完美的答卷。

几天后，李明远刚结束了一个会，一身疲惫地往办公室走去。

这段时间，李明远忙得简直连坐下来喝口水的时间都没有。

自从决定成立销售部门之后，就开始有络绎不绝的人登门拜访。

想要找关系进入销售部门的，不止赵长海一个人，谁不知道农场即将摘牌？有点危机意识的人都知道，这个在摘牌的节骨眼上成立的销售部，是一个能保住饭碗的位子。

就算农场有多大变动，新成立的部门，总不可能立马裁员吧！

所以，借着交材料的机会，前来走关系的人，多得都快把李明远办公室的老沙发坐塌了。

最初的时候，李明远本着走关系免谈，但可以谈谈对农场改革的建议这一想法，来接待这些人的。

可惜，他一次比一次失望。

来的这些人里，对于销售倒是侃侃而谈，个个滔滔不绝，激情澎湃。

虽然这些年轻人说的话，他大多数都听不太懂，但李明远倒是很高兴看到年轻人的上进，看着他们脸上洋溢的充满希望之光，他觉得自己似乎也回到了刚来农场的时候，那种具有开创精神，不怕天不怕地的初生牛犊的劲头。

不过，当李明远问到他们关于改革有什么建议的时候，这些小年轻要么避而不谈，要么言辞闪烁，有的都不敢直视李明远。

李明远知道他们心里咋想的，改革是一件大事，别说他们没有啥想法，就算真有，怕也不敢说。

毕竟这农场的人，从祖辈就在这里生活，四道泉走一圈，谁不认识谁？

说多了，万一领导真的大刀阔斧地裁员减人，那得罪的可不是一两个人，而是几家人。

以后还怎么做人？

可要是人人都这么想，四道泉农场就会成为永远拖农垦局后腿的那个！

所以，李明远从一开始还抱有希望，到后来看着这些人就来气，也是经历一个相当无奈的过程。

本来，他以为他们落笔写不出啥，但脑子里起码应该有点想法。

没想到这些年轻人压根就没想过改革这种事，他们仍然认为农场改革跟他们没啥关系，也不是该他们操心的事儿。

完全就是一副被动接受命运的样子，跟一群绵羊没啥区别。

现在生活好了，年轻人的脑子都灵光得很，只可惜当年开垦北大荒的魄力，都被他们丢光了！

李明远很惆怅。

回到办公室，李明远坐了下来，先是给自己倒了一杯水，坐下歇了歇，就从桌子上拿起了一个文件袋。

这文件袋是上午的时候，尹升给他送过来的，里面装着粮库参加竞聘者的资料和文件，以及他之前要的合理化建议。

李明远从头开始看，第一份资料，中规中矩，在递交上来的材料中，既不出挑，也并不比其他的资料差，只是没有什么新意亮点。

李明远摇了摇头，又拿起第二份。

这第二份的材料，差点没把李明远的鼻子气歪了。

这份材料，摆明了就是糊弄上来的。

他虽然自认为跟不上时代，但是这种全部都是用场面话堆砌起来，却一点都没有从实际出发的材料，只能用三个字来评价——不走心。

每一个农场都有自己的特定情况，地理位置决定了不同农场的条件和发展方向，这种摆明了就是糊弄事的人，要么是对这个位置没有什么兴趣，要么，就是对自己的竞聘胸有成竹。

李明远看了看署名，心里顿时了然。

原来是赵长海，刘副书记的外甥。

他摇了摇头。

农场之所以建立销售部，为的就是为四道泉农场的农产品开创出一条崭新的销售之路。

他们需要的不仅仅是开创精神，还有清晰的思路和脚踏实地能够做事的员工。

如果是这两个人，李明远宁愿选前者，也不会要这个赵长海。

他将赵长海的资料放到了一边，继而看到了第三份资料。

粮库那边只有两个名额，交上的材料却是三份。

而最后的一份，厚得远远超过了前两份加一起的总厚度。

李明远看向题目：

关于四道泉农场的改革合理化建议

……沈扬?

李明远心一动，立刻翻起了这份厚厚的建议书。

他越看眼睛越亮，越看心情越好。

看完最后一个字，李明远把建议书拍在桌子上，叫了一声“好”。

“好，好哇！老沈，你后继有人哪！”

对于沈长江，李明远是相当敬佩的。

当年，身为知青的沈长江下乡的时候，就住在李明远家里，两人是同事也是战友，也都是老场长陈保国的“兵”。

沈长江肚子里有墨水，做事情也特别认真。

陈保国早就说过，把粮库交给沈长江，是最放心的事情。

而沈长江也尽职尽责，这么多年，一直是李明远的至交和最信任的工作伙伴。

当年沈长江病逝，李明远悲痛不已，如今看到沈扬如此出息，他十分地欣慰。

而且，沈扬又是年轻一代的农场人里的凤毛麟角的大学生之一，可谓根正苗红。

平时看他，笑呵呵的，不太着调，没想到工作能力还挺强。

李明远心里这个高兴，可转头再去看申报名单的时候，却发现，沈扬根本就不在竞聘名单里。

这是咋回事?

他直接拿起电话，就想打给尹升，但想了想，又把电话放下了。

他得亲自会一会这个沈扬。

第 12 章

已经被场长李明远列为重点关注对象的沈扬，这段时间可是忙得脚打后脑勺。

现在正是收粮的时候，也是整个粮库最忙的时候。

作为仓储科，在这个时候是尤其紧张的。

因为他们不仅要核对收上来粮食的重量，还得检查质量，以防以次充好，以陈充新。

这几天，沈扬一直在仓库埋头苦干，细细检查。

他这个劲头，跟师父杨乃林如出一辙，以至于粮库的人都跟他开玩笑说，看沈扬弯背检查粮食的背影，还以为是杨科长呢。

沈扬一脸苦笑。

有人说，新官上任三把火，沈扬一直跟着师父杨乃林工作，对于粮库的情况他颇为了解。

仓储科一共就几个保管员，杨乃林铁面无私，认真负责，所以这几个保管员也都挺认真，沈扬也不需要烧什么火，认认真真把事情做好就行了。

但这次收粮入库不一样，其实沈扬也很清楚，这是自己刚上任的第一次主管收粮入库工作，多少双眼睛都在看着他呢。

所以，他必须打起十二分的精神，把质量关看得严严实实的，绝对不能给任何想要偷奸耍滑之人以可乘之机。

正因如此，沈扬在核实入库的时候，才格外地谨慎认真。

让沈扬没想到的是，他这么认真一查，还真查出了问题。

出问题的是一批刚刚入库的粮食，它被很巧妙地堆在仓库的最里面，被一排新粮挡住了。

这就很有心机了，肯定是送粮的人故意把它放在最里面，如果遇上心大的保管员，匆匆看一眼外面的粮，这事就过去了。

但可惜，沈扬的眼睛里可容不得沙子。

每一批收上来的粮食，他都要抽查质量的。

沈扬先是看了下日期，三天前收上来的。

其实如果只看表面，眼前的这批粮食，色泽也算是不错，如果不是经验丰富、对粮食有极深了解的保管员，也很难一眼就辨认出来。

不过沈扬可是被师父杨乃林手把手教出来的，杨乃林之所以对沈扬如此高看一眼，不仅仅因为他是沈长江的儿子。

沈扬的悟性很高，学东西也特别地快。

每个新入职的保管员要学习的第一个功课，就是辨识新粮和陈粮。

传统的辨识新粮的方法，不难。

先看颜色，如果大米的颜色有些微微泛黄，甚至已经是淡黄色了，有些还会有细小的裂纹，并且黯淡无光，这样的米则表示是陈米；如果大米颜色发白，有光泽，而且透明度高，则表示是新米。

其次是闻味道。

新鲜的大米，是有股子米香味的，而且这种香味非常怡人；如果是闻到一股米糠味或者是霉味，则表示大米要么是陈米，要么就已经变质了。

当然，粮库收粮，就算是以陈米冒充新米，他们也不敢太过。这就给辨识陈米提供了很大的难度。

但魔高一尺道高一丈，作为慧眼识米的老人儿，杨乃林自然有他的方法去辨识。

第一个绝招就是——搓。

抓起一把大米，使劲搓几下，然后再闻一闻，如果是淡淡的米香，那就是新米，如果出现刺鼻的气味或者是米糠味儿，就是陈米。

看硬度也是辨识新米和陈米的方法之一。

陈米受气温、湿度、氧化、虫蚀的影响，所以质地较脆；反之，新米的质地较硬。

所以，只要拿起几粒米，咬一下，如果轻轻一咬就碎了，就是陈米；如果咬一下，不碎而且很硬，那么，就证明这是新米。

杨乃林的第二个绝招，是抓。

用手抓一把大米，扔掉大米后，手心上会沾有一层白白的粉末状的物质，这种粉，就是糠粉。

众所周知，大米是由稻谷脱壳，变成糙米后，再次打磨后才是我们日常吃到的大米，而在最后的打磨阶段，肯定会有部分外皮、胚芽打磨成的糠粉，粘在米粒上。

而陈米由于时间久，经过长时间地落灰，反复地干燥、受潮，导致这层糠粉比较黏手。

所以，用手抓一把大米，再把大米扔掉，看看手上的糠粉。

如果用嘴轻轻一吹，糠粉就吹掉了，则表示这是新米；如果粘在手上，吹不掉，甚至有些油腻，那么则表示这是陈米。

正因为有了杨乃林总结的这些绝招，所以粮库的粮食质量，一直被把控得非常严格。

当然，也正是因为有了杨乃林的这些绝招，让沈扬对这批粮食问题的怀疑，得到了证实。

这批米，表面看起来颜色也还算白，如果没有新米对比，可能打冷眼还看不出啥。

但当你仔细闻的时候，就会觉得这味道不是那么对。

沈扬捻了一捻，又闻了一闻，忽然明白了。

这是一批经过处理的陈米。

现在时代进步了，一些改变陈米的手段也是花样百出。

有的通过抛光将陈米、发霉大米表层变质的部分去除，以次充好，将陈米卖新米价或掺杂在新米里卖掉；有的无视大米抛光只能使用水作为媒介的规定，掺入植物油甚至矿物油，不光导致大米品质的改变，还让本来可以食用的大米变成“毒大米”；有的大米被人工香精提味，让长期储存后香味消失的陈米摇身变为新米或香米。

而沈扬现在检查的这批陈米，正是被重新抛光过的陈米。

怪不得颜色这么艳亮。

只不过，用手用力这么一捻，就全碎了。

本来就软，打磨了一遍就更易碎了。

沈扬笑了：“这是把画蛇添足玩出了新高度啊！”

他把这一批以次充好的陈粮全都做好了记号，准备回办公室查一查这批陈粮的来源，没想到，刚走出仓库，就接到了一通电话。

打电话的人，沈扬不认识，但对方却认识沈扬。

对方张口就称呼沈扬为“沈科长”，还说自己想去拜访沈扬，问他有没有时间见一面。

“您哪位呀？”沈扬问。

对方支吾了一下，只说见了面就知道了。

沈扬觉得挺纳闷，就让他去自己办公室，说自己也马上回去。

对方好像挺高兴地挂断了电话。

沈扬满腹疑虑地走进办公室，打开了电脑。

先不管那个要来拜访自己的人是谁，陈粮的事儿他得查清楚。

电脑上的记录显示，这批陈粮确实是三天前收购的，收购的价格，却是新粮的价格。

看起来，又得打老鼠了啊？沈扬暗道。

第 13 章

印象里，在师父杨乃林在任的时候，曾经出过一次这样的事儿。有人以次充好，以陈充新，用新粮价格收购旧粮。

沈扬的父亲沈长江，对这种事情是最深恶痛绝的，师父杨乃林更是铁面无私。

看到有人以陈充新，杨乃林直接就向上级举报了这件事情。

没想到农场改革的重要关头，又有人胆大包天想套国家的钱！

沈扬很生气，后果很严重。

他一定要查出来这到底是谁的手笔，像这种想套国家钱的硕鼠，他见一个打一个，绝不姑息！

就在这个时候，沈扬办公室的门被敲响了。

沈扬急忙把电脑上的文件关掉，然后应了一声“请进”。

办公室的门被推开了。

走进来的是一个满脸堆笑的中年男人，大约四十岁年纪，方脸，身材矮胖，穿着蓝色的衬衫，手里还拎着一个公文包。

这打扮，真有点八九十年代的味道。

沈扬注意到，这个人一进门，就快速地把门关上了。

进屋先关门，这是有见不得人的事儿啊！

沈扬看破不说破，脸上带笑地看着这人到底想干啥。

“沈科长，久仰久仰！”

那人说着，伸出手就走了过来。

沈扬不慌不忙地伸手与他相握：“您是？”

“哦，我叫方强，是给咱们送粮的。”方强赶紧介绍自己。

“送粮的？走错办公室了吧？送粮找购销科，我们这是仓储科。”沈扬说着，就要走过去替方强开门。

“哎，沈科长，别呀！”方强急忙拦住了沈扬，然后从公文包里拿出了一个信封。

信封挺厚，里面装的什么，不言自明。

“您这是……”

“一点小小心意，不成敬意，不成敬意。”方强说着，不由分说地把信封塞进了沈扬的手里。

这个方强，知道自己的联系方式，还这么准确地找到了自己的办公室……最主要的是，偏偏在自己检查粮食质量的时候，找上门来。

可见，是粮库有内部人在给他报信。

这个人，甚至对沈扬的工作节奏了如指掌。

沈扬没急着打发方强走，而是捏了捏信封，笑道：“您这诚意挺足啊，至少有几千吧？”

“小意思小意思。”方强连连摆手。

“我说方老哥，您给我这么大一份厚礼，总得有个原因吧？所谓无功不受禄啊！”沈扬道。

方强见沈扬还挺上道，便松了口气，笑道：“我们的粮食已经送来了，就在仓库里。希望沈科长多加照顾……”

沈扬心头一动："已经在库里了？"

方强点了点头。

沈扬顿时就明白了。

原来这批粮食是早有人收进来，然后再让方强给自己送钱，想让自己睁一只眼闭一只眼就这么过去了。

这节奏安排得可以啊。

沈扬心里暗暗地说了声"佩服"，他的脸上带着笑，让方强误以为沈扬是默认了这笔"交易"，而彻底放了心。

"那沈科长您先忙着，咱们再联系？"方强脸上带着讨好的笑意，告辞走了。

送走了方强，沈扬便将那沓钱扔在办公桌上，看着它陷入沉思。

这个跟方强串通一气的人，到底是谁呢？

就在沈扬沉思的当儿，杨盼盼来了。

"干什么呢？敲了半天门你都不应。"杨盼盼走进来，笑着说道，"是不是又有什么事得秘密琢磨啦？"

沈扬一怔："你咋知道？"

"那还用问？"杨盼盼笑道，"你现在可是堂堂的仓储科科长，需要处理的事可多着呢！尤其眼下还是收粮的节骨眼儿。"

杨盼盼真不愧是杨乃林的女儿，聪明又机灵。

"快拉倒吧，我就是一个代理的！"沈扬说罢，用下巴指了指桌子上的那个信封。

杨盼盼顺着沈扬的示意看过去，顿时惊讶了起来："钱?！"

"果然是财务，一猜就猜中了。"沈扬说着，把自己在仓库看到的那批以陈充新的粮食的事，以及有人来给自己送钱的事情告诉了杨盼盼。

杨盼盼一边听一边笑："行啊，刚当上代理科长，就有人给你送钱啦！"

"这是想拉我下水啊！"沈扬颇为恼火地道，"我现在就是不知道，到底谁是这咱们内部的蛀虫！”

他本来想问方强的，但是估计问了方强也不可能会告诉他，不仅不会告诉他，还有可能会打草惊蛇。

“怎么，你还想把这条蛀虫揪出来？”杨盼盼问。

“不然呢？”沈扬反问，“我还能留着这条蛀虫，把它养肥？关键是，他们现在是也想拉着我跟他们一起做虫子！这我能忍?!”

看方强的样子就知道，他们是看沈扬年轻，没有啥经验，想要趁着他刚上任的时候，就把他拉下去。

东北有句俗话——“打下啥底儿是啥底儿”，意思是说，如果从事情开始的时候，奠定了什么基础，后续都得按照这个标准来，想改都难了。

所以，方强可以说是一个试探气球。

“其实这条虫子也不难猜是谁，”杨盼盼笑道，“你只要往粮食从哪儿收上来猜就知道了。”

“购销科？”沈扬说罢，眼睛就是一亮，“赵长海?!”

“嘘！”杨盼盼把手指竖在唇边，“小心，那人就在隔壁！”

沈扬心头豁然开朗。

粮食都是从购销科收上来的，而且，所有收上来的粮，都得经过赵长海签字，要说这事儿跟他没关系，那绝对不可能。

再者，赵长海的办公室就在自己旁边，他只要稍加留意就知道自己的动向。

“好家伙，还真有可能是他！”沈扬一跃而起，“盼盼，你还真聪明啊！”

“我不是真聪明，我是真知道他。”杨盼盼笑道，“这个人每次报销的时候，都想方设法地多报一点，所谓江山易改，本性难移！我爸之前在的时候，他就想偷偷地搞小动作，但是都被我爸给挡回去了。现在你上任，他当然得想办法蹦跶蹦跶。”

杨盼盼说的太有道理了。

沈扬沉吟道："现在他们是不管不顾地往我手里塞烫手山芋啊！我要是不拿出点态度来，那就太窝囊了！"

如果说"打下啥底儿是啥底儿"，那么沈扬就得让他们知道知道自己的厉害，让他们以后想打坏主意都不敢！

杨盼盼赞许地点头："说得好！"

第14章

赵长海今天的心情很美丽。

就在刚才，他接到了方强的电话，说事情已经办成了。

"你确定办成了？"起初，赵长海还有点不敢相信自己的耳朵，"沈扬那小子把钱收下了？"

"收了收了！"方强一边走，一边朗声笑道，"一点都没犹豫，直接就收了！"

"好小子！"赵长海不由得在心里嗤笑出声。

他之前送沈扬两包茶叶，那小子连看都没看，直接当着赵长海的面送人了。

赵长海还以为沈扬有多高尚！

弄了半天，他不是高尚，也不是清高，而是看不上赵长海送的茶叶！

想想也是，茶叶再值钱，也终究还是喝的东西。

但钱不一样，有了钱，人家想买啥不行?!

沈扬当着自己的面把茶叶送人，那是在故意给自己看呢！

幸好赵长海精明，这次拿捏到了沈扬的需要。

"赵科长，咱们的粮，这次算是稳稳的了吧？"方强的声音，打断了赵长海的思绪，"后续的粮，啥时候可以送过来？"

"急什么？"赵长海有点不耐烦，"先等两天，我告诉你送再送。"

方强也是一只千年的狐狸，立刻明白了赵长海的意思。

这小子是看自己给了沈扬那边钱，自己也想再捞点好处。赵长海之所以对自己这么横，意思就是在敲打方强，别以为傍上了仓储科那边就行了，收粮，还是得经过他购销科这边。

于是方强立刻赔着笑脸道："行行行，哎呀，看把我急的，当然得您方便的时候再说。赵科长，您看看这几天哪天方便，咱们出来喝个茶？"

"再说吧，电话联系。"赵长海说罢，挂断了电话。

别看赵长海的态度挺横，但心里却挺舒坦。

真是不敲打就不知道谁是大王，谁是小王！

能搞定沈扬，还不是因为他赵长海够聪明，要不然就凭方强？他就算是想送粮进来，也得能找着门儿才算！

赵长海高兴得哼起了小调，现在，他不仅能安安心心地把那批以陈粮冒充新粮的钱收好，还能再吃一笔方强的回扣。

更让他得意的是，他抓到了沈扬的小辫子。

这次收粮，赵长海可以结结实实地捞上一大笔！

反正农场现在销售不力，就算是新粮也卖不出去，不管收起来陈粮还是新粮，谁知道？

在赵长海升职到农场销售部之前，都可以高枕无忧了。

这天回到家，沈扬就开始琢磨要怎么把赵长海勾结供应方，以陈粮冒充新粮的事情汇报给上级。

想了半天，沈扬决定明天就去找尹升，把那个信封也如数上交。

其实他是打从心眼里看不起赵长海这个唯利是图的小人，这种人混在集体里，就像是一颗老鼠屎。

但赵长海毕竟是个有后台的人，就算是沈扬这次举报他，也未必就能把赵长海踢出粮库。

但举报还是得举报，要不然沈扬怎么对得起自己的职位，怎么对得起尹升对自己的信任，怎么对得起师父杨乃林？

更何况，他是沈长江的儿子！

第二天一早，沈扬早早地就来到了粮库。

他原本是想等尹升上班的时候，向他举报赵长海收陈粮冒充新粮，还想要贿赂自己的事情。

但是没有想到，他刚到粮库，就听到通知说今天场长李明远会来粮库视察。

沈扬一听，顿时乐了。

这真是天赐良机。

赵长海，我看你这次还往哪儿跑!

沈扬心里那叫一个高兴。

其实高兴的不仅仅是沈扬，还有赵长海。

自从交了资料之后，赵长海就想尽一切办法想要去拜访李明远。

可惜李明远太忙了，就算他有这个心想要见李明远，给人家场长表表“心意”，人家也没这个时间见他。

今天，偏巧李明远自己来了，赵长海又惊又喜，开始琢磨着怎么在李明远的面前表现一下。

领导来视察，陪同的人肯定不少，送礼表心意，估计是没有这个机会。赵长海只能想办法，让自己显得很优秀。

于是他从抽屉里拿出镜子，把头发拢了又拢，梳了又梳，还特意把电脑打开，找出了一份文件。摆好了这一切之后，他就静等着李明远来，只要一听到动静，就立刻假装成正在努力工作的样子。

赵长海是假工作，沈扬是真工作。

收粮时期，仓库的所有工作人员，就像接力棒似的，这边忙完了那边忙。

仓库则是最忙的。

他们不仅要负责清点库存，还得纳新、检查和核对。

而沈扬今天，为了迎接李明远，还得进行一项特别的工作——搬运。

是的，他要把赵长海购进来又偷偷藏到后面的那批陈粮，搬到前面来。

这批粮进得可不少，沈扬一袋袋地搬出来，可把他累得够呛。

当李明远前来视察的时候，基本上有点心眼、懂点事的都跑过去打招呼去了。

赵长海原本是打算让李明远看到自己勤奋工作的一面，没想到这边才有人在走廊上喊了一声“李场长好”，他就像被火烧着屁股似的，一下子“蹿”起来，冲到外面去了。

李明远笑呵呵地，在尹升的陪同下，挨个办公室打着招呼。

赵长海满面笑容地迎了过去，热情洋溢地向李明远打着招呼。

“李场长！”他朗声笑着，伸出手迎了上去，“好久不见，李场长！”

这语气，这份热情，就像是两个很亲近的人见面了一般。

不知道的，还以为赵长海是李明远的老熟人。

李明远自己也是一怔，等他看清赵长海的时候，人已经到近前了。

所谓伸手不打笑面人，李明远下意识地伸出手跟赵长海相握。

“哎呀，李场长亲自视察工作，真是心系基层员工，太认真，太负责了！”

赵长海握着李明远的手，晃了又晃。

周围的人看得全都是一副“受不了”的表情。尹升更是尴尬不已。

但赵长海不尴尬，只要脸皮足够厚，天上地下随便走。

李明远对赵长海也没有什么好印象，从赵长海交上的资料，李明远就能看出来，赵长海这小子是个眼高手低、一心只想钻营的人。

如果不倚仗他有一个当副书记的舅舅，这小子根本没这个可能进粮库，更别提有这个机会当什么科长。

第 15 章

不过，李明远倒是没把此时的心情表现出来，他跟赵长海握了手，象征性地问了他几个问题，就去看别的了。

赵长海今天一心想要在李明远面前表现，怎奈李明远就跟自己说了几句话，这可把他急得够呛。

见李明远继续往前走，他便不死心地在后面跟着。

尹升自然看出了赵长海心里的小九九，他本来想呵斥赵长海回去工作，还没来得及说，李明远就说话了：

“这是仓储科办公室？”

“啊，对。”尹升回过神来，点了点头。

见李明远伸手去敲门，尹升的心里顿时明白了李明远此行的目的。

尹升是李明远一手提拔起来的，自然很明白领导的心思。

其实自从看到沈扬写的四道泉农场改革合理化建议的时候，尹升就笃定李明远一定会对沈扬的合理化建议书眼前一亮。

所以从那天起，尹升就一直等着李明远的电话。

但他万万没有想到，没等来李明远的电话，等来的却是他老人家本人。

而且，李明远也没有提前通知，而是一大早就打来电话，说检查工作，然后就来了。

蒙圈的尹升有点蒙圈，他琢磨了半天也没有琢磨明白李明远此行的目标到底是啥。

虽然也想过是不是为了沈扬的合理化建议书而来，但又不敢太确定。

尹升又不好直接问，只能是配合着李明远，以便观察领导真正的用意。

直到看他直接去推沈扬办公室的门，尹升才终于肯定了自己的猜测。

李明远是奔着沈扬来的！

尹升心里别提有多高兴了，但又必须强装镇定。

李明远这边已经敲了三下沈扬办公室的门，但里面却没有人应。

尹升上前一步，直接把门给推开了，看到的却是空空荡荡的办公室。

“哎呀，这个沈科长，领导来视察，他也不在，这人可真是，工作时间干啥去了。”

赵长海是唯恐天下不乱，好不容易能找到机会踩沈扬一脚，还是在场长的面前，他怎么能不高兴?!

赵长海的话显然已经达到了他预期的效果，李明远的脸色果然微微地变了一变。

尹升的脸上也有点挂不住，心里自然也不太痛快。

人家李场长百忙之中，还惦记着给他一个机会，没想到这小子关键时候掉链子，真让他生气。

尹升直接拿出手机，拨通了沈扬的电话。

电话响了几声，沈扬才接起来，还是气喘吁吁的。

“你干啥呢？咋不在办公室?!”尹升的语气里，已经是克制不住的不悦与焦急，沈扬却老神在在，一副理所当然的语气：“干活呢。”

“干什么活？你在哪儿干活呢?!”尹升气得差点吐血。

“仓库呢，啥指示呀，领导？”沈扬问。

“仓库?!这时候你去什么仓库?!你快赶紧给我……”

尹升刚想说让沈扬赶紧回来，李明远却给了他一个手势，尹升会意，说了声“没事了”，就挂断了电话。

“走，咱们去仓库看看。”

李明远说着，率先转身走出了沈扬的办公室。

这下，赵长海可就不痛快了。

这个沈扬，心机还挺深!

场长来了，别人都去迎接，就他去仓库干活，这不是显摆自己能干吗?

赵长海越想，就越后悔刚才自己为啥要出办公室，他就应该好好地坐在那儿，假装办公!

但是现在后悔也已经晚了，只能厚着脸皮跟在李明远后面，去看看沈扬到底在起什么幺蛾子。

别看李明远已经上了年纪，但是腿脚可并不比年轻人慢。

他兀自在前面走，尹升赶紧在后面跟上，赵长海也迈开步子往前走，尹升知道赵长海一肚子的坏水，听到赵长海的脚步声，他立刻站住了。

“赵科长回去工作吧。”

尹升板着脸，语气也不是那么客气，赵长海见状，也不好再厚着脸皮跟着。

再说了，沈扬那么精明，跑去干活，他再跟在场长屁股后面，好像他没事闲的，不好好工作似的。

“好，那主任您有什么事就喊我哈。”赵长海赔着笑脸点头，待看到尹升和李明远走了之后，脸上的笑容眨眼间便收了回去，转身悻悻地走了。

李明远也不跟尹升说话，直接来到了仓库。

仓库里，沈扬正汗流浃背地拆着粮食袋子。

从刚才尹升打电话，沈扬就知道，场长李明远肯定是来了。

这个时间刚刚好，沈扬刚把最后一袋以陈充新的粮食搬到前面来。

约莫着时间差不多，沈扬顾不上休息，赶紧去拆粮。

而就在这个时候，李明远和尹升一前一后地走了进来。

“沈扬，李场长来了。”尹升急忙出声提醒。

沈扬的手里还拿着剪刀，见李明远来，赶紧放下剪刀，抹了一把汗，迎了上去。

“李场长好，尹主任好。”

“你好，沈扬。”李明远看着眼前的这个小伙子，浓眉大眼，身材挺拔，意气风发，确实是个不错的年轻人。

“我们刚才路过你办公室，说你在仓库，正好就来看看。”李明远说着，走向了那些粮食。

看着沈扬这满头大汗的样子，尹升倒是挺欣慰。

他拍了拍沈扬的肩膀，道："李场长特意去你办公室看的你。"

"辛苦李场长！"沈扬也不是很会说场面话，憋了半天，憋出来这么一句。

李明远笑了："怎么样，收粮的季节很忙活啊？"

"是，每年的这个时候都要忙一阵。"沈扬点头，他也不多客套，直接走过去，打开了那袋陈粮的袋子。

刚打开袋子，他就皱起了眉头。

李明远本来还想跟沈扬多聊两句，当面问问他对于农场改革的想法，但看到沈扬的脸色有变，还直勾勾地看着那袋粮食，不禁也走了过来。

这一看之下，李明远的脸色也变了。

尹升不知道怎么回事，也凑过来看。

当他看到那袋粮食的时候，脑袋顿时"嗡"的一声响。

"这是怎么回事?!"尹升顿时怒了，李明远的嘴唇也紧紧地抿着。

第16章

如果不是尹升在这里，李明远可能也会发火。

但尹升毕竟是这里的负责人，所以有他在，自己也不好发火。

不发火，不代表李明远不生气，他沉默着，很明显就是在等尹升表达。

尹升也是一个非常认真负责的人，他是沈扬的父亲沈长江一手带出来的"兵"。

他跟沈长江之间的关系，就像是沈扬跟杨乃林一样。

从工作之初，就被沈长江耳提面命地强调，坚决不允许有人打国家粮库的主意，那种想占国家便宜的硕鼠，坚决要见一个打一个，绝不姑息！

而尹升在沈长江离世前去探望他的时候，沈长江就再一次郑重地叮嘱了尹升。

尹升也郑重答应了。

这是尹升对于老主任的承诺，也是尹升一直以来的工作准则。

但是这一次，却有人敢公然以陈粮冒充新粮，还被场长李明远看见了，这不是在明晃晃地打他的脸吗?!

尹升怒不可遏。

沈扬见火已经拱得差不多了，便从口袋里拿出了那个信封。

“这是什么？”尹升怒问。

“有人塞给我的。”沈扬说着，把信封递给了尹升，“尹主任、李场长，我对天发誓，以我爸的名义发誓，这信封我连打都没打开！”

李明远依旧没有说话，而是看着尹升。

尹升当然知道，李明远是在看他怎么处理这件事。

以尹升处理事情的方式，他是绝对不可能姑息这种行为的，更何况领导还在场。

他拿过信封，打开来，里面不出所料的是一沓钱。

“这批陈粮，数量有多少？”尹升问。

“不少。”沈扬指着面前的这些陈粮，道，“这些都是。”

尹升的脸色，愈加难看了几分。

这些粮食，如果全都是按照新粮价格收购的，那中饱私囊的钱，是一笔极为不菲的数目。

农场现在本来就压力很大，陈粮卖不出去，新粮又不得不收，已经不是“入不敷出”四个字能形容的了。

却偏偏有人在这个时候侵占公款，尹升的肺都要气炸了！

“领导，恕我直言，这八成是有人想趁着机构改革，各方混乱，想大捞一笔！”沈扬不失时机地说道，“当然，也是趁着我这个代理仓储科长刚上任，就给我来这么一出，想要拉我下水！

“这件事情，要是不处理，以后我的工作也不好开展。李场长、尹主任，您二位看呢？”

“知道了，这件事尹主任会处理。”李明远说着，又对沈扬道，“沈扬，你做得不错，没有在利益面前低头，也没有被金钱冲昏头脑。”

表扬完了沈扬，李明远拍了拍尹升的肩膀。

“交给你了，尹主任。”

说完了这一句，李明远便离开了粮库。

尹升急忙走上前，想要送一送李明远。

李明远却只是摆了摆手，头也不回地走了。

尹升这心里就像是堵了一块大石头似的，转头，瞪向了沈扬。

“上我办公室说去！”

尹升扔下这句话，也转身走了。

沈扬倒也不生气，他乐呵呵地，拍了拍这些粮食：“干得漂亮！”

他从仓库走出来，锁好了仓库的大门。

这一幕，刚好被站在窗前的赵长海看个清楚。

赵长海是被尹升呵斥得回到了办公室，但他哪里有心情干活？

他的心思全都飘到场长李明远身上去了。

李场长到仓库，都说了啥？

那个沈扬该不会一顿给领导灌迷魂汤，把李场长给忽悠蒙了吧？

赵长海越想越气，越想越坐不住，索性站在窗户前往下看。

但很快，他就发现李明远走了出来。

赵长海急忙蹲下身，把大半个身子藏起来，只露半截脑袋，观察着。

李明远的脸色似乎不是那么太好看，就连尹主任从后面追上来，他都只是摆摆手，连句话都没说。

看起来沈扬处心积虑的表现，根本就没得到李场长的夸奖。

不仅没夸奖，还把人家领导给惹得不高兴了。

“哈哈，沈扬，这回玩砸了吧！”

赵长海乐坏了，但他可不知道，这正是沈扬所追求的效果：不怕领导生气，就怕领导不生气。

只有很生气，他才能把赵长海这只掉进米缸里的“蛀虫”给清出去。

沈扬确实是这么想的，要不然他也不能费这么大的劲儿，把那些被藏在仓库后面伪装成新粮的陈粮搬出来。

等沈扬来到尹升办公室的时候，他其实已经累得走不动道儿了。

“主任。”

沈扬打了声招呼，还不待尹升让他坐，就一屁股坐到了尹升办公室的沙发上。

“行啊，沈扬，现在当上科长，学会摆架子了？”尹升看着沈扬，就气不打一处来。

“没，不是我不尊敬您，主任，是我实在站不住了。您看我这手都直哆嗦。”

刚才搬了那么多袋的粮食，全都是沈扬一个人倒腾，真是累到脱力。就算是想装，都装不住了。

尹升看着沈扬这说话都透着一股子虚劲儿的样子，差点被他气笑。

“怎么着，为了算计领导，把自己累得没劲儿了？”

“领导英明，都被您看穿了。”沈扬知道自己的这点小心眼，肯定瞒不过尹升。

人家是领导，也是长辈，见过的世面比沈扬吃过的盐都多。

要是在这个时候，沈扬还扭扭捏捏装模作样，那就是在找死了。

所以，他也不再藏着掖着，索性直截了当地把话挑明了。

“其实我今天本来是打算直接找您汇报的，但刚一上班，就接到通知，说场长今天过来。我一琢磨，干脆也别费二遍事，直接就在您二位的面前，把这事儿说出来得了。”

其实，这只是沈扬说的其一。

其二，沈扬也是给尹升一个不得不对赵长海开刀的倚仗。

没办法，赵长海的后台太硬了。

沈扬不确定尹升有没有这个魄力直接去扳赵长海，如果不能，那么这件事情最多，也就是雷声大、雨点小。

虽然能把这批粮食退回去，再给赵长海一个批评，但就凭这小子一肚子坏水的德行，恐怕他不仅下次再犯，还得想尽一切办法报复自己。

最主要的是，赵长海要去农场销售部竞聘了。

这是一件非常可怕的事。

一只硕鼠在粮库就作威作福，占国家便宜，昧着良心吃回报、报假账，如果真到了农场的销售部，让他来负责整个农场的销售，那能放心吗?

到时候，吃亏的是粮库，是农场，是国家!

第 17 章

沈扬也不是那种有多高思想觉悟的人，但是他却很清楚，国家的粮食绝对不能交给像赵长海这样的人。

尹升看着沈扬，似乎猜到了他的一点小心思，继而给他倒了一杯水，递了过去。

沈扬也不客气，接过水来就喝。

“你是醉翁之意不在酒吧？有怀疑对象了？”

沈扬顿住了，他刚喝了一口水，脑子里转了一转，然后把水咽了下去。

“这我上哪儿有怀疑对象呀。”他笑嘻嘻地道，“来给我送钱的，说他叫方强。我反正是没见过他，都不知道他哪儿来的。

“不过，他有我的手机号，肯定是有人告诉他的！而且吧……”沈扬沉吟片刻，又道，“不知道别的科室什么样的，反正我们仓储科，收上来的粮食，都得我这个代理科长检查完质量，在表格上签字，才能入库。我估计别的科室也差不多？”

沈扬这番话，已经说得很明确了，尹升也很快就明白了沈扬的意思。

“行了，你出去吧。”

尹升的脸色沉了下去。

“好嘞！”

领导没好脸色，沈扬也不恼，立刻起身，走出了尹升的办公室。

走出去他才想起来，手上还拿着尹升给他倒水的杯子呢。

不过，这会儿的尹升肯定没这个心情要这个杯子了。

要是沈扬现在进去，保不齐还得挨顿骂。

他还是哪儿凉快哪儿待着去吧，算计了领导一大通，得了便宜可就不再卖乖了。

这么一想，沈扬就捧着水杯，一路乐着回办公室去了。

沈扬到底还是年轻力壮的小伙子，刚才在尹升的办公室坐了一会儿，又喝了点水，体力多少恢复了一些，就是肩膀酸痛。

他坐回到办公室，活动了一下肩膀，心想今天的劳动量真是超标了，今天缓一天，晚上胳膊腿就得疼得不行，明天估计他的手都得抬不起来。

不过，能把赵长海这条大肥耗子捉住，再累也值了！

沈扬正坐在这儿高兴呢，杨盼盼来了。

一进办公室，她就立刻关上门，一脸紧张地问：“咋回事呀，刚才尹主任黑着脸找我查账，让我把购粮款的票据全给他找出来。你向主任举报赵长海了？”

“我可没举报他，我就是让领导们看看那批陈粮。”当着杨盼盼的面儿，沈扬就不用装了，他得意扬扬地笑道，“好家伙，这批陈粮可把两个领导看的，脸都青了。”

“两个领导？”杨盼盼一怔，“李场长也看到了？”

杨盼盼没有想到沈扬竟然能做到这一步，更没想到他竟然有这么大的胆子，当着两个领导的面，演了好大的一出戏。

“你还把尹主任算计进去了，你可是胆大包天！”杨盼盼想想都替沈扬捏了一把汗，“于情于理，你都得先言语尹主任一声呀！现在这样，你等于把尹主任装进去了，你就不怕尹主任给你穿小鞋？”

“我就这么大的脚丫子，小鞋是穿不进去了，爱咋样就咋样吧！”

沈扬把双手枕在脑后，摆了一个舒服的姿势。

“我相信尹主任的为人，他干不出来这种事。不过，不乐意那也是必然的。但是，如果我不这么做，轻飘飘地把赵长海饶了，以后他得变本加厉地干坏事儿！

“而且，他不是要竞聘农场的销售吗？他要是真到农场那边去了，不得把粮库掏空?！这小子是贪心不足蛇吞象，一粒耗子屎坏一锅汤。可留不得这种人。”

“你呀！”杨盼盼这还是第一次表现出对沈扬的不理解，她板着一张漂亮的小脸儿，严肃认真地道，“沈扬，你就是一个仓储科的科长，还是个代理的。有些事儿，还没到你做主的份儿。

“赵长海是贪心，是坏，但是上面有领导，该怎么处置他，那是领导说了算的事儿。你手伸这么长，到时候影响的是你自己！

“人家赵长海是有后台的！你现在觉得挺得意，将了尹主任一军。我知道你是为了粮库好，让尹主任把赵长海给开了，但是你有没有想过，你这么做会让尹主任很为难？

“如果尹主任不得不扳倒赵长海，那上面要是给尹主任施压，或者想方设法地刁难尹主任，这也很麻烦呀！

“农场马上要改革了，在这个节骨眼上，你闹出了这么大的乱子，万一上面借着摘牌儿调整人员工作岗位的借口，把你开除了怎么办？你的铁饭碗就没有了！”

不得不承认，杨盼盼的担心是有道理的。

沈扬其实早就想好了自己所作所为有可能带来的后果，对他的教导至今还响在耳畔，在这种大是大非面前，沈扬可做不来委曲求全、为了工作昧良心的事儿。

既然要举报赵长海，那就把这件事情做到大，做到赵长海就算是想要反扑，也无力回天的地步。

一切的结果也只能取决于李明远和尹升，如果领导们铁了心地为了保住自己的官位而无视粮库的利益，那他也无话可说。

换而言之，如果上面都是这样的领导，他捧着这个铁饭碗又有啥用？

“嗐，放心吧，我心里有底儿。走，咱去买点好吃的看师父去！”

沈扬也不想再跟杨盼盼多说了，两个人站在不同的角度，其实怎么说都有理，也都未必能说服对方。

况且沈扬做都做了，还能把时间倒退咋的？

杨盼盼也了解沈扬，知道他表面上看起来嘻嘻哈哈，其实性格像极了沈长江，倔强如驴。

通过这件事情，杨盼盼也看到了沈扬的正义感和担当，担忧归担忧，她对沈扬的感情，竟由好感中生出了一丝敬佩。

于是他们再去买饭的时候，杨盼盼还特意买了几样沈扬特别喜欢吃的菜。

沈扬是满心轻松，啥也不放在心上了，但却把尹升闹心坏了。

他的想法一点都没错，这个赵长海真是个烫手山芋。

而且还是个扔不出去、粘到手上的山芋。

尹升知道，这件事情肯定是赵长海干的。

赵长海是购销科的科长，收购陈粮冒充新粮的事情，如果没有他的首肯和签字，那批旧粮根本不可能被搬到仓库来。

而且，尹升从杨盼盼那里拿来的收购粮食的凭证上，看到了赵长海的签字，还有那个叫方强的人的签字。

钱，对方倒是还没有拿走，因为付款单需要向上审批。

但如果不是沈扬举报了这件事情，粮库将会面临着无法挽回的巨大损失！

甚至，赵长海为了堵住沈扬的嘴，还特意让人给他送钱，这种行径简直可耻至极！

如果换作是别人，那么尹升给他开除八百个来回都不解气。

他甚至都可以上报有关部门，把这条蛀虫给逮起来，以正国法。

而且沈扬有一点说对了，这种行为绝对不能姑息，否则就会有第二次第三次甚至更多。

可是，赵长海偏偏有过硬的后台，和一张复杂的关系网。

尤其是现在面临农场改革的节骨眼上，一旦处理不好，将会引发更大的乱子，甚至他这个粮库主任可能也得受到牵连。

到底应该怎么处理这件事情呢？

尹升苦着脸，陷入了沉思之中……

作者简介

吴志超，笔名吴半仙，中国作协会员，第十一届鲁迅文学院网络文学高研班学员。现为黑龙江省作协网络文学委员会副主任，黑龙江省作协合同制作家，哈尔滨市作协副主席，哈尔滨文学院签约作家。长篇小说《守鹤人》，入选国家新闻出版署“2022—2023 年优秀现实题材网络文学出版工程”；入选中国图书评论学会“2023 年度中国好书”。长篇小说《丰碑》，入选 2023 年中国作协网络文学院主办“新时代十年百部中国网络文学作品榜单”。2024 年获得海南省“五个一工程”奖。长篇小说《大国粮仓》，获得第五届辽宁省“金桅杆”网络文学奖。

君子当自健

张晓光

1

早上八点，吃完简单早饭的张自健换好工服，走进车间，开始了他一天的工作。

张自健是这家塑料制品厂的一名普通工人，如现今千千万万进城务工的农村年轻人一样，他日日站在流水线前，重复着机械而乏味的劳动，渐渐活成车间里一尊冰冷的雕塑。这样的雕塑一个车间有四十尊，全部容颜年轻，面无表情，全部淹没在灰色的工服下，让人无法辨别他们的姓名，甚至性别。

在车间里，工人们彼此很少以姓名相称，因为胸前的工号要比每个人的名字更加直观，但张自健很喜欢自己的名字，这是他那小学都没读完的父亲唯一能记住的一句古老名言：

“天行健，君子以自强不息。”

七岁的时候，张自健读小学一年级，第一次想知道自己名字的含义，于是背着小书包跑回家问他的父亲。父亲如往常一样，太阳不落山就喝得酩酊大醉，他抓着父亲的胳膊摇了又摇，又跑前跑后地烧热水给父亲洗脸，企图让父亲清醒，一直折腾了很久，他才从神情茫然的父亲口中，得到了这样一句话。

很奇怪，其实七岁的孩子能懂什么呢？但张自健偏偏记住了它，这句箴言自有一种古朴的力量，让小小的张自健感到了震撼。名字是一个人一生的标记，尽管张自健的父亲并没有什么文化，但依然饱含着美好的企望，给自己的长子珍而重之地取名。

现在的张自健二十岁了，越来越深刻地体会到这句话的含意。他出生于偏僻的农村，自小丧母，父亲又严重酗酒，几乎从来不去做农活，还有一个体弱多病的弟弟。自他记事起，就没有人能帮他，他也不想依赖别人的援手，因为“君子以自强不息”，张自健一直把自己看作一个小小的君子，尽管时间已经飞奔到了二十一世纪，再没有多少人会提起这个过了时的古老概念。

三年前，张自健放弃读高中的机会，来到省会哈尔滨打工，三年来他换了四家工厂，但其实并没有多少区别，生活差不多，工资差不多，劳动强度也差不多，他每个月能挣三千块钱，一千五留下自己用，一千五寄回家，供弟弟上高中，供父亲吃饭喝酒。

这样死水一般的生活，在一个月前，开始产生了变化。

中午十二点，张自健离开车间，但他并没有随工友一起闹闹哄哄地赶去餐厅吃饭，而是走到院子里一个僻静的角落，掏出手机，笑容满面地开始打电话：

“喂，小莺，你下课了吗？

“嗯，我刚刚干完上午的活……你周六有空吗？噢要参加社团活动啊……周日呢？哦班里面有聚会……没关系，我们下周再见面吧，你周末没空我可以跟班长申请加加班，这样下个月我就能请你吃饭啦！

“好的，你先去吃饭吧，嗯，拜拜，明天再聊……”

挂断电话，张自健脸上依然带着掩盖不住的笑容，他的脚上跟踩了弹簧似的，一蹦一跳地往食堂跑——现在食堂肯定剩不下什么好饭了，但是没关系，这一通电话，就让他像是吃了蜂蜜一样地满足。

电话另一头的女孩叫侯小莺，哈尔滨S大学中文系大一新生，她是张自健的同乡，也是张自健那从小一起长大的初恋女朋友。

侯小莺与张自健同村，但家境要比张自健好得多。侯小莺的父亲是个木匠，有着造家具的好手艺，收入自然比单纯的下田种地好很多，侯小莺的母亲温柔又勤俭，把小小的家庭打理得井井有条，所以虽然侯小莺是个女孩，依然顺顺利利地读完高中，考上了大学。

在张自健眼里，侯小莺是最漂亮的姑娘，大大的眼睛，高高的鼻梁，薄薄的嘴唇。侯小莺很喜欢笑，她一笑起来，仿佛一朵初初绽放的野百合，纯洁而清丽。

从情窦初开之时，两人就走到了一起，后来张自健去省城打工，侯小莺留在县城念高中，距离的阻隔并没有改变两人之间的感情，两人异地恋了三年，依然是甜甜蜜蜜，情深似海，侯小莺的成绩很好，本来有机会考去北京的，但为了与张自健在一起，她还是填了省城哈尔滨的大学。一个月前的九月开学季，侯小莺提着大包小包坐火车来学校报到，张自健则特意请了一天假，一大清早就跑去火车站等小莺，接到小莺后，张自健忙前忙后地围着小莺转了整整一天，把大一新生入学时的所有烦琐事宜都替小莺置办妥当，小莺穿一身纯白色连衣裙，俏生生地站在宿舍楼底下，张自健却满头大汗，喉咙干得几乎要说不出话来。

小莺扭开一瓶冰镇矿泉水，笑靥如花地递给张自健："快喝点水，你看你，都快忙死了，其实很多事我自己也能做啊，我没那么娇贵的。"

张自健一口气灌下半瓶水，简直有一种起死回生的感觉，中午的烈日炙烤着他黝黑的脸庞，而他挠挠头，笑得很憨厚："你是我媳妇嘛，太阳这么毒，你就在阴凉地里待着就行，不然要我还有什么用？"

侯小莺微微低头，脸颊泛起一抹羞涩的红晕，她的声音很低，轻轻柔柔的，如一缕清风吹进张自健燥热的心头："阿健，辛苦你了。"

张自健握住小莺细嫩的纤纤素手："小莺，真好，你也来哈尔滨了，从此以后我们见面就容易多了，你这边有什么困难，我随时都能帮衬上。"

侯小莺笑着一点头："嗯！我来哈尔滨读书……可不就是因为你在这儿吗？"

"小莺，你听我说，"张自健凝视着自己美丽的爱人，年轻的脸庞却写满了郑重其事，"你在学校里好好读书，我在厂里努力赚钱，今后我养你，等你毕业了，咱们就结婚。"

小莺盯着地面，脸颊越来越红，可是并没有生气的意思。这句话，她的阿健已经说了许多次，早已成为两人心中共同的目标，而现在，小莺第一次感觉到，多年的梦想开始与现实一点点重合，只要他们按部就班地走下去，他们就可以白头偕老，一生一世共同度过。

哪个女孩不盼望着与自己的爱人永远在一起？

小莺的手慢慢回握住张自健，四周倏忽间安静了，没有喧闹的人群，没有树荫里聒噪的蝉鸣，整个世界仿佛只剩下他们两个，最终，她忸怩着，细如蚊蝇地回答了一个字："好。"

于是阿健眉眼弯弯，咧开一张嘴，笑容比初秋的阳光更加灿烂。

现在的张自健同样眉眼弯弯，心不在焉地在食堂里扒了两大碗米饭之后，他"噔噔噔"地跑去找车间班长。

"班长，你看……这周末能安排我加班吗？"

班长比张自健大几岁，是个二十五六岁的青年，此时吃饱喝足，正惬意地倚着墙角抽烟，看见张自健，他不禁皱起了眉头："哎……怎么又是你小子？你最近失心疯啦，天天吵着要加班，其他人周末巴不得好好休息休息，怎么就你特殊？"

张自健嘴角仍带着笑，不好意思说自己要为媳妇挣钱，他顺着班长的话头继续道："班长这可是你自己说的，其他人都不想加班！那他们都不乐意，您就把名额给我得了！"

班长沉思片刻："也不是都不愿意……小王、小杨都提前跟我打过招呼了，这周末的名额满了，你下周再来申请。"

张自健霎时间急了，"别价啊班长……"他话说到一半，忽然看到班长手里夹着的烟，方才恍然大悟，"班长，那啥，你先别走，等我五分钟！"

五分钟后，两包烟送到班长的手里，那班长的态度果然和颜悦色起来，把烟揣进兜里，他大手一挥，轻飘飘地表示："好了，我这人是很通情达理的，既然你主动要求加班，我就去帮你跟主任说一声。"

张自健一边心疼着烟钱，一边还少不得要点头哈腰地恭维班长："哎哎，劳班长您费心。"

2

当张自健在厂里为了几十块的加班费费尽心机时，S 大学里的侯小莺同样不开心。

侯小莺上大学前，从未来过哈尔滨这样的大城市，在她前二十年的人生轨迹里，她一直认为自己活得顺风顺水，论出身，她家在村里算是小富，衣食不缺，吃穿不愁；论感情，男友阿健许多年如一日地对她好，把她捧在手心里宠爱；论容貌，她在县城的高中里是有名的班花，被不少男生追求过，尽管她一个都没答应，可女孩子天生具有的虚荣心，还是让她一直扬扬得意，认为自己完全担得起"美女"一词。

侯小莺丝毫没有预料到，她曾经引以为豪的一切，进入大学后却顷刻间烟消云散。

原本丰衣足食的家境在其他人面前如此不值一提——她所住的六人寝室里有三个是哈尔滨本地姑娘，另外两个也是城市户口，换而言之，她成了宿舍里唯一的"村姑"，当舍友们兴致勃勃地讨论着星巴克、苹果手机、香水、化妆品……她傻傻地待在一旁，一句话都插不进去。当时髦的城市姑娘用高档化妆品将自己的脸庞装扮得精致无瑕，侯小莺凝望着镜子里的自己，忽然间自惭形秽。

她明明知道自己不丑，可是为什么，当她跟那些打扮入时的女孩子走在一起，她永远是那样地灰头土脸，只能沦为陪衬的绿叶。

二十年来，侯小莺第一次迷茫了，这就是她梦寐以求的大学吗？同村的女孩纷纷结婚生子，开始重复上一代人的平淡生活，她却彻夜苦读整整三年，为的就是能去外面看一看，看一看阿健口中描述的那个流光溢彩的大城市，体验体验电视剧和小说里描绘的都市生活，可是等到她真正身处其中，她却无所适从了，她感觉自己像是一个无依无靠的边缘人，根本没有途径融入城市姑娘的圈子。

这些沮丧的念头，她并没有告诉阿健，因为短短几次宿舍夜谈会之后她就意识到——拥有一个流水线工人的男朋友，并非什么光彩事。

“侯小莺，明天的社团聚会，你也去？”

问话的女孩是侯小莺的舍友之一，叫陈妤，哈尔滨人，侯小莺点点头作为回应，而陈妤嗤笑一声，漂亮的眉眼间满是不动声色的嘲讽。

“嘿，陈妤，听说你们社团的副社长是个高富帅？你肯定就是冲着副社长才去的吧！”另一个舍友忽然插嘴道。

陈妤正对着镜子专心致志地给自己补妆，听了这话倒是毫不否认：“你不是本地人所以不知道，张学长原本就是我们高中的，比我高了两届，高中那会儿他就全校有名——帅哥一枚，老爸是房地产商，十八岁以后天天开一辆宝马跑车去上课，除了成绩不好，简直是完美男人啊！要不是为了他，我一个女生去加什么篮球社？”

除了侯小莺之外的女生们瞬间围住陈妤，一脸兴奋地八卦起来：“陈妤，你再多说点，他叫什么名？有女朋友了没？”

“张子建啊，你们居然都不知道？”陈妤莫名其妙地瞪她们一眼，“哎，谢华，你不是一中的吗？那次我们学校跟你们高中办联谊会，张学长压轴弹了一首钢琴曲，你忘了？”

那个叫谢华的女孩尚未来得及反应，却是被冷落在一旁的侯小莺失声叫道："张……自健？"

"张，子，建。"陈妤一字一顿地纠正道，"侯小莺，我知道你普通话说得不好，不过张学长的名字麻烦你把它念对了，什么自贱自贱的，自甘贫贱吗？"说到这里，她忽然起了怀疑，"我说，你报名篮球社，难道也是为了张学长？"

侯小莺虚弱地摇摇头，压根没从这令人惊异的巧合中缓过劲来，"我……根本不认识他。"

"哼，我想也是，社团招募的时候张学长又没出现，一般人当然不知道了。再说……"陈妤把侯小莺从头到脚打量一遍，没有把话说下去，嘴角的笑意却慢慢变得刻薄，片刻之后，她见侯小莺一副心不在焉的样子，才转过头去，大发慈悲地暂时放过了侯小莺，"走走走，谢华、小艾，陪我逛街去，明天这么重要的场合，我哪能穿旧衣服去呀！"

女孩们嘻嘻哈哈地关门离开，唯独剩下侯小莺一人，坐在下铺床边，望着空空荡荡的寝室，苦涩微笑：

竟然，这么巧呢……

第二天晚上，侯小莺随篮球社社员一起，在丽晶大酒店二楼的VIP 雅间里见到了传说中的张子建张学长。

如果说昨天的小莺只是惊讶于这个张学长与她的男友阿健名字上的巧合，那么当她真正见到张子建之后，她想这世界真是荒谬又残酷。

同名不同命啊……而且一个是高高在上的富二代公子哥，一个是低入尘埃的进城务工者。

她的男友阿健一个月赚三千块，要在塑料厂里整整加两天班才能请她下一顿馆子，而副社长张子建懒洋洋地坐在五星级酒店包间里，嘴角勾着一抹似有似无的笑容："想吃什么你们自己点，这顿算我的。"

篮球社社长仿佛是张子建的好哥们儿，进了雅间后，他先是把张子建从椅子上揪起来闹腾一顿，然后半开玩笑半认真地逼问他："你小子昨天跑哪儿去了？我不是让你准时去迎新的吗？知不知道今年你不在，咱们社损失了多少新鲜学妹？"

张子建奋力挣扎，奈何完全打不过那个熊一样雄伟健壮的社长，只好连连告饶："昨天真有事，你看我这不都主动请客了吗？喂不准揪我领子——阿玛尼去年的限量款，我就搞到这么一件！揪坏了有钱都买不到了！"

篮球社社长狠狠出了一口恶气，才松手转头，慢条斯理地告诉自己的新社员们："使劲点，不用客气，这饭店就是这小子家里开的。"

然后在大一新生的一片惊叹声中，社长又痛心疾首地瞪一眼张子建——去年有张子建坐镇，篮球社这么男性化的社团居然有了一半女社员，让其他社团的社长们羡慕得眼都红了，今年没了张子建，十几名新社员里统共就两个女生，还有一个看上去土里土气的，真是让他大失所望。

"土里土气"的侯小莺缩在大家身后，不想引人注意，花枝招展的陈妤则一屁股坐到张子建身边，笑嘻嘻地打开话匣子："张学长，我也是省实验的，现在又变成你的学妹了，以后还要请张学长多多指教哟。"

篮球社社长在一旁扶额，彻底绝望了，合着今年社里唯一的美女也是专门来追张子建的，他还准备从小学妹中发展一个当自己的女朋友呢，这下完全不用指望了。极度失望之下，他随意把视线转向侯小莺："你坐那么远干什么？别紧张，过来吧，今后大家就是一家人了，对了，你叫什么名字来着？"

侯小莺勉强挤出一点笑："侯小莺，大小的小，草长莺飞的莺。"

篮球社社长潦草地点点头："你会打篮球？"

"以前高中的时候，学校运动会上打过几次，所以才报了这个社团……"

篮球社社长想起来什么似的："陈妤，你会打球吗？"

陈妤一挑眉毛，理直气壮地说："不会呀！我只在场边看过你们男生玩，社长，你以后跟张学长一起教我打球，好不好？"

篮球社社长眉开眼笑地连连答应："那没问题，包在我身上，你哪天没课？我们大三课少了，一切就看你的时间，我是随时奉陪的！"

"阿强，"然而张子建率先一步拦下了他的话头，"你饿不饿？先吃饭吧，打球什么的，以后再说。"

这一顿饭，每个人都吃得和乐融融心满意足，除了侯小莺。侯小莺第一次吃到鱼翅，第一次见到摆盘精美的日本刺身，然而山珍海味吃到嘴里也是味同嚼蜡，篮球社的新成员们谈天说地，互相结识，她却完全没有心情去认识新朋友，她沉着脸坐在角落里，一句话也不说，她的心情复杂极了，又沮丧又难过，可是她找不到任何人，来倾诉她内心的苦闷。

即使有人愿意听，那些微妙的愁闷情绪，侯小莺自己又怎样把它们表达出来呢？

她是这样地自怨自艾，所以整个聚餐的过程中，她一直没发现有一双眼睛，自始至终都在不动声色地注视着她。

3

星期六晚上，工作了一天的张自健草草去公共澡堂冲了个凉水澡，然后疲倦地拖着步子回员工宿舍，宿舍里没人，平常同住的工友都趁着难得的休息时间出去玩了，而他哈欠连天地一头扎进被窝，脑袋刚一沾上枕头就睡了过去。

一个多小时后，他被嘀嘀直响的短信铃声吵醒了。

短信来自小莺，只有寥寥一句话，看上去很平常："阿健，我们社团里有个男生，名字跟你很像……"

张自健没有在意，他虽然喜欢自己的名字，可是也知道这个名字并不罕见，重名也是很正常的事情，他揉揉自己的眼睛，随手给小莺回复过去一条短信："真巧！不过他肯定没我帅，是不是？"

这一次，小莺却很久没有回复，张自健难得有空，以为小莺没注意手机，就索性一个电话拨了过去。

但电话铃只响过一声，小莺就接了起来："阿健？"

阿健兴致勃勃地说："小莺，下礼拜我就发工资啦！你有什么想吃的没？我带你下馆子去。"

"不用，你赚钱也不容易。"小莺沉默片刻，"我们不要乱花，还是寄回去供你弟弟读书吧，对了，你弟弟现在成绩还好？"

"挺好的，上次期末考试考了班里第三呢。"张自健骄傲地告诉小莺，"我跟我弟说，让他向你学习，将来也考S大学，你知道，他身体一直不大好，让他也来哈尔滨，我还能照顾着他。话说回来，他跟我说他想当医生，S大学有医学院吗？"

"有是有，不过水平一般……"侯小莺继续道，"阿健，你不要老加班，太累了，虽然现在你还年轻，可还是要注意身体。"

而张自健不假思索地脱口道："我要养媳妇呀！小莺，你不用担心我，我有的是力气，你来哈尔滨之前，我总觉得生活很无聊，上班很辛苦，可是现在就完全不同了，现在我是有目标地努力着，每一天都过得很充实呢。"

张自健不知道自己这平平常常的一席话，却惹得S大学里的侯小莺几欲落泪："阿健，我……"

"小莺？你今晚怎么了？我听着你好像不太开心。"

"没有，我只是……"侯小莺站在宿舍阳台上，一仰脸，看着漆黑的天幕，强自压下自己的哽咽，"我只是，出来一个月，有点想家了。"

"那好说，再过一个月不就是国庆节了？我们一起买票回趟家就行了，小莺，我忘了你从来没有这么长时间地在外面待过，你看我，早都习惯了，也就是过年的时候，非得回家一趟不可。”

“好，阿健……时间太晚了，你去睡吧，我也有点困了，我们明天再聊，好吗？”

“当然可以啦，小莺晚安！”

“晚安。”

挂掉电话的同时，侯小莺的手机“嗡嗡”地振动起来，一条短信在黑暗中被传进来，刺痛了侯小莺的眼睛：“班级聚会就别去了，相信我，每次都很无聊的，我明天带你出去玩吧，你几点有空？我去接你。”

这条短信的发信人，是侯小莺几个小时前刚刚认识的张子建。

为什么要答应张子建的邀约？因为侯小莺嫉妒。

嫉妒自己的舍友，公主一般的陈妤。

陈妤什么都有，优越的家境，姣好的容颜，时尚的品位，在女生中一呼百应的人缘。而侯小莺什么都没有，纵使同样容貌清丽，可这世上谁都知道“人靠衣裳马靠鞍”的道理，她唯一的优势，在陈妤面前依然卑微得不值一提。

如果陈妤很友善地对待她，侯小莺或许只会羡慕而不是嫉妒，可偏偏陈妤从骨子里就看不起她，陈妤跟其他城市女孩打得火热，一遇到侯小莺就冷言冷语，仿佛侯小莺得罪过她似的。

现在，陈妤拼命巴结的学长张子建对陈妤不理不睬，反而主动联系了侯小莺，侯小莺一颗心怦怦直跳，再也无法假装平静。

从丽晶大酒店回学校的路上，侯小莺就接到了一个陌生号码发来的短信：“小莺，我是张子建，可以认识你吗？”

侯小莺偷偷瞟一眼身边的陈妤，陈妤一无所知，还在扬扬得意地打着电话对同宿舍的女孩们炫耀自己：“那当然，我可是他的学妹，他还能不对我另眼相看？我们在饭桌上聊得可开心了……嘿，你们等着吧，三个月肯定拿下，到时候让他请你们吃饭。”

侯小莺用力咬一咬嘴唇，痛楚刺激了她，那一刻，她完完全全地忘记了自己的男友阿健，她鬼迷心窍似的，满脑子里只剩下一个念头：终于有了一件东西，是陈妤得不到，而我却可以拥有的了。

然后她默默地把那个号码存进通讯录，又小心翼翼地回复了一句话："好啊，张学长。"

她想其实她并不喜欢张学长，尽管张学长出手阔绰，白净英俊，足以本色出演每个女孩子梦寐以求的白马王子，但她并不喜欢他，她喜欢的始终是那个朴实简单的男孩，那个给她许下一生一世诺言的男孩。

可她不过是个普普通通的二十岁女生，没什么见识，没经过什么事，嫉妒仿佛蚀骨的毒药，如影随形地纠缠在她的心里，那个传说般的张子建是拯救她的救命稻草，让她可以在那一圈处处排挤她、轻视她的女学生中扬眉吐气，如果她说自己的爱人是塑料厂的普通工人，只会换来旁人更加不留情面的嗤笑，可如果她们知道张子建正在追求她侯小莺……侯小莺轻轻叹息一声，没有窃喜和快乐，只是忽然间觉得有些悲哀。

她想起很久之前读的那个童话——灰姑娘与白马王子。白马王子完美无瑕，可灰姑娘真的爱他吗？谁规定的人人必须要爱白马王子？但正是因了白马王子的撑腰，灰姑娘的后母与姐姐们才不敢欺负她，童话都是由成人写就，孩子们看童话只看到了一个个圆满的结局，当孩子们一天天长大，褪去天真，不再无邪，当现实以一种极端的面目赤裸裸地展现在他们面前，也许他们才恍然意识到，小时候看过的童话，其实也包含了深刻的嘲讽。

正如现在的侯小莺，理智告诉她应该义正词严地回复张学长她已经有男朋友了，但现实她却鬼使神差地答应了与张学长的约会，她不知道是自己变坏了，还是这个钢筋水泥筑就的大城市压得她窒息，让卑渺如蝼蚁的她迫切需要找到一种方式，来证明自己的存在。

或许，两者都有呢。

4

星期天的下午阳光明媚，正是适合出游的好时机，离S大学一条街之隔的路边停了一辆奔驰S600，张子建坐在车里，时不时地瞥一眼后视镜，看侯小莺来了没有。

下午两点，侯小莺准时出现在他的视线中，一件天蓝色连衣裙，洗得很干净，但一眼就能看出并非什么牌子货，清秀的容颜不施粉黛，所以并不像很多浓妆艳抹的女大学生一样五官突出，黑色长发更是完全没做过发型，瀑布似的披散在她的肩头，显得稍稍凌乱。她看上去有些局促，大大的眼睛紧张地往四周看去，却并没有意识到不远处的那辆奔驰车属于张子建，于是张子建暗暗发笑，推开车门走了出去。

“小莺，今天很漂亮嘛！”

侯小莺一惊，还没说话已经羞得脸色通红，她低下头，偷偷瞧着打扮考究的张子建，讷讷地说：“张学长，你好。”

张子建笑容灿烂，露出一口亮晶晶的白牙齿：“不用叫学长，太客气了，叫我的名字就行，子建。”

可侯小莺仿佛被针扎了一般拼命摇头：“不用不用，我叫你张学长就好了，我……”

侯小莺“我”了半天，没说出下文来，张子建不知道其中关窍，只以为侯小莺是不好意思，便也不再强求：“我们别站在这里干说话了，找个地方坐会儿，星巴克怎么样？往前走一条街刚开了一家，环境还不错，不像其他星巴克，跟菜市场似的全是人，喝口咖啡还得跟人家抢座位。”

侯小莺没有主意，自然张子建怎么说怎么是，而张子建一边给侯小莺领路一边随口问道：“你喜欢香草拿铁还是焦糖玛奇朵？你们女生都爱喝甜的吧。”

侯小莺咽一口唾沫，含含糊糊地说“都可以”，因为她实在不好意思告诉张子建，自己从前二十年里唯一喝过的咖啡就是雀巢速溶——因为高三那会儿天天熬夜读书，不喝咖啡谁都顶不住。

十分钟后，侯小莺坐在窗明几净的星巴克里，眼前是一杯热腾腾的香草拿铁以及一个漂亮的天蓝色保温杯——那是星巴克专卖的保温杯，标价三百大洋，而张子建买给她的理由只是“这颜色跟你的裙子挺配的啊，拿着喝水吧”。

侯小莺一开始连连推辞，因为她觉得这礼物太贵重，毕竟张子建与她不过是第二次见面，可张子建被她张嘴结舌的模样逗乐了，很好心地告诉她：“送给你你就收着，我又不可能拿这种颜色的杯子喝水，要是你不要，就只能扔垃圾桶里了。”

侯小莺没办法，垂头丧气地点了点头，十分后悔自己的行为，她觉得自己又小气又放不开，丢人丢大发了。嫉妒的小火苗在窘迫的心理下偃旗息鼓，若不是不想失礼于张学长，她现在简直想要夺路而逃。

殊不知这样的她，在篮球社社长那种普通男孩眼中毫无吸引力，在张子建眼里却变得格外可爱，因为“富二代”的身份，张子建身边围绕了太多陈妤式的女人，包括他的每一任女朋友也都如出一辙：全部妆容精致，性格外向，尽管每一个都比现在的侯小莺漂亮，可依然让张子建觉得乏味又无聊。

侯小莺恰如一阵清风，清水出芙蓉，天然去雕饰。在昨天的丽晶酒店包房里就让他眼前一亮，他想如侯小莺这种纯真善良的女孩子，才是值得深入交往的。

灰姑娘未必真的深爱白马王子，白马王子大概也从不知道外表美丽的灰姑娘，心中也有许多阴暗的小心思。

张子建本打算与侯小莺消磨过这个漫长的星期天下午，可是还没聊上几句话，他的手机忽然响了，他低头看一眼屏幕，神色倏忽间一变。

他温文尔雅地对侯小莺一点头："小莺，等我一下，我出去接个电话。"

他离开星巴克，皱起眉头看着手中的苹果手机，真是不想接这个电话，可是没有办法，电话里那个他根本不想打交道的人，却恰恰是他的至亲。

按下屏幕上的绿色接听图标，张子建没有开外放，尖厉的声音却一瞬间传了出来："小建，你赶紧去樾丽晶酒店，跟我打牌的阿姨说你爸爸又领着个狐狸精乱搞去了！你赶紧去，给我抓个人赃并获！"

张子建那原本十分好看的剑眉瞬间扭成一团麻花："妈妈，你小点声，我在学校呢，现在有事脱不开身，你自己怎么不去？"

张太太的嗓门丝毫没有变小，理直气壮地回答自己的儿子："你能有什么事，我在这儿打麻将呢，今天运气好，赢了一万多了，万万走不了！"

张子建无言，片刻后，他无可奈何地问道："妈，你到底在不在乎这件事？明知道我爸在哪儿，宁肯打麻将也不亲自去抓？"

"哎你个小兔崽子，还教训起你老妈来了？我这赢钱的牌运可是百年难遇的，哪有工夫去跟你爹那个死鬼打架？别啰唆了，你赶紧去，抓到了妈妈奖励你块表，你不是一直吵着要买表吗？"

"我真没空，马上上课了，我先挂了。"

"不准挂电话你这小子，星期天上哪门子课?！喂，喂……"

张子建干脆利落地挂断电话，仿佛这样就能把那对糟心的父母一并挡在他的世界之外了，可这不过是掩耳盗铃自欺欺人，他那原本愉快惬意的心情，瞬间还是被这通电话冲击得一干二净。

他回到星巴克，勉强对侯小莺笑了笑："小莺，我家里临时有点急事，今天真是不好意思了，你能自己回学校吗？"

侯小莺"腾"的一下站起来，"当然……这里离学校也就一刻钟的路，张学长……"她察言观色地看着张子建，"你还好吗？"

"没事没事。"张子建故作轻松地挥一挥手，无论心情如何消沉，他也不能在眼前的这个小女生面前流露出来，“一点小情况，只是我得马上回家一趟，今天没怎么好好聊天，以后我再约你，好吗？”

侯小莺轻轻“哦”了一声，并没有想好要不要再跟这个张子建见面，而等侯小莺捧着保温杯安安静静地离开之后，张子建也随即出门，阴沉着脸走到一条街之外，发动了他的奔驰爱车。

他当然不是顺从母命——去丽晶大酒店捉他那亲生老爹以及不知道有没有他年纪大的情妇的。

5

张子建漫无目的地开车一路狂飙，最终莫名其妙地把车开去了城郊。

这地方张子建此前从未来过，堪称郊区中的郊区——路是泥土路，树是零零散散的歪脖子树，幕天席地，一丝人烟也无，只剩下一座巨大而破败的厂房，突兀地矗立在前方，像是一个荒诞的怪兽，提醒着张子建眼前这幅“枯藤老树昏鸦”的原始景色原来也早已被人类开辟过了，只是不知为何又遭到了遗弃。

张子建缓缓熄火停车，没有心情去拜访那个陈旧的工厂，只是旋下车窗，为自己点了一根烟。

辛辣的烟草镇定了张子建的心神，他闭上双眼，让自己的世界霎时一片漆黑，唯有初秋的风轻柔地拂过他的脸颊，仿佛母亲的手一样温暖、慈悲。

张子建吐出一个烟圈，倏忽间冷笑一声。

所有人都认为张子建是上天的宠儿，其实不过是因为他们只看到了张子建光鲜亮丽的外表，他的酸楚与缺憾，没有任何人能够帮他化解，只能由他独自承受。

这个世界上，可以同患难不能共富贵的夫妻太多太多了，不差张子建的父母这一对。

在张子建小时候，家境没有如此显赫，父母的感情却非常好。那时张子建父亲的事业刚刚起步，天天起早贪黑地忙着赚钱，哪里有闲心思出去拈花惹草，母亲精明贤惠，把父子二人的衣食起居打理得一丝不苟。张子建小学初中都是在哈尔滨普通公立学校里念的，那时的他平凡、单纯、无忧无虑，有一大帮打球的好哥们儿以及寥寥几个因为花痴他容貌而倒追的同校小姑娘，金钱的概念在孩子眼中被无限淡化，没有人因为张子建有钱而羡慕他，张子建的父母也尚未因为金钱二字分崩离析。

然而高中之后，张子建的父亲忽然炒房子发了大财，他们家换了房子，换了车，仿佛一夜之间脱胎换骨，成了上流社会的一员。起初一切都是美好的，在现在这个社会里，钱的力量无限巨大，几乎可以买到一切——香车豪宅，锦衣华服，乃至地位、尊严、认同感……除了唯一的例外：感情。

以张家当初的财力，即使张子建成绩平平，出国读书也是非常容易的事情，而张子建也确实从高二就开始准备出国事宜，托福、SAT一道道留学门槛努力跨过，申报学校等种种琐事也由最好的留学中介代为打理。就当美国的大学录取通知书寄到哈尔滨之后没几天，张子建无意之中听到了父母的打算。

原来父母已经背着他达成了共识，等他们唯一的儿子赴美读书之后就协议离婚。

张子建红着眼睛把录取通知书撕得粉碎，然后转过头去告诉父母："我不想出国了，我要参加明年的高考，然后就在本地读大学。"

父亲气得一个巴掌甩过去："你有毛病？吃饱了撑的耍你爹玩是不是？"

张子建毫不示弱，一字一顿地撂下狠话："有我在一天，你们就别想离婚！"

这句话说完到现在，已经过了三年多，而张子建不知道自己三年来费力维持这个家庭，是否还有意义。

父母的确是没有离婚，可也彻底撕破了脸。父亲不再遮遮掩掩，公然在外面包养小三小四小五小六……大部分年龄与张子建差不多大，母亲嗜牌如命，每天不是去商场血拼就是泡在牌桌上不肯回家。张子建不记得自己有多久没吃过母亲亲手做的饭菜了，张子建也不记得自己有多久没见到亲生父亲一面了。

人生在世，苦楚良多。有人奢望填饱肚子，有人想要一件御寒的棉衣，有人为了一点钱争得头破血流你死我活，有人宁愿抛弃所有，换回一个温暖的小家。

虽说各有各的缺憾，可是张子建的烦恼，比起在塑料厂打工的张自健来说，很快就变得不值一提。

张自健是在几天后的星期四晚上接到那个电话的。

打电话的是张自健的弟弟张厚德，张自健看见弟弟电话的时候还挺高兴："小德，怎么现在给我打电话了？你们不是要上晚自习吗？"

电话另一头的声音听上去柔柔弱弱的："哥，你在工作吗？"

"没啊，我下班了，现在在宿舍呢，有什么事吗？"

"哥……"弟弟文弱的嗓音里骤然带了哭腔，"你回来一趟吧，爸爸生病住院了……"

张自健的心一瞬间揪了起来："怎么回事？在哪儿呢？小德你说清楚一点！"

"就在咱们县医院里，大夫说是脑溢血……哥，你赶紧回来吧，我一个人在这儿害怕。"

"你别急，我明天就回去！你先在医院里陪着爸爸，有什么事等我过去再说！"

"哥，那你一定快点啊……"

张自健"嗷"的一声扔了电话，一刻都没有耽误，立马跑去跟班长请假，第二天天不亮他就去了长途汽车站，满心惶惶地往县城里赶。

当天下午，张自健回到县城，见了县医院的医生，当医生说完张自健父亲的情况之后，张自健一屁股坐到地上，不再心神惶惶，而是心如死灰。

多年酗酒的父亲在家里突发脑溢血，被邻居送进县医院时已经快不行了，而经过一夜的抢救，父亲一条命虽然保住了，可是半身瘫痪，以后连生活自理都做不到。

这一次突来的灾祸，留下了一个从此离不了人的父亲，以及天文数字般的医药费，张自健倾家荡产，又向同村的侯家借了两万块钱才勉强付上手术费用，但后续的治疗实在付不起了，无奈之下，张自健只能与弟弟一起把父亲带回家里。

看着家徒四壁的屋子与躺在床上的父亲，张自健欲哭无泪。

他才二十岁，光是承担家中的负担已经压得他几乎喘不过气来，可老天爷偏偏要与他开玩笑，不，并非上天的玩笑，很大程度上也只能怪父亲咎由自取——侯小莺的爹不抽烟不喝酒，现在不是活得健健康康的？但无论如何，父亲种下的因，只有他这个当儿子的来背负苦果。

但这个苦果，张自健想破了脑袋都不知道该如何处理。

他一个月只能赚三千块钱，除去弟弟上学与平常的吃喝费用，他根本没有多余的钱来为父亲请护工，更别说他还要尽快还清侯家那两万元的债务，可如果没有护工，他与弟弟都在外面，不用一个礼拜父亲就得饿死在家中。

“哥，过两天你陪我回趟县里吧。”张自健正愁眉苦脸地谋划着今后的生活，弟弟却冷不丁地开口道。

张自健无精打采地点点头：“好，你先回学校吧，你读着高中呢，功课可不能落下。”

“哥，我想……先办休学。”

张自健猛然抬头：“小德，你说什么？”

张厚德苦笑一下：“哥，爸爸不能没人照顾，你要挣钱，脱不开身，所以我必须得留在家里。”

“可是……”张自健站起来，感觉自己的心仿佛被大锤子狠狠砸过似的，钝钝地疼，“你的成绩一直很好，明年就要高考了，现在休学怎么行？你不是一直想当医生吗？小莺说S大学就很好，你现在的成绩也完全能考进去，不行，你不能休学……现在休了学，你还怎么考大学？”

张厚德因为自小体弱多病，一直是个白白净净的书生模样，远不如他的哥哥张自健长得敦实，他的性格其实也偏于羸弱，总是依赖着自己的哥哥。可是如今，本就脆弱的家庭更是到了风雪交加的地步，他知道自己不能一味地仰仗哥哥了，哥哥付出的、牺牲的已经太多，哥哥也只是个普通人，能力有限，无法为他遮风挡雨，将他养育在温室之中。

所以他勉强露出一个笑容，目光却是坚如磐石，向哥哥显示出他的决心：“哥，你别劝我了，这是现在唯一的办法。再说只是休学，又不是退学，谁说我就一辈子不能读大学了？兴许过两年爸爸的身体好一些了，或者你的收入变高了，咱家的坎不就自然而然地迈过去了？这是我自愿做的决定，哥，你放心，我不后悔。”

张自健无话可说，因为这的确是唯一的办法了。他沉默不语，闷声闷气地走出家门，看着眼前那片熟悉的、安谧的、他看了无数次的景色，一口气堵塞在他的心里，让他很想大喊大叫一番，可是他不能，他不能让一墙之隔的弟弟听到他的失控。

他牺牲了自己念大学的机会供弟弟读书，可是现在，一切都完了！他所有的努力全白费了！他们兄弟二人，宿命一般地，注定只能一生辛苦，去赚那苦力钱！

6

陪弟弟一起去县一中办完休学之后，张自健乘长途汽车返回了哈尔滨，却没有回到他工作的塑料厂。

当初他跟班长好说歹说，只请下来三天假，而为了父亲的病情，他陪床、借钱、变卖家产，已经足足过了半个月，回去也没意义了，进城务工的青年那么多，张自健一走，马上有无数人顶上他的空缺，他何必再徒劳地回去，白白挨班长一顿臭骂然后卷铺盖走人。

走出哈尔滨长途站的第一件事，他给侯小莺发了一条短信：“小莺，谢谢你的父母在我家最困难的时候帮助我们，钱我会尽快还，是我对不住你，我们分手吧。”

短信发出去的一瞬间，张自健颤抖着按下关机键。那个三百块钱买回来的山寨机，以前是他的宝贝，现在被他无力地扔在地上。张自健一屁股坐在他那装满了行李的塑料编织袋上，粗糙的双手捂住眼睛，下一秒钟，他压抑着声音号啕大哭。

他爱她爱到了骨子里，所以他不能拖累她。

小莺是大学生，将来会有一个好前程，毕业之后她可以在这偌大的省城里立足，工作，找一个本地男孩结婚生子，她可以通过读书改变自己的命运，她是那样一个温婉漂亮的姑娘，谁都喜欢她，只要她不与他结婚，谁都不会因为她的农村出身而轻视她。

他张自健一无所有，不配得到这样的好姑娘。

不知过了多久，一双细伶伶的腿站在张自健的面前。

张自健刚一抬头，一个小巧的粉红色女士手机就砸在他的身上。

侯小莺大大的眼睛肿得像一对烂桃子，原本黄鹂一般的清澈嗓音如今沙哑，带着浓浓的哭腔：“张自健，你混蛋！”

张自健摇一摇头，笑得苦涩：“小莺，我也舍不得你，可是我更不敢拖累你。”

“你以为我爸妈凭什么借你钱？”侯小莺恶狠狠地瞪着他，第一次在张自健面前显示出了熊熊怒火，让张自健意识到原来女人发起火来同样十分可怕，“这年头你出去打听打听，有几个人肯往外借钱?!我爸妈是把你当成未来的女婿，才帮你们家的！”

张自健愕然："小莺，我……"

侯小莺彻底哭了，眼泪簌簌地流淌下来，引来无数行人的侧目："张自健，你是个傻子吗？我还没嫌弃你呢，你凭什么反过头来甩我？"

"我没有嫌弃你……我只是……"

"张自健你给我听好了，两个月前你说你要娶我，这句话我已经告诉爸爸妈妈了，如果你再敢提分手，爸爸绝对带着人来哈尔滨揍你！我们俩之间，永远没有你说分手的份！"

"小莺，"张自健从塑料编织袋上站起来，脸上交织着泪痕与灰尘，可是一双眼睛闪闪发光，显得格外地认真与严肃，"你还没想明白，我爸爸变成那样了，剩下的时间里无论如何都离不了人，现在弟弟休了学在照顾爸爸，可是我不能耽误弟弟的一辈子啊！我是这么想的，先在城里打几年工，把欠的债还有供弟弟上学的钱攒出来以后，我就回咱们村里伺候我爸，让我弟弟小德回去念书。"

他抢在侯小莺开口之前继续说道："但你不一样，你将来毕业以后是要留在哈尔滨发展的，以前我说娶你，是因为我觉得将来咱们一起在这里生活挺好，现在生活已经把我逼到了这一步，我们注定要走不同的路了，我不该耽误你。"

侯小莺定定地看着阿健，完全没想到上一秒钟还茫然无措的阿健其实心底有着这样缜密的想法，她不懂，正是因为阿健把未来翻来覆去地想了无数遍，才最终做出了分手的决定。如果不是未来之路一片漆黑，阿健又怎舍得放弃小莺。

侯小莺一时无话可说，又看着阿健身后那个大大的编织袋，只好转移话题道："你是要回厂里吗？"

张自健轻轻摇头："回不去了，我在县里待得太久，工厂大概早就把我除名了。"

"那……你现在住在哪里？"

张自健语塞，他原本打算随便找个桥洞先对付几夜，找到新工作之后再搬去单位，可他没料到侯小莺会来长途站堵他，当着侯小莺的面，他实在不好意思说出本来的计划。

但侯小莺轻易地看出了张自健的窘迫，弯腰捡起自己的手机，她蛮横地一把抓住阿健的手："你跟我走，开学前我妈给了我一点钱应急，我们先去找个旅馆安顿下。"

"小莺，我不能让你给我花钱……"

"闭嘴，都这时候了，你还瞎客气什么？一切全听我的，第一，不准跟我分手；第二，跟我去宾馆！"

张自健无可奈何地拖着行李随小莺上了一辆出租车，出租车直接把他们拉到S大学门口，然后侯小莺在大学旁边的小旅馆里给张自健开了个房间，每一步的行为都雷厉风行，不容张自健置疑，纵使此刻的张自健正心如刀绞，也不得不诧异于小莺的强硬。

从前他只觉得她温柔，文静，像弟弟小德一样需要自己的保护，可或许侯小莺柔弱的外表下，隐藏的正是东北女孩特有的坚忍性情，平时不显山不露水，到了关键时刻，才显示出巾帼不让须眉的本色。

张自健忽然觉得有些愧对自己的名字，自强不息，他一直以这句话来鼓舞自己，然而在突来的打击下，他第一时间想到的竟然是放弃，他是不是太懦弱了？甚至没有小莺一个女人敢于面对未来？

张自健盯着正在忙忙碌碌为他铺床单的小莺，低声讷讷道："小莺，对不起。"

小莺的动作顿了一下："阿健，你不要说这种话，如果我们之间有一个人该说对不起，那个人应当是我才对。"

侯小莺看一看窗外渐沉的暮色，避过张自健不解的眼神："阿健，我晚上还要上晚自习，你一个人在屋里早点休息，可以吗？"

张自健自然不会反对，于是小莺离开阿健的房间，快步走回S大学。

十几分钟后，侯小莺用钥匙打开自己宿舍的门，她骗了张自健，她们大一新生的确有晚自习，但是半个小时前就开始了，而她也没有背着书包跑去上自习的意愿。

空无一人的寝室，让侯小莺感到比以往自在多了，没了陈妤、谢华叽叽喳喳的八卦，原来宿舍中的氛围也可以这样安宁。侯小莺打开自己的橱子，然后在最底层摸出一个用不透明塑料布包裹得严严实实的细长条物体。

那是不久前张学长送给她的，那个天蓝色的星巴克保温杯。

侯小莺用手捧着保温杯，看了很久、很久，最终她决绝地狠狠咬一下嘴唇，把保温杯连同塑料布一起，丢进了宿舍的垃圾桶里。

然后她掏出手机，给张学长发了一条短信："抱歉，张学长，有件事情我一直瞒着你。我想现在该到了开诚布公的时候了，如果你有时间，希望我们能见一面。"

放下手机，侯小莺一抬头，看到了镜子中那个清秀的、不施粉黛的自己，她唇角微扬，露出一个淡淡的笑容。

她曾经迷失过，犹豫过，纠结过，可是这一刻，她相信她做出了正确的选择。

侯小莺与张子建的约会，并不止最初的那一次，在她的男友阿健回乡料理家事的那段日子里，两人又见过几次面，而就在阿健向侯小莺提出分手的前一天晚上，张子建对侯小莺表白了。

时间点巧合到可怕的地步，任何一个"理智正常"的人，或许都会做出同一个选择——一边是家财万贯的富二代，一边是家境贫寒、欠了外债的初恋男友。然而侯小莺彻夜未眠，想了整整一夜，最后却做出了这样一个疯子式的决定。

她闭上双眼告诉自己：嫁鸡随鸡嫁狗随狗，我认了。

翌日下午，在同一家星巴克里，侯小莺把整件事的前因后果全盘告诉了张子建，她是怎样与阿健一起长大的，怎样与阿健相知、相处，直至相恋，以及来到大学后，她是如何地被这花花世界蒙住了双眼，别有用心地与张子建见面，她把自己剖析得清清楚楚，没有放过任何阴暗的小心思，只是为了向这个她欺骗过、利用过的张学长道歉。

“张学长，对不起。”侯小莺微微地笑了，笑容如野百合一样清丽婉转，“我辜负了你的一片真心，我还是没有办法离开阿健，我爱了他太多年，我的生命里不能没有他。”

张子建沉默良久，他的手指无意识地敲击着桌面，嗒嗒嗒，嗒嗒嗒，仿佛代表着他复杂的心情。但出乎侯小莺的意料，张子建自始至终都没有愤怒的表现，他只是若有所思地想着什么，嘴角的笑容越来越酸楚。

“小莺，”他终于开口，语气平静如水，不起分毫波澜，“通过我的家庭经历，我领悟了一个道理——金钱可以买到任何东西，唯独买不到感情。今天在你们身上，让我又看到了这一点。”

张子建一口饮了大半杯纯黑色的美式咖啡，让苦涩的味道在他的唇齿喉咙间徜徉，吞下咖啡带给他的苦涩，他心底的痛苦亦一点点浮涌上来，“我觉得我仿佛看到了二十年前的父母。你不要惊讶，我也不是含着金汤匙出生的，在我小的时候我也是个普通孩子，我的父母就像现在的你们一样，不离不弃，共同患难，但是他们熬得过苦难熬不过富贵，你不用自卑，你比我的父母强多了，你小了他们二十岁，却没有被这些虚假的幻象诱惑。

“我真羡慕你的男友啊，”张子建亮晶晶的双眼怔怔地望向窗外，夕阳西下，澄澈的落地玻璃窗外是一片车水马龙，“他什么都没有，可是独独拥有你。我只希望如果将来他有飞黄腾达的那一日，他会待你一如现在。”

侯小莺低头：“张学长，我很傻是不是？我知道你是在劝我，他的家境现在这样落魄，自身又没什么文化，哪里还敢谈什么飞黄腾达呢？我现在只盼望着他爹的身体平平安安，别再给他增添新的负担就好了。”

张子建蹙一蹙眉："你刚才说，他弟弟为了照顾父亲都休学了？"

"是啊，实在没有别的办法了，他要在外面打工挣钱，家里的父亲又离不了人照顾，我也不能让爸妈过多地援手……爸爸妈妈开明，尊重我的选择，可是村里的人若是风言风语传出去，说我还没过门就让父母倒贴，只会让爸爸妈妈丢脸。"

张子建思索片刻，忽然露出一个狡黠的笑容："小莺，你们现在犯愁的，无非是一个钱的问题，而且这个数目并不大，对我来说不过是几个月零花钱的事，我可以帮你们，但是——不是无条件的，你得跟我做个交易才行。"

侯小莺霎时兴奋起来，热切地看着张子建，她连连问道："什么交易？张学长你快说吧！是让我帮你写作业还是替你上课还是帮你打扫卫生？"

张子建笑着一瞪眼："你想到哪里去了，什么交易我不告诉你，我想先见你男友一面。"

"呃，这样好吗……"

"必须这样，因为我说的这个交易，他也是很重要的一环。"

7

在侯小莺的牵引下，张子建与张自健终于见面了。

两个年龄相仿的青年，就在S大学旁边的小旅馆房间里四目而对，他们的身份天差地别，可他们身上又有着很多相似之处。但无论社会地位有多少区别，至少在人格上，他们是平等的。

"阿健，你还记得我以前跟你说过，我们社团里有个学长的名字跟你很像吗？"侯小莺把张学长介绍给阿健，她有点心虚，尽管张子建再三保证过"不会破坏他们的感情"。

张自健看着对方发了蒙，不知道侯小莺领这个陌生人过来干什么："哦，记得，就是他吗？那我得承认一句，他长得比我帅多了。"

张子建“扑哧”一笑，自顾自地坐在房间里唯一一把木头椅子上，然后慢条斯理地开了口：“是这样，小莺是我的学妹，她把你的情况告诉了我，我们两人名字这样相似，也算是一种缘分。所以我愿意帮你一把，解决你现在的困境。但我们家是生意人，生意人不做无本的买卖，我希望你和小莺也做一些事情，来回报我的付出。”

张自健怔住了，脑子到现在还没反应过来，只觉得一切仿佛天方夜谭，他梦游一般地发问道：“你……想让我们做什么？”

“很简单，你们，陪我演一场戏。”

星期五的下午，张子建破天荒地主动给自己的妈打了电话：“妈，你干什么呢？”

“在你刘阿姨家打牌！怎么，没钱花了？”

“不是，妈，我交了个女朋友，想把她领回家给你们看看，让你给她做顿饭吃。”

电话对面“哐当”一声，仿佛是张太太打翻了茶杯：“你这个小兔崽子，怎么不声不响就搞上对象了?！你咋不早说呢？下午才告诉我我上哪儿买菜去？还有你那个挨千刀的爹，现在还不知道在哪儿鬼混呢……”

张子建叹息一声，知道自己的母亲是太久没有亲自下厨，导致对买菜的印象还是停留在多年前的早市。“妈，你去超市买不就行了？我给爸爸打过电话了，他答应晚上一定回来，这可关乎你儿子的终身大事，你千万别打牌耽误了时间。”

“哎哟喂我知道，我现在就走——你晚上想吃什么？”

“嗯……糖醋里脊、酱排骨、辣子鸡、炒虾仁、菠菜豆腐、清炒菜心……”

“呸，你饿死鬼托生啊！”

晚上七点，张子建开车带着侯小莺回了自己那位于城郊的别墅家中。

侯小莺对着车上的镜子左看右看，苦着一张脸："是不是太过了？我哪有这么丑啊，真是的，人家化妆都是变漂亮，我好不容易化次妆怎么越化越丑？"

"就是得这样！"张子建瞥一眼身边的侯小莺，"你要是本色出场，万一我爸妈觉得你贤惠端庄，一高兴同意了怎么办？记得一会儿把你的身世说得越惨越好，一定要惨到让我爸妈完全不敢拿你当儿媳妇的地步。"

"哎好吧……不过你这计划，我怎么觉得这么不靠谱呢？"

在张家的饭桌上，侯小莺完全执行张子建的方针，专门把自己往合格儿媳妇的反面塑造，长辈们喜欢乖巧可爱的，她偏偏多嘴多舌；长辈们喜欢勤劳能干的，她偏偏毫无眼色，吃完饭连筷子和碗碟都丢给张子建去收拾。

果然，等张父张母皮笑肉不笑地把侯小莺送走之后，原本老死不相往来的夫妻二人忽然间同仇敌忾，一起冲儿子开了火：

"你有病？把这么个女的领回家，专门来气我跟你妈的是不是？"

"不行，坚决不行！你要是敢把她娶进门，我就和你爹一块去跳楼，你给我看着办！"

而张子建毫不畏惧，梗着脖子昂着头，一副标准逆子的形象："我就是爱她，她在我眼里就是完美女朋友，这辈子我非她不娶了，你们甭想阻拦我！"

怒吼完一顿之后，他趁着父母还没来得及找到合手凶器来揍他就赶紧摔门而去，一溜烟地逃之夭夭，而张父张母暴怒之下一瞬间没了发泄对象，不由得大眼瞪小眼，彼此生出些许同病相怜的感情。

"这死小子，从小就不听话，没想到长大了更不懂事，真是要让他给气死了。"

"他那些破事就没断过，初中就开始搞对象，弄得人家小姑娘家长去告班主任，班主任单独把我叫到学校里说这个事，脸都要被他丢尽了！"

“啊？我怎么一点都不知道？”

“你当时不是在跑工程吗？小建初中三年的家长会全是我给开的，我一开始想告诉你来着，后来想想算了，你知道了无非也就是揍他一顿——揍完了他该谈恋爱照样谈，只是没想到搞了这么多年对象，一点长进都没有，眼光是越来越差了！”

“就是，你说那个姑娘，要模样没模样，要家世没家世，连点教养都不讲，小建到底喜欢上她哪一点了？要我说，老王家的闺女我看不错，读的是名牌大学，长得也有气质……”

“刘姐家的也挺好，搁那儿一坐，就是一大家闺秀，就是年纪小了点，今年刚上大一……不过小两岁也不算什么嘛，要不，过阵子安排他们见见面？”

“行，见面就见面，这孩子不管不行了！当务之急是赶紧逼着他跟那女的断了联系，然后给他组织几场相亲……”

“没错，我也是这么想的……”

当天晚上，几年没有好好相处过的张父张母睡在了同一间房里，因为“不孝子”小建的罪过太大了，需要他们一起彻夜研究对策。

而他们丝毫没有想到，不孝子张子建此时又偷偷溜回了别墅。他倚在别墅的墙边，听父母叽叽喳喳你一言我一语地历数他成长过程里的种种淘气事，没有羞愧，反而悄悄地露出一个得意的笑容。

一出戏唱到这里还远远未完，张子建知道父母即使一时间同仇敌忾，为了操心儿子而暂时和解，也不过是治标不治本的办法，但是没有关系，鸣锣开鼓，好戏还在后头。

张子建持续与父母冷战，而且几天来神出鬼没，既不完全失踪，又不乖乖回家，气得张父张母牙根痒痒，张太太没心情打牌了，张父暂时也忘了那些温柔乡里的小情人，除了日常必须处理的公务和应酬，天天镇守家中等待逆子自投罗网。张父冻结了张子建的信用卡，然而张子建早有准备，带侯小莺回家之前就提前预备了不少现金，足够他滋滋润润地活上个把月。

一个多礼拜之后，张父忍不住了，趁张太太去超市买菜的空当，他躲躲闪闪地出门，去安抚那许久没见到他而正在大发脾气的小情人，因为走得匆忙，他并没有发现一辆出租车一直远远地跟在他的身后，而车里就坐着他的儿子小建。

张子建紧紧盯着前方父亲的保时捷轿车，心情是既兴奋又伤心，他咬着牙掏出手机，拨通了侯小莺的电话："小莺，快，跟你对象准备准备，一会儿我把地址给你发过去，成败在此一举！"

于是一个小时之后，张父正在一家五星级酒店的咖啡厅里甜甜蜜蜜地跟自己那小三喝下午茶，一对年轻情侣亦手挽着手推门而入。张父不过是不经意地抬眼一瞟，却瞬间皱起眉头怔住了。

不对啊……那个女的怎么看怎么眼熟，不就是前阵子儿子带回来的女朋友？可是那个站在她身边，正在东张西望的小子又是谁？

侯小莺挽着男友阿健的胳膊，尽管知道张学长的父亲就在不远处死死地盯着她，但目不斜视，一心只看吧台上的价目栏："阿健，你想喝什么？"

张自健抿着嘴唇，小声问道："小莺……这样能行吗？"

侯小莺暗地里用力踩阿健一下："别说话，你就按计划来，好好演。"她仰起脸，对站在柜台后温和微笑的侍应生说道，"两杯卡布奇诺，一块巧克力蛋糕，谢谢。"

"好的，您一共消费二百二十八元。"

侯小莺付了钱，然后与阿健挑了一个靠窗的座位坐下，大大的红色沙发很柔软，让人一下子陷进去半个身子，可以说是很好地保证了每一对客人的隐私。但毕竟只是大堂，并非私人雅间，侯小莺的一举一动，还是落入张父的眼中。

张父混到现在，早就如人精一样，最初的震惊过后，他脑子稍微一转就悟出了现在的情况——莫非这姑娘除了不讨人喜欢之外，还拿自己儿子的钱另外包养小白脸？

思及此，张父心中大怒，小建真是蠢到家了，被这么个小姑娘玩弄于股掌之中！不过……等一下，既然这女孩对小建并非真心，只是冲着钱去的，要是拆散起来不就容易多了？

张父那纵横商场多年的头脑一瞬间转了十八个弯，先是大怒接着又窃喜，最终他的脸色归于平静，从口袋里掏出手机佯装发短信，实际无声无息地给小莺与张自健拍了数张特写。

侯小莺一派自然，毫不在意张学长父亲的小动作，用小叉子挑了一点巧克力蛋糕，她笑眯眯地喂给阿健："阿健，咱们吃咱们的。"

张自健依然迟疑："小莺……"

"你放心，几天之后，你的弟弟小德就能回去读书了，然后张学长会借给我们一笔钱，咱们在村里找个护工先照顾着你爸，我的爸妈也会帮衬你们，你在这边好好找份工作，赚了钱慢慢还给张学长就是，他又不差那点钱，可是有了这笔应急的周转，咱们的生活又能像以前一样，回归正轨了。"

张自健依然觉得有些天方夜谭："就演这么两场戏，他就拿出那么多钱来帮助我们……"

"阿健，人生之事，不如意者十之八九。每个人都有不同的难处，我们的困难在他眼中，动一动手指就能解决，可是他同样有着自己的烦恼，他的烦恼，只怕我们演的这两场戏远远无法解决，我们也不过是为他略尽绵薄之力罢了。"

侯小莺与张自健没坐多久，就双双离开，而张父这边掌握了切实的证据，不由得欣喜若狂，用甜言蜜语敷衍完情人，张父雄赳赳气昂昂地走出酒店，一上车就给自己那不成器的儿子打电话："你个小兔崽子，还敢跟老子闹别扭，你爱得死去活来的那个女人早跟别的小白脸跑了！"

张子建这边早就洞若观火，但还是得打起精神来与父亲顶嘴："爸爸，你别胡说，她对我可好了。"

"嘿你这个傻孩子，你赶紧回家，我让你看看什么叫铁证如山！"

张父还真没诬蔑侯小莺，当天晚上，张家三口人坐在别墅的客厅里，桌子上摆着张父下午刚刚得来的“新鲜证据”。

张子建仔细察看着侯小莺与阿健亲亲密密的照片，一边努力憋着笑，一边做出痛苦的表情：“唉，我真没想到……原来她跟我好，不是喜欢我这个人，只是看上了我的钱。”

张父张母眼见儿子回心转意，高兴之下不由自主地又结成了同盟，一块喋喋不休地唠叨儿子：“小建，你可长点心吧，二十多岁的人了怎么一点脑子都没有？”

“就是，好好念书，别整天折腾这些不正经的事。”

张子建抱住脑袋：“爸，你别说了，我今晚就和她分手！对了，爸，你是在哪里碰见他们俩的？”

“……”张父一时语塞。

张太太斜着眼看自己的老公：“对啊，你下午又上哪儿了？”

“谈……谈生意。”张父很是心虚。

“跟谁谈？”

“王……老板。”

“哪个王老板，我怎么从来没听说过？”

“从南方刚过来的，你不认识……”

张子建一看自己老妈又要发飙，赶紧抬头，不再假装悲伤：“妈，通过这件事，我悟出了一个道理。”

张太太好奇地看着儿子，从没见他这么一本正经过：“你说。”

“妈，你说我模样也不丑，人品也不坏，我以为我就算穷得叮当响，她也会真心爱我，谁知道她拿着我的钱去养别人！唉，我一个体体面面的大学生，连一个年轻女生的心都得不到，真是……”张子建说着说着，用眼角去瞥自己的父亲。

张太太会意，嗤笑一声，不冷不热地说道：“我们小建高大帅气，要什么有什么，好不容易看上个女孩还跟别人跑了。某些人呢，一把年纪了，头也快秃了，啤酒肚也出来了，还以为自己魅力无敌，人家小姑娘还巴巴地追着他跑呢！”

“……”张父继续装哑巴，他当然没那么傻，以为年轻小姑娘是真的爱他，可是男人的自尊心通常很微妙，这话不说出来也就罢了，他还能飘飘然地自我催眠，一旦点破了，张父下意识地就觉得下午跟他撒娇的情人十分虚伪、十分可恶，一瞬间在他的心里失了宠。

张子建瞅准时机，继续总结陈词道：“所以我觉得，当一个男人什么都没有的时候，还有姑娘愿意跟着他，那才是真爱呢。”

张父与张母面面相觑，都不说话了。真爱吗？多少年没人提起这两个字了，现在儿子骤然说起来，才让他们想到，仿佛二十年前，乃至十年前，他们都是真心相爱着的。

张太太的眼眶有些泛红，张父的一张老脸则是有点发红，然而片刻的沉寂之后，两人气运丹田，竟是一起冲张子建怒作狮子吼：“小兔崽子，还敢教训起你爹／你妈来了！”

张子建缩头一笑，拍拍屁股离开客厅：“妈，我饿了，我吃夜宵去……”

作者简介

张晓光，男，中共党员，现任驻村第一书记、工作队队长。中国作家协会会员。黑龙江省作家协会全委会委员，黑龙江省文学院签约作家，鲁迅文学院第三十四届中青年作家高级研讨班学员。在《中国作家》《北方文学》《鸭绿江》《黄河》《参花》《读书文摘》《海燕》《北极光》《青春岁月》《青年作家》《青年文学家》《诗林》等刊物发表大量小说、散文、诗歌等。作品被多家选刊选载收录。已出版长篇小说《墟上春绿否》《瑞雪丰年》《不管海水多么冰凉》等，三次获得哈尔滨市“天鹅文艺大奖”。

假如火山不再喷发

梁小九

1

对我来说，刘艳红是一个在灰尘中浸泡过的名字。灰尘里的刘艳红如同一张薄纸，却在我记忆中有金属一般坚硬的质感。

我后来和小冬聊起这种感受，他那双小三角眼一挤咕，满脸坏笑地说，她软过吗，我怎么不知道？你是不是对她偷摸地下手了？我并没有反驳，模棱两可地“哦”了一声，仿佛被火山岩缝隙中一棵树牵走了思绪。

刘艳红和小冬在办公室里是开玩笑最多的一对。小冬有一种不要脸的劲儿，开玩笑的时候，荤素全来，没深没浅，有时候也让人尴尬。说不过，刘艳红就挥着小拳头打他。刘艳红打着打着突然不打了，手上的劲儿也放松了，刘艳红说，这死胖子一身肥膘，还冬暖夏凉呢。小冬说，被你梅超风一样的爪子摸一下，比打还让人难受。他把手臂伸过去给刘艳红看，说，瞧这鸡皮疙瘩，起一层。

小冬说，要不是刘艳红的胸脯像显示器屏幕那样平坦，或许他早就委身于她了。小冬说这种事情，总是一副玩世不恭还带几分炫耀的样子，特别招人恨，仿佛他把自己前半生都搭在女人身上似的。

刘艳红胸部虽然没有发育起来，但人长得并不难看，身材比例也比较协调，因为瘦，锁骨陷下去得特别明显，身上竟有点骨感美的意思。她的工位在我和小冬对面，第一天到公司报到，和大家打了招呼后，见小冬手里拿着一枚早餐剩下的鸡蛋，在空中比量，刘艳红一把抢过去，说了声感谢，然后在桌上敲破蛋皮儿。小冬说，试试。刘艳红说，试什么？小冬说，放在脖子下面的那个窝里。刘艳红“扑哧”一下笑了，去了皮的鸡蛋就稳稳地陷在那个深窝里。刘艳红说，这个鸡蛋小点儿，拿个恐龙蛋来。

刘艳红的到来给公司沉闷的气氛增添了一些欢声笑语。在我们公司，刘艳红的职位是广告 AE；我和小冬都是业务员，也就是到处跑广告的。我们拉回来的广告，她负责给做排期，在网站上刊发，还部分地承担维护客户关系的任务。我们是一家刚组建不久的互联网媒体公司，老板姓包，员工都管她叫大姐。包大姐先前在报社也是一位名记，跑过政务、司法、农业，积攒了不少社会资源，报纸唱衰的时候，她就转身扎进互联网的滚滚洪流之中。在最初的几个月里，公司搬了三次家，最后包大姐在政府那边软磨硬泡威逼利诱，据说还找了市里某位领导帮忙使劲儿，才在产业园拿下了几间办公室。那几间房都是老式格局，互联网公司一般都是大平台作业，一排排电脑，人在前面盯着屏幕，一水地铺排开来，仿佛和机器融为一体，看起来才有互联网公司气质，也更能体现互联网思维，这也是包大姐理想中的互联网公司的模样。因此，包大姐要求对办公环境进行改造，办公室主任就请人来规划设计，要把几个房间的墙壁砸掉，形成一个办公大平台。于是，装修队开始砸墙，满屋子乌烟瘴气。包大姐没给我们放假，员工这边上班，隔壁那边就叮咣乱凿，我们就在电钻的噪声中埋头干活儿，下班走出办公室，一摸脸，手上一层灰尘，嘴里也都是，牙齿咬动，伴有轻微的吱吱响声，感觉摩擦系数增大好几倍。于是，赶紧钻进洗手间漱口、洗脸，再照照镜子，人模鬼样的，觉得自己也真是傻得可以，最次也要戴一个口罩啊。

可是，我们都没有。

我和小冬还好，以拜访客户为由，一天总要离开办公室几个小时，但下班前得再回来打卡。那段时间运气不错，一个楼盘即将发售，开发商决定在我们网站投放广告，小冬就给刘艳红发信息，告诉她在办公室等我们，有广告要上。我们回去的时候，正赶上整个大楼里的员工下班，电梯一直不下来，我就和小冬在楼下抽烟，小冬抱怨包大姐对员工不太人道，让员工在这么恶劣的环境中工作，这不是要人命吗？

包大姐把拆掉办公室的墙壁看作一种仪式，她说拆除的不仅仅是一面水泥墙，更是拆除思维的墙。那时候她张嘴闭嘴都是互联网思维，但她实际上是一个整容失败的女人，从第一次失败开始，接下来就要用无数个失败来弥补。听说她隔一段时间就要到韩国去打针，否则那张脸就没法见人，估计整容失败对她心理打击很大，所以做事风格也改变了。我们刚把烟屁股掐掉，老板从电梯里走出来，小冬马上和包大姐汇报了今天的战绩。包大姐说，祝贺你，小伙子，好好干。说完，风一样地飘走。

那天包大姐穿了一条通红通红的裙子。也许是刚打完针没几天，整个人气色极好。包大姐着急走，肯定是赶着去和客户吃饭，她钻进那辆路虎车，上车的时候臀部曲线突出，连带一股熟女的风骚。小冬说，看见没，这岁数还拼色相，估计屁股也打针了。

我们站在办公室门口，屋子里只有刘艳红一个人坐在电脑前，其他人都走没影了。天已擦黑，光线暗淡，刘艳红给我的是一个侧影，看起来像一张纸片。她脊背弓着，脖子探出多长，脸上反出电脑屏幕蓝幽幽的光。我感觉她的头发毛突突的，甚至睫毛上也挂了灰。就在我们走近刘艳红办公桌的时候，她对面的墙壁轰的一声被凿出一个大窟窿，窟窿里露出两个戴黄色安全帽的人。他们并没有停手，电钻还在突突突地点击着墙砖。显然刘艳红也被吓了一跳，她抬头看我和小冬，一副惊讶的表情。小冬说，你咋不开灯，给谁省电字儿呢？刘艳红对小冬说，别像个鬼似的，吓我一跳。也不知道她是说扒墙的两个工人，还是说小冬，但小冬接下了这个话茬，你见过对你这么好的小鬼儿吗？说着把一杯珍珠奶茶递送过去。刘艳红说，这还差不离儿。刚接过奶茶的那一瞬间，刘艳红“啊呀”一声，奶茶摔在办公桌上，里面的珍珠和汤水迸了出来，溅到了我的身上。我本能地往后躲闪，撞到了小冬，一只脚踩在他的脚面上，他“啊”地叫了一声。再看刘艳红，身体一下子委了下去，蹲在地上，手捂着额头，我看到她的手指缝隙里渗出了灰色的液体，像一条爬行的蚯蚓。你咋了？我问。刘艳红说，出血了。小冬说，咋弄的？刘艳红说，被崩了一下，可能是石子。这时候，那两个砸墙的工人也停止了突突，他们表情怪异地嘀咕着。小冬对他们吼，还看什么，你们砸到人了！

我们顾不上研究广告上刊的事儿了，马上把刘艳红送到了附近的医院。好在那块飞来的石子不是正面打击，而是擦着眼眉飞过去的，刘艳红眼眶上方留下一道血痕，眼睛肿得和一枚烂桃子差不多。医生给上了药水，包扎了一下，说，问题不大，没伤到眼睛。走出诊疗室，刘艳红脸色苍白，蔫蔫地一句话也不说，我们在医院走廊里一下子陷入沉默。就这样过了好一会儿，她拉住我的手说，我会不会成“独眼龙”啊，现在这只眼可是看不清东西了，你得扶着我。我说，一切万幸，没事，休息几天就能重见光明。小冬说，红姐，你别担心，肯定能嫁出去，嫁不出去，来找我，人们都管我叫啥来着，对，是接盘侠。刘艳红说，滚犊子吧，你！说完，她突然笑了。

2

刘艳红休养了一段时间，再来上班的时候，公司已经旧貌换新颜。最显眼的墙壁上装饰着一排美术字：今天不努力工作，明天努力找工作。里间是一个宽敞的大平台，让办公室的格调提升起来，看起来也有点互联网公司的气质了。刘艳红戴了墨镜和鸭舌帽，遮挡了额头上的伤疤。她走进办公室，开始故作惊讶地自言自语，说是不是走错了地儿。她看到小冬跟她眨巴眼睛，她说，瞅你那熊色，这两天又肥了一圈，倒是白白嫩嫩，来，让姐摸一下。小冬嘿嘿地笑着说，红姐最能吃我豆腐。

聊到豆腐，刘艳红说她老家的王毛驴豆腐那才叫豆腐。刘艳红说这话的时候，语气中有一种难以掩饰的自豪与优越，仿佛世界上只有王毛驴豆腐和其他豆腐。小冬说，红姐，行啦，你说王毛驴这名字叫的，土得掉渣，你这是让我们去吃豆腐渣吗？他一边说还一边在自己胸前比画，说，我要吃白面大馒头。我听完差点笑喷。刘艳红也听懂了小冬话里话外不怀好意，但她没有生气，只是对小冬说，下作玩意儿！能不能正经点，然后就开电脑，忙自己的事了。

那段时间公司来了一个新员工，人长得眉目周正，个头也高，就是说话太冲，好话也能让他说拧歪了，总像人家都欠他几百吊钱似的。他被分配到了业务组，但和我们不是一条战线，我对他的印象也仅限于此，加之他没干多久就离职了，以至于连人家名字都说不太清楚了，只知道他姓钱，就叫他老钱好了。老钱一来，立刻谈了一个家喻户晓的客户，就是他常去消费汉堡炸鸡的麦当劳。我们都以为这是一个天大的单子，因为总感觉麦当劳餐厅里的人每天都乌泱乌泱的，广告更是遍地开花，晃得人们食欲大增，这些信息都给广告业务员宣示着，麦当劳有钱，舍得投广告。小冬说，真是瞎猫碰着死耗子了，让他逮着一条大鱼。我也跟着羡慕嫉妒，但这时候还没有到恨的程度。直到老钱把合同签回来以后，我们才知道这笔买卖的价值是一点五万元，他为这点钱前前后后大约跑了一个多月，每天忙得脚不着地，跟人说话语速也快，那神采就如同前方是一座金山，务必最快时间抢过去，谁要干扰他，谁就是拦路虎绊脚石，对待拦路虎绊脚石自然就不能客气，他能人挡杀人、佛挡杀佛。我和他没有业务交叉，接触也少，那会儿对他只是敬而远之，可刘艳红就吃尽了苦头。或许也是在给自己鼓舞士气，老钱总是预支一些捕风捉影的合作信息，他先是让刘艳红给留二百万的站内硬广资源，第二天又要再追加二十万非标资源，并让刘艳红给他提供资源清单，刘艳红一一照办。刘艳红也觉得这是一个额度不小的合作，干起活儿来激情满满，实际那是一种几杯哈啤进肚、脸色红润就认为自己健康的错觉。很快，老钱又让减资源、换配置，说客户准备分期投放，第一期要投二十万，刘艳红就又给他提供了两万元的资源配比。直到最后一次，老钱让刘艳红做一个两万的资源包，刘艳红说，要不要脸，两万块，半条广告挂不到天黑，还做啥资源包？这让老钱特别不高兴，一下子就火了，或许这股火也不是完全朝着刘艳红来的，二百万到两万的落差太大，早就窝了一肚子火，不知道找谁发泄，恰好，碰见了一个软柿子，是该捏一捏了，否则都对不起自己一身壮肉。他对刘艳红说，你什么态度？怎么对待客户？能不能有点职业精神？老钱说得特别激动，语速又快，让我想起不久前那些砸墙工人手里电钻的突突声。我似乎坐下病根儿了，一想到那种突突声就闹心，而那边的老钱还不依不饶，说刘艳红瞧不起他，看人下菜碟，做人有问题。刘艳红也急了，你说谁有问题？你说谁看人下菜碟？你得把话说明白，我看人下菜碟，哪一点没有配合你，你说清楚！别自己无能，往别人头上扣屎盆子。

小冬在旁边和老钱说，咋说话呢？都是同事，有事好商量！和一个女人吼来吼去，像不像个老爷们儿啊?！老钱说，没你的事儿，少掺和，她欺生，看我刚来，就给我使绊子。

刘艳红说，你太能诬陷人，还是不是男人？说完，刘艳红就哭了，哭得像一个丢了娃娃的小女孩儿，让人看着有些心疼。小冬过去安慰，效果不理想，刘艳红的哭声反倒越来越大，很多人过来围观。

老钱说话嘴巴带嘟当，我也听不下去了。我站起来，指着老钱说，你把嘴擦干净，信不信抽你！说着我就把一把塑料椅子顺在手上。老钱一看我杀气腾腾，一下子软了下来，说，郝哥，我这不也是为了工作吗？客户那边急着要广告位，明天就下单，耽误了谁来负责？小冬说，好好说话，和气生财，何必这样呢，都是同事，低头不见抬头见。然后，拉着我到公司休闲区抽烟去了。

第二天，我们听说老钱签回来一个一点五万的“大单”，都暗自对他表示异样的祝贺。刘艳红在 QQ 上对我说，就这点业绩，也不嫌丢人！我说，算了吧，也不容易。她回复说，不过还得谢谢你出手搭救，真是无以为报……我想回一句无以为报就以身相许的话，又感觉这个玩笑开不得，就回了一个表情，然后又打了一行字：看不惯那张臭脸。

包大姐对老钱这个订单没有否定，还在工作会上进行了重点表扬。她的意思订单金额大小都不要紧，要紧的是精神可嘉，她看到了一个员工为公司利益不屈不挠的拼搏精神，培养团队就要培养出狼性，关键时刻要奋不顾身。包大姐在上面讲话，我听见有人就在下面附和，嗯嗯，苍蝇腿也是肉！我估计这话老钱也听到了耳朵里，此后的一段时间，老钱可能也觉得颜面扫地，工作越来越没有热情，最后，讪不搭地卷铺盖走人了。

老钱离开公司之前，还跟我道了个别，并拿出一包软中华放在我桌子上，说同事一场，以后江湖重逢，还得照应。我抱拳拱手，说，祝君前程锦绣，来日方长。但我们后来就再也没有见过。想一想，很多人一旦离开，天各一方，再难相见，这和你喜欢不喜欢这个人没啥大关系。

3

一起工作的那段时间，刘艳红、小冬和我，三个人像一个小帮派，没事的时候总到公司的休闲区抽烟、闲聊，一起吃午餐，偶尔也打打牌或者到对面的斯卡拉夜场喝喝啤酒，看看二人转，听听段子，消磨一下夜晚的时光。斯卡拉还是小冬拉扯着我们去的，那时候黄小小在斯卡拉的舞台上很火。这个胖女人下身一条绿裤衩，露着两只棒槌样的粗腿，上身穿一件花布肚兜，头上扎两个小鬏髻，涂着红脸蛋儿，像年画里的胖娃娃。她眉眼和嘴唇上的妆化得十分夸张，丑得用她自己的话说就是特有安全感，走在大街上绝对不担心被人劫色。黄小小在舞台上甩动一身肥膘，连翻带跳地证明自己是一个灵活的胖子。我们座位和舞台的距离比较远，感觉她的腰和屁股一般粗壮，胸前两团肉乎乎的东西，在她蹦蹦跳跳的时候总是上下左右地乱颤。黄小小唱歌一般，但她段子讲得精彩，给观众带来一浪接一浪的笑声。她偶尔还和台下的大哥互动一下，坐在前面一个戴眼镜很绅士模样的男人就惨遭她的调戏，携带她那两枚暄暄腾腾的乳房就飘到了眼镜男面前。她手里的麦克风差点直接撺进人家嘴里，让人承认自己是个骚包。眼镜男一下子很慌张，操着一口南方普通话，吭哧瘪肚地说了半天，也没有说出一个完整的句子，一时间气氛有点尴尬。黄小小说，咱家南方大哥贵人话语迟，有那事儿也不能明说，偷摸干就得了，不像我们家老爷们儿，嘴上没边，乱跑火车，大哥比较含蓄，有内涵，我喜欢。你就看看人家带出来的这美女吧。多俊，但我敢打包票，她不是亲媳妇！你们信不信吧。哈哈。小冬说，废话，上这地方谁带亲媳妇？说着，他还瞟一眼刘艳红，刘艳红也没理他这茬。这时候，我注意到眼镜男旁边的女子，一头长发，穿着打扮也比较时尚，我的角度看不到她的正脸儿，但背影却那么熟悉。刘艳红眼尖，一下子认出前排雅座的女人是我们敬爱的包大姐。好在包大姐只顾着和客人喝酒看节目，没有注意到我们。发现包大姐在娱乐场所陪客人，让我们下班后喝酒放松的生活增添一点乐子，仿佛人家赠送一道硬菜，我们可以就着这道菜八卦老板私生活，酒自然也能多喝两瓶。小冬说，包大姐让人给包了，还私下生一个孩子。刘艳红说，真事儿咋的？我说，怪不得她一直不结婚呢。小冬说，我有一次给她开车，去机场，她打电话，我听个大概。我说，能吼得（hold）住这个大姐的肯定不是善茬。小冬说，听那意思，那男的挺有实力。

我们举杯又喝掉一瓶啤酒，舞台上的黄小小为了缓解被调戏的眼镜男的尴尬，启开一瓶啤酒，一口气闷掉。眼镜男在台下看她酒量好，就主动提上三瓶，估计也是要一雪前恨。黄小小看一眼，故意表现出很为难的样子，台下这时候潮水一般的掌声响起，黄小小抓起酒瓶，一跺脚一仰脖一瓶酒就倒进了喉咙，连续三次，掌声不断。喝完之后，黄小小面色微红，做妩媚状，对着眼镜男说，死鬼，你要把我灌醉，我今天晚上到你房间找你。

我们为了避免和包大姐正面撞上，趁乱离开了斯卡拉。出了门，走到了大街上，感觉世界清净不少，小冬却有点意犹未尽的意思。我们顺着长江路向下走，夜风吹来，路灯迷离，从来没有感觉那么舒服的风，不急不躁，从皮肤上擦过，清清爽爽。我敞着怀，哼起了李健的《贝加尔湖畔》："多想某一天，往日又重现，我们流连忘返，在贝加尔湖畔，多少年以后，往事随云走，那纷飞的冰雪容不下那温柔……"我知道我肯定唱得跑调，但这些都已经不重要，重要的是要打开自己喉咙，不能把情绪憋在肚子里，那东西在肚子里待久了就会发酵、打嗝，最后憋出心理疾病。小冬说，哥，咱能不能来点摇滚。他亮开烟嗓唱起了摇滚版的《我是一匹来自北方的狼》。刘艳红跟在我们后面，一直在踩我的影子，我乘着酒劲儿，走得深一脚浅一脚，影子也跟着凌乱，这给刘艳红踩我影子带来一点难度，但她还是像一个小孩子那样乐此不疲。

我们在宣庆街一家路边摊儿停下来，小冬说，咱在狗食棚子再整点不？老板热脸相迎，老弟来了，吃点啥，自己拿就行。刘艳红像是晚饭没有吃饱，必须再整点夜宵，看着铁皮方锅里乱煮的麻辣串，她抓出一把，倒上麻酱和辣油，一边吃一边说好吃好吃，让我觉得这种最通俗最简单的语言特别适合赞美这顿夜宵。我和小冬继续喝啤酒，也不用酒杯，就人手一瓶，瓶子一碰，叮当清脆，酒喝起来也爽气。小冬说，红姐，你咋跟吃冤家似的呢，啥都能吃下去啊，再吃你快赶上黄小小那体形了。刘艳红反击他说，再胖还能有你胖？养伤这段时间，刘艳红似乎胖了一点，原本瘦弱的肩头，现在有点肉乎乎的了。她说，我是小骨棒，长点肉就特明显，但我体重并没有增加，不像人家小冬，喝水都长膘。小冬说，兄弟我喝的是寂寞，欧耶。说着拿着啤酒瓶和我对碰了一下，似乎感慨地说，这大晚上往这儿一坐，吹着夜风，说真的，别管吃啥都有滋味。我也感觉，这个样子才是有生活的人，斯卡拉里的人都太魔怔了。

4

我和小冬在业务上配合得挺好。他是一个外场人，喝酒唱歌讲段子他都是行家里手，到开发商那边更是自来熟，上至销售主管下到售楼员，都能搭个讪。我则是具体的广告推广方案的策划者。合作下来，我俩的业绩还不错，第一个季度还当了一把销冠。

金九银十，秋天的每一个周末对房产开发商来说都印证了时间就是金钱的硬道理。那时候房子卖得好，我们广告销售也跟着好。开发商对媒体特别友善，赶上重大活动，媒体人去捧场，不仅给红包，还给拿一些促销的小礼物，什么小优盘、保温杯、体重秤啥的，我也用不上，拿回来几乎都给同事分掉。我和小冬参加完开发商搞的一个促销活动，回到公司，刘艳红正在排广告。我把一个蓝牙小音箱给了刘艳红，她像是收到生日礼物一样，高兴得差点蹦起来。小冬说，红姐，你稳当点，要不嫁不出去。刘艳红说，你不是说是接盘侠吗？小冬说，那也要看是接谁啊。

公司就我们三个人，轻松活跃的气氛一下子就上来了。刘艳红也放下手里的活儿，扯开一包大瓜子，小冬又泡了一壶铁观音，我们开始扯闲篇儿。

刘艳红说她家祖上是挖金矿的，小冬想接盘恐怕还不够资格。小冬说，没看出来啊，我原来以为红姐家就只做豆腐，没想到竟然还有矿。刘艳红坐在办公桌上，悠荡着被黑丝袜包裹住的小细腿，嗑着瓜子，仰着小脖，显摆出故作骄傲的神态。小冬说，红姐，你这出，咋看咋有风尘气。刘艳红白了他一眼，说，狗嘴吐不出象牙。小冬说，不是，我是说你特像那个豆腐西施。又说到豆腐，刘艳红说她没有卖过豆腐，他们家豆腐都是她爸做，她妈卖，他们家店小，不如王毛驴做得有规模有品牌。小冬说，你要是卖豆腐，肯定能比王毛驴卖得好，真事儿，我没有诓你的意思。你说你放着卖豆腐的大好前程不干，来这地方玩电脑干啥，白瞎你这人才了。

刘艳红说，可能过一段时间，我真就要回去卖豆腐了。一听这话，我说，你咋了，想要离职？

刘艳红说她爸病了，妈妈上岁数了，干不动了，让她回去帮忙。

然后我们就聊到了她的家乡。刘艳红的老家已经快到中俄边境线上了，那里有一座著名的火山，当地人管那火山叫老黑山，刘艳红说她爬上去过，上面的火山口就像一个巨大的洗脸盆，火山旁边有五个连在一起的堰塞湖，所以那里又叫五大连池。五大连池有两处泉眼，都是冷矿泉，当地出一种冒着气泡的矿泉水，现在卖得很贵，喝下去就往上直打嗝，能治胃病。刘艳红说，在矿泉里洗澡，麻麻癞癞的皮肤病都能治愈，挺神奇的。俄罗斯人认为这是神水，每年都过来，无论冬夏，用暖瓶打水，治病养生。这两年康养旅游发展起来了，当地还搞什么圣水节，弄得挺热闹。

我听刘艳红说得也挺热闹，就扫了小冬一眼，说，我们是不是要去体验一下？小冬说，那必须的啊，是不是红姐？红姐家大业大，还安排不了俩人吗？

刘艳红说，说真的，你们俩一定要去。现在不行了，临秋末晚，景色不好看了，明年端午节，天暖了，树绿了，花开了，你们再去，我到时候正式发出邀请。小冬说，让咱哥也好好泡泡温泉，把脸上大小疙瘩给泡平乎了，好找对象。刘艳红赶紧说，不是温泉，那水凉，可能不到二十摄氏度，去了你就知道了。小冬说，凉点泻火，效果杠杠的。

我这张脸也是一个老大难问题，小冬没事也总埋汰我两句。按理说青春期早就过了，但还是不停往外冒疙瘩，小冬有一次说，哥，我带你去一个地方吧，能治你脸上的包包。我也没有多想，就跟他去。

去了之后，才知道是歌厅。歌厅在地下室，走过一条幽深的走廊，在粉红的光线里走出一排妖艳的女招待，个顶个欲望十足地盯着你看。到歌厅唱歌也没有什么，平时和客户也去，但也仅限于唱唱歌喝点啤酒而已。没想到小冬这次叫了两个陪唱小姐，进来后就坐到你身上，手不闲着，在你身上乱摸，一个陪唱小声地说，屋子有后门，出去就是房间，咱们到里面去吧，保证安全。这真给我吓到了，我赶紧拉着小冬往外走。小冬说，走啥呢，你看咱刚来，包还没治，咋就走呢？

在回去的路上，小冬说，哥，你关键时刻掉链子。我说，我嫌她们埋汰。小冬说，哥，我就服你，你这人太清高，难怪三十来岁，还长青春美丽疙瘩痘。后来因为我在歌厅仓皇而逃这事儿，小冬没少笑话我。

我说，我们到五大连池，也得让红姐带咱们到金矿去看看，长这么大还没有见过。小冬也说，是啊，我们也沾沾喜气走走财运，没准儿弄一个狗头金，后半辈子就实现财务自由啦。刘艳红说老金沟不在五大连池，她家是后来搬到五大连池的，老金沟那个金矿关停好多年了。老金沟的金砂品质好，清朝的时候，还是给慈禧太后进贡的，慈禧拿着黄金，去买洋人的胭脂，这事儿历史书上都这么说。

小冬说，哎呀妈呀，哥，你看这事儿整的，咱俩生晚了，早生些年，是不是就发家致富了。刘艳红说，你要是出生在慈禧那会儿，没准还能进宫当个太监。我“扑哧”一下子喷出一口茶水，有点呛到了，一直咳嗽，脸憋得通红，最后断断续续地说，小冬可舍不得命根子。小冬说，我哥最了解我，男人不骚，品格不高。我恍惚地记得，这句话是黄小小在斯卡拉舞台上说过的。

刘艳红说，看，说说就下道，小冬你正经点，告诉你，我可是你姐！

我说，艳红，你准备啥时候离职？

她说，还早，先干一段，可能要过年之后吧。

小冬说，对，咋也要发完年终奖再走人，该拿的钱不能不拿。

5

刘艳红回老家卖豆腐之前，还帮我们给客户组织了一次活动。也是在那次活动上，她认识了一位老摄影师。

望江南自称是全市最有格调的小区，开发商在小区园林打造上也花了血本，还没有正式开售，他们就在媒体上猛打广告，宣传这是本城仅有的一处江南园林式的高尚社区。我们作为媒体单位，先被邀请参观了一次，确实让人惊讶，叠石刻石、假山池塘、舞榭歌台、影壁连廊、花草树木，一应俱全。走在园林的碎石步道上，所有人都在夸赞，我也趁机和开发商建议搞一场颇高品位的摄影大赛，我们可以邀请摄影师和自媒体大咖，不仅为开发企业留下宝贵的图片资料，这些专业相机拍下的照片，还可以在媒体以及自媒体进行二次传播。保准儿能让消费者觉得买了望江南，就是登上人生之巅；不买望江南，必定终生遗憾。我的建议很快被开发商采纳，我们约定在春暖花开的时候，搞一场摄影大赛。

接下来，我和小冬开始筹备这场摄影比赛。首先要找摄影师，恰好我在微博上认识一个人气很旺的摄影师，他的网名叫美丽人生，头像是一个运动会上架着大炮筒式的照相机拍照的图片，人看起来五十多岁，一脸忠厚人畜无害的模样。穿着摄影马甲，拿着照相机扫街，似乎已成了他美丽人生后半阶段的最大乐趣。让我印象深刻的是他拍过一个女孩儿，在中央大街上回眸一笑。从摄影艺术角度来讲，这张照片平淡无奇，甚至懂一点摄影的人用普通手机都能拍出那种效果。但那个女孩儿是我前任女友，这就不得不引起我的重视，瞬间就点关注加他好友。他也很快就回关了，没事也互动两句，但我没有告诉他，我和他拍照的女人的关系。

自己挖的坑，就要自己来填。要顺利完成活动就要有摄影师助力，我又想起了这个美丽人生老师。在微博上和他私下沟通后，他很爽快地答应见面聊活动细节，我们约在了中央大街的露西亚咖啡馆，他准时到达，我一眼就认出他，因为他穿着摄影马甲，脖子上还挂着照相机。

美丽人生说话有点磕巴，这并不影响他眉飞色舞地表述一件事情，比如我们刚坐下，他就说和露西亚的老板熟悉，以前总来拍照，有几次还是带着俄罗斯女孩儿来拍的。那时候老板总是给提供一些场地使用的方便，但咖啡的价格是一点也不打折的。后来他就不怎么来了，因为这个小咖啡店成了网红店，外地来旅游的小年轻总要在这儿打个卡，否则似乎白来旅游一趟似的。美丽人生说，你说他这店成网红，是不是有我们影友一份功劳，但老板连个毛都没给，哪怕召集起来一起喝点啤酒吃点红肠也没有，做人不能太抠门，否则没朋友，你说是不是？

我只能点头，并连说两个“是”。心里想，他这是在明晃晃地暗示啊，在我的活动上可千万别狮子大开口，否则就不好玩了，我们预算很是有限，别看我们包大姐到韩国打一针美容针都要十来万，但对于我们可是死抠死抠的，摄影师团队的费用要是超标，我还要自己往里搭钱，那就不划算了。

接下来我们聊起活动的事情。美丽人生说他有一拨摄影师，多了瞎扯，百儿八十人，一打招呼分分钟就集合。我说太好了，他又问了些活动的具体内容，并说他也熟悉望江南那个地方，让我把心放在肚子里，这活儿肯定给我干得漂漂亮亮的。美丽人生最后说，开发商都是大管道，有头有脸有钱，你们媒体不能太便宜给他们做事。

我觉得美丽人生忠厚的外表之下，小心眼儿还是挺明显的。我答应事成之后单独给他一笔辛苦费，并且每一个参与的摄影师都会获奖，大不了给个纪念品，反正所有奖品都是开发商出。他说，这就好办了。

在美丽人生老师的积极操持下，摄影师们拍照特别卖力，他们用一双善于发现美的眼睛，拍摄到了我们难以言说而只能赞叹的景物。

开发商很满意，活动很顺利，我也践行诺言，单独给美丽人生一千块的稿费。他拿到钱，很是高兴，说啥都要请我喝一顿酒，我就把小冬带去了。我们一见面，美丽人生就问，你们那个小女孩儿咋没有来？没等我说，小冬抢着说，你说小刘啊，那啥，她和对象看电影去了。我知道，刘艳红一直单身，她和一个女同学一起住，那个室友把房间装饰成暧昧的粉红色，天天搞网络直播，在镜头前嗲声嗲气卖弄风情，吸引一些人老心不老的老色鬼。刘艳红说，每天还不少人给她刷礼物，网红陪聊，大哥慷慨，很赚钱的。我说，你也想直播？她说，没有那能耐，吃不了那碗饭。美丽人生老师在约我吃饭的时候，还特意叮嘱要我带俩人过去，但他没直接说要刘艳红参加，我也没多想，他这一问，我似乎觉得有点什么不对。

美丽人生老师在道外区一家埋了咕汰的熏酱馆请的客。他说，别看这家店脏不拉叽，但味儿正，我年轻的时候就常来，他们家少说也开四十年了吧，是这块地上的老字号，这趟街我吃遍了，还是认这家。小冬说，这店好，和百年老店还差六十年，这家确实很有名，都上美食地图了。

美丽人生点了猪头肉、猪手、猪尾，都是他喜欢的熏酱菜；热菜是爆炒猪大肠、一份汆丸子，外加一盘地三鲜，美丽人生老师自己还要了一份烤猪脑。他说，你们年轻可能不习惯，我年轻时候，干活儿出大力气，就馋这口。

那次吃饭后，我才知道，美丽人生以前在煤场当装卸工，后来朦胧诗火了，他就写了一首，在晚报登了出来，成了厂里的文化人，调到了厂里宣传科，负责写材料出板报。九十年代还下过海，也做过一段时间广告业务。最让他自豪的是，他和著名主持人倪大脚跳过舞，他说这段的时候脸上泛满油光，语言也越发不流畅。他说那时候倪大脚还不咋出名，来咱这儿拍冰雪题材的电影，他得知消息就去探班，导演对他很是热情，让拍了照片，提供了新闻素材，他回头在报纸上发表了一篇豆腐块文章，宣传了剧组，导演为了感谢他，剧组在搞酒会的时候也把他邀请去了。那个年代流行跳舞，尤其是文艺人喝点酒之后，不跳舞怎么行？导演就把倪大脚叫过来陪他跳一曲。美丽人生说，我这笨笨咔咔的把式，根本踩不上鼓点，只能踩人家明星大脚的脚尖。小冬说，我说美丽人生，你这人生很美丽啊，搂过明星，这辈子值了，崇拜你啊，咱干一杯。美丽人生一笑就跟着喝了一杯。放下酒杯，他接着说，我愿意和你们年轻人在一起，有活力，你看上次活动的时候，我拍的那张照片，就是给你们小刘拍的那张，虽然没有获一等奖，但我感觉我拍出了艺术美。你看没看出来？他举着手机，调出图片问小冬，小冬"嗯嗯"地回答。我说，是挺美，应该获一等奖。美丽人生说，按理说应该给一等，咱得谦谦君子，我不能因为是我组织的比赛，我还拿头奖，那不是让别人讲我美丽人生做人有问题吗？那样下次没人和你玩了。小冬说，美丽人生，人生美丽，高风亮节，让人敬佩，来，咱再干一杯。

美丽人生说，你们可能在一块儿相处时间多了，对那姑娘的美视而不见。咱说小刘，我给她拍照的时候就想，她应该是典型的江南美女的范儿，望江南应该找她当代言人，那种高档环境，特别适合展示江南小女子的风情美。小冬说，老大哥，你不太了解那傻娘儿们，实际上她一点都不淑女。

美丽人生说，你还别不相信，我看人一看一个准儿。你就说她的身材就是江南的身材，你对比一下北方女子和南方女子最显著的特点就是在胸脯上，南方的女孩儿，几乎都平平常常，再看咱们这旮旯，一坨一坨波涛汹涌。我一下子笑了，我说，咱不说这个，南方有南方的美丽，北方有北方的俊俏。

我们一直喝到结束的时候，美丽人生还在强调小刘是一个有魅力的女孩儿，我感觉这一晚上喝酒的主题并不是庆祝我们活动中的合作愉快，而是对女性美的时代大讨论，这多少有点趣味，但聊多了就越聊越让人尴尬了。

美丽人生最后喝得舌头大了，他拍着我的肩膀对我说，老弟，听大哥一句，把那个姑娘拿下。你要不拿下，我觉得你小子没能力。真的，顶好的一个小妞。

我说，顶好，顶好，我努力，我先送你回家。他说啥也不用送，说自己能走，我和小冬看着他还没散脚，能走直线，就没强行送他。送走美丽人生，我们打车回去，路上，我又看见他，还想和他打招呼，但很快他就拐进了一家洗脚屋。小冬说，我就说这老家伙好色，搞活动的时候就看出来了，专往人家小姑娘身上贴乎。小冬把色读成sǎi，他平、翘舌不分，但还沾点古风。

第二天一上班，小冬就对刘艳红说，你小心点，我看那个美丽人生是个老色坯。刘艳红说你咋知道，小冬冲着我说，你问郝哥，他嘴厚得跟棉裤腰似的，话都说不利索，还咕咕叨叨谈什么人体美，谈他娘个腿儿啊。

我说，小冬你对人家老头尊重点，毕竟帮过我们，那么大岁数了，如果再没有点爱好，你让人咋活。

刘艳红说，他照得真好，比摄影棚的都好，你过来看看，把我拍得多好看，我都没有发现自己有这么好看，哈哈哈……说着刘艳红就自我满足地笑个不停。

我凑过去看了一眼，照片上的刘艳红不仅比我们眼前的刘艳红漂亮多了，脸蛋儿也白净了，女人味也足性了，显然，这些图片都是精修过的。

6

进入夏天，热气一下蹿起来了，天气预报说是六十年一遇的热天，冲到室外，迎面吹来的风里似乎有火苗，能灼伤皮肤。这时候，房产销售进入淡季，广告业务也跟着清淡一些。刘艳红已经离职一个多月了，新来的广告AE是一个小姑娘，呆头呆脑，不苟言笑，人也不太机灵，业务上出现几次差错，惹得甲方好大不满意。我和小冬私下就说，要是刘艳红在这儿，肯定不会出这种白痴问题。

一提到刘艳红这个瘦瘦的女人，我脑子里就想到那个空中悬浮灰尘的黄昏，仿佛看见她坐在电脑前，蓝汪汪、毛烘烘的那张瘦脸，还有她在办公桌上垂下的被丝袜包裹着的一双小瘦腿。小冬说，哥，你是不是对她有意思？我说，没有，我和刘艳红小葱拌豆腐——一清二白，我就是念旧。小冬说，我知道你重感情，那没事咱去她家豆腐坊溜达溜达。于是，我们和包大姐请了假，去五大连池找刘艳红吃豆腐去。小冬说，咱们开车走。他刚买了一辆雪佛兰，还没跑过高速。我说，好，你出车，我出油钱。

我在写字楼下的食杂店买了一条香烟和几瓶饮料，提着塑料袋到停车场找小冬。小冬递过来一张小卡片给我看，上面印着一个暴露的女人，还有“包小姐”三个字和一个二维码。看到名字我一下笑出声来，说，是不是咱老板的车上也会有这个。小冬说，人家不姓包，这个包是包养的意思。我当然知道，图片上的那个女人不一定姓包，但这种歧义却让我觉得低级趣味有时候更能带来好心情。我们带着这个突如其来的笑话，把车子开出了城市，过了松花江大桥，上了高速，一路向北，道路越开越宽敞，我摇开车窗，终于有一丝凉风吹了进来。

车上，小冬哪壶不开提哪壶，他又提起了刘艳红走之前，他们一起给我过生日的那件事。

小冬说，我就是好心儿问问，哥你别生气，娃娃到底用了没有？我说，用了。他接着就问，啥感觉？我说，比任何一个女人都好。小冬说，那咋的，以后不找对象了，不结婚了，和娃娃过一辈子？我说，也有可能，省钱，又不浪费感情。

我和小冬说过，我曾经有一个女朋友，我们从大学开始，处了七八年时间，毕业之后，我连续失业，常以找工作为幌子，一出去就是一小天，有时候到江边看看水流，有时候躲在图书馆读读小说，实际上是为了躲开她的视线。在此期间，也找到几份工作，但干得都不长久，最短的一次，上了一个礼拜的班，临走时财务给发了一百块工资。在那些捉襟见肘的日子里，感情也渐渐地被稀释掉了。在我入职包大姐的互联网公司之前，她去了北京，就再没回来。这段无疾而终的感情，一直是我心中最不愿意提及的伤痛。到了包大姐的公司之后，她看我文笔不错，就让我写写策划整整文案，赚钱不多，日子过得紧紧巴巴。品尝了没钱的痛苦之后，我找包大姐说想多挣点钱，她说你可以去拉广告，有提成，挣钱快，还交人。我说我没干过，跟人谈钱总磨不开面子，恐怕不行。包大姐说，我看你行，男人的字典里没有不行二字。然后她又补充一句，跑业务锻炼人，成长得快，将来你会感谢我。我于是跑起了广告业务，赶上了房地产形势好，业绩还不赖，尝到了甜头，才知道赚钱是一件让人快乐的事。但几个月之后，我的情绪越来越糟，仿佛对生活又失去了把控的能力。小冬这帮兄弟似乎肩负拯救我的重任，背地里研究好几种方案，但都没有马上实行，恰好我的生日快到了，这给了他们胡吃海塞大醉一场的理由。

他们在开发区订了酒店，房间里也营造出了过生日的气氛，还请了美丽人生，让他帮忙照相。我们平时有业务往来的两个策划经理也来了，他们没少在甲方领导那边帮我们说好话，请一请人家也是应该的。一桌子丰盛的菜肴，我看着也高兴，但没有什么胃口，一顿饭下来光喝啤酒了。上生日蛋糕，刘艳红插蜡烛，小冬掏出打火机点燃蜡烛，我吹蜡烛，一切都像有导演彩过排一样顺当，一切也都被美丽人生的照相机记录在案。刚吹灭蜡烛，黑灯瞎火中，我们一起唱起生日快乐歌。这时候，我的手机铃声响了，是一个陌生的号码。我接起来，对方说有一个快递要送过来，我说在外面吃饭，他问是不是盛世桃园酒店。我说，是。他问了房间号，小冬说，三个八，我对着电话重复了一遍。他说，马上就到。灯光亮起，我们切分蛋糕，两分钟之后，包房的门被打开，一个骑手走了进来，手里捧着一个两米来长的大箱子，他恭恭敬敬地问，哪位是郝先生？我站起来，他便把箱子送过来，还说了一句，生日快乐，这是你朋友送你的生日礼物。我想这快递员还挺有眼力见儿，我也不能没礼貌，下意识地说了声谢谢，掏出十块钱给他做小费。他道谢后，就退了出去。但我看他有点眼熟，一下子又想不起来在哪儿见过。

大家都好奇地注视着我，我也好奇地注视着这个包裹得严严实实的纸盒箱子。大家要求现场开箱，我也没有客气，拿起一个餐叉，挑开了外包装的胶带。没想到这东西包得还挺严实，拆掉一层又一层，可能是鲜花，也可能是美食，或者是钓鱼竿，一边拆，我一边猜，直到最后，这家伙才露出真容。

竟然是一个充气娃娃。

我靠，这个太特别了吧。小冬说，哥，送礼的人太了解你了。

我哑然失笑，心想这是谁在和我开玩笑，是不是玩得有点大了。但也就那么一秒钟，我就恢复了镇定，我决定把她请出来和大家见见面。她安静地躺在纸盒箱子里面，我知道从此以后她就属于我了，我再也不能让她这么委屈下去。我小心翼翼地扶她起来，她像刚睡醒一样，腮上泛起酡红。不得不说那一刻她是性感的，她的身体很柔软，皮肤细腻如同抹了蛤油，扶起她的那一瞬间，她似乎微微地喘了口气，显出很柔弱的样子。她站起来之后，个头到我下巴，一头金发，每一根都浸透着迷人的香气，幽蓝的眼睛，高挺的鼻梁，厚实的嘴唇，一看就是我喜欢的欧美血统。她还穿了一件丝绸吊带的内衣，水蜜桃形状的胸部坚挺突出，造型堪称完美。我扶着她柔软的腰肢，为她一一介绍光临现场的贵宾，并反复地说，这些都是我至亲至爱的朋友，他们能参加我们的婚礼，咱是蓬荜生辉了。我看见美丽人生老师照相机的闪光灯咔咔闪个不停，感觉自己真正站在了舞台中央，而我旁边的刘艳红手捧着鲜花，脸上流下激动的泪水，我想这泪水一定是为我而流，因为我已经把我的幸福传递给她。然后我端起酒杯说，刚才的音乐放错了，不应该是《生日快乐歌》，应该是《婚礼进行曲》。小冬就带头唱，结婚了吧，一个人挣钱，随便乱花……刘艳红接着唱，她不会生娃，少了牵挂……刘艳红唱的声音尖锐而高亢，我也是第一次看见她如此动情，一下子大为感动，有一股热泪从眼角淌出。歌声戛然而止，大家掌声渐息，端起酒杯，一饮而尽，我透过薄薄的玻璃酒杯，看到房间里每个角落都充斥欢乐，每一个人都因夸张的兴奋改变了面部形状，我仿佛看到了自己度过了一生中最幸福的一个夜晚。我在娃娃的脸上深深地亲了一口，气氛立刻又掀起一个小高潮。潮声退去，我再倒酒一杯，举过头顶，说道，酒过三巡，菜过五味，天也不早，人也不少，良辰美景奈何天啊，春宵一刻值千金，我要洞房花烛去也。

小冬架着我，踉踉跄跄地离开了包厢。出酒店大门的时候，我看见迎宾小哥，他鞠躬说，先生慢走，欢迎下次光临。我看他傻笑，认出他来了，说，谢谢你。

那晚的酒后劲儿真大，走出去，小风一吹，顿觉得头重脚轻，没走几步，已然烂醉。第二天我就像失去记忆的老人一样努力地回忆往事，眼神茶呆呆地盯着某处，一言不发。小冬说我那时候就像一个抑郁症患者，特别让人担忧。小冬说我那天夜里，坐在马路牙子上说啥也不走，笑一会儿，哭一会儿，哭一会儿，笑一会儿，跟抽风一样，中间歇会儿，就到树丛边上狂吐，回来后再接着哭闹。

我说，谁送我回去的？

他说，我和刘艳红。

他还说，刘艳红给你脱的衣服。拿毛巾帮你擦，你吐了一身，那味儿贼大，她都没嫌你。

我说，这下子人丢大了。

人不狂醉枉少年，他说，出来玩，就要好好放松。

我问，谁送我的，那玩意儿？是不是你搞的鬼？

小冬挤咕了一下眼睛说，不是我。

我说，那是谁？

他说，你猜。

7

车开进了五大连池小镇，就看到街道两旁都是卖矿泉水和火山泥面膜的小铺，路边几个女人，脸上糊着黑黢黢的面膜，和我们热情地打招呼。刘艳红的家在老黑山脚下的村庄里，听刘艳红说过，老黑山在康熙朝的时候还喷出过岩浆，这事历史上有文字记载。我们七拐八拐地开到了刘艳红家门口，一处独门独院的宅子，门口栽了不少喇叭花，门前打扫得干干净净，一看就是过日子的人家。我们进去，刘艳红的爸爸妈妈早就出来迎接，和我们见过面，我把从省城带去的俄罗斯红肠、小肚、酒心糖和一包水果递上去，刘艳红妈妈收下东西，让我们进屋里坐。她爸爸埋怨我们乱花钱，说咱家啥都有，看你们破费的，下次再这样见外，不欢迎你们来了。刘艳红爸爸个子不高，很瘦弱，说话气有点短，穿着朴素，一看就是实诚的人。和我们客气一番后，他就到院里劈木头样子，准备生火做饭。

刘艳红沏茶倒水，忙里忙外，稍微消停一会儿，她就和我们打听公司那些老人儿的情况。互联网公司人员流动大，她提到的几个人都离职了，考研的考研，考公务员的考公务员，也有到外省发展的，还有转行去了甲方的公司。我说，你认识的人中，只有我和小冬还在坚持，另外一个就是包大姐，她自己的买卖，她不能撒手。小冬说，现在你大姐可不是以前的大姐了，阔起来了，还勾搭上一个大官，拉回来不少政务大单，给城市做形象推广。刘艳红说，郝哥，策划是你强项啊，这是你要发达起来的节奏啊。我说，策划就是大忽悠，有些事我忽悠不来。小冬说，你别管忽不忽悠，那也是本事，你看看包大姐和那些大领导称兄道弟勾肩搭背，你不服不行。刘艳红呵呵笑着说，你是说狼狈为奸吧。小冬说，可不咋的，你这词准确。刘艳红说，不说他们了，都是故事，咱们要吃午饭了。

午饭是豆腐宴。山泉水、黑鲤鱼、白豆腐、宽粉条，一块儿放在铁锅里乱炖，还没等开饭，从锅盖缝隙就散发出浓浓的香味。小冬说，吃一口保准儿能香一个跟头。刘艳红就笑，多吃点吧，波棱盖儿给你卡秃噜皮喽。不开玩笑，多吃点啊，这豆腐纯绿色，我亲手做的，水嫩着呢！小冬说，听你这么说，咋让人联想到纯生态的农村大妞呢。刘艳红说，你脑瓜里就装那么点事儿，快吃，下午还要带你们到老黑山去转转。

老黑山并不好看，它没有南方山脉起伏连绵的温润，也没有北方大岭的雄浑苍茫，远看就是光秃秃的一个土包，在周围大片大片的平原映衬下，显得那么鄙陋与衰败。上山的路也不难走，景区给铺了木板栈道，踩在上面颤颤悠悠，咯吱作响，难免让人有些担心脚下踩空，一失足成千古恨。路边的火山岩上，稀稀疏疏地生长着一些矮小的火山杨，这些树的树干几乎没有一根是直接指向天空的，它们横斜而扭曲，在土壤稀少水分缺乏的岩地上固执地生长着，也让人觉得老天爷饿不死瞎家雀，总会给生命一条活路。

在栈道上，我们休息一会儿，补了些水分。刘艳红指着泛花一般的岩石说，你们看到石头缝里的小树了吗？这就是火山杜鹃，春天的时候，这里全都是花。小冬说，花花世界，花的海洋呗。我一下子笑了，说，小冬也开始抒情了。小冬说，抒情也不是你们文人的专利，我偶尔得来一下，咋的，抒不好，瞎抒着玩呗。

我们继续登山，后半段的山路好走一些，感觉很快就到了山顶。山顶就是火山口，铁锅一样凹陷下去一处深深的大坑，刘艳红说她看见过里面有水的时候，但我们只看到坑底都是乱石枯叶和一些游客留下的塑料垃圾。我们在山口停留一会儿，凝视远方，一派苍茫，山风吹过，胸怀坦荡，小冬还对着火山口吼了几嗓。最后我们都感觉再待下去也没什么意思了，就顺着后山的路线下山。一路上遇见几个体态臃肿的俄罗斯妇女，小冬说他更喜欢小俄，就是十六七的俄罗斯少女，梦幻的身材，水嫩的皮肤，让人垂涎。小冬说得有鼻子有眼，形象生动，仿佛他亲身体验过一样，我和刘艳红就嘲笑他。他说，这都是美丽人生说的，他给小俄拍过裸照，经验丰富，啥都知道。刘艳红说，你咋不学点好的，脑子里咋那么肮脏。小冬说，人家那是艺术，你别用有色眼镜看人。这次他把“色”发音成了“涩”。

在山下的北饮泉，小冬用矿泉水瓶从泉眼处接了一瓶水，泉水清冽，凉哇哇，确实爽口。我喝了个水饱，连脖子带脸都洗了又洗，上下山的路，看起来不陡不峭，也走出了一身汗，洗一洗，山风吹吹，神清气爽，特别通透。回去的路上，我拿起瓶子，还想再喝口水，却见水体已经混浊泛红。我指给小冬看，小冬说，水里不会有毒吧，你肚子疼不？我摇头。他接着说，我咋突然肚子疼呢，给我点纸，我要方便方便。

刘艳红就笑，给他拿出一包面巾纸，说，别吓唬自己，不是毒，水里含铁多，氧化了就这样，你中学化学是不是都就饭吃掉了？小冬说，肠子拧劲儿地疼。说着，他夹紧屁股，一路碎步，跑向卫生间。

小冬回来的时候，面色煞白，身子一下虚弱了许多，看来刚才被摧残得比较严重。刘艳红就笑话他看起来挺壮，肠胃比谁都娇性。小冬捂着肚子说，一点不撒谎，蹿稀，拉得脱水。我忍不住笑，说，也不一定是水的事，你说不上偷吃啥荤腥了。小冬有点委屈地说，我差不多二十四小时和你在一起，哪有机会偷吃啥玩意儿啊。

我们又在路边的石凳上休息了一会儿，等小冬缓过劲儿来，他问，接下来我们干点什么？

我也不知道接下来要干点什么，我们突然有点茫然，就干巴巴地坐着，等待太阳下山，等待晚餐，仿佛那一刻是真正地虚度了光阴，但却觉得虚度光阴也是一种享受。

8

我提议去老金沟走一走。刘艳红说，估计开车要两个小时，不过去看看也行，但那地方啥也没有，你做好心理准备，别失望。

我又看了一眼小冬，意思是问他那腐败肚子好点没，还能坚持去老金沟吗？他说，我没事了，舍命陪君子，我奉陪到底。

去往老金沟的乡间土路坑坑洼洼，真是难走，小冬心疼他的爱车，不停抱怨。我说，狗头金也不是那么容易就能得到的，你总得付出点代价。我听说老金沟发现金苗，是因为一个鄂伦春小伙子进山打猎，累死了胯下白马，他想挖一个深坑，埋葬爱马，却在挖坑的过程中发现了金子。死掉一匹白马就是代价。

小时候我听爷爷说过，穷汉子得了狗头金——仰脖了。狗头金让人一夜暴富，仰着脖子看人，也许真是实力不允许低调吧。小冬说，我要是得了狗头金，就相当于中五百万彩票，哥，咱一定换个像包大姐那样的大吉普，开这烂道，还得越野车。

我们在老金沟根本没有见到金矿，连遗址也弄不清在什么地方，穿过一片片荒地、一道道土墙，在村委会后身，发现三间砖瓦平房，门楣上方挂着老金沟纪念馆的木牌，门框上糊的一副对联已经被风吹雨打残。

在老金沟纪念馆门口，我们下车一看，小冬的车已经浑身是泥。小冬心疼得直咧嘴。我赶紧拍拍他的肩膀说，回去一起洗澡。小冬说，那我可要全套服务的。我说，可以，请你的爱车洗全套的大澡。

纪念馆的看门人是一个枯瘦的老头儿，穿着洗得发白的背心，背心上印着“迎国庆篮球赛”，字迹也斑驳了。看见老人，让我想起火山岩上那些扭曲的杨树，不知道为啥，就是感觉这老头像一棵拧巴的树。

小冬给老人递过香烟，点火，老人的牙齿不剩几颗，说话漏风，烟却吸得贪婪。吸过烟，他面露满足的神色，在腰间解下一串钥匙，帮我们开了门。纪念馆里有股潮湿的味道，展品布置也非常简单，玻璃展柜中散乱地摆放几件采金子用的器物，有一件物品的标注还出现了错别字。我只好看墙上的图片和文字介绍。在一张照片前，我停下来。照片上是一条看起来不太宽阔的街道，两旁却牌匾林立，让人不敢相信百年前这里也曾有过繁华。看门人说这条街就是你们来时候走的那条马路，早年有矿那会儿，这里可热闹了，上万的矿工，关里人、毛子、流浪汉、杀人犯、亡命徒，啥人都有，都是盲流子。有人的地方就得有生活，饭馆旅店大烟馆棺材铺面包房澡堂子妓院也都跟着起来了，你看下面那张图，就是当时的妓女。老头虽然不是专业的讲解员，但提起旧日时光，有点像年轻人对未来充满幻想的模样，也挺可爱的。

老头用颤抖的食指，指向妓女的照片，让我吃惊的是，怎么也无法把照片上的女子想象成妓女。在我印象里，妓女都是搽脂抹粉描眉打鬓姿态妖娆甚至在红尘中眼神能摄人魂魄的那种，可是照片上的女子毫无脂粉气，身材臃肿，袄子破旧，有几处还打着补丁，尤其是表情，很呆板，眼里还露出一丝不安。我感觉这个形象和朴实的农村中年妇女没有半点差别。刘艳红凑过来，仰着头端详那个图上的女人，惊讶地说，这这，我家也有一张和这一样的照片，我妈说是她姥姥传下来的。

我们从纪念馆出来，溜达到后山。看门老人说后山有一片坟地，埋的都是当年死去的妓女，不仅有中国的妓女，还有日本、朝鲜、俄罗斯的，都是那时来讨生活的。山间有一条窄窄的小河沟，水流枯瘦，两岸散落的坟包因为缺少维护，都被乱草遮掩，极尽荒凉。刘艳红说她小时候听姥姥讲过，说有一个妓女，攒了好多金子，她人缘好，那些淘金汉子把她的胸怀认作温柔的故乡，从金矿里弄来的金子都放在她那里保存。但那些卖苦力的男人，大部分走了就没有回来，据说都死在了矿上，后来那个女人也因为土匪抢劫，被杀掉了，金子也不知下落，估计也被掠走了。刘艳红说，讲这个故事的时候，姥姥最后总要总结一句：人为财死，鸟为食亡。

在我们要离开那里的时候，我看见一处坟茔。和其他不一样的是，坟头开满了小红花，风吹摇曳，姿态虽然零乱，但却有一种倔强的美。我看到刘艳红哭了，她说她记得，这就是太姥姥的坟茔，小时候，她来过一次，也看到过这种小花，当地人管这种花叫胭脂花。

返回的时候，小冬因闹肚子，身体还很虚，我让他休息，我来开车。一路上，我心里一直琢磨，觉得胭脂花这名字好，听起来有内涵，老金沟或许应该改名叫胭脂沟。老金沟，胭脂沟，仿佛一体两面，流淌的都是血和泪的记忆。

9

回到刘艳红家的豆腐坊，吃过晚饭，刘艳红说，不累的话，可以到南北饮泉走两圈。小冬说他开一天车累了，加上坏肚子的折磨，不想动弹，想眯一会儿。然后他死猪一样躺床上打起了呼噜。

我和刘艳红码着南饮泉的人行步道边走边聊。她说起她的姥姥和太姥姥，她是没有亲眼看过太姥姥的，有关太姥姥的事儿，都是从姥姥嘴里听到的，她妈妈生下她之后，把她交给了姥姥，就跑出去做生意了，那时候姥姥已经老眼昏花，她说能在姥姥的照顾下长大，也算命大。姥姥眼神不行，总觉得眼前挡了一层薄纱一样的东西，天擦黑后，甚至难以区分眼前的事物。有几次，刘艳红觉得姥姥的手摸到了自己的脸，那是一双像树枝一样枯干的手，在脸上刺刺巴巴地摩擦，刘艳红就向后躲闪。姥姥还抽旱烟，那种在集市上买来的亚布力烟，闻起来又苦又辣，姥姥抽起烟来，刘艳红眼睛呛得流泪。刘艳红二十几年念念不忘的还有一个炭火泥盆，泥盆常年放在炕上，夏天的时候姥姥把鸡蛋放里面盖上棉被孵小鸡，冬天的时候里面放上炭火用来取暖。刘艳红也喜欢围着火盆玩耍，可是有一次姥姥在整理炭火的时候，不小心把一块火炭掀了出来，落在了刘艳红的棉裤上，瞬间棉裤面就被烧出一个大窟窿，里面的棉花冒出呛人的浓烟。姥姥一阵慌乱，去厨房水缸里舀瓢凉水灭火，但姥姥腿脚不太利索，被门槛绊了一跤，等姥姥起身再去舀水，就耽误了一会儿工夫，火已经烫到了刘艳红的大腿，留下了一块疤。

刘艳红坐在一处火山岩的台阶上，撸起左腿裤管让我看，确实有一处疤痕。在月光下那团疤如同刺绣在绢丝上的花。我伸手摸了一下她的大腿，手指在疤痕处掠过，又凉又滑。

刘艳红咯咯地笑，她说你弄得人痒痒。

我撤回手，接着聊天。对刘艳红来说，我可能是一个比较优质的倾诉对象，我也从来没有听她讲过这么多的家族往事。她还说到了那老金沟里埋葬的太姥姥，她说，姥姥不是太姥姥的亲生女儿，而是她捡来的，姥姥到死也不知道自己亲生父母的名字。刘艳红怀疑姥姥是一个私生女，也没准儿是哪个妓女不小心怀孕生下的。但这些并不是重点，接下来刘艳红说到自己的母亲和姥姥的关系。

作为妓女的后代，她母亲觉得在老金沟过的都是屈辱的日子，人们在背后指指点点，几个光棍汉轮流赖在她面前讲下流话，甚至对她动手动脚。

后来她妈妈决定离开老金沟，她不想再看人家的白眼，也不想听闲言碎语，更不想被骚扰。她就跑到了五大连池，找了一个当地农民结了婚。生下刘艳红后，她妈妈听说南方遍地都在做生意，个顶个赚翻了天，她像当年的淘金人一样去了广州，倒腾回来一批服装和化妆品。但因为本地人消费能力不行，生意赔得鼻青脸肿，为这事还和父亲天天吵架，后来刘艳红的妈妈就断了再去南方的念头，和她爸一起做起了豆腐。

她说，家里这几年刚刚好起来，山泉豆腐也成了香饽饽，但她爸查出了肿瘤，好在发现得早，是良性，还没转移扩散，可身体大不如前，这也是她要回来帮妈妈照看家里的重要原因。她说，开始的时候还不适应，觉得自己不应该是做豆腐的命，但现在她有点认命了，一个人生命就这么短暂，折腾啥，咋活还不是一辈子。

后来我们坐在火山岩石上，手也不知道什么时候就拉在了一起。天空中的云丝丝薄薄，月亮在白云中穿行。夜晚的天空是那么干净，那么寥廓，那么深邃。天上的云朵也幽静极了，似乎从来没有什么急三火四的事情，即使下一秒它们就会被吹散，它们仍然闲庭信步，也不烦恼，更不忧愁。或许它们不是不会珍惜时光，而是过于珍惜时光，或许它们才真的相信，即使被风吹散，总有一天还会相逢，还会像从前一样慢悠悠地把玩、欣赏着对方。

夜凉了，火山岩已经变得冰屁股，月亮即将坠下，这时候我才发现眼前还有一棵树。确切地说是一棵树的剪影。这棵树和老黑山岩缝中的树木外形基本相似，但它却无比硕大，那些费着劲伸展起来的主干和枝条几乎没挂一片树叶，光秃秃的，在月光下孤单、扭曲、狰狞甚至有点苍凉。它撕扯着天空，似乎在宣泄自己毫无着落的情绪，让人心中一阵阵发怵。刘艳红似乎没有注意这些，但我却被这一景象强烈地震撼到了。在那短暂的惊悚之后，我竟然看出了它的美，在常人看来那或许是一种病态美，但病态美也是一种美啊！我赶紧松开手拉着刘艳红的手，拿出手机拍照，遗憾的是手机拍出来的照片不尽如人意，完全没有肉眼所见那种令人心惊的感觉。

很快，月亮就躲了起来，那棵树也隐没在黑暗之中。

刘艳红说，看把你激动的，这有啥好看的。我说，你没有看见吗？刚才，就在一秒钟以前，那棵树，那是一棵令人悲伤的树……你这个人太缺少发现美的敏感。

刘艳红说，我都习惯了，看啥树都长一个样。

回去睡觉的时候，我又想起了那棵树。在和女友分手之后，我一个人去了一次大西北，在沙漠中看到过一棵几乎同样的树。几公里外的远处，只有那形单影只的一棵，孤零零地站在空旷的灰色的天空之下，孤单地注视着疾驰而过的车辆。我不知道那棵树是否能找到另一棵树说说心里的憋屈事儿，也许有，在几公里之外，但它们靠什么互相交流呢？是那些从荒原上刮过的风吧？风会把一棵树的心里话捎带给另一棵树吗？也许吧。会不会有一只飞鸟，衔来一颗种子落在那棵树的身旁，种子依靠顽强的生命力，在贫瘠的土地上长成大树，这样两棵树就不会孤单了？但这种机会十分渺茫，需要漫长甚至无望地期待。我记得看到那个场景的时候，眼泪瞬间簌簌地滚了出来。

我们在南饮泉看月亮的那个晚上，我和刘艳红说我要去南方了，她突然再次拉起我的手。她的手湿湿的，我们沉默半天，月光洒在她的脸上，我看见一颗豆大的泪珠滚动着。她急忙松开手，掩饰了一下。

我说，太晚了，回去吧。

她说，你行的，走到哪儿都行，祝你好运。

那天晚上我还做了一个梦，梦见火山喷发，浓烟滚滚，热浪席卷了山脚下的每一寸土地，刘艳红惊恐地呼号着，很快她就被火山灰给淹没了，我再也见不到她了。

回到省城，我和包大姐辞行。她又打了美容针，脸色红润，皮肤紧致，说话如少女那般娇嗔。听说我要离职，她有点假惺惺的不舍，还说苟富贵勿相忘之类的话，但说实话，我对这个努力做生意的女人印象并不坏。

包大姐说，她也挺羡慕那些穷嗖嗖一天还天南海北到处乱跑的人。但人生的关键就那么几步，一定要把握好。包大姐自从扎进互联网之后，时不常地就以人生导师的姿态给人上课，那种廉价的居高临下，让人有点烦。我没想过那么重要的人生课题，只是想换一种环境生活，在一个地方待久了，感觉自己身上已经发霉。从包大姐办公室出来，我长长地呼了一口气，感觉一下空了许多。

接下来的几天，我收拾好东西，能给人的都给人，该扔掉的都扔掉，算是一次断舍离。

去机场那天，小冬来送我。

我拿出一个小盒子，说，我用不上，送你吧，新的，自从那天送来，一次都没碰过，你别嫌弃。

盒子里是一个干瘪的娃娃，已被我折叠得板板正正。

小冬看着我笑，可我觉得那是他脸上从来都不曾见过的苦笑。我知道他也不需要娃娃，但他并没有拒绝我的赠予。我在他肩头杵了一下说，好兄弟，有空的时候到我那边玩。他说，和你没处够啊，等哥混好了，我也去投奔。我说，好，等你来，咱还在一起打配合。

小冬说，到时候我得带上刘艳红。还是觉得你俩怪可惜的。

我说，可惜啥，我知道你的心意，五大连池的那个夜晚，你都没啥病了，完全可以一起出去散步，你就是不想当灯泡。谢谢兄弟，我心里知道咋回事，但咱不能耽误人家。

小冬说，不说了，还是缘分不到，走吧。

在去机场的路上，小冬按下车载蓝牙播放器，放了一首歌，就是我们一起唱过的《贝加尔湖畔》："多想某一天，往日又重现，我们流连忘返，在贝加尔湖畔，多少年以后，往事随云走，那纷飞的冰雪容不下那温柔……"

作者简介

梁帅，笔名梁小九，中国作家协会会员，在《中国作家》《长城》《作品》《大家》《鸭绿江》《山花》《大益文学》等刊物发表文学作品，曾获萧红青年文学奖、天鹅文艺奖等奖项。

第四座塑像是李秋岳

廉世广

哈尔滨市长青公园，松柏环抱，“东北抗日暨爱国自卫战争烈士纪念塔”庄严肃穆。这是一处“缅怀先烈、勿忘国耻、爱我中华、民族复兴”的文化主题公园，每年9月30日烈士纪念日这天，黑龙江省和哈尔滨市都要在这里举办大型公祭活动。在纪念广场前方有一处近20米的廊道，廊道两侧，坐落着12位抗日英雄的塑像，他们是：李兆麟、汪亚臣、杨靖宇、李秋岳、赵一曼、陈为人、郭隆真、金剑啸、张甲洲、陈翰章、赵尚志、朱瑞。

在这组塑像中，第四个是李秋岳，是唯一一位少数民族女英雄。

李秋岳原名金锦珠，出生于朝鲜平安南道，来到中国后，改名李秋岳。秋，来自号称“鉴湖女侠”的近代中国女杰秋瑾的姓氏，岳，来自中国南宋抗金名将岳飞的姓氏，将两个民族英雄的姓氏组合在一起，成为“秋岳”。

一

1936年2月6日，农历正月十四。虽然过了立春时节，天气却依然十分寒冷。老人们对盼着到外面玩耍的小孩子们说：打春你先别欢喜，还有一个月的冷天气。但毕竟有“打春阳气转”的老话，立春一过，太阳似乎更明媚了，地上的冰雪也在一点点变软变黑。老百姓说，这个节气是冻人不冻水啊！

这是一个响晴的下午，一副二马爬犁从松花江南岸冲下倾斜的江堤，在冰雪覆盖的江面上一路向北。江套子里的风很大，很冷，刮鼻子刮脸。江面显得十分开阔，阳光照在冰面上，反射着耀眼的光，直刺人的眼睛。江心岛的柳毛丛中，不时有野鸟飞起。上了年纪的老板儿倒是蛮精神，扬起鞭子，叭、叭地甩着爆响，马儿在冰面上飞奔，不时腾起一片冰雾。

“快了，快到通河地界了！”老板儿兴奋地自言自语。

马爬犁上坐着一位年轻的女人，一条灰色的毛线围巾把头围得严严实实，只露出两只又黑又大的眼睛，围巾的边缘，还有她的睫毛上，都结了一层白霜。听了老板儿的话，她将头转向江岸，向北眺望。辽阔的黑土地上，白雪皑皑，林木苍茫，目光所及的村落似有炊烟袅袅升起。所有这些，让她感到陌生，又有些兴奋和激动。未来的日子里，她将在这里生活、工作、战斗。也许她想到了，也许她想不到，她的生命和热血，将奉献给这片土地。

她就是前往通河赴任的中共通河特支书记李秋岳，化名张一志。为配合赵尚志抗联三军在江北西征，珠河中心县委决定由刘世武接替她的中共延方特支书记职务，派她到位于松花江北的通河县工作。通河的清河、祥顺等地是朝鲜族人的聚居地，离赵尚志抗联三军所在的冰廊沟密营较近，便于联系和开展工作。离开方正之前，刘世武特意为她找到熟悉路线的老交通老李大爷，送她到通河与党组织接头。临行前，他将自己随身背着的行李打开，取出一床草绿色的被子，铺在马爬犁上。

李秋岳认得那床被子，她什么也没说，和刘世武握手告别。

“李大爷，辛苦你了！”李秋岳对老李说。

老人轻松地一笑：“这是我应当做的事，江上风大，把被子围好，晚饭前，我们就可以赶到通河的东六方了！”

夕阳西下，开阔的江面上，太阳显得又圆又红又大，微红色的雪地渐渐显露出入夜前的寒冷。两匹马在被夕阳浸染的江面上疾驰，冰凉的西北风渐渐袭来，李秋岳不由得抓紧被子，把身子缩在厚厚的棉被中。

经过 3 个多小时的颠簸，马爬犁在东六方屯西的一家门前停下。老李头儿推开大门，向屋里喊："老王婆子，来客了！"

话音刚落，泥草房的门吱呀一声开了。"来了来了！"

一个 40 多岁的女人从屋里小跑着出来，一股白腾腾的热气在她的身后冒出来。

李秋岳从爬犁上下来，脚已经麻了，腿也有些僵硬。被称作"老王婆子"的女人上前扶住她，像是早就认识似的，说："估计你们快到了，饭都做好了，进屋暖和暖和，咱就吃饭。"

进了屋，老王婆子把李秋岳让到炕上，让她把脚伸到褥子底下。土炕烧得发烫，很快就驱赶走浑身的凉气。

老王婆子又把泥火盆推到炕沿边，说："大老李，你也过来烤烤手。"

老李说："不用烤，给我烫上二两小烧，喝下肚里就全身热乎了！"

"就你馋！"老王婆子瞪他一眼。

李秋岳看着他们笑。老王婆子说："大老李也算我这儿的常客了，总是没正经的。"

老李反驳说："喝点儿烧酒就不正经了？屯子里都说我是你相好的呢！"

老王婆子说："你看，当着外人面，又顺嘴胡嘞嘞了！"

老李说："这位可不是外人，她叫张一志，干啥的估计你能知道。"

老王婆子说："这还用你说！"

老李告诉李秋岳，这个老王婆子是北山抗联安排在东六方的交通员，她家就是交通点。老王婆子会接生，在这一带，东六方、西六方、南六方、北六方，周边十里八村无人不知、无人不晓。

人们都叫她“老牛婆”。

根据民间对“三姑六婆”的定义，接生婆最早被称为“稳婆”。这是因她们大都是一些行事稳重的中年妇女，经过大世面，遇到特殊情况不慌乱。她们不但有一定的医学常识，而且还掌握一些心理学知识，能缓解和稳定产妇的紧张情绪，“稳婆”的称呼便由此而来。

在东北农村，接生婆被称为“老牛婆”。为什么把接生婆称作“老牛婆”？民间“瞎子调”里的一段唱词：“为讨生活百业兴，各显神通争输赢；最牛莫过接生婆，阎王管死她管生。”

老王婆子能干上这一行，也算是秉承家传。在她之前，她婆婆在东六方接生便颇有名气。她18岁那年嫁进门，婆婆便执意要把这门手艺传给她。当时的老王婆子小小年纪，对这种动辄就闹出人命的行当打心底不喜欢。

婆婆就千方百计开导她，并现身说法，把“一技在手，吃穿不愁”“身有薄技，不受人欺”这些人生格言一股脑儿灌输给她。还说这是老祖宗留下的规矩，手艺就是要“传媳妇不传闺女”，硬生生让她吃上了“老牛婆”这碗饭。

老王婆子不但接生技术名扬十里八村，口碑也是特别好。

屯子里有个瘸子孟老拽，40多岁了，好不容易找了个女人，这个女人天生缺心眼儿，有点傻。这样的两个人凑到一块，日子会过成啥样，便可想而知了。

女人傻是傻，但不耽误生孩子。女人要生孩子时，孟老拽找老王婆子去接生。老王婆子到了他家，只见女人躺在脏兮兮的土炕上，羊水已经破了，浑身上下散发着一股难闻的气味。老王婆子啥都不说，吩咐孟老拽烧了一锅开水，用毛巾仔仔细细为女人擦洗了身子。

孩子平安出生了，老王婆子不但没要一点报酬，反倒用旧布料为孩子缝了一床小被、撕了几块尿布送到他家，还送去几斤小米，熬小米粥给产妇喝，把孟老拽感动得不知说什么好。

后来孟老拽参加了反日会，遭到屯子里张三瞎子的举报，此事还牵扯到了老王婆子。孟老拽腿瘸，却嘴硬，始终没承认。村民们都保老王婆子，说她是好人。警察署也没抓到什么证据，这事便不了了之了。

第二年，张三瞎子他媳妇要生孩子，大概是因为这事不好意思找老王婆子，就从亲戚家找了个“二把刀”来接生。

可万万也想不到，他媳妇这次生孩子居然摊上个“讨债的”。当时迷信说法，如果孩子出生时先出来一只手，那就是前世的债主来讨债了。那个“二把刀”哪里见过这阵势，连说“整不了”，撂下产妇溜了。

这下子让张三瞎子蒙圈了，无奈之下，只得觍着脸来求老王婆子。老王婆子二话没说，急忙来到张三瞎子家，看到他媳妇连折腾带惊吓，已经处于昏迷状态了。老王婆子赶忙按压穴位让她清醒过来，凭着她的经验，最终使孩子平安降生了。

当听到孩子发出“哇哇”的哭声，张三瞎子“扑通”一声给老王婆子跪下了，一连磕了三个响头。

后来，就是这个张三瞎子，在危急时刻帮了老王婆子和抗联的忙。当然这是后话。

李秋岳暗暗佩服，这个交通员，组织上真是选对了。

在后来的日子里，李秋岳曾对这里的地名感到奇怪，相邻的四个屯子，为什么叫“东南西北”四个“六方”呢？不知道当年李秋岳是否弄明白了，直到现在，我问了许多人，“六方”是什么意思？都说这个名称与日本人有关，但究竟是怎么回事，没人说清楚。

老王婆子蒸的黏豆包、熬的酸菜汤招待李秋岳他们。老李要喝小烧，老王婆子特意给他炒了盘盐水黄豆下酒。老李到房檐子下面揪两个干辣椒，放在火盆上烤，很快便发出一股带有煳香的辣味，熏得李秋岳和老王婆子接连打喷嚏。

老王婆子说：“这个大老李，不干好事！”

老李笑着不吱声，把烤过的红辣椒用手捻碎，然后放到酸菜汤里，喝上一大口，自言自语道："好香啊！"

二

第二天天还没亮，老王婆子就把饭做好了。吃过早饭，就有一个小伙子来到屋里，老王婆子叫他小金子。老李要回江南了，小金子代替老李送李秋岳去北山里冰廊沟密营。李秋岳向老李和老王婆子告别。老王婆子叮嘱道："小金子，路上可要留神啊！"

小金子连声答应，带着李秋岳坐上早已备好的马爬犁。李秋岳围好了被子。年轻的老板儿抖一抖缰绳，两匹马放开蹄子，在白茫茫的雪地上飞奔，直向北山里跑去。

冰廊沟密营，位于黑龙江省通河县清河镇小古洞村北，也称槟榔沟。系抗联第三军 1936 年至 1938 年活动中心。抗联第四、六、八、九军部分队伍也在此休整训练过，建有小型兵工厂、修械所、被服厂、仓库和医院等。中共北满省委和抗联领导人冯仲云、赵尚志、李兆麟、李延禄等曾在此领导抗日斗争。1985 年，黑龙江省及通河县史志部门对该旧址进行了调查。1986 年被黑龙江省人民政府确定为省级文物保护单位。

快到中午的时候，李秋岳来到抗联三军所在的冰廊沟秘密营地。这里山势陡峻，皑皑的白雪增添了几分庄严肃穆。密密麻麻的柞树、白桦树、水曲柳、钻天杨，掩没了山坡和沟壑，给人一种密不透风的感觉。一处山崖上，挺立着一棵高大的松树，在白雪中巍峨挺秀，碧绿青翠，十分显眼。山崖下，是一条四季流淌的小溪。溪水从石崖下的岩洞流出，岩洞里形成一个几米长的冰廊，即使是夏季三伏天，冰廊往下滴水，却不解冻。这也许就是"冰廊沟"的来历吧。

不知为什么，李秋岳突然有一种到家的感觉。一路上，小金子给她讲了许多赵尚志和抗联三军的故事，现在，又要和赵尚志将军见面了，她的心里有一种莫名的激动与期待。

一名执勤人员将李秋岳带到东北坡的一处地窨子，接待她的是抗联三军五师师长景永安。景永安生得浓眉大眼，威武强壮，穿着羊皮大衣，戴着狗皮帽子，典型的军人形象。

景永安握着李秋岳的手，说："听说秋岳书记来通河工作，赵军长十分高兴，自从去年冬天部队进驻通河地区后，江北的抗日斗争有很大发展。赵军长决心要以汤原、通河为中心开展抗日斗争，建立一个可靠的后方基地。现在好了，你来了，我们的后方便有了依靠！"

李秋岳说："组织上这次派我来江北工作，就是要为赵军长和抗联部队做好服务和保障，希望以后能多指示、多配合。"

景师长说："都是一家人，就不说客套话了，我们只有一个目标，就是早日把日本人赶出中国去！"

见赵尚志迟迟不露面，李秋岳问："赵军长不在？"

景永安说："赵军长带领部分队伍去汤原了。"

李秋岳有些着急，她想赵军长不在，我向谁汇报，怎么开展工作呢？景师长似乎看出了李秋岳的心思，说："赵军长临行前交代过，他可能一时半会儿回不来，委托我先跟秋岳书记对接工作，并嘱咐我一定要接待好你。"

李秋岳连说："太好了！"她扼要地向景师长介绍了延寿、方正等地发动群众，组织反日救国会，支援部队等情况，并讲了自己到通河开展工作的一些想法。

景师长说："秋岳书记群众工作经验丰富，就按照省委的要求和你的思路去做，我们抗联部队全力支持！"

李秋岳很高兴，激动地说："我们一定按上级的指示办，把敌人破坏的党组织重建起来，把党员动员起来，把群众组织起来，让日寇和叛徒、走狗们淹没在人民战争的汪洋大海里，把通河地区变成抗日队伍可靠的后方基地。"

景师长频频点头，说："只要把群众发动起来，我们可就像鱼入大海，军民齐心，一定能把日本鬼子赶出去！"

为便于联系，景师长委派朝鲜族战士崔成日作为联络员，负责与特支和李秋岳联系。

崔成日二十出头的年纪，曾在赵尚志身边工作。小伙子聪明伶俐，浑身上下充满朝气，又有几分老成持重。他对清河、祥顺一带朝鲜人聚居地很熟悉，朝鲜语、汉语都十分精通。

崔成日给李秋岳敬了个标准的军礼，说道："请书记放心，我保证完成任务！"

李秋岳笑了，说："从现在起，你就不要叫我书记了，管我叫姐！"说着，李秋岳在他的肩膀上拍了一下。

"是，姐！"崔成日腼腆地笑了。

三

西北河村位于通河县东部的清河镇境内，村子因河得名。西北河是松花江北岸较大支流之一，发源于通河县北部馒头山。全长 70 多公里，河宽 20 多米，属山溪性河流。每年 11 月中旬至次年 4 月上旬为结冰期。流域为林区，产红松、桦、杨等木材。

据《通河县志》载，西北河原称"锡伯河"，因鲜卑族遗民所居而得名。锡伯族为鲜卑人的后裔，是中国少数民族中历史悠久的古老民族。现在西北河一带，仍然保留着许多锡伯族人留下的习俗，比如睡觉时脱下的裤、鞋、袜等不能放在高处；不能在炕上横卧；不能从衣帽、被子、枕头上跨过；吃饭时不能坐门槛或站立行走，严禁拍桌打碗；媳妇不能与公公同桌用餐，也不能同坐；递刀给别人要刀尖朝自己，刀把朝对方，忌食狗肉，族内同姓禁止通婚等。

西北河村分为东、西两个村落，河东称东炮台屯，河西叫西炮台屯。

此刻，李秋岳正在东炮台屯，召集村里的朝鲜族妇女开会。

"大家想想，你们今天受苦受难，是谁给造成的呢？不就是日本帝国主义吞并朝鲜之后，又占领了满洲造成的吗？”

接下来，李秋岳给大家讲了一个真实的故事：

故事发生在老黑顶子屯。老黑顶子屯有个伪甲长，叫于树林，是个有名的大汉奸，在日本鬼子面前最能阿谀奉承，对乡亲们却总是吹胡子瞪眼，对抗联则是怕得要死，也恨得要命。当时，乡亲们为了帮助抗联，省吃俭用地捐了 7 万吊钱，结果集中到村里被于树林给贪污了。村里有个叫邵九青的，是个非常有正义感的汉子，知道这件事后气得浑身发抖，要找他算账。在一次群众大会上，邵九青当场揭发了伪甲长的贪污之事，指着于树林说：“乡亲们那么困难凑的钱，是为了让抗联打日本，你私占这钱，真是丧尽天良，没有一点人味。”乡亲们听了都气得咬牙切齿，恨不得一刀宰了他。看到群众的情绪，于树林表面装出检讨和悔过，背地里却对邵九青怀恨在心。

几天后，一个名叫杜永、外号杜大绝户的狗腿子，拿着于树林亲自起草的告密信，到向阳山日寇据点去了，说邵九青一家统统是“红胡子”。

当天夜里，杜大绝户带着日本鬼子把邵九青家围上了，不多时就把全家大人都五花大绑地押到伪保甲所，对邵九青等人严刑拷打，逼他们说出抗联的情况。第二天早晨，鬼子又把邵全家十几口人带到屯东门外。伪甲长于树林把东大门锁上，并对在场的乡亲们威胁说：“谁要去救人，谁就和老邵家一样都是红胡子。”随后，日本鬼子就把邵九青全家十几口人带到小北山沟里，在一个事先挖好的大土坑前停下，鬼子兵端着明晃晃的刺刀，先从老人和孩子身上下了毒手，只见日本兵用刺刀挑一个往坑里扔一个，一时间整个北沟哭喊连天，血肉横飞……就这样，邵九青 70 多岁的两位爷爷、50 多岁的父亲和年近花甲的母亲、怀孕快要临产的妻子、12 岁的大女儿、年仅 3 岁的小女儿等相继惨遭杀害。当时敌人为了得到抗联的情况，并没有处死邵九青和他的两个弟弟，而是当着他们的面将亲人残害致死。最后，邵九青和弟弟也没能逃过劫难，尸体被扔到大坑里……

听了李秋岳的讲述，妇女们咬紧了牙齿，屋子里一时鸦雀无声，但大家都感到了彼此剧烈的心跳声。

李秋岳平复了一下自己的情绪，接着说：“残酷的现实告诉我们，要摆脱苦难，过上美好的生活，就要打倒日本侵略者，把他们赶出中国去。当然，这不是一个人两个人能做到的事。我们必须团结起来，组织起来，加入反日会组织，并不断地发展壮大，像山里的小溪一样汇聚起来，形成抗日的洪流，就将势不可当，必定取得最后的胜利！”

李秋岳说：“大家要有信心，齐心协力进行反日运动，现在抗日军已有十个军啦！赵尚志领导的抗联三军就在北山里，我们要做好支援抗联三军的工作，只要我们军民一心，就一定能把日本人赶出满洲去！我们盼望着这一未来的黎明，要克服种种困难，在火热的斗争中，大家为国家流血牺牲是伟大的。在这伟大的抗日斗争的一角里，我自己能出把力，这是我感到非常光荣的事情，愿为抗日斗争奋斗到底，流尽最后一滴血！”

在场的几十名妇女，被李秋岳情真意切的讲话深深感染了。

这时，屋外传来一位年轻妇女的低声哭泣。大家回头看她，原来是家住西屯的金顺燮。金顺燮本来有个安稳的三口之家，家庭不算富裕，但也很美满幸福。可是，日本人来了之后，金顺燮的丈夫被抓到大通河水库当劳工，一去便没了音信，活不见人，死不见尸。留下她和一个两岁的孩子艰难度日。她这是到东屯给生病的孩子抓药，偶然经过这里，看到这么些妇女在这里听演讲，便驻足谛听。李秋岳充满爱国激情的演讲，触动了她内心的伤痛，禁不住哭泣起来。她跑进屋里，拉着李秋岳的手说：“大姐，我也要加入反日会，像你一样，为打倒日本鬼子贡献自己的力量。”

不久，金顺燮加入西北河反日会，成了西炮台屯分会的负责人，她的家成了当时抗日组织活动的联络点。

那天演讲结束后，参加集会的二十几名朝鲜族妇女成为西北河第一批反日会会员。李秋岳为这些妇女登记造册，推举崔成日为负责人。李秋岳亲自起草了《通河反日会章程》，其他村屯的反日会都按照《章程》的要求建立。

西北河反日会建立后，李秋岳与党组织原负责人康龙奎秘密地深入到二道河子、祥顺和大通河等地，走访党员，和他们谈心，传达党的指示，组织他们向群众宣传抗日救国的道理。

“老乡们，我们的国家我们的民族已处于生死关头，不抗日则亡，抗日救国是我们的神圣职责，无论我们是满洲人还是朝鲜人，都要带领群众为抗日救国而奋斗。”

李秋岳脱下朝鲜服装，改穿汉族服装，脚穿布鞋，拄着木棍，挎着个小竹筐，像农村走亲戚的妇女一样，走出朝鲜族人聚居区，深入到清河、祥顺一带，做汉族、满族群众的工作。她利用一切时机向周围的人们宣传抗日救国的道理，教唱革命歌曲，散发《东北抗日联军临时政府成立宣言》《中国人对日本帝国主义的策略和战略的基本纲领》《东北抗日联军第三、第四军战况》等传单，张贴抗日标语。李秋岳凭借她朴实的作风、超出常人的亲和力和感染力，不但得到了朝鲜族妇女的信任与爱戴，还得到满族、汉族妇女对她的关心和拥护。无论李秋岳来到哪个村里，乡亲们都争着、抢着把她领回家吃饭、留宿。李秋岳也不客气，有说有笑地和妇女们拉家常，说笑话，帮她们纳鞋底、洗衣裳。赶到饭时了，就挽起袖子，和主人一道烧火做饭，一点也不把自己当外人。

北六方屯的赵国臣是汉族人，媳妇那彩兰是满族人。李秋岳到那彩兰家，帮那彩兰纳鞋底、搓苞米、扒毛嗑儿，闲着的时候还经常和那彩兰一起扔口袋、欻嘎拉哈。时间长了，左邻右舍都处熟了，大家便时常聚过来，李秋岳便趁机向她们宣传抗日救国的道理。

那些日子里，李秋岳教唱的一支反日歌曲在老百姓中传唱：

日本强盗满洲占，屠杀同胞真可怜。

每日劳作不得闲，不够吃来不够穿。
东北同胞三千万，无产阶级诸青年，
工人和农民！
团结真勇敢，建立人民的政权
万众一心同敌战！

像一颗火种，重新点燃了群众压抑在心中的反抗怒火，党员和群众的积极性调动起来了。李秋岳觉得时机已经成熟，决定趁热打铁，把被敌人破坏的党组织重新建立起来。她找到崔成日和康龙奎，商议成立中共通河特别支部。

那天午后，西北河降下第一场春雨。淅淅沥沥的小雨给封冻了一个冬天的西北河带来了春的讯息。30多名中共党员聚集在康龙奎家里，召开秘密党员会议。土墙上，悬挂着一面绣着锤头镰刀的红旗。李秋岳首先传达了中共满洲省委、汤原中心县委关于重组通河党组织的指示精神，宣布成立通河特别支部。会议选举李秋岳为特支书记、康龙奎等同志为特支委员。他们面对党旗宣誓："严守机密，服从纪律，牺牲个人，阶级斗争，努力革命，永不叛党。"

会议结束时，窗外的小雨停歇了，一道彩虹出现在东方的天际。康龙奎不声不响地打开窗户，窗外带着草芽味道的空气飘进屋里。大家不约而同地望着东边的彩虹，低声唱起了《国际歌》：

起来，饥寒交迫的奴隶
起来，全世界受苦的人
满腔的热血已经沸腾
要为真理而斗争……

四

这一年的春天，让人感到非常漫长。农民们勉强种上了地，却赶上了春旱。老天只是在初春下了几场稀稀拉拉的小雨，再就滴水未见。小苗勉强地拱出地面，焦黄的，不见生长。眼看着来到农历五月天，天还是没有下雨的意思。农谚说，大旱不过五月十三，看看今年的五月十三会不会下雨吧。

旱情让人心焦，更让人心焦的是粮荒。这样的苦春头子，正是青黄不接的时候，饥饿笼罩着通河大地。日伪军的“讨伐”队，在集市和屯子里，大肆征集和抢粮，弄得家家鸡飞狗跳，老百姓苦不堪言。

东炮台屯有个地主叫黄兴三，外号黄皮子，十分狡黠。黄皮子是个大户，据说拥有土地百垧之多。不过，这个人还算仁义，对长工对百姓很少欺压，在日本人那里，在游击队、抗联这里，都巧于周旋。这人不大吃大喝，不抽大烟，也不赌博，就是喜欢搞女人，但从不强求，偷偷摸摸，遮遮掩掩，表面上，还要维护他乡绅的形象。俗话说，常在河边走哪有不湿鞋，这些年虽然也弄出一些风言风语，但总体上没出现大的闪失。男人见了他，点头微笑，打个招呼也就过去了。女人见了他，除非年老的、明显可以成为他长辈的，大多都要扭头回避，就是要上厕所了，也要憋一会儿，等他过去了，再去解决。

东炮台屯的金顺燮，一个人带孩子过日子。金顺燮刚过30岁，生得皮肤白皙，身材丰腴。这个黄皮子早就对她垂涎三尺了，时不时地找各种理由，给金顺燮送点米、送点面。金顺燮知道这个人不好惹，也不好直接回绝他，就收下了，然后找理由再给他还回去，尽量不伤他的面子。可是，这个黄皮子却把金顺燮的做法误解为默许，变本加厉，献殷勤的幅度越来越大，越来越露骨了。

无奈之下，金顺燮把这件事告诉了李秋岳。李秋岳听后，自言自语道：我正想找他呢，他却送上门来了。她告诉金顺燮，你就说你表姐是山里游击队的，他就不敢欺负你了。

黄兴三再找她的时候，金顺燮就说："我表姐说哪天要来看我呢。"

黄兴三问："没听说你有表姐啊，你表姐是干什么的？"

金顺燮说："我表姐住山里。"

黄兴三说："山里哪疙瘩的？"

金顺燮说："游击队的，骑黑马，使双枪。"

这话果然好使，黄兴三立马变了脸色，问："真的？"

金顺燮说："骗你干啥？不过你也不用害怕，听表姐说，他们游击队专门收拾日本人和汉奸恶霸，像你这样的好人善人是不用害怕的。"

黄兴三脸上立即堆起笑容，说："是，那是，那是。"

可是，这个黄兴三心里总是刺挠的，还是忍不住往金顺燮这里跑。这天上午，人们都到田地里出工了，黄兴三便抽空提溜着白面、豆油还有半斤猪肉来到金顺燮家。金顺燮刚刚会说话的儿子管他叫"大爷"，黄兴三说："叫啥大爷，叫舅舅，叫舅舅多亲啊！"

看黄兴三带来了白面、豆油、猪肉，金顺燮有些不高兴，说："不是说了吗，我不想要你的东西。"

黄兴三脸上又堆起了笑，说："给孩子的，又不是给你的。再说也没多少玩意儿啊！"

看金顺燮不再说话，黄兴三说："中午咱们就吃白面烙饼，炖猪肉。"

金顺燮没说不行，到里屋换了件衣裳，出来说："黄财主你先坐着，我出去一趟，马上就回。"

黄兴三对金顺燮叫他"黄财主"不太满意，以前他提醒过金顺燮，不要叫他"黄财主"，叫"大哥"。可是金顺燮一次也没叫过他"大哥"。

不叫就不叫吧，黄兴三心想，好女怕缠郎，等我得手了，叫啥还不一样？

一袋烟的工夫，金顺燮回来了。她到里屋又换了衣裳，出来后笑着对黄兴三说："快晌午了，我烙饼，你就在这儿吃吧。"

金顺燮这出乎意料的举动，让黄兴三满心欢喜。他想起昨晚上梦见喜鹊登枝，今天早晨起来左眼皮就跳个不停，原来都是大喜的预兆啊。

金顺燮扎上围裙，和面擀饼，然后点火刷锅，动作娴熟麻利。

黄兴三坐在屋里，目不转睛地看着金顺燮的背影，说："你说这人咋就没个十全十美呢，你看我，啥都不缺，就缺你这样一个媳妇。我要是有你这样的一个女人，这辈子就没啥缺憾了。"

金顺燮把一刷帚刷锅水甩过去，说："闭上你的嘴，再说我就把你撵出去！"

黄兴三用手背抹着脸上的刷锅水，连说："别价，别价，我还等着吃白面饼炖猪肉呢！"

饼烙好了，猪肉炖粉条子也出锅了。金顺燮放上炕桌，摆上碗筷。小孩子不懂事，上桌就吃。金顺燮说："就知道吃，也不怕烫着？"

黄兴三笑眯眯地说："吃吧，吃吧，舅舅就是给你吃的。"

说着，黄兴三便盘腿坐在炕头上，看着桌上的菜，说："这要是能喝几盅酒就好了。"

金顺燮白了他一眼，说："要喝回家喝去，我这儿没有酒，只有马尿！"

黄兴三嬉皮笑脸地说："别说是马尿，就是你的尿，你让我喝我都喝！"

黄兴三这副没脸没皮的样子把金顺燮说乐了。她抄起炕上的笤帚疙瘩，举起来，说："你吃不吃？不吃赶紧下去！"

黄兴三不敢再油嘴滑舌，低头呼噜呼噜地吃起来。

金顺燮却有些心不在焉，不时地往窗外看。

黄兴三停下来，指着桌上的饼和肉，说："吃呀，咋不吃呢？我这千里扛猪槽子，为（喂）的谁啊？"

小孩子抬头说："为（喂）舅舅！"

金顺燮笑得弯下腰。

小孩子这时已呼隆呼隆地吃完了，手里还拿块饼。

黄兴三说："妹子，你是不是不好意思啊，大哥犒劳一下妹子，有啥不好意思的？"

金顺燮不说话，眼睛不时地瞄向窗外。

"你怕有人来，被人看见是不是？"黄兴三说。

金顺燮仍然不说话。

"别怕，妹子，大晌午头子的，没人来！"

黄兴三说着，从兜里掏出一块糖，递给孩子，说："好外甥，去，上外面吃糖去！"

孩子乐颠颠地跑出去了。

黄兴三觉得时机已经成熟，突然抱住金顺燮，随即压在炕上，一只手乱摸着，嘴里心肝宝贝地叫个不停。

金顺燮对黄兴三这突如其来的举动毫无防备，一时乱了阵脚。她扭着，推着，蹬着，踹着。无奈黄皮子就像一块大号的烂膏药，紧紧地贴着她，压着她，死活不肯松动，嘴里胡言乱语，说吃完发面饼还要吃白馒头。

金顺燮说："松开我，再不松开，我喊人了！"

黄兴三喘着，嘟囔着说："喊吧喊吧，不嫌砢碜你就喊吧……"

"我真喊了。"

"我听着……"

金顺燮停下来，黄兴三以为她要顺从了，满是汗水的脸上又堆起微笑。这时候，他听到金顺燮突然说："不好，我表姐来了！"

像被刺到了痛处的鱼，黄兴三一下子跃起来，慌里慌张地问："真的吗，在哪儿呢？"

小孩子嘴里含着糖进屋了，呜噜呜噜地说："大道上来人了，骑黑马，穿黑衣裳，手里拿着匣子枪。"

黄兴三一听更慌了："这可咋整，这可咋整啊！"

他在地当腰转着圈儿。

看他那狼狈相，金顺燮忍不住笑，说："刚才你那能耐劲儿哪儿去了？"

黄兴三哭丧着脸说："你还笑，你心真大啊！你倒是想办法把我藏起来啊。"

金顺燮朝屋里看了看，屋地上只有一口腌酸菜的大缸，空着呢。于是她说："你蹲下，我用酸菜缸把你扣上。"

金顺燮费劲巴力地把黄皮子扣到缸里，累得喘起来。这时，金顺燮所说的表姐进屋了。果然穿着一身黑衣裳，腰里别着匣子枪。她是李秋岳。

看金顺燮上气不接下气地喘着，李秋岳问："你这是干啥呢？"

不等金顺燮回答，李秋岳朝炕桌上看去，三双碗筷，还有吃剩的白面饼、猪肉炖粉条。

"你这是来客了？"李秋岳问。

金顺燮笑着说："是孩子他舅来看孩子了。"

"那他舅呢？"

"道远，吃完饭就走了。"金顺燮讪讪地说。

听大人在那里说话，小孩子也不甘寂寞，说："舅，舅，白面饼炖猪肉，吃完大缸扣！"

"你说什么？"李秋岳没大听明白。

小孩子又一字一顿地说："舅，舅，白面饼炖猪肉，吃完大缸扣！"

李秋岳这次听明白了，她朝屋里看了一下，便看到那口酸菜缸不当不正地扣在地上。她走过去，踢了一脚，缸纹丝不动。她突然弯下腰，一使劲，把缸推倒了。一个锃亮的脑壳露了出来，脑壳下面还堆着一脸的笑。

李秋岳坐在炕沿上，看着黄兴三狼狈地从地上爬起来。

"你就是大名鼎鼎的黄财主吧？"李秋岳问。

“在下黄兴三，有什么事女侠尽管吩咐。”黄兴三不自然地笑着。

李秋岳问：“你是不是看我表妹孤儿寡母好欺负，就想占她的便宜？”

“女侠误会了，天地良心啊，我只想帮帮她，没别的意思啊。那啥，老金大妹子，你说句公道话，我对你咋样？”黄兴三的声音里明显带着哭腔。

李秋岳微微一笑，说：“料你有那贼心也没那贼胆！”

坐在屋地凳子上的金顺燮终于绷不住，扑哧一下笑出来。

李秋岳也忍不住笑了，让黄兴三坐下。金顺燮把凳子让给黄兴三，自己挨着李秋岳坐下来。

李秋岳对黄兴三说：“黄财主，今天我到表妹家串门，能够巧遇，也算你我有缘。你……认识我吧？”

黄兴三说：“与女侠虽不曾谋面，但久闻大名啊。”

李秋岳说：“那就好。黄财主的大名，我也早有耳闻，包括你的人品。作为中国人，你还算有良心。”

黄兴三连说：“女侠抬举，女侠抬举。”

李秋岳说：“现在正在闹春荒，许多老百姓都没有饭吃了，你们还能吃白面饼炖猪肉，看起来生活不错啊！”

黄兴三用手捋了一下下巴上的干巴胡子，说：“女侠的话我听明白了。咱们山上游击队需要多少粮食，女侠只管说，在下保证在所不辞。”

李秋岳啪地把枪拍在桌子上，说：“黄财主还算爽快。不过，我们游击队的粮食，会有人供应的，你只需拿出一部分粮食，救济一下西北河吃不上饭的老百姓，帮助他们度过春荒，也算你做了一件善事。同时，日本人管你们要粮，你们也有了托词。还有，你还要劝说其他村的财主，开仓放粮，救济灾民。你看怎么样？”

黄兴三的脑袋上已经出了汗，说：“好，好，就按女侠说的办！”

李秋岳笑了，说：“好，让我表妹和村农会协助你办好这件事。

我走了！”

说着，李秋岳从桌上拿起匣子枪，插到腰间，转身往外走。黄兴三说：“女侠，咋说走就走？”

李秋岳说：“你知道啥叫游击吗？不光说走就走，还可以说来就来！”

李秋岳走到院子里，在门口的老榆树下解开马缰，飞身上马，一路扬尘而去。

黄兴三望着李秋岳远去的背影，眼珠子滚了半天，脸黄一阵，又白一阵。

五

西北河杨树沟，是一块漏斗形的山地，两边的山呈“八”字形排列，中间是较平坦的地段。山势巍峨，树木参天，人进到这里，有种鸟入森林的感觉。

不到半个月的时间，就有几百人秘密聚集到这里，成立抗日武装游击队，建立红色根据地。在李秋岳的领导下，崔成日、康龙奎、李赞奎、韩成举、金龙基、黄润秀等成为抗日根据地的骨干分子。李秋岳之所以决定创建抗日根据地，是她总结以往斗争经验得出的结论。建立抗日游击根据地，一方面，可以用枪杆子保卫党的组织和群众利益；另一方面，也可为抗联部队培养和输送军事人才。

一天早晨，从杨树沟出来三个男孩，他们是儿童团员，扛着红缨枪，蹦蹦跳跳地向河边走去，嘴里欢快地唱着儿歌：

天上的星，数不清，
地上处处是抗联兵。
不分军、不分民，
抗日救国一条心。

走在前边的那个孩子突然站住了，对身后的两个小伙伴说："你们看，从河西那边来个人——"

他们停下了脚步，透过柳枝向西河沿看着，只见那个人东张西望，蹚水过了河，然后爬上东河沿，蹲下，四下看了一会儿，又猫着腰向前走。

"不像是好人。"

"肯定是坏蛋！"

几个孩子没有惊动他，飞快地跑去向李秋岳报告。

李秋岳当即派张相龙带几个游击队员把他捉了回来。

那人有三十多岁，像是个庄稼汉子。一见张相龙，有些害怕，又哈腰又行礼，连连说："长官，我是好人，可不是日本人的探子啊！"

张相龙问："你来干什么？说实话！"

这时院里聚集了一些人，有游击队员，也有屯里的老乡。

"一看你就不像好人！"有两个愣小伙子喊着就要动手。李秋岳闻声从屋里出来，制止道："不许打人！"

"这个人鬼头鬼脑的，问他干什么他不说，准是日本人派来的探子。"一个游击队员气哼哼地说。

"中国人不打中国人，他就是日本人的探子咱们也不打，有良心的中国人谁甘心当亡国奴啊！"李秋岳边说边把那个人带进屋里，让他坐下，还给他倒了一杯水。然后问他："老乡，你在哪个屯子住啊？"

那人没说话就哭了起来，说："我，我该死啊，我孩子给地主放牛，在道上捡了一件日本人的军服，孩子不懂事，把日本军服搭在了牛身上。后来让日本人看到了，就把孩子抓去了。我去找日本人赔罪，他们就逼我来探听你们的消息，说我一个老百姓，你们不会注意我。我不敢不来呀，不来我的孩子就没命啦！"那人说着说着又哭起来了。

李秋岳叹了口气，和颜悦色地问："日本人叫你来探听什么？"

那人说："这是我们屯子甲长出的坏主意，叫我来看看你们杨树沟有多少人马，说这件事干好了他们就不罚我啦，这不还给我十元钱呢。"

李秋岳听后点点头，说："老乡，你别怕，咱们都是中国人，中国人哪有不向着中国人的。"

几句话说得那人情绪稳定下来，李秋岳又问道："你来前日本人有什么举动吗？"

那人想了想，说："我来的时候听到翻译官对甲长说，要在他那里集合队伍，进山讨伐……"

"好了，我知道了，你放心回去吧，现在就可以走了。"李秋岳说。

"长官，我回去可怎么说呀？"

"你就说杨树沟人很多，但有枪的人不多。"

那人趴在地上磕头，李秋岳将他扶起，让他走了。

原来是驻在通河城的鬼子兵计划讨伐杨树沟，日本兵的头目森山又担心那里驻着赵尚志的队伍，迟迟不敢前去围剿。提起赵尚志，他又怕又恨，去年冬天抗联三军突围到江北，袭击了二道河子，后来又伏击了日军。日军死伤大半，剩下的手脚都冻坏了，许多士兵成了残废。"小小的满洲国，大大的赵尚志"，每当提到赵尚志，他就有一股莫名的恐惧感。这次接到命令，他不敢贸然向杨树沟进军，派去的探子都没回来，没有可靠的情报，不敢轻举妄动。这次抓了个庄稼汉，打发他去杨树沟了解情况。这位农民倒是顺利回来了，可他说的话让他半信半疑，询问了翻译官和身边的满洲人，都说这个农民不敢说谎，便决定发兵杨树沟。

探子走后，李秋岳派崔成日马不停蹄地前往冰廊沟，向赵尚志报告，建议赵尚志将计就计，设伏消灭来犯之敌。

赵尚志觉得这是打击敌人的大好时机，连夜召开军事会议，对此次伏击战作了全面部署。

翌日清晨，太阳从东方升起，杨树沟升起了缕缕炊烟。人们开始忙碌着，从外表看来，和往日一样恬静安宁。在河西大道旁和河套的柳树丛中，景师长带领三军五师的战士们，李秋岳带领游击队员们早已埋伏好了。在杨树沟的南山坡上，设置了赵尚志的临时指挥所。

上午 10 点多钟的时候，远处的河西大道尘土飞扬，不一会儿就传来了战马的嘶鸣声，沙石路上出现了一队人马，打着“膏药旗”，马队足有 100 多人，后边有 30 多台大车，车上有鬼子兵也有伪军，足足有 300 多人。到了西河沿那儿，队伍停下。森山队长骑在大洋马上，拿出望远镜向杨树沟方向观察。他看见杨树沟的大道上有几个小孩子正在来回跑着玩，还有几个老百姓在村内走着，有一家门前有人坐着说话。森山满腹狐疑地看了 10 多分钟，没有发现可疑之处。当他确信对方完全没有防备时，一阵喜悦涌上心头，想到，立功的机会来了！他一阵狂笑，大喊：“吆西！”随即命令身后的一名小队长带队前进，要荡平杨树沟。

那鬼子小队长拔出战刀，带领一队骑兵，约有 60 人冲杀过去。跑出三四百米的时候，还没有发现什么动静，便快马加鞭，毫无顾忌地狂奔。

在沟边、树林里、草丛中和山石后的抗联战士、游击队员瞪圆了眼睛盯着敌人，等待首长发出开火的命令。这时，南边的小山上发出三声枪响，仿佛点燃了爆破的引信，霎时，枪声大作，不知有多少火力点同时开火，宛若四面八方都有子弹猛然向鬼子马队射去。敌人还没明白过来呢，就有几十人落马身亡。森山小队长一看不妙，便指挥日军向河西撤退。这时，埋伏在道口卡子的机枪又开火了，走在前面的日军又纷纷被击中落马。气急败坏的森山还不认输，重新调整队伍，集中掷弹筒和轻重机枪疯狂射击，但对方却没了反应。

森山误认为游击队的火力被他们给摧毁了，十分得意，便把队伍集中在道口北一个制高点上，想从这里打开一个缺口。他命令马队在前，步兵在后，发起第二次冲击。没想到他们刚来到西北河东岸，便遭到抗联和游击队的猛烈反击。鬼子的骑兵抵抗不住，往后退去。这一退便闯进了自家的步兵队里，河堤下马撞人、人推马，乱成一团。

森山一看死伤惨重，担心时间长了赵尚志的援兵会到，便集合残兵败将仓皇逃回通河。

六

西北河村以河为界，分为东炮台屯和西炮台屯。一河之隔的西炮台屯是日寇豢养的特务组织“通河县朝鲜人居留会”活动的地方。居留会以金龙宝、金成太为首，在西炮台屯发展反共组织，刺探共产党的情报，破坏抗日活动。老百姓称他们为“二鬼子”。

一天早晨，金顺燮从西炮台屯来到杨树沟，向李秋岳汇报说，金龙宝、金成太他们安排人对反日会成员进行盯梢，扬言：“有谁能取得匪首赵尚志人头，日本人赏钱500大洋，取得反日会头目张一志（李秋岳）人头，赏钱300大洋，取得共产党员或干部人头赏钱50大洋。”并布置了暗杀行动。

得到金顺燮的情报，李秋岳决定针锋相对，趁机除掉日本人安插在眼皮底下的“二鬼子”，让这个朝鲜人居留会群龙无首，同时也震慑一下这些特务、汉奸。

李秋岳召集大家讨论如何采取行动。大家都觉得硬碰硬可能不行，目标太大，容易暴露自己。最好的办法还是采取秘密行动，悄无声息地把这两个家伙干掉。

“想办法在晚上潜入他们的住处，杀了他！”张相龙说。

金顺燮说：“不行，一个是他们的住处都戒备森严，高院套，铁丝网，还有家丁严密护卫，很难靠前。再一个是，他们不住在一处，很难将两个人同时一网打尽。”

李秋岳点头，想了想，问：“这两个人有没有特殊爱好？比如吃喝嫖赌……”

听李秋岳这样说，金顺燮忍不住捂嘴乐。

李秋岳说："乐啥？你们村那个黄兴三，外号黄皮子的不就有明显爱好吗？知道他爱好啥，咱好投其所好下夹子。"

金顺燮说："说来这个金龙宝和金成太，在村里还挺守规矩，按照老祖宗留下的说法，就是一直坚持远嫖近赌、兔子不吃窝边草的原则，屯里的女人，不管多漂亮，一色不动。偶尔赌博，都是在自家屋里，外人也靠不上前。"

"你是说这两人不嫖不赌，那他总该好吃好喝吧？"李秋岳说。

"对了，这我倒想起来了，这哥儿俩爱吃狗肉。前些日子还熊那个黄皮子呢。黄兴三家有条大黄狗，长得又大又肥，金龙宝一见到黄兴三就说，哪天把狗勒了，上你家吃狗肉去！一听这话，黄兴三就不敢接茬，故意把话题转到别处。"

李秋岳问："黄兴三和金龙宝、金成太的关系如何？"

金顺燮说："黄兴三那个黄皮子奸得很，那两个人是居留会的头头，他也想巴结人家。他呢，也算屯子里的大户，也是头面人物，几个人一拍即合，常在一起喝酒，狗扯羊皮，吹牛扯犊子。"

"好，好！"李秋岳说，"有办法了！"

金顺燮狐疑地看着李秋岳，说："你快说，什么办法？"

李秋岳微微一笑，说："让黄兴三舍出那条黄狗，能做到吧？"

金顺燮说："没问题，一提我表姐，他不舍也得舍！"

李秋岳说："那就好，我知道你有办法。"

金顺燮笑了，几个人在一起商议了具体行动方案。

那天一大早，黄兴三就去喊金龙宝，说："金会长，你不是老惦记我家那条大黄吗？昨晚上屯子里进了野牲口，把我家大黄的胯骨给咬掉了，一早晨起来，就看它在院子里拖着两条后腿往前爬，把我心疼坏了。"

金龙宝看了他一眼，说："啥来了野牲口，是不是像你似的，狗起秧子（发情）乱爬，被人家把胯骨打掉了？"

黄兴三说："金会长真会开玩笑，指定是来了野牲口，八成是狼。"

金龙宝说:“你啥意思啊，是让我给你家的狗看胯骨去啊？”

黄兴三说:“找你看啥，你又不是兽医，就是兽医也看不好。我看那狗挺遭罪的，就想干脆杀了它。你不是早就馋狗肉了吗？该着你有这口福，这回就请你吃狗肉。”

“就请我一个人啊？”金龙宝问。

黄兴三说:“我还想请你的副手，成太兄弟，别人一个也不找，别整那乱糟糟的，就咱哥儿仨。我那儿就有高粱烧，你要是有好酒，你带着。”

金龙宝笑了笑，说:“好，你出菜，我出酒，不欠你的啊！”

黄兴三高兴地说:“一言为定，我回家就把狗收拾了，晚上咱哥儿仨消消停停，好好喝一场。”

黄兴三又去了金成太家，和金成太约好晚上吃狗肉，才又回到家里。回家后，便找人杀狗。

黄兴三本人也会杀狗。他找别人杀狗，是因为他对自己家的狗实在下不了手。其实朝鲜族人和汉族人杀狗的方式有所不同，但大致差不多少，都是用绳子套在狗脖子上，然后吊起来勒死。在狗临死前挑开四梢（四个蹄子上一点的部位），放尽瘀血。汉族人杀狗一般都要剥皮，在冬天里狗皮可以做成帽子，东北的狗皮帽子很有名。朝鲜族人杀狗一般不剥皮，把狗勒死后直接扔进盛满沸水的木桶中，煺掉毛的狗就跟裸体的女人一样，又白又嫩。狗皮是一道名菜。传说当时一个伪警察署长请县太爷吃狗肉，菜上齐后，县太爷朝桌上一看，皱着眉问:“署长今天忘记着装了吧？”

伪警察署长愣了一下，随即反应过来，说:“老板，上狗皮！”

这是民间流传的段子。黄兴三家的大黄狗活蹦乱跳的，哪里让野牲口咬过。前天，金顺爕找他，说有事求他。黄兴三一听心花怒放，以往都是他像哈巴狗似的跟在她后面求她，现在反过来了，有点受宠若惊。

听说让他杀了大黄狗招待金龙宝和金成太，有些心疼。他实在舍不得那条和他的姓一个颜色的狗。

“咋的，舍不得？”金顺燮问。

黄兴三讪笑着，说：“有啥舍不得，为了妹子，别说杀条狗，就是杀了我，眼珠都不会眨一下！”

“那就好。”金顺燮说。

太阳落山了，最后一抹晚霞渐渐淡去，几颗星星蹦了出来，天彻底黑下来了。金龙宝和金成太脚前脚后来到黄兴三家。

金龙宝说：“每次一到院门，就听那个大黄狗汪汪地叫个不停，这回不用叫了，一会儿就成我们下酒菜了！”

金成太说：“大哥，那是狗仗人势，你当着狗面把这个黄皮子好好收拾一顿，看他的那条狗还敢跟你叫唤不？”

黄兴三说：“行了行了，别得着便宜卖着乖了，你们吃香的喝辣的，我可心疼呢！”

金龙宝说：“你心不心疼跟我们没关系，谁让你家那条狗不本分，让人家打掉了胯骨。”

几个人说笑着上了桌，桌上已经摆满了大碟小碗，撕狗肉蘸盐面、熘狗肉段、烀狗蹄、拌狗皮、熘狗肠肚、炒狗鞭，桌正中是一锅热气腾腾的狗肉汤。满屋香气，让两位金姓会长直抽鼻子。

看这边没啥事了，黄兴三把老婆撵到西屋去，说：“老爷们儿唠嗑，老娘儿们在这儿不方便。”

另两个男人也不出声，都乐。

金龙宝带来一坛高丽米酒，说：“先尝尝这个，要是不够劲儿，再喝你那个高粱烧。”

黄兴三说：“米酒这玩意儿好是好，就是后劲大，上头。”

金龙宝说：“那就是你那头不行，我喝酒不上头！”

一边说着，大瓷碗里都满上了酒。黄兴三说：“咱也不多说了，该着哥几个有口福，这狗好么样的就掉胯骨了，就该咱们享受它。俗话说，狗肉滚三滚，神仙站不稳，这春天的狗肉大补，感谢两位哥哥对弟弟的关照，先干了这碗！”

说完，黄兴三仰脖把碗中的酒干了，金龙宝和金成太也干了。

黄兴三给两位会长夹狗肉，殷勤地劝着酒。几个人吃着，喝着，扯着闲话。金龙宝说：“老黄啊，你家这狗啊，死得不冤。从打开春，我就看它不是好嘚瑟，从东屯到西屯，哪个母狗起秧子它都想爬叉爬叉。你以为就你想爬叉呢？你爬叉了，那没爬叉上的公狗，还有公狗的主人不都在琢磨你，还有你好果子吃？”

黄兴三说：“我家的狗哪有会长那两下子，找娘儿们都去佳木斯，最次也要去通河镇。”

金成太说：“老黄，这正说狗呢，怎么扯到会长身上了？才几碗酒啊，就醉了？”

“醉啥醉，那酒喝到人肚子了又没喝到狗肚子里，别听他胡咧咧。”金龙宝说。

金成太举起酒碗，和两人碰了一下，干进去，说：“不管喝到人肚子还是喝到狗肚子里了，老黄你得向我大哥学习。我大哥从不在屯子里撩拭女人，就是把你这盘狗鞭都吃了，也不瞎整。”

金龙宝摆摆手，说：“老黄，看你对金顺燮那个小寡妇挺用劲的，怎么样，捞着没有？”

金成太说：“老黄是屯里大户，想搞个女人还不容易。”

金龙宝说：“也不一定吧。老黄，到时候你可别怪哥没提醒你，那姓金的小寡妇跟小狐狸似的，媚得很也精得很，你得小心点儿，别让她把你玩了！”

金成太说：“老黄也不是啥省油的灯，黄鼠狼遇上狐狸精，谁玩谁还不一定呢！”

金龙宝说：“老黄，上次你给那帮穷鬼开仓放粮，是不是那小寡妇的主意？”

黄兴三端起酒碗，说：“快喝酒吧，粮食是我家的，放不放粮我说了算，跟别人无关。”

金龙宝说："我是劝你小心一点，年初，从江南来了一个女共党，在这一带搞反日会，鼓动一帮老娘儿们参加。你就能保证那个小寡妇不是反日会的？"

黄兴三说："看大哥说的，好像自己老婆都是反日会的了。"

金龙宝说："老黄你也别不当回事，到时候别像你家那条狗似的，让人打掉了胯骨都不知道咋回事。"

金成太听了哈哈大笑，说："胯骨掉了就完了，吃再多的狗肉也没用了。"

三个男人边喝便扯闲篇，真一半假一半的，不觉都有点发飘。黄兴三说："你们也别小瞧金顺爕那小娘儿们，她有个表姐，黑衣黑马，手持双枪，来无踪去无影，那可是个女侠。"

金龙宝撇嘴，说："看你说得云山雾罩的，她吓唬你呢吧？"

黄兴三说："一开始我也以为她吓唬我呢，后来，在她家，我正要得手的时候，她表姐真来了！"

金龙宝和金成太听了都大笑起来，说："多了，多了，这是喝多了！"

夜渐渐地深了。屯子里大多数人家的灯都已灭了，只有少数几家的灯还亮着。

崔成日带领张相龙等10名游击队员按计划潜入西炮台屯，分成两组，一组埋伏在黄兴三家的茅厕旁，一组埋伏在黄兴三家的大门口。李秋岳他们分析，酒喝得差不多的时候，他们肯定会有人上厕所撒尿，这是捕杀他们的好机会。如果不去厕所，就在他们喝完酒后回家的时候在大门口动手。

事情的发展正如李秋岳所料，几杯酒后，金成太说要出去撒尿。金龙宝和黄兴三都笑话他，说他贪女人贪多了，肾不好。金成太龇牙笑，说："你们先喝着，我一会儿就回来。"

守在厕所的张相龙终于盼到有人出来了，老远就认出来了，是金成太。

张相龙轻声吩咐:“把麻袋准备好!”

只见金成太里倒歪斜地向茅厕走来，可是刚走到中间就不再往前走了，站在那里，叉开腿，晃晃荡荡地掏出家把什，哗哗地泚上了。

张相龙一挥手，几个人悄悄地冲过去。

金成太一回头，看到几个黑影向自已冲过来，顾不得系裤子，撒腿就跑。张相龙几步追上去，将他扑倒在地。金成太拼命挣扎，张相龙掏出匕首，一刀结果了他的狗命。后边的几个人过来，把金成太的尸体装进麻袋里。

屋里的两个人还在喝酒，一连喝了三碗了，还不见副会长回来。金龙宝的心里有点觉警，问:“成太咋还没回来?”

黄兴三说:“借着尿遁抽烟躲酒去了吧，这家伙，泥鳅似的，滑得很。别管他，接着喝!”

金龙宝说:“不能吧，你出去看看，别出啥事!”

黄兴三不情愿地下地，趿拉着鞋推门出去，晃晃悠悠地刚走了几步，便扑通一声摔了一跤。守在大门口的游击队员扑了上来，将黄兴三摁在地上。

屋里的金龙宝一直支棱着耳朵，听到外面有动静，酒一下子醒了。他急忙从后窗户跳了出去，趴在茄子地里，顺着垄沟往前爬，一直爬到院墙的西北角，从墙角的水洞子钻了出去。

当游击队员发现他们抓到的是黄兴三而不是金龙宝，又冲到屋里，这时，金龙宝已没了踪影。

七

金龙宝逃出西炮台屯，连夜逃往松花江上游的依兰，向日本守备队报案，说通河的西北河一带遍地都是共产党，他们组织的反日会到处活动，那里成了共产党的红地盘。随后，他又乘坐日本人的快艇，跑到通河县城向朝鲜人居留民会报告了西北河河东共产党的组织和活动情况。

得到报告后，敌人派大批宪兵、警特进入通河东部进行侦察、围剿、镇压。共产党反日救国会的发起人张一志、西北河党的负责人康龙奎都上了日伪的黑名单，特别是张一志，这个从江南来的女共党，在百姓那里有着各种传奇故事，敌人更是把她视为眼中钉、肉中刺，通河县城、清河镇、祥顺乡和所有村屯的大街小巷都张贴着张一志的头像和捉拿悬赏布告。

面对如此严峻形势，崔成日将李秋岳转移到清河小古洞山里的一处鄂伦春人居住的鱼窝棚里。

鱼窝棚是我们汉族人的叫法，鄂伦春人称之为“撮罗子”，又称“撮罗昂库”，“撮罗”是“尖”，“昂库”是“窝棚”，就是“用木杆搭起的尖顶屋”。

鱼窝棚的主人叫莫拉乎尔，一个60多岁的男人，带着他的儿子莫瓦伊尔和女儿乌娜吉。莫瓦伊尔是个健壮彪悍的小伙子，乌娜吉是个美丽大方的姑娘。莫拉乎尔老家在逊克县松树沟，一家人以渔猎为生，居无定所，终年出入于深山老林之中，追逐猎取野兽。常年的狩猎生活，让莫拉乎尔和他的儿子莫瓦伊尔都练就了一手好枪法。一次，他们在一个山坡上见到几只野鹿在追逐奔跑，莫瓦伊尔举枪就打，一只野鹿随枪声而倒。正当父子俩走到猎物身旁准备拾取时，当地一个地方“协领”的儿子带一群狐朋狗友也朝死鹿方向跑来，不允许莫拉乎尔父子俩取走猎物，扬言说，这鹿是他家养的，打死了要赔偿。父子俩同他们理论，这伙人不容分说，对父子俩大打出手，最终将鹿抢走。年轻的莫瓦伊尔气不过，开枪将“协领”的儿子打死。一家人无法在逊克生活了，只好迁居到伊春汤旺河，后来又辗转来到通河小古洞沟里。

崔成日和这一家三口很熟，抗联三军来到江北后，在西北河、大古洞、小古洞等地建立了密营。一天，抗联三军五师师长景永安带着崔成日在山里执行任务，突遇一只黑熊，当地人称为黑瞎子。之所以称它为黑瞎子，并不是它的眼睛不好使。黑瞎子的眼睛上方长着一撮毛，毛很长，经常遮盖它的眼睛。一般人都认为黑瞎子笨，其实它一点都不笨，跑起来时速可达五六十公里。但是，它眼睛上的一撮毛影响了它。所以有经验的猎人会告诉你，遇到黑瞎子时不能顶风跑，顶风跑时黑瞎子眼睛上的一撮毛被风吹起来，它就不瞎了。而且，不能跑直线，你一拐弯，它的眼睛就不好使了。

那天，景永安和崔成日在山里突然与黑瞎子遭遇。那黑熊可能之前受过刺激，一见到他们的影子便疯狂地扑过来。两人同时向黑熊射击，以他们的枪法，射中黑熊是没问题的。但中弹的黑熊晃晃脑袋，抖抖身子，就是不倒下，反而更加恼怒地向他们追来。就在十分危急的时候，莫拉乎尔出现了，他举起双筒猎枪，呼通一声，黑熊应声而倒。

就这样，景永安、崔成日与莫拉乎尔相识了。当天晚上，景永安、崔成日就住在了莫拉乎尔的撮罗子里。莫拉乎尔把他打死的黑瞎子剥了皮，割下鲜肉用大铁锅烀了。莫拉乎尔还要把熊掌蒸了，被景永安制止了。景永安说："我山上还有一位大哥呢，等哪天他来了，咱们再吃！"景永安说的"大哥"就是赵尚志。

莫拉乎尔用山茄子酒——也叫都柿酒——招待景永安和崔成日。喝酒的过程中，莫拉乎尔讲述了自己一家的遭遇。景永安也向他讲了抗日的道理。景永安说："不把日本人赶出中国，老百姓就不会有一天安宁。"莫拉乎尔对此深有同感，酒酣之时，他提议，三人在此结拜为磕头弟兄。

景永安欣然同意，以年龄为序，莫拉乎尔为老大，景永安为二哥，崔成日为老三，摘蒿为香，义结金兰。三人将酒碗举过头顶盟誓：为了把日本人赶出中国，愿同生死，共患难，不投降，不叛变……

从那以后，莫拉乎尔和抗联队伍成了一家人，他的家成了抗联的交通站。

李秋岳和崔成日来到莫拉乎尔的鱼窝棚的时候，这一家三口正在吃晚饭。还没进屋，就闻到了从鱼窝棚里飘出的鱼香。

“大哥，炖的什么鱼啊，这么香！”崔成日朝屋里喊。

莫拉乎尔赤着黝黑发亮的上身从窝棚里出来，见崔成日身后还站着个女人，赶紧转身往回走。崔成日喊住他，说：“不必拘礼了，这位是张一志大姐，自己人。”

莫拉乎尔朝李秋岳鞠了个躬，把他们让进窝棚里。

窝棚里有些暗，吃饭的木墩子上点着油灯，崔成日知道油灯里的油是野猪油。莫瓦伊尔和乌娜吉也都在。莫拉乎尔让他们坐下一起吃饭，崔成日说：“真饿了，我们还是早晨吃的饭。”

莫拉乎尔说：“那就赶紧趁热吃，这是牛尾巴鱼熬的汤，好吃，还有营养。”

崔成日说：“先给大姐找个地方，让她躺一会儿歇歇，她正发烧呢。”

听说李秋岳正在发烧，乌娜吉赶紧过来，用手心贴在李秋岳的额头。

“哎呀，滚烫滚烫的。”乌娜吉把李秋岳领到她睡觉的里屋，让她躺在床上，说，“姐，让我给你看看。”

“这姑娘，你还会看病啊？”李秋岳说。

乌娜吉说：“我们鄂伦春人，常年住在森林里、江河边，过着渔猎生活，所处的环境又潮又湿，经常得一些奇怪的病，我们叫地方病，从老一辈就传下来一些治病的土方法。”

就像乌娜吉说的那样，鄂伦春人喜欢喝高度酒，喜食辛辣，都和寒冷潮湿的环境有关。患头痛、腰背疼痛、风湿等病症，使用拔火罐、按摩、手搓等方法治疗；因伤风感冒引起的头痛、嗓子痛等病就用手掐患处皮肤的方法治疗；还有用喝热汤、开水或盖被发汗方法治疗伤风感冒等症。有一种当地百姓叫“羊毛疔”的病，得这种病的人有心率加速、胸闷、呕吐等症状，如不及时治疗就有生命危险。有许多鄂伦春族人掌握了用针放血医治此病的方法，即在前胸扎 7 针、后背扎 8 针，叫“前七后八”，挤出紫红色的血来，病情就会好转。还有一种症状，即在肛门、女人阴部周围长出许多紫红色的血泡来，人们叫起翻或叫攻心翻、臭翻等，当发现有这种症状后，就用针挑或刀割的方法治疗，只要将血泡挑破，病情就会好转。再如，患有沙眼时将眼皮翻过来，然后用一种草叶来刮掉眼皮上的疙瘩，就可缓解病痛。鄂伦春族人还用火烤的方法来治疗因风寒导致的腰背痛、膝盖关节痛等病症。他们还会到山上采草药，熬汁或捣碎敷用，也有奇效。

乌娜吉为李秋岳摸了脉，听了心跳，说：“姐，你这是风寒加急火攻心引起的发热，我给你放放血，拔一罐子，然后喝点姜汤，蒙被睡一觉，发发汗就好了。明天我再去山里采点草药，熬了给你喝，保证没问题。”

乌娜吉让李秋岳解开上衣，把一个薄刀片在油灯的火苗上烧了一下，问：“姐，怕疼吗？”

李秋岳摇头，说：“没事，我什么都不怕。”

乌娜吉用刀片在她的胸口割了个“十”字，将紫色的血挤出，然后，拿出一个陶罐，将一片桦树皮点燃，塞进陶罐，趁着桦树皮还在燃烧的劲儿，快速地将陶罐口按在出血的胸口，陶罐便牢牢地吸在了她的胸前。

“疼吗，姐？”

李秋岳咬着嘴唇，摇头。不一会儿，她感到有一股凉气被吸走了，浑身上下有一种畅通、舒服的感觉。不知不觉地，她睡着了。

乌娜吉从里屋走出来，崔成日问：“大姐怎么样？”

乌娜吉说：“没事，我给她拔了一罐子，睡一觉，再喝点热姜汤，就好了。”

崔成日这才松了一口气，说：“这些日子，大姐吃不好睡不好，难为她了。”

莫拉乎尔说：“三弟放心，明天我上山里打点野物，好好给她补补身子，让她好好休养休养，这里绝对安全。”

第二天一早醒来，李秋岳发现烧已经退了，浑身清爽了许多，就是还有些虚弱。莫拉乎尔父女俩已经为他们做好了早餐，手把羊肉、蒸鱼片、野蘑菇汤。莫拉乎尔说：“妹子，听说你是朝鲜人，不知道这些饭菜吃得惯不？”

“有什么吃不惯的，他也是朝鲜人，他能吃惯我就能吃惯。”李秋岳指着崔成日说。

崔成日说：“大姐这些年走南闯北，走到哪里都是家，没什么不习惯的。”

吃过早饭，崔成日和李秋岳告别。崔成日说：“你放心在这儿休养，有什么情况我随时向你报告。”

“注意安全！”李秋岳和崔成日握手，目送他走远。

没事的时候，乌娜吉便陪李秋岳在窝棚的周围走一走。离窝棚不远，有一条河流，河水清澈，从岸上就能看到河底的沙石和游动的小鱼。乌娜吉告诉她，这就是小古洞河。小古洞河旧称小呼特亨河，有两股源头，一源出于人头砬子山，名为香水河；一源出于黑瞎子沟与杨树沟，全长 300 多公里，最终汇入松花江。

小古洞河有许多河汊子，夏秋时节，在河汊子上挡亮子，是当地人常见的捕鱼方法。鱼亮子一般用柳条编成，放鱼亮子前要先在河上叠坝，只留下和鱼亮子一样宽窄的水流，然后把鱼亮子镶在中间。河水从鱼亮子的缝隙间流过，顺流而下的鱼儿便被鱼亮子挡住了。由于河水的落差，鱼儿想往回游却无法上去了，只好乖乖地在鱼亮子上扑腾着，做无谓的挣扎。冬天的时候，河面封冻，冰面下还是活水。人们便用冰镩在冰面上打眼儿，有经验的打鱼人观察好冰面，能打“冒眼儿”，利用冰面的压力，河水自动地往外冒，随着河水冒出的有老头鱼、嘎牙子、泥鳅等杂鱼，还有叫哈什蚂子的蛤蟆。如果打不成冒眼儿，就只好用一种叫“抄罗子”的网状家什伸进冰眼里捞鱼了。

乌娜吉介绍说，他们一家从伊春汤旺河来到这里，没地方落脚，看到这里有一个鱼窝棚，就奔这里来了。鱼窝棚里住着一个满族老大爷，收留了他们一家。满族老大爷姓关，生得慈眉善目的，下巴上长着白花花的胡子，我父亲叫他关大爷，我和哥哥都叫他关爷爷。后来知道，这位关爷爷有两个儿子，都到山上参加抗联了。

李秋岳说："让你这么一说，我倒是想见一见那个满族关爷爷了。"

乌娜吉叹口气，说："就在我们来后的第二年春天，关爷爷便去世了。我们现在住的撮罗子，就是在关爷爷原来鱼窝棚的基础上翻盖的。"

李秋岳也跟着叹口气，说："多好的老人家，可惜我无缘见到他。"

两人在河边的一根倒木上坐下来。阳光照在流动的河水上面，折射出一闪一闪的光，耀人眼目。

"姐姐，听说你是朝鲜人？"乌娜吉问。

李秋岳点头，说："在我踏上中国土地那一刻，我就成了中国人。中国也有许多朝鲜族人，和你们鄂伦春族人、满族人一样，我们都是中国人。现在，日本人侵占了我们的国土，才让我们失去了家园。所以，我们当前最大的任务，就是把日本人赶出中国去，恢复我们的家园，让生活在这片土地上的各个民族的人们都能过上和平幸福的生活。"

乌娜吉扑闪着亮晶晶的眼睛看着李秋岳，说："姐姐，我真羡慕你。你说的道理，和抗联的赵军长说的一样。我真想像你一样，为赶走日本人出一份力。"

李秋岳用手抚摸着乌娜吉黑亮的头发，说："只要你想，你就能做到。"

"姐姐你说，我怎样才能做到？"

李秋岳说："在抗联部队里，有许多像你一样的女战士。"

"你是说，我可以成为一名抗联战士，真枪真刀地和日本鬼子干？"乌娜吉的眼里闪着兴奋的光。

"当然可以。"李秋岳给她讲了抗联女战士金浩莲的故事。李秋岳说："抗联里的女战士都各有所长，像你这样的，可以去卫生队，用你的医术给战士看病。"

乌娜吉说："我那些都是土方法，能行吗？"

李秋岳说："你的土方法不是治好了我的病吗？能治病的方法就是好方法。"

乌娜吉笑了，笑容像阳光一样灿烂。她说："你走的时候，一定把我带上！"

李秋岳问："你知道我是干什么的吗？"

乌娜吉说："你是抗联的。我之前见过抗联的人，都和你一样，一心想着赶走日本人。"

李秋岳拍拍乌娜吉的肩膀，说："好聪明的姑娘！"

李秋岳在这家鄂伦春人的鱼窝棚里住了十多天，病已完全康复。这些日子里，李秋岳一直关注着外面形势的发展。崔成日来过两次，报告说形势越来越严峻。日伪刚刚进行了一次大搜捕，被捕的康龙奎等人被押到通河，受尽折磨，始终没有交代一句敌人想要的东西，最后被敌人残忍地杀害了。现在，敌人改变了以往的高压策略，实施怀柔政策，组建治安调整宣抚工作班，深入村屯，用小恩小惠收买人心，网罗地方流氓地痞，跟踪、盯梢，刺探情报，扬言一定要抓住共产党反日会头目张一志，啃下通河这块硬骨头。

李秋岳默默地听着，不知不觉地攥紧了拳头。她咬紧嘴唇，说："抗日的火焰绝不能被敌人扑灭，我们要回到群众中去，宣传群众，鼓舞群众，戳破敌人的谎言，让群众知道，党组织永远都和他们在一起。"

说着，李秋岳就让崔成日带她离开鄂伦春人的撮罗子。

崔成日说："大姐，现在不能回去，你知道多少敌人，包括特务、汉奸都在盯着你吗？"

"这些我都知道。但我更清楚，党组织派我到通河来的目的。党组织刚刚恢复，群众刚刚发动起来，眼看着抗日的烈火燃烧起来，我怎么能躲在这里，看着革命的成果付诸东流。作为通河特支书记，我应该回去，也必须回去！”

看李秋岳的决心如此坚定，崔成日只好让她骑到马上，带她离开。

莫拉乎尔一家知道拦不住她，只能默默地看着她离开。望着李秋岳远去的背影，乌娜吉的眼里流出了热泪。但她记住了大姐的话，一定要成为一名抗联战士。

八

赵国臣和他的满族媳妇那彩兰一家人在北六方的人缘极好。赵国臣不大言语，但心中有数。身体壮实，肯吃苦，是农田地里的好把式。那彩兰是从南六方屯嫁过来的，人长得好看，手巧，能做一手好家务活。性格开朗、大方，而且是个热心肠，对谁都有说有笑的。屯子里谁家有事了，不用找，她听说了，肯定会冲上去。其实屯子里没几个叫她那彩兰的，都叫她赵国臣媳妇。

赵国臣有个小舅子叫那三，长相上像他姐，一打眼看，也是一表人才，其他方面都不像。也不种地，也不打鱼，穿得溜光水滑，东屯串西屯，城里串乡下，交朋结友，吃喝玩乐。身边不缺女人，眉来眼去，可是眼看三十了，却还娶不上媳妇。

赵国臣和那彩兰刚结婚的时候，那三常来姐姐家，赵国臣这个当姐夫的，挺像样，把小舅子当座上宾，经常让媳妇炒几个菜，和他喝点酒。这那三也不把自己当外人，好吃不撂筷，好酒不停杯，三杯酒下肚就开始吹牛皮，没有一句正经话。一来二去的，赵国臣觉得和这个小舅子不是一路人，就不愿意搭理他了。可那三不管那个，不管你啥脸色，该吃吃，该喝喝，该吹吹。到后来，就不光吃和喝了，还总来借钱，每次都说急用，每次都说有钱就还，却从未还过。赵国臣也不计较这个，也不是外人，借给他的钱就没打算往回要。

一次，已经晚上 10 点多了，那三跑来了，满大襟都是血。那彩兰一见他这个样子，吓得都说不出话来了。那三说他酒后和人家干仗，把人家打坏了，人在医院要死了，让他姐赶紧给他张罗钱，要是出了人命他就得给人家偿命。这是一笔数目不小的钱。三更半夜的，赵国臣两口子满屯子借钱。好在这两口子人缘好，很快就把钱张罗齐了。可他们后来才知道，那三所谓干仗的事，都是他瞎编的，是他赌博输了钱，搞了这样一个骗局。那三再来的时候，赵国臣就和他吵翻了，情急之下，赵国臣给了他一个耳刮子。这一耳刮子，让两人结了仇，从此断了来往。

后来听说那三和祥顺警察署署长孙凤周混上了。孙凤周身边养了一群小混混，作为眼线。现在我们都知道，眼线就是警察的暗探、卧底。那为什么把暗探或卧底称为眼线呢？这里边有个典故。

20 世纪之前，在北美，每到秋季，会有成群的候鸽像其他候鸟一样向南迁徙。这种候鸽不仅外表美丽，而且肉质鲜美，因此，自 19 世纪，候鸽开始遭受“肉食人类”的残酷猎杀。候鸽被猎捕的方式近乎残忍，一只候鸽被捕后，会成为人类猎杀其同类的诱饵——人们把它绑在凳子上，刺瞎它的双眼，靠它在凳子上痛苦的挣扎、失声的鸣叫引诱鸽群。在当时，“眼线”就是指的这种无辜的“诱饵鸽”。具有讽刺意义的是，在日常生活中，它竟被借喻为警方打入敌人内部的“卧底”。到了 20 世纪，候鸽已经绝种，而这种警方买通的“线人”却大有人在。

那三就是孙凤周豢养的线人。

为了让那三死心塌地地做他的走狗，孙凤周给那三办理了“优待证”，凭此证，那三出入清河、通河等地的烟馆、酒楼、妓院、赌场，全部免单，尽量满足他吃喝嫖赌的欲望。那三也是投桃报李，给孙凤周当起了忠实的狗腿子。

赵国臣没有想到，他情急之下给那三的那个耳刮子，最终让他付出了惨重的代价。

九

李秋岳来到赵国臣家的时候，天已经黑透了。多数人家都已吹灯睡觉，屯子里很静，偶尔有几声犬吠，很快又归于寂静。

崔成日将李秋岳带出山里，他知道，西北河不能再回去了，杨树沟也不能再回去了。他和李秋岳商量，还是去北六方赵国臣家，那里目前还不是敌人讨伐的重点，相对安全一些。

李秋岳和崔成日悄悄地叫开赵国臣家的门，出来开门的赵国臣看见他们两个，吃了一惊，赶紧打开门，把他们让进屋里。

"你们都好吧？"李秋岳问。

赵国臣和那彩兰都说，还好，还好。

那彩兰问李秋岳："你们还没吃饭吧？"

李秋岳说："这一路上紧赶慢赶，哪顾得上吃饭啊！有现成的饭菜端上来，我和崔老弟对付一口就行。"

那彩兰答应一声，下去准备饭了。

李秋岳问赵国臣："咱北六方屯这段时间还算安宁吧？"

赵国臣说："还可以。鬼子、警察们来过几次，也没摸着啥线索。后来，他们又组织了治安肃正宣抚班、安抚工作队，给几家贫困户送猪肉、白面、豆油，借机宣传日满亲善、一德一心、东亚共荣那一套，收买人心。"

"这是软刀子。"李秋岳说。

"不过，大多数老百姓都知道他们是黄鼠狼给鸡拜年，没安好心。个别贪小便宜的，也兴不起大的风浪。"赵国臣说。

李秋岳点头，提醒赵国臣："还是不能掉以轻心，要让那些墙头草看到我们的力量。"

说话间，那彩兰把热腾腾的饭菜端上来了。

几个人边吃边聊。赵国臣说："日本人的这次大搜捕，确实让咱们反日会的士气有些低落，我们都以为再也见不到大姐了。这次大姐能够回来，确实给我们带来了希望。”

李秋岳看了崔成日一眼，那意思分明在说：我回来是正确的吧？

当天夜里，李秋岳决定，把能联系上的党员和骨干分子都联系上，不能在这个时候销声匿迹，要让老百姓知道，共产党还在，反日会还在，斗争还在继续！

他们捋了一下，目前能联系上的只有李赞奎、韩成举、黄润秀、金龙基、许大燎等人。

李秋岳说：“不怕人少，人少也是火种，每一个都能点燃他人，聚火燎原，那就势不可当。”

在后来的半个多月里，赵国臣家成了当地抗日活动的联络点。晚上开会，然后分头行动。清河、祥顺，乃至通河县城，又相继出现了反日标语，一些汉奸头子相继被刺杀。

这一连串的行动，让抗日群众深受鼓舞，让那些汉奸走狗胆战心寒，也让那些仇视共产党又持观望态度的中间势力不敢轻举妄动。

那夜的雨，下得有些诡异。黄昏时分，外面还是夕照满天，突然就有一大块黑云沉重地压过来，瞬间弥漫开来，紧接着，一场关门雨在电闪雷鸣中瓢泼而降。

雨一直下到天明，赵国臣家由李秋岳主持的会议也一直开到天明。

那天是1936年的8月27日。黎明时分，雨停了下来。东方泛起淡青色，然后变成鱼肚白，再后来，变成了深红的血色。

会议结束后，党员和反日会的成员们正准备趁天亮前离开。这时，一直在门外观察动静的赵国臣发现院子周围有响动。他仔细看去，模模糊糊地看到了他小舅子那三的脸。

坏了！赵国臣的心里折了个个儿。他赶紧进屋，向李秋岳报告：“不好了，敌人把我们包围了！”

祥顺伪警察署署长孙凤周在得到那三的情报后，带领三四十名伪警察连夜冒雨摸进了北六方屯，悄悄地把赵国臣家团团围住。

此时，李秋岳已来不及撤出，她镇静地拿起昨天没有纳完的鞋底，对同志们说：“不要慌，该干什么干什么！”

李秋岳和那彩兰坐在炕头上，不慌不忙地纳着鞋底。这时，敌人已经闯进屋里。

“谁是张一志？”孙凤周问。

李秋岳撂下手中的鞋底，从炕上下来，站在地当中，理理短发，说：“我就是张一志。”

孙凤周脸上露出冷笑，说：“好，爽快！”然后一挥手，向伪警察们命令道：“带走！”

那彩兰从炕上跳下来，喊道：“她是来我家串门的亲戚，为啥要抓她？”

全副武装的警察们不理她，上来就扭李秋岳的胳膊，被李秋岳奋力甩开。李秋岳说：“用不着这么兴师动众，我跟你们走就是了，只是不要连累了这些百姓，他们都是我叫来帮忙的，我的事和他们没关系！”

李秋岳被带走了。

一同被带走的还有李赞奎、韩成举、黄润秀、金龙基等人。敌人将他们绑上，押上了事先准备好的大马车。警察们荷枪实弹，押着大马车直奔祥顺而去。

这时候，天已经大亮了。

李秋岳被捕的消息立刻传遍全屯，农民会会长许大燎立即组织起一支 30 多人的农民队伍，分坐三辆马车赶往祥顺。当他们赶到祥顺镇时，祥顺镇已经戒严。20 多个伪警察平端着大枪，不许人们靠近。许大燎他们急得眼睛冒火，他们看到了押着李秋岳的马车，看到了车上的李秋岳。李秋岳也远远地看着他们，忽然从马车上站立起来，向群众高喊：“大家团结起来，打倒日本侵略者！”

人群中一阵骚乱。马车在慌乱中被赶进了伪警察署。

街道上的人群仍然聚集着，一直到很晚才陆续离开。

为了防止百姓闹事和北山抗联部队前来营救，孙凤周请示上级后，决定连夜将李秋岳押往通河县城。

夜漆黑一团。马蹄声、车轮的颠簸声撕碎了夜的宁静。从祥顺到通河，30 多公里的路程，那辆押着李秋岳的马车，一直跑到深夜。

十

通河县城的小白楼，算是县城里最古老最有特色的建筑了。小白楼位于松花江边，原名永兴隆商号，由通河人吴震、吴起兄弟始建于清朝末期。小楼地上只有两层，地下一层，砖木结构，俄式风格。小楼南临松花江，向北，是通河县城最主要的街道，通江街，也可以说，它是建在通江街头。从后窗望去，整条街道甚至整个县城都在它的视野之内，位置十分独特。

这样的一座小楼在它不算长的历史中，见证了通河那些不平凡的岁月。1932 年 4 月 30 日，日军第六十一炮舰联队侵犯通河，小白楼遭到炮轰，起火焚毁，同年被日本人修复。1935 年，日本关东军二十九联队看中了它险要的地理位置，将它改造为联队本部，从此，小白楼几乎成了日本人在通河残酷统治的代名词，许多抗日志士在这里惨遭迫害。1949 年解放后，这里曾作为通河林业局的招待所，改革开放后短暂地开过歌舞厅，1999 年城镇改造时被拆除。

李秋岳被押到通河后，就被关在小白楼里。敌人只知道抓来的这个女人叫张一志，是反日救国会负责人，他们并不知道她中共通河特支书记的真实身份。

就这些，已经让日本人如获至宝了。一个时期以来，这个女人煽动通河老百姓对日满的不满情绪，反满抗日的思想潮水一样从通河东部地区漫延到通河大部，他们和山上的抗联相互勾结，对皇军的统治造成很大威胁，成为日本人的心头大患。为了抓捕这个女人，日本人没少费心思。他们使用了各种手段：网罗一些地方反动势力，盯梢、跟踪、躲在土坑里等候，甚至在大街上贴出“抓住张一志者重金奖赏，窝藏张一志者就地处决”的布告。种种伎俩，他们全用遍了，今天终于将她逮捕归案。

审讯就在小白楼里进行。对于审讯李秋岳这样的女人，在审讯上，日本人做了充分的准备，他们已预料到李秋岳不会轻易把有用的东西交代给他们，于是对她采取了先礼后兵的策略。

审讯她的是日本警备队队长藤田。

藤田见到李秋岳，上唇中间的一撮黑胡子向上撅了撅，脸上露出僵硬的笑容。在他来到看守所之前，看守已为李秋岳卸掉了刑具。

藤田在李秋岳对面坐下来，问：“你就是张一志？”

李秋岳答：“我是张一志。”

“听说你不是本地人，为什么要来通河？”

“我是朝鲜人，在江南延寿县种地，丈夫被日军杀害，无法生活，才到江北来求生。”

“来江北求生？那为什么要参加反日会？”

“参加反日会是被你们逼的，是为了给丈夫报仇。”

藤田呵呵地笑了，说：“看你倒是一个爽快而倔强的女人。据我所知，像你这样的人，一般都是讲道理的。”

“和你们日本人，有什么道理可讲？”李秋岳说。

“这是你们对我们大和民族的误解和偏见。我们来到满洲，是要帮助满洲建立东亚共荣圈，实施五族协和，王道乐土。五族就是大和、满、蒙古、朝鲜、汉族，看看，这里就有你们朝鲜人，我们都是一家人。”藤田说。

李秋岳冷笑一声，说：“据我所知，在我们脚下的这片土地上，自古就生活着汉、满、朝鲜、蒙古等民族，却从没听说过这里还生活过什么大和民族。你们跨洋过海，侵占别国的土地，烧杀抢掠，还把自己打扮成救世主一般，你们自己不觉得可笑吗？”

藤田站了起来，脸变了颜色，嘴角上的肌肉颤了颤。他踱了一个来回的步，让自己平息下来，然后又坐回原来的位置，勉强笑了笑，说："看来，张女士受共党的毒害不浅，对我们的误解很深，这也许不是一天两天就能解决的问题。不急，我的话你好好想想，下次，让这片土地上的中国人跟你谈谈，怎么样？"

藤田失望地离开了。李秋岳心想，日本人绝不会善罢甘休，他们还会要什么把戏呢？

来和李秋岳见面的果然是个中国人，而且还是个大人物。随从介绍说，这是通河县县长闻博。闻博长得较清瘦，稀疏的头发梳得锃亮，一丝不苟地向后背去。瘦削的脸上戴着一副金丝眼镜，一双不大的眼睛在圆圆的镜片后面闪烁着。

闻博倒是直爽，开门见山地说："张一志，你一个朝鲜女人抗什么日，我一个中国男人都帮助日本人建立王道乐土呢！"

李秋岳嘲讽地笑了一下，说："抗击日本的侵略，是中朝两国人民共同救国的大事，你这样做，不是忘了祖宗吗？不怕中国百姓背后骂你狗汉奸吗！"

闻博并不生气，反而哈哈笑了起来。他说："张一志，我知道许多中国人和你的想法都是一样的，不过，你再往深处想一想，不觉得你的想法是极端的，也是狭隘的民族主义吗？日本人要建立的王道乐土，是超越民族和国家之上的，是人类共同向往的乐土……"

李秋岳打断他，说："既然是超越民族和国家之上的，那日本人为什么不允许其他国家到他日本的领土上建立什么乐土呢？说穿了，他们所谓的乐土，正是被侵略民族和国家的灾难！"

李秋岳的话让这个伪县长面红耳赤，一时语塞。好半天，闻博才说道："我今天来不是和你讲大道理的，你有你的道理，我有我的道理，在这一点上我们无话可谈。我只想要你把你所知道的通河反日会的组织机构和成员名单提供给我，我这个当县长的，也该掌握这些情况啊！"

说完，闻博干笑了几声。

李秋岳笑着摇了摇头，说："你以为我会像你一样，出卖我的国家和组织吗？我明确地告诉你，我什么都不会提供给你的！"

闻博霍地站了起来，用手指着李秋岳，说："你的顽固是我意料之中的，但我没有料到你会如此顽固！"

看着闻博那副气急败坏的样子，李秋岳倒是很平静，说："县长大人，我们还有什么好谈的吗？"

闻博在屋里踱了一阵子步，仍然心有不甘，重又坐回椅子上，说："张女士，你还年轻啊，想必你该有自己的孩子吧？不考虑自己的前途，总要为孩子想想吧，孩子，不能没有母亲啊！"

闻博的话让李秋岳更加愤怒，她站起来说："失去祖国的人有什么前途？什么自身前途呀、为了子女呀，这些都没有考虑的余地，我们的信念只有一个，就是要打倒日本帝国主义，把日寇赶出中国去，让中国人民过上自由的日子！我倒是想劝一劝你，你一个中国人，为什么要跟着日本人一条道上跑到黑，将来一定会在历史上留下骂名。现在醒悟还来得及，还能为自己留条后路！"

闻博头上的汗流了下来，声嘶力竭地喊着："这个女人疯了！疯了！"

8 月的天气闷热难耐。黑夜降临，铁窗外，一轮残月挥发着闷红的光晕。

伪县长闻博和李秋岳谈话后，已经有两天没有人提审她。她知道，这是暴风雨前的平静，更为残酷的斗争还在后面，对此，她已做好了充分的准备。这一刻，她想到了很多很多，她想到了鸭绿江对岸的故国，想到了从南到北，在中国土地上跋山涉水不断前行的每一步。她想到了并肩作战的战友，想到了不幸夭折的孩子，想到了天各一方的丈夫杨林。她从朝鲜来到中国，本来是寻找丈夫杨林的，她找到了，在他的带领下，她又重新走上了抗日救国之路。可是，来到中国十几年了，和丈夫团聚的日子却屈指可数。几年前和杨林分别后，她只知道丈夫随红军参加了长征，却再没有音讯。杨林，我的爱人，你在哪里呢？

那天夜里，她在梦中见到了丈夫杨林。她的梦中大雪纷飞，白了远山，白了近树，白了河流，白了道路，世上的一切都在大雪纷飞中混沌着。她看见杨林穿着红军的服装，在大雪中吃力地向她走来，看不清他的面孔，只感到他的步履艰难而缓慢。而她，也在奋力地向丈夫奔去，可脚下厚厚的积雪，让她裹足不前。她大声地呼喊着："金勋——杨林——"

"金勋——杨林——"她喊出了声，也让她在梦中惊醒。汗水已经湿透了她的衣衫。

混沌的大雪已经退去，眼前只有漆黑的夜。她回味着梦中的情景，心里涌上一股说不清的滋味。不自觉地想起了女诗人李清照的词：

忽有故人心上过，回首山河已是秋；
两处相思同沐雪，此生也算共白头。

两行热泪，从她的眼角悄悄流下。

也许她并不知道，这一年的 2 月，也就是她来到通河的时候，红军东渡黄河，战斗中，杨林不幸腹部中弹，壮烈牺牲……

十一

天终于亮了。

潮湿闷热的一天又开始了。

这一天来见李秋岳的，仍然是日本警备队队长藤田。

李秋岳已把自己收拾得整整齐齐，见藤田进来，还不等他开口，李秋岳就说："警备长先生，不要再费周折了，在我这里你们得不到你们所要的东西，该怎么办就怎么办吧，我已做好了充分的准备！”

藤田笑了笑，说：“不急，该来的总会来的。我先请你参观一下。”

随从给李秋岳戴上器械，带她走出牢房。沿着一条过道，两边都是关押的犯人。走着走着，便听到一声声瘆人的惨叫，有男人的，也有女人的。那是审讯室传来的。

他们在一间审讯室前停下，透过铁栅栏，李秋岳看到里面的女犯人正在受刑。女犯人看上去有三十来岁，虽然饱受折磨，仍然可以看出她曾是一个漂亮的女人。

两个日本兵正在给女人灌辣椒水，然后又压她的肚子，她的鼻孔里喷出粉红色的血水。

“说，还是不说？”鬼子歇斯底里地喊着。

女人睁开眼，摇了摇头。

两个鬼子又把她架到一个器械上，其中一个扯开女人的上衣，女人的乳房露了出来。鬼子猥亵地用手在上面摸了摸，然后将两个夹子夹在女人的两个乳头上，一挥手，那边推上电闸，女人顿时抽搐着，惨叫起来……

藤田狞笑着，看着李秋岳，问：“怎么样？张女士，有何感想？”

李秋岳冷笑一声，说：“你们不是女人所生吗？不是吃着女人的奶长大的吗？怎么能用这种下三烂的手段折磨女人？”

藤田哈哈一笑，说：“我们可不是用这种办法对付所有女人的，她们反满抗日，就是咎由自取！”

“强盗逻辑！”李秋岳说。

藤田把李秋岳带回牢房，说：“看来，想让你转变思想，交代出你的同党很难啊。这样吧，我们降低要求，退一步说话，只要你写一份悔过书，表示今后不再反对大日本帝国，与大日本帝国共建王道乐土，就可以放你出去！”

“这么简单？”李秋岳问。

“对，就这么简单！”藤田说。

“你认为我会答应吗？”李秋岳问。

“那就要看你想不想享受刚才看到的那个女人的待遇了。”藤田狞笑着。

李秋岳看了藤田一会儿，说：“作为丧失国家的人，为光复祖国而斗争，没有错，也没有什么可悔过的。我对抗日斗争的胜利充满信心，坚信满洲收复之际，即是光复祖国之时。同时，为自己能在这条战线上工作，感到很难得、很充实，坚信反日实践运动一定会成功！”

藤田嘴角两边的肌肉颤了又颤，说：“看来，你是铁了心了，那就别怪我不客气了！”

抽鞭子，舔火苗，竹扦钉指甲，灌辣椒水，坐老虎凳……各种刑具轮番上场，李秋岳咬紧牙关，被折磨得死去活来，却始终一声不吭。

敌人彻底失望了。

十二

1936 年 9 月 3 日，是李秋岳被捕后的第七天。

通河城西门外，荒草萋萋。秋日的阳光无精打采地照在这片日益衰败的土地上。不远处的岔林河，在阳光下闪着刺目的白光，跳跃着，不屈不挠地流向松花江。这本该是成熟的季节，这本该是收获的季节，然而，在日本侵略者的铁蹄下，似乎所有的生命都失去了应有的生机。

一大早，西城门外便实施了戒严。大批日本宪兵和警察、特务，戒备森严，岗哨林立，不许任何人靠近。

上午 7 点 30 分，一辆押着死囚犯的警车从江边的小白楼向西城门缓缓驶去。日本宪兵队的军警荷枪实弹，押着一位身穿汉服的“国事犯”。她，就是李秋岳。

秋风吹乱了她头上的短发，连日的刑讯逼供让她的面容显得疲惫不堪。但她的头颅仍然高昂着，坚定的目光平静地望着街道和街道两旁的人们，露出自豪而又宽慰的笑容。街旁的群众好奇地望着眼前叫"张一志"的女囚，不时有人发出叹息声。

囚车在通河镇西门外的荒地上停下，军警将李秋岳从车上押下来，走向刑场。

面对敌人的枪口，她的目光被不远处几株盛开的蒲公英花吸引了。那几朵金黄色的蒲公英花，在荒草丛中开得灿烂而又精神。她知道，不久，它们便会变成一把把的小伞，随风而飘，把一粒粒蒲公英的种子撒满大地。

行刑官问她："张一志，你还有什么话可讲？"

李秋岳微微地笑了笑，说："记住这一天，人们会记住这一天的！"

她高呼：

"打倒日本帝国主义！

"把日本帝国主义赶出中国去！

"中国共产党万岁！"

枪声响了，李秋岳倒在血泊中。

9年后的这一天，也就是1945年9月3日，中国人民抗日战争暨世界反法西斯战争取得决定性胜利，9月3日，成为中国人民抗日战争胜利纪念日，也是世界反法西斯战争胜利纪念日，是所有中国人都应该铭记的日子。

李秋岳牺牲后，敌人残忍地将烈士的头颅砍下来，挂在城门楼上，以此威慑广大抗日民众。传说，李秋岳的头颅在门楼上挂了七天。第七天的时候，人们发现，李秋岳的头颅变成了一名日本军官的头颅。

整个通河县城一片哗然。

（本文为长篇小说《追寻李秋岳》节选）

作者简介

廉世广，1964 年出生，黑龙江通河人，毕业于牡丹江师范学院中文系，曾任中学语文教师，县政府办公室副主任、县直机关工委副书记、县委办公室主任、县政协党组成员、县委统战部部长，市民政局办公室副主任、纪委副书记、监察室主任，市纪委监委驻市民政局纪检监察组副组长、一级调研员等职，业余时间从事文学创作，系中国作家协会会员，黑龙江省作家协会全委会委员，哈尔滨市文学创作院签约作家。曾在《天涯》《北方文学》《鸭绿江》《飞天》《四川文学》《西部》《朔方》《青春》《青岛文学》《小说林》《芒种》《黄河文学》等刊发表作品近百万字，作品多次被《小说选刊》等报刊转载，收入各种选本，出版有小说集《天要下雨》《风景》《桦树溪画廊》等，现居哈尔滨市。